W0291932

grafit

Chemnitzer Str. 31, D-44139 Dortmund
Internet: http://www.grafit.de
E-Mail: info@grafit.de

Umschlagillustration: Peter Bucker
Druck und Bindearbeiten: Clausen & Bosse, Leck
ISBN 3-89425-277-4
1. 2. 3. 4. 5. / 2005 2004 2003

Wilfried Eggers

Ziegelbrand

Kriminalroman

grafit

Der Autor

Wilfried Eggers, geboren 1951, Studium der Rechtswissenschaften und skandinavischer Sprachen in Kiel. Verheiratet, drei Kinder. Seit zwanzig Jahren selbstständiger Rechtsanwalt und Notar auf dem Dorfe im feuchten Weser-Elbe-Dreieck. Überzeugter Moorbewohner. Bauernsohn, nach einigen hundert Jahren Tradition jetzt degeneriert zum Hobbygärtner. Er hält keine Kühe mehr, sondern Katzen.

Über Eggers' ersten Kriminalroman *Die Tote, der Bauer, sein Anwalt und andere* (2000) schrieb Robert Hültner: »Ohne je an Fahrt zu verlieren, gewürzt mit bissigen Schilderungen aus dem Innenleben der Justiz, lockt der Roman mit prallen Bildern in die Tiefe von Landschaft, Geschichte und Schicksal.«

So egal un so sacht flütt kein Lewenslop, dat hei nich mol gegen einen Damm stött un sick dor in ein Küsel dreiht oder dat em de Minschen Stein' in 't klore Water smiten. Ne, passiren deiht Jeden wat und jeden passirt ok wat Merkwürdiges, un wenn sin Lewenslop ok ganz afdämmt ward, dat ut de lewigen Strom en stillen See ward; hei möt man dorför sorgen, dat sin Water klor bliwwt, dat Hewen und Ird' sick in em speigeln kann.

So gleichmäßig und ruhig fließt kein Lebenslauf, dass er nicht einmal gegen einen Damm stößt und sich da im Kreis dreht oder dass ihm die Menschen Steine ins klare Wasser werfen. Nein, es geschieht jedem etwas und jedem geschieht auch etwas Merkwürdiges, und wenn sein Lebenslauf auch ganz abgedämmt wird, dass aus dem lebendigen Strom ein stiller See wird; er muss aber dafür sorgen, dass sein Wasser klar bleibt, dass Himmel und Erde sich in ihm spiegeln können.

Fritz Reuter, *Ut mine Festungstid*, 1862

Die nachfolgende Geschichte hätte ich nicht schreiben können ohne die Hilfe meines alten Freundes Peter Schlüter und seiner Frau Christa. Ich danke ihnen herzlich.

Und auch wenn sie mir die Geschichte so erzählt haben – es ist natürlich – mit Ausnahme einiger geschichtlicher Tatsachen – alles frei erfunden. Ähnlichkeiten mit lebenden oder verstorbenen Personen beziehungsweise mit Örtlichkeiten sind rein zufällig.

Prolog

Der Mann schlich die steile Stiege zum Kornboden hoch. Das Knacken der Dielen ging unter im Rauschen der Bäume. Denn draußen brüllte der wilde Sturmteufel durch den Eichenwald, er fluchte laut und rüttelte mit seiner haarigen Faust an der alten Scheune. Der Dachstuhl stöhnte und die Balken knirschten im Gefüge. Oben angekommen zog der Mann einen leeren Sack unter der Joppe hervor. Das Herz pochte ihm in den Ohren. Er ging in die Knie und schaufelte mit der Hand Weizen hinein, so viel, dass er den Sack gerade noch unter seiner Jacke verbergen konnte. Dann eilte er zum niedrigen Fenster.

Er erstarrte. Fünf Männer, halb von Baumstämmen verdeckt und verwischt von schwankenden Ästen, hasteten durch den Wald am Fuß der Wurt. Zwei krumme Gestalten in dunklem Zeug, die Hände auf dem Rücken. Ein großer Kerl in schwarzen Schaftstiefeln trieb sie wie Vieh mit einer Stange vor sich her. Hinter ihm ein Uniformierter, den Schluss machte ein schmächtiger Mann, den der Beobachter nicht kannte. Die zwei Krummen mussten auf den Bohlen über die Börm und auf die Weide bis zur Tränke, mitten in den Matsch. Da zuckte der erste schon auf und sackte in die Knie, der zweite wollte noch fort, aber er wurde gepackt und fiel auf den ersten. Der Sturm verschluckte die Schüsse. Der Mann auf dem Kornboden duckte sich, die weißen Fäuste um den Weizensack gepresst. Der große Kerl blieb abseits stehen, die beiden anderen zerrten die Toten zum Grubenrand, zu aufgeworfener Erde. Dort war das Grab und sie warfen die Leichen hinein. Jetzt hatten die Männer Schaufeln und sie schaufelten und schafften und trampelten zuletzt die Erde.

Dann kehrten die drei Mörder um und zeigten ihre verzerrten Gesichter. Im Eichenwald trennten sie sich, zwei verschwanden hinter dem Holzschuppen. Der Große lief auf die Scheune zu. Direkt.

Sein Gesicht!

Der Mann oben am Fenster drehte sich um und rannte die Treppe hinunter. Den Sack mit dem Weizen nahm er mit, trotzdem. Und die Erinnerung.

Erster Teil

Nacht

Da im Kreis Bielitz eine Anzahl Dörfer vorhanden sind, die volksdeutsche Bauern aufweisen, wird in diesen Dörfern in der nächsten Zeit das vorhandene Polentum raschestens zerschlagen werden, um eine schnelle Festigung deutschen Volkstums herbeizuführen. Die Polen der beschlagnahmten Betriebe werden dann von dem KZ aufgenommen, aber nicht als Häftlinge, sondern so lange, bis das Arbeitsamt Bielitz sie ebenfalls in das Reich als landwirtschaftliche Arbeiter vermittelt hat. Die Beschlagnahme der Betriebe wird in den nächsten Tagen vorgenommen. Bei der Durchführung der Aktion wird der Kommandant des KZ SS-Männer und einen Lastwagen zur Verfügung stellen.

Aus: Geheimer Bericht des Reichskommissars für die Festigung deutschen Volkstums an das Bodenamt Schlesien, Kattowitz, vom 29.5.1940.

I.

Wilhelm Nagel verließ sein Haus nur montags am Vormittag. Die Tür seines weinberankten Backsteinhauses öffnete sich einen Spalt breit und es erschien eine spinnenfingrige Hand, die sich an die Zarge klammerte. Sie zog einen kleinen grauen Mann hinter sich her, bis er auf dem Tritt stand und sich mit flackernden Augen umsah. Die Hand schob die Tür zu und verschloss sie, klammerte sich kurz um den Schlüssel, steckte ihn in ein Etui, verschloss auch dieses und ließ es in eine verbeulte Aktentasche gleiten, die Nagel unter seinen linken Arm klemmte.

Mit unregelmäßigen Schrittchen tappte das Männchen den gepflasterten Weg entlang, die wenigen Meter zur Straße. Dort sah man ihn auf dem Bürgersteig stehen, als überlegte er, ob etwas vergessen sei. Von der anderen Straßenseite grüßte ein fleischiger Mann, der selbstzufrieden vor seinem Laden stand, obwohl die Woche erst angefangen hatte und man noch nicht wissen konnte, ob sie zufrieden machen würde. Nagel wich dem Blick aus und überquerte die Straße.

Sein Gesicht war stopplig und manchmal hatte er blutverschmierte Schrammen an Kinn oder Backe, von der Rasur mit zittriger Hand. Er trug einen fleckigen Pullover und eine graue Hose mit Resten einer zerknitterten Bügelfalte. Die Hose war schmutzig, vornherum schien sie dunkler zu sein, als könne er den Harn nicht halten, und von hinten sah man durch ein Loch am Hintern eine schmutzige Unterhose.

Der kleine Mann ging immer denselben Weg: an den Geschäften entlang bis zur engen Kurve. Nachdem die Bank neu gebaut hatte, musste er etwas weiter laufen, noch an der Kirche vorbei, die, seit den Zeiten Heinrichs des Löwen, auf einer kaum merklichen Wurt stand, damit der Ort, an dem Gottes Wort gesprochen wurde, trocken blieb, wenn die Fluten der Nordsee und Elbe, von Sturm getrieben, die Deiche den Gebeten zum Trotz brachen. Aber Nagel achtete diese alte Stätte nicht, überquerte die Nebenstraße, die hinter der Kirche zur alten Apotheke führte.

Sein Ziel war das Haus des Geldes, ein Ziegelbau, der fast mächtiger noch als die Kirche war und viel größer als das Rathaus. Vor dem Bankgebäude wartete der kleine Mann gebeugt und mit niedergeschlagenem Blick, als wolle er zu Kräften kommen oder sich besinnen. Endlich schob er die Eingangstür auf, durchquerte die Schleuse und betrat durch eine weitere Glastür einen weiten marmornen und von Licht gleißenden Saal, der von Schulden der Leute errichtet worden war.

Der Mann blieb nicht orientierungslos und geblendet stehen wie die meisten Menschen, die diesen Tempel noch nicht oft betreten hatten, sondern strebte ohne Umwege dem ersten Kundenschalter zu.

»Tag, Herr Nagel. Ihre Auszüge?«, fragte die Bankangestellte, die rasch herangetreten war.

Wilhelm Nagel räusperte sich. »Ja, und ... «, er sah sich um, aber der weite Raum unter der Kuppel der Lichter war fast menschenleer.

»Ihr Festgeld ...?«

Er nickte eifrig.

Die Frau trat an einen Schrank, zog eine lange Lade, blätterte mit flinken Fingern und sagte dann: »... ist abgelaufen.«

»Wie viel ist es jetzt?«, fragte Nagel und reckte sich, als wolle er den Kontostand selbst prüfen. Er wackelte nervös mit dem Kopf.

Sie sagte es ihm.

»Es – es soll nochmal verlängert werden!«

Die Frau fing den Blick des Bankleiters auf, der am fernen Horizont des Lichtermeers mit seinem Schreibtisch schwamm. Er erhob sich und durchquerte das Meer mit langen Schritten, ein großer Mann mit zauseligen blonden Haarresten.

»Guten Morgen, mein lieber Herr Nagel«, grüßte Könke und streckte dem kleinen Mann herzlich lächelnd die Hand hin, schwenkte ihn herum und bugsierte ihn sogleich schräg vor sich her, zurück übers marmorne Meer und bis ins Chefzimmer. Drinnen breitete der Bankleiter entschlossen die Tageszeitung, die er unterwegs von der Kundensitzgruppe mitgenommen hatte, auf dem Besucherstuhl aus und wies Nagel den Platz. Der zeigte keine Regung. Könke hielt die Hände pastoral auf dem Tisch gefaltet und beugte sich freundschaftlich vor, obwohl er dem Uringestank, der sich in dem warmen Raum schnell ausbreitete, dadurch näher kam.

Samten sagte er: »Herr Nagel – Sie müssen was tun … Sehen Sie: So geht es nicht weiter mit Ihnen …«

»Wie meinen Sie das?« Nagels Stimme war grau und fleckig wie seine Hose.

»Tja, wie soll ich das ausdrücken?« Wie konnte er diesem Mann erklären, dass er trotz des Geldes, das er besaß, bei lebendigem Leib vergammeln würde, wenn er so weitermachte?

»Verstehen Sie mich nicht falsch«, seufzte der Bankleiter schließlich und gab sich einen Ruck. »Gönnen Sie sich mal was, Herr Nagel, tun Sie was für sich, es ist ja nicht mit anzusehen, Sie verkommen uns noch ganz und gar.«

Nagel starrte zu Boden, als suchte er im Muster des teuren Teppichbodens die Zahlen für den nächsten Hauptgewinn. Endlich sagte er: »Sie können mich nicht dazu überreden, mein Geld zu verschwenden, Herr Könke, das geht keinen was an.« Seine Stimme war fester als zuvor und eine dunkle Feindseligkeit zog über sein Gesicht.

»Aber ich rede doch nicht von verschwenden, mein Bester, ich meine doch nur, dass Sie so doch nicht ordentlich leben können, so ohne alles, und in dem Aufzug, Sie gönnen sich doch noch nicht mal ordentliches Essen!«

»Ich hab von allem genug«, erwiderte Nagel bockig.

»Aber können Sie denn nicht wenigstens, ich meine, wo keiner für Sie kocht, Sie könnten doch wenigstens den Mittagstisch – Ihr Neffe, der Edgar, der bietet doch jetzt Mittagstisch an, vielleicht wenigstens jeden zweiten Tag, so teuer ist das doch nicht …«

»Der?«, unterbrach Nagel, machte Anstalten, sich zu erheben, die Könke mit weitläufigen Handbewegungen unterdrückte, und wurde lauter: »Der? Nee! Der vergiftet mich bloß. Und außerdem: Ich hab doch das neue Geschäft nebenan, den Aldi, die ham so schöne Dosensuppen, wenn ich mir die waam mach, die tun das genauso.«

Könke ließ die Schultern sinken wie bei der Lektüre schlechter Bilanzen großer Kunden. Er seufzte.

»War noch was?«, fragte Nagel.

Könke stand auf, resigniert den Kopf schüttelnd. Er folgte seinem Kunden noch bis in die Schalterhalle, blieb auf halbem Wege stehen und beobachtete, wie der kleine Mann mit kleinen unregelmäßigen Schritten, von denen nicht einer dem anderen glich, wieder das Meer durchkreuzte und zwischen glitzernden Neonleuchten und spiegelnden Scheiben verschwand.

II.

Rechtsanwalt Schlüter, von manchen seiner Kollegen auch ›der Fuchs‹ genannt, seufzte unter der Last von Alltag und Arbeit. Er fühlte sich alt und überflüssig. Er lehnte sich zurück in seinen alten Eichenstuhl, der gutmütig knarrte. Schon das breite Gesäß seines Großvaters hatte darin Ruhe gefunden. Noch nicht einmal sitzen kann man wie in alten Zeiten, dachte Schlüter. Wenn sein Großvater gesessen hatte, dann saß er. Er saß, als sei dies die einzige Beschäftigung seines Lebens gewesen. Wenn Schlüter saß, grübelte er ruhelos darüber nach, wie er den Unterhaltsprozess Rimmel gegen Rimmel gewinnen konnte, und das raubte ihm die Ruhe. Zwanzig Jahre machte er diesen Job und er hatte sich noch immer nicht an das Verlieren gewöhnen können. Ebenso wenig gelang es ihm, Prozesse zu vermeiden, denn die Leute wollten Streit und das letzte Wort des Gerichts.

Die bleiche Wintersonne schien durch die Scheiben, Schlüter stand auf, bahnte sich seinen Weg durch die Grünpflanzen und stieß das Fenster auf. Kalte Luft und ferner Verkehrslärm; es war ein ruhiges Arbeiten in dieser kleinen, langweiligen Stadt. Es könnte ein schöner Tag sein, dachte Schlüter, wenn die Prozesse nicht wären und die Mandanten nicht wären und wenn man in der Lage wäre, Hader und Streit für einen kleinen Augenblick zu vergessen und einfach Urlaub zu machen: eine halbe Stunde Urlaub. Von sich selbst und der eigenen Miesepetrigkeit. Ob er sich einen Tee kochen sollte? Vielleicht würde er danach genug Kraft haben, um die Unterhaltsakte Rimmel abzudiktieren?

Wie lange stritten sich diese Exeheleute eigentlich schon um Unterhalt und Umgangsrecht? Fünf Jahre? Sieben? Sie würden es bestimmt auf über zehn bringen. Sie zerstörten ihre Vergangenheit und er, Schlüter, half ihnen dabei. Sollte er fragen, ob die Prozessiererei etwas eingebracht habe, im Rückblick betrachtet? Obszöne Worte! Wie konnte man Dinge, die unvermeidbar und notwendig waren, in Frage stellen? Aber später, nach weiteren drei oder vier Jahren, würde die Frau ihm vorwerfen, die Prozesse hätten sie ruiniert, ihr die Ruhe geraubt, den Spaß am Leben genommen, und der Einzige, der dran verdient, sich gefreut und sie ins Unglück getrieben habe, das sei er gewesen, Schlüter, der blöde Anwalt aus Hemmstedt. Schlüter, der Fuchs!

Schlüter seufzte wieder; Recht würde sie haben, die Frau Rimmel.

Vorsichtig schielte der Anwalt zu seinem Sorgenstapel, der hinten an der Wand lag: die Akten, die er nur mit der Kneifzange anfasste. Erst würde er einen Tee trinken und dann würde er die Unterhaltssache Rimmel und vielleicht noch die Sache Rathjens abdiktieren. Und dann nach Hause gehen, Mittagessen. Ich bescheiße mich schon wieder selbst, dachte er. Kann ich nicht genauso gut gleich nach Hause gehen, meinen Tee da trinken und dabei ein paar anständige Zeilen lesen? Dann schaffe ich genauso viel, wie wenn ich hier bleiben würde: nämlich gar nichts.

Bevor Schlüter sich zu irgendeinem Entschluss aufraffen konnte, öffnete sich die Tür und Angela trat herein. Es gab Menschen, bei deren Anblick Schlüter sich freute, und dazu gehörte seine Angestellte Angela. Sie begleitete ihn schon über zehn Jahre.

»Hier ist 'ne neue Sache, Herr Schlüter«, sagte sie und reichte ihm eine grüne Akte. »Jedenfalls konnte ich das nicht zuordnen. Aber er schreibt, dass er mit Ihnen schon telefoniert hat.«

Schlüter streckte die Arme quer über den Schreibtisch und grinste erleichtert. Neue Sachen bearbeitete er besonders gerne. Neue Sachen hatten bei ihm absoluten Vorrang. Es war jedes Mal, als schlüge er ein geheimnisvolles unbekanntes Buch auf. Zwar war es dann wenig später doch wieder ein langweiliger Streit um die Schuld an einem Verkehrsunfall, um die Rechtmäßigkeit einer Kündigung oder darüber, ob eine Mauer gerade oder schief war, und er erwartete eigentlich auch nichts anderes, aber dennoch: Neue Sachen bargen vielleicht ein Geheimnis, dessen Entdeckung das Leben verändern konnte.

»Geben Sie her«, sagte Schlüter. Er nahm nicht mehr wahr, wie die junge Frau ihm freundlich von oben auf die schütteren Haare und das bleiche Gesicht blickte und dann das Zimmer verließ.

Die Welt sah jetzt schon besser aus. Schlüter schlug die Akte auf. Ein loser Brief lag darin, offenbar geschrieben mit einer mechanischen Schreibmaschine, diesen Dingern, die in den letzten Jahren ausgestorben waren. Grobes, graues, faseriges Papier. Das e lag immer etwas unter der Zeile und die Bäuche von d, p und b waren schwarz ausgefüllt. Der Brief kam aus Polen. Absender: Bronisław Stelzer, *Adwokat* in Lubin.

Lubin, den 29. Dezember 1988

Sehr geehrter Herr Kollege,

Bezug nehmend auf unser Telefonat vom heutigen Tage bitte ich Sie im Auftrage von Herrn Stanisław Kaczek, Lubin, ul. Opaczewska 136, dessen Interessen wahrzunehmen.
Mein Mandant war vom 10. September 1940 bis zum 5. Mai 1945 in der Ziegelei eines gewissen Friedrich von Rönn in Hollenfleth als so genannter Fremdarbeiter eingesetzt, jetzt auch Zwangsarbeiter genannt, im Rahmen des Sklavenhalterprogramms der Nazis. Mein Mandant, der Landwirt im Kreise Bielitz war, wurde im August 1940 von Angehörigen der deutschen Wehrmacht von seinem Hof vertrieben (zwangsenteignet) und wenige Tage später mit vielen ande-

ren festgenommen und in das KZ Auschwitz deportiert. In Viehwaggons der Deutschen Reichsbahn wurde er von dort in ein Sammellager nach Hamburg geschafft und schließlich nach Hemmstedt. Er wurde der Ziegelei des Friedrich von Rönn in Hollenfleth zugeteilt und musste dort und auf dem landwirtschaftlichen Betrieb bis Kriegsende arbeiten.
Nachdem seine Bemühungen, über die hiesigen Behörden etwas zu erreichen, gescheitert sind, hat er sich jetzt entschlossen, direkt Ansprüche zu erheben. Bitte ermitteln Sie zunächst die Person und die Identität des Friedrich von Rönn. Meinem Mandanten liegen Auskünfte vor, dass dieser immer noch in Hollenfleth auf seinem Hof lebt. Es gibt, so hofft mein Mandant, noch einen deutschen Zeugen, der bestätigen kann, dass mein Mandant in der fraglichen Zeit Zwangsarbeiter war, und der über die Verhältnisse Auskunft geben kann.
Ich beauftrage Sie daher entsprechend Ihrer Zusage, Ansprüche aus allen in Betracht kommenden rechtlichen Gesichtspunkten geltend zu machen. Nachdem Sie die rechtliche Grundlage geklärt haben, werde ich Ihnen weitere Informationen, die sicher notwendig sind, zur Verfügung stellen.

Mit kollegialen Grüßen
Bronisław Stelzer

Während er las, stieg in Schlüter eine graue Unruhe auf, eine Angst davor, dass seine kleine heile Welt künstlich und nur eingebildet war und der Dämon der wirklichen bösen hinterm Gartenzaun lauerte.

Natürlich, dachte er, das war dieser Anruf letztes Jahr. Dieser Stelzer hatte ihn zwischen Weihnachten und Neujahr erreicht und in einwandfreiem, wenn auch hartem Deutsch mit ihm gesprochen. Er hatte Schlüter nach seinem Geburtsdatum gefragt und ob er bereit sei, die Ansprüche eines polnischen Zwangsarbeiters zu verfolgen. Die Gnade der späten Geburt; der Mann wollte sichergehen, dass Schlüter nicht vorbelastet war. Schlüter hatte einen kleinen Stolz gefühlt nach diesem

Anruf: Du sollst nicht streiten und hanseln – du sollst Gerechtigkeit schaffen, wo vorher Unrecht war. Aber über die Festtage hatte Schlüter das Telefonat wieder vergessen. Und jetzt also dieser Brief. Ein fundamentaler Auftrag.

Wie immer, wenn er sich nicht kompetent fühlte, hatte er den Auftrag angenommen. Es gehörte zu seinem Beruf, auch auf unerwartete und neue Fragen eine Antwort zu suchen. Neu und unerwartet? In diesem Landkreis? Wieso weiß ich darüber nichts? fragte sich Schlüter.

Vor mehr als fünfzehn Jahren war er in diese Gegend gekommen, fort vom Husumer Zwist in der alten Kanzlei. Nachdem Christa an der neuen Schule eine Stelle bekommen hatte, war er kurzerhand ausgestiegen, hatte seinen Anteil an die anderen Sozii verkauft und in Hemmstedt von vorn angefangen, mit dem heiligen Schwur, bis zum Lebensende nie wieder eine Partnerschaft einzugehen. Juristen taugen nicht zu Partnerschaften; spätestens nach fünf Jahren umschleichen sie sich, den Dolch im Mantel, und nach sieben bis acht Jahren stechen sie zu, am liebsten von hinten und nachts.

Wie sollte er diese Sache nun angehen? Als Praktiker jedenfalls nicht von der theoretischen Seite. Gab es diesen von Rönn überhaupt noch, wie man in Polen glaubte? Vielleicht nicht, dann wäre der Auftrag beendet. Schlüter ertappte sich bei dem bequemen Hinterwunschgedanken, der Ziegeleibesitzer Friedrich von Rönn möge tot sein, verstorben ohne Kinder; dann hätte er, Schlüter, ein Problem weniger.

Schlüter zog das Telefonbuch vom Heizkörper und blätterte *Hollenfleth* auf: *Friedrich von Rönn, Bauer, Feldhof, 04349–337.*

Also gab es den Herrn. *Bauer.* Nicht: Landwirt. Einer von denen, die stolz waren auf ihren Beruf. Und jeder sollte es wissen. Und eine dreistellige Telefonnummer. Die hatten nur Leute, die den Anschluss schon seit den Vierzigerjahren besaßen. Also modern und stolz, auf der Höhe der Zeit.

Schlüter warf einen Blick auf die Uhr. Halb zwölf. Entschlossen griff er zum Telefon. Die Leute vom Einwohnermeldeamt in Hollenfleth gaben ihm immer noch mündlich Auskunft.

Frau Quast teilte ihm mit, dass Herr Friedrich von Rönn am 10. Januar 1913 geboren und unter der Adresse ›Leuchtturmweg 5‹ gemeldet und wohnhaft sei.

»Entschuldigen Sie die Frage, Frau Quast«, fügte Schlüter hinzu. »Eine Ziegelei ist da nicht, oder?«

»Nein, da nicht. Es gibt nur noch die eine, die von Allwörden'sche auf Basseler Sand.«

Ja, natürlich. Das wusste er aus seiner Hollenflether Zeit.

»Aber gab's da mal eine, wissen Sie das zufällig?«

Nein, das wusste Frau Quast nicht. Sie sei keine Hiesige, sie komme von der Geest und lebe erst seit fünfzehn Jahren in Hollenfleth.

»Und wo ist der Feldhof?«

»Auf Ruthensand jedenfalls. Die Adresse heißt ja ›Zum Leuchtturm 5‹. Wo genau der Hof ist, das müssen Sie mich nicht fragen. Sie wollen heute Sachen wissen!«

»Na ja«, erklärte Schlüter. »Das war nur so aus Interesse.«

»Sie sind übrigens nicht der Einzige, der sich für den Feldhöber interessiert.«

»Feldhöber?«, fragte Schlüter.

»Ja. Feldhof – Feldhöber. So nennen sie den schon immer.«

»Und wer interessiert sich noch?«

»Datenschutz, Herr Schlüter, ich bedaure. Das werden Sie sicher noch erfahren.«

Schlüter bedankte sich und legte auf. Ein Zwangsarbeiter, der in einer Ziegelei gearbeitet hatte, die es nicht mehr gab, bei dem Bauern Friedrich von Rönn, genannt der Feldhöber, für den sich auch andere interessierten. Schlüter legte den Zettel mit seinen Notizen zu dem Brief, klappte den Aktendeckel zu und lehnte sich zurück. Er stützte die Ellbogen auf die Armlehnen seines Eichenstuhls, legte das Kinn auf die verschränkten Hände und starrte die Wand an. Dann fiel ihm die unerledigte Akte Rimmel gegen Rimmel wieder ein. Unwichtige Scheiße, dachte er. Er drehte sich um: Hinter ihm, auf der Ablage, warteten weitere Aktenstapel auf seine Bearbeitung. Verkehrsunfälle, Mietsachen, Arbeitsgerichtssachen, Kaufverträge, zwei platt gefahrene Hühner, eine Erbstreitigkeit und, auf dem Sorgenstapel, natürlich der unvermeidliche Sammelordner Rathjens gegen Rathjens, inzwischen aus neun einzelnen Vorgängen bestehend, davon sieben einstweilige Verfügungen, ein erbitterter Kampf zwischen Sohn und Mutter. Wie wär's, wenn ich sie einfach wieder in den Aktenschrank hängen würde, dachte Schlüter. Wie Schinken in die Räucherkammer, die hängen mussten, bis sie genießbar waren.

Er klappte die neue Akte wieder auf. Las den Brief noch einmal durch, rieb das grobe Papier geistesabwesend zwischen Daumen und Zeigefinger. Der Brief war schon im Dezember geschrieben worden. Hatte mehr als zwei Wochen bis zu ihm gebraucht. Lubin, wo war das eigentlich? Irgendwo im unbekannten Osten, hinter dem Eisernen Zaun.

Schlüter packte den Kopf seines Diktiergerätes und verfasste einen Antwortbrief. Der Anspruchsgegner lebe noch, in Hollenfleth auf seinem Hof, am Ort des damaligen Geschehens. Er versprach, die Rechtsgrundlagen zu klären, und bat Stelzer, den Zeugen bekannt zu geben.

Schlüter beschloss, nun doch sofort nach Hause zu gehen. Er würde seine Karten durchsehen, ob eine von Polen dabei war, auf der er Lubin finden konnte.

III.

Der gelähmte Alte saß in der Eingangshalle des Altenheims von Hollenfleth auf einem Stuhl nahe der Eingangstür. Seine weißen Haare waren kurz, über den Ohren rasierte er sich wohl sogar, nur vorn über der Stirn ließ er eine Locke etwas länger wachsen. Sein Gesicht war mutlos und schief, er trug es gesenkt und wie eine Maske. Seine linke Hand lag wachsbleich und zur Kralle verkrümmt in seinem Schoß. Er verdeckte sie mit der rechten, einer fleckigen, aber noch schweren Faust mit weißen Härchen und zu langen Fingernägeln, die von Jahrzehnten harter Arbeit zeugte. Seine breiten Schultern verrieten, dass er einmal kräftig gewesen war.

Johann Döpner wartete auf den Tod. Was würde ihm das Leben noch bringen? Vielleicht den einen oder anderen Tag, an dem die Sonne schien, wo man draußen vor dem Eingang auf der Bank sitzen konnte? Aber an diesem 11. Januar 1989 schien die Sonne nicht, sondern ein bleigrauer Winterhimmel lag niedrig über dem gläsernen Spitzgiebel der Eingangshalle, durch die jetzt die Alten, die wie Döpner im Westflügel wohnten, zum Essraum gingen, schuffelten, humpelten oder geschoben wurden, um Kaffee zu trinken. Wann würde endlich der Kapitän mit seinem Gehbock kommen? Döpner wollte heute etwas beginnen, worüber er lange nachgedacht hatte.

Er saß erst eine Viertelstunde hier. Vorher war er draußen vor der Tür gewesen, hatte seinen kleinen Weg zur Bank und wieder zurück gemacht. Weiter lief er nie. Aber Tinka war nicht gekommen – so nannte er die graue Katze, die wohl zur Tankstelle auf der anderen Straßenseite gehörte oder vielleicht auch zu einem der benachbarten Einfamilienhäuser. Sie kam oft an Sonnentagen, schnurrte und strich ihm um die Beine und sah ihn an wie jeden anderen Menschen auch. Ihr war es gleich, ob sie von einer jungen oder alten Hand gestreichelt wurde. Wenn sie sich trafen und die Wintersonne schien, genossen sie gemeinsam die dünne Wärme, und Döpner dachte dabei daran, dass er in seinem Leben zu wenig in der Sonne gesessen und sich immer zu viel Sorgen gemacht hatte. Sorgen um nichts. Aber daran konnte er jetzt nichts mehr ändern und er wollte nicht an die Jahre denken, die hinter ihm lagen, am wenigsten an die dunklen Jahre.

Einmal hatten sie ihn schon von der Bank weggeholt, bei schlechtem Wetter, weil sie dachten, es wäre besser für einen alten, gelähmten Mann, drinnen zu bleiben und nicht nass zu werden. Umbringen darf man sich nicht, dachte Döpner, das verbietet die Moral. Aber warum hat man nicht einmal das Recht, anständig krank zu werden und an einer Lungenentzündung zu sterben? Sie ließen einen nicht in Ruhe mit ihrer verdammten Fürsorglichkeit. Eine hatte gesagt: »Opa, komm mal.« Das war eigentlich verboten. Frau Dabel-Wiegersen, die Heimleiterin, hatte angeordnet, dass alle gesiezt werden. Manche wollten aber trotzdem geduzt werden. Martha Hammann zum Beispiel, die zu allen freundlich war und sich hier wohl zu fühlen schien und sogar damit einverstanden war, dass sie ausgerechnet mit Erna Rathjens, der größten Schludertasche des Altenheims, ein Zimmer teilte. Martha Hammann war immer zufrieden. Es liegt daran, dass sie ein gutes Leben hinter sich hat, dachte Döpner, im Gegensatz zu mir. Wie sie das wohl gemacht hatte? Sie sah sogar noch ziemlich apart aus. Wollte er von allen gesiezt werden, sogar von seinem Zimmergenossen, dem Käpt'n, weil er enttäuscht vom Leben war? *Herr Döpner. Du* hatten früher seine Enkelkinder gesagt, aber das war lange her, denn er hatte keine Enkelkinder mehr. Er hatte niemanden und er wollte es nicht anders.

Der alte Schlumbohm kam aus der dunklen Öffnung des Westflurs. Seine Frau wohnte im anderen Flügel, er wollte nicht mit ihr zusammenwohnen und jagte sie sogar mit seinem Stock fort, sobald sie sich ihm näherte. Erna Rathjens hatte erzählt, dass er sie trotzdem vergewaltigte, sie heimsuchte auf ihrem Einzelzimmer jede Woche, und tatsächlich hatte Hertha Schlumbohm oft blaue Flecke, die sie verschämt verdeckte. Neuerdings schob Karl Schlumbohm einen Rollator vor sich her. Er wurde von der schönen blonden Schwester Martina geführt, die ihm die widerspenstigen Hände immer wieder um die Griffe der Gehhilfe drückte. Eine dicke, blutverkrustete Schmarre von der Größe eines Fünfmarkstückes zierte seine Stirn. Er war gestürzt, weil ihm in der letzten Zeit dauernd schwindlig wurde, und sie hatten ihm den Rollator verordnet.

»Sie sollen mir meine Persönlichkeit nicht nehmen!«, grummelte Schlumbohm, als er an Döpner vorbeizuckelte, und seine weißen Augenbrauen zuckten zornig.

»Aber wenn Sie doch dauernd fallen, Herr Schlumbohm!«

Sie lassen einen noch nicht mal ordentlich stürzen, damit man endlich weg ist, dachte Döpner, und sah ihnen nach. Und wenn wir es fast geschafft haben, legen sie uns eine Magensonde, damit wir fortleben müssen.

Einmal hatte er die Heimleiterin gefragt, ob sie eine Arbeit für ihn hätte. Schließlich war Horschi, der Mann mit den Bermudashorts, auch so eine Art Hausmeister. »Seien Sie doch froh, dass Sie gut versorgt sind«, hatte Frau Dabel-Wiegersen gesagt, und dann, mit einem Blick von oben nach unten: »Viel können Sie ja sowieso nicht.«

Döpner konnte gar nichts.

Fietje schlurfte vorbei, dieser merkwürdige Gelbkopf, der niemals sprach und von dem keiner wusste, wie alt er war.

Bald würden sie alle im Essraum sein, vielleicht mit Besuch, der Kuchen in Alupapier mitgebracht hatte und Thermoskannen mit Kaffee; die Schwestern brachten Teller, und alle taten so, als wären sie fröhlich auf dieser Endstation. Aber der Käpt'n war immer noch nicht gekommen.

Döpner dachte daran, wie er vor drei Jahren seinen Sohn verloren hatte. Es fing damit an, dass er nicht mehr lesen konnte. Die Zeitung lag auf seinem Schoß, er hatte sie sinken lassen, weil er las, ohne zu verstehen, und saß lange so da. Der Sohn war zu Besuch gekommen, das tat er damals noch. Döpner hatte etwas sagen wollen, aber er konnte auch nicht mehr sprechen. Er lallte dumme Silben, ein sinnloses Kauderwelsch, wie eine fremde Kindersprache, obwohl in seinem Kopf alles in Ordnung war. Er lachte, obwohl er schreien wollte. Der Sohn sah Döpner an wie einen Verrückten, unter seinem Gesicht war plötzlich noch ein anderes, das er zeigte, als Döpner lallte. Er hat mich verstoßen mit diesem Blick, dachte Döpner. So ist es mit allen: Das Gesicht, das sie dir zeigen, ist nicht das richtige, sie haben auch noch ein anderes, das dahinter ist, und das setzen sie auf, wenn du sie brauchst.

Am nächsten Tag hatte Döpner wieder lesen und sprechen können wie immer, als wäre nichts geschehen. Aber das stimmte nicht. Döpner war froh, wenn sein Sohn nicht kam – und traurig, dass er nicht mehr kam. Denn Freunde hatte er nie gehabt. Vielleicht einen, den ihm der Krieg und die Zeit in der Ziegelei gegeben und wieder genommen hatten, einen Polen, der damals so jung gewesen war wie er selbst und der vielleicht nicht mehr lebte. Oder doch? Man müsste wissen, was aus ihm geworden ist, dachte Döpner. Heftig schüttelte er seinen gesenkten Kopf: Quatsch. Was vorbei ist, ist vorbei. Wann würde es ihm gelingen, nicht mehr daran zu denken?

Endlich kam der Käpt'n, seinen riesigen Bauch halb auf den Gehbock gelegt. Mit rotblauem Gesicht setzte er den Ständer vor sich, schlurfte schnaufend zwei Schritte hinterher, setzte den Bock wieder vor, wieder zwei Schritte und so weiter. Döpner wartete, ohne aufzusehen. Sie grüßten sich nicht, wenn sie sich außerhalb ihres Zimmers trafen. Sie redeten auch sonst kaum miteinander. Dass er ausgerechnet mit diesem Mann in einem Zimmer eingesperrt war! Sie kannten sich von früher, und jedes Mal, wenn der Käpt'n anfing zu reden, fürchtete Döpner, er würde von der Ziegelei anfangen, von der Zeit, an die Döpner nicht mehr denken wollte.

Endlich war er vorbei.

Mühsam stemmte Döpner sich hoch. Er war mehr als mittelgroß, und man hätte ihn stattlich nennen können, trotz seiner lahmen linken Hälfte. Er ging, wie Leute mit Schlaganfall gehen, die Linke hing schlaff vor dem Schenkel, das lahme Bein schlug bei jedem Schritt einen leichten Auswärtsbogen und ließ den Fuß auf den Boden platschen. Er schwankte hinüber zur gesunden Seite, man dachte, er würde stürzen, denn er benutzte keinen Stock, aber seine rechte Hälfte hielt den halben Körper zwischen Kippen und Stehen und zwang ihn zum nächsten Schritt. So schaukelte er fort, verschwand im dunklen Flur des Westflügels.

Döpner schloss die Tür des Doppelzimmers hinter sich. Grauer Linoleumboden, den man leicht von Blut, Eiter, Urin, Erbrochenem oder Kot reinigen konnte. Zwei Metallbetten, die man in jede Lage stellen konnte, mit den Galgen zum Hochziehen darüber. Zwei Nachtschränke, zwei Tischchen. Döpner kramte aus seinem Nachtschrank, der in der dunklen Ecke stand, ein Heftchen hervor und ging zum Tischchen seines Zimmergenossen am Fenster. Er setzte sich auf den Sessel, öffnete das Heft, zog einen alten Füller aus seinem Jackett und lehnte sich zurück.

Wie sollte er anfangen?

Das hatte er sich oft gefragt in den letzten Wochen. Döpner sah aus dem Fenster in den grauen Januartag und dachte an jene Nacht, als sein Leben angefangen hatte aufzuhören. Er war aufgewacht im Schlafzimmer seines Hauses und hatte gewusst, dass etwas zu Ende war und nie wieder so sein würde wie vorher. Er hatte sich schon daran gewöhnt, bevor er Zeit dazu gehabt hatte. Hundert Jahre lag das alte gute Leben zurück ... Es dämmerte und er wusste, dass er nicht aufstehen konnte, obwohl er sich noch nicht bewegt hatte. Er musste pinkeln.

Wie lange hatte er auf dem Teppich vor seinem Bett gelegen? Es war ihm vorgekommen wie Tage, obschon es nur kurze Zeit gewesen sein konnte. *Ein Gast bin ich, nur ein Gast.*

Er hatte telefonieren wollen: ein Arzt! Ein Riese mit warzigem Kopf hatte neben ihm gehockt, der stank und Döpner mit faulen Zähnen angrinste. Döpner hatte den verdrehten Hörer am Ohr, der Riese riss an der Schnur, er lachte und alles zitterte. Wieder hundert Jahre, bis er die Nummer hatte, das Telefonbuch. Schweiß. Es stank, er schiss auf den Teppich und rührte darin herum, kichernd, *in meiner Scheiße.* Döpner hatte dem Riesen in das Weiße seines Auges gesehen. Eins hatte er nur, mitten auf seiner furchigen Stirn, zwischen den Hörnern. Der Riese fing an zu brüllen, aber Döpner hörte nichts als sein eigenes Lallen. *Mein Name. Warum habe ich meinen Namen nicht geübt?*

Als sie ihn aus dem Haus trugen, hockte der Riese draußen vor dem Tritt und nickte zufrieden.

Dann war wieder Nacht geworden. Zwei Verrückte hatten den Riesen abgelöst, der dort geblieben war, *wo ich früher wohnte.* Aber Ablösung hatte er bekommen. Es waren zwei. Der eine sang, der andere redete irre die ganze Nacht, er schrie und stritt mit Gott. Döpner war im Vorhof der Hölle, wo die Sünder jammern und sich rechtfertigen, als könnten sie noch zurück. Der Teufel gibt niemanden wieder her. Es gab kein Entrinnen.

Dann war es hell geworden. Die beiden Verrückten schwiegen erschöpft, aber der Riese war wieder da, saß an Döpners Bett, hielt sich am Gitter fest. Er hatte einen Buckel und zeigte das Weiße in seinem Auge.

»Was willst du?«, lallte der Mann im Krankenbett.

Der Riese hatte geschwiegen. Er sagte nie mehr etwas. Dann starb der Mann.

So waren die ersten Tage vergangen.

Seitdem war Döpner ein ernster Mann. Denn er konnte nicht mehr lachen, ohne zu weinen. Und es war zu spät, noch irgendetwas zu ändern.

Döpner setzte den Füller auf das Papier und begann zu schreiben, zögernd zunächst, aber dann immer flüssiger:

Mittwoch, den 11. Januar 1989

Ich weiß nicht, warum ich angefangen habe zu schreiben, mich hier hingesetzt habe mit ein paar Fetzen Papier. Denn nichts ist eine Zeile wert und ich bin es auch nicht, denn ich bin ein Krüppel, der am Ende seines Lebens steht. Ich warte auf den Tod. Mein Leben war eine Reihe dummer Zufälle.
Schreiben war sonst nicht meine Sache. Vor langer Zeit habe ich Briefe geschrieben, als ich noch Gelegenheit dazu hatte. Viele waren es nicht, aber man sagte, meine Briefe seien schön, und darauf war ich stolz, ich gebe es zu. Heute habe ich niemanden mehr, dem ich Briefe schreiben könnte. Und es gibt nichts, was das Schreiben wert wäre. Vielleicht schreibe ich einfach darüber, was ich täglich sehe, nur zu meinem Zeitvertreib, damit ich meine leeren Tage füllen kann. Ich schreibe mir selbst einen Brief, so könnte es sein.
Heute scheint die Sonne nicht. Sie steht flach hinter grauen Wolken, es ist Januar und ich sitze hier am Fenster, an der Heizung und schreibe, solange ich schreiben kann, nur so vor mich hin und zu meinem eigenen Spaß.
Jeder hat seine Ecke hier, ich habe die schlechte abseits vom Fenster, denn ich bin später gekommen. Aber ich kämpfe nicht mehr und will mit allem zufrieden sein, wie es kommt. Nur dunkler ist es eben. Besonders wenn die Sonne scheint, merkt man es, wenn sie vorn am Fenster alles hell und freundlich macht und meine Ecke umso dunkler wird. Wenn der Kapitän fort ist, kann ich etwas am Fenster sitzen, im Hellen, und Unsinn schreiben, den guten alten Füller gleiten lassen übers Papier, einiger dummer Worte wegen.
Eigentlich darf ich auf dem Sessel nicht sitzen, der Kapitän

hat es mir streng verboten. Nur manchmal, man weiß nie wann, dann erlaubt er es plötzlich, als wäre er der König und gewährte mir, seinem Untertan, eine unverdiente Gnade. Es ist sein Sessel, von früher, so wie mein Füller von früher ist, ein guter und wirklich bequemer Sessel, den er mitgebracht hat hierher, mit den Kissen und einem dünnen Deckchen, es sind seine Kostbarkeiten, die er hütet, als wären es Schätze. Aber die Missgunst des Kapitäns hat auch sein Gutes. Denn weil ich selten auf seinem Sessel sitzen darf, freue ich mich umso mehr. Wenn nun noch die Sonne scheinen würde, könnte ich glücklich sein, wenn nur der Augenblick eine Rolle spielen würde dafür, ob einer glücklich ist.
Ich will nicht mehr an das Vergangene denken. Nicht an meine Kindertage, denn es ist kindisch, wenn alte Leute an ihre Kindertage denken. Die liegen lange zurück und haben keine Bedeutung mehr. Ich will nicht zu den Alten gehören, die wieder zu Kindern werden. Auch an meine Erwachsenenjahre will ich nicht denken, an die Zeit, als andere über mein Leben bestimmt haben. Ich habe selbst keine Beschlüsse gefasst. Das Leben liegt hinter mir, vor mir ist nur noch der Tod und der kommt von allein. Und solange ich noch lebe, brauche ich mich nicht anzustrengen, ich bekomme alles.
Der Kapitän ist unten mit den anderen, sie trinken Kaffee zusammen. Mir liegt nichts an ihrer Gemeinschaft, denn am liebsten bin ich für mich. Sie nennen ihn alle Kapitän, weil er das in seinem anderen Leben gewesen ist. Ich war nichts, was einen so großen Namen hat. Ich war nur Ziegelbrenner, ein Beruf, den heute niemand mehr kennt und den mich der Zufall zwang zu lernen, eine Arbeit, die ich vielleicht gern getan hätte, wenn ich nicht der Knecht eines Mannes gewesen wäre, der es nicht verdiente, dass man etwas gern für ihn tat. Ich schweife ab: Das ist Vergangenheit und tut heute nichts mehr zur Sache.
Wie der Füller so über das Papier gleitet: so ganz von selbst, fast macht es mir Spaß, und es ist mein alter Füller, von früher her noch, er kratzt nicht. Ich habe ihn in dem Jackett gefunden, das sie mir in der ersten Zeit aus meinem Haus ge-

bracht haben. Das Jackett und der Füller, das sind die einzigen Sachen, die ich noch von früher habe, aus der Zeit mit Elke.
Ich habe mir ein gutes Versteck ausgedacht für diese Blätter, das muss man haben, bevor man anfängt, unbedeutende Gedanken aufzuschreiben, denn ein bisschen Scham habe ich noch übrig behalten nach dieser Zeit. Ich lege diese Zettel in mein Versteck hinter dem Radio in meiner Ecke.
Mein Mitbewohner ist ein mürrischer Mensch, er spricht nicht viel. Immer hat er steile Falten auf der Stirn wie im Zorn, und wenn er auf seinem Sessel sitzt, dann stützt er stets seine Fäuste auf dem Stock zwischen seinen Beinen und starrt vor sich hin. Nachts schnarcht er immer. Die Nächte sind schrecklich lang, die Nächte sind das Schlimmste, man irrt im Haus umher wie eine Seele im Jenseits. Obwohl nichts nach dem Leben kommt, wenn man endgültig gestorben ist.
Nun ist schon eine Dreiviertelstunde vergangen, die Kaffeezeit geht sicher ihrem Ende zu, ich muss aufhören, bevor er kommt und mich erwischt auf seinem Sessel. Es könnte sein, dass er mir mit seinem Stock droht, einmal hat er es schon getan.
Ich muss wegräumen, es dauert alles länger, seit meine verfluchte linke Seite lahm ist. Laufen kann ich immerhin, oder sagen wir: Ich humpele, ziehe das linke Bein ungelenk nach. Ich bin ein Krüppel. Lächerlich sieht es aus, wenn ich gehe, aber ich gehe selbst und brauche keine Hilfe. Mein linker Arm ist tot wie ein Stück Holz. Fremd hängt er an meiner Schulter und doch ist es mein Arm. Beklagen will ich mich nicht, bei wem schon, nein, denn meine Rechte ist wie eh und je, sie zittert nicht, ist nur alt und faltig, und ich kann schreiben. Mit etwas Übung wird meine Schrift sicher besser werden.

IV.

Schlüter war schlecht gelaunt, denn er hatte die Sache Kaczek gegen von Rönn immer noch nicht erledigt. Der Februar hatte begonnen, die Tage wurden spürbar heller, Frost lag in der Luft und der Kollege Bronisław Stelzer hatte zwei neue Briefe geschrieben, die unbeantwortet in der Akte lagen, zwei inhaltsschwere Briefe, drängend, gleichzeitig depressiv und etwas unterwürfig, vielleicht auch nur altmodisch formuliert, warteten in der Ablage, gefährlich nahe dem Sorgenstapel.

Schlüter der Retter. *Wenn Sie die kollegiale Gefälligkeit hätten, meinem so schwer vom Schicksal geprüften Mandanten Beistand zu leisten, dann wäre ich Ihnen zum größten Dank verpflichtet.* Stelzer hatte aber den deutschen Zeugen benannt: einen gewissen Johann Döpner, Aufenthaltsort unbekannt. Man werde versuchen, ihn zu ermitteln. Es gebe jedoch noch einen anderen Zeugen, einen ehemaligen Kapitän, der seinerzeit damit beauftragt gewesen sei, die produzierten Ziegel vom Hollenflether Hafen aus abzutransportieren. Der Name sei seinem Mandanten nicht mehr erinnerlich, aber auch diesen werde man versuchen zu ermitteln.

Es bestand die Gefahr einer inneren Sperre gegen diesen Auftrag. Schlüter musste nachdenken. Aber das konnte man im normalen Alltag nicht. Morgens nahm man sich etwas vor, dann geschahen unverhofft Dinge, die Routine nahm einen gefangen, und abends fragte man sich, ob man überhaupt gearbeitet hatte und, wenn ja, was. So gingen Tage und Wochen hin. Manches musste man sofort packen oder man packte es nie.

Was ist passiert? fragte Schlüter sich. Ein alter Pole, der behauptet, ehemals Zwangsarbeiter auf der Ziegelei von Rönn in Hollenfleth gewesen zu sein, verlangt einen Ausgleich für fünf Jahre würdeloses Leben, Schuften ohne Geld und für den Verlust der Gesundheit, für Angst und Unfreiheit. Vielleicht lügt er? Der Mann sitzt weit hinter dem Eisernen Vorhang, du kennst ihn nicht und kannst nicht mit ihm reden, und überhaupt – wie ticken die da drüben? Womöglich übertreibt er, um Eindruck zu machen? Der Pole hat zwar einen Kollegen beauftragt, aber den kennst du auch nicht, und ein Garant für Wahrheit kann er schon deswegen nicht sein, weil er nicht dabei war. Du hast nur sein grobes Briefpapier, die Zeilen mit den gefüllten Buchstabenbäuchen. Du fühlst dich ihm überlegen, weil du über die bessere Technik verfügst. Irgendwie hast du das Gefühl, dass du besser bist. Sind die nicht selbst schuld, dass es ihnen schlecht geht? Ihre Regierung ist schlecht, aber haben sie die nicht verdient?

Verdammte Hinterwunschgedanken, dachte Schlüter. *Du weißt,* dass Stanisław Kaczek nicht lügt, du weißt auch, dass er nicht übertreibt, und du bist auch nicht überlegen nur deshalb, weil du Glück hattest und auf der richtigen Seite des Zaunes geboren bist und eine elektrische Schreibmaschine mit Gedächtnis besitzt.

Er hat Recht, der Stanisław Kaczek, dachte Schlüter. Aber kriegt er's? Du musst es versuchen, sogar wenn du in der nächsten Zeit auf das eine oder andere Buch wirst verzichten müssen. Schlüter seufzte und schob ein paar grüne Akten auf seinem Schreibtisch hin und her. Eine kleine Faust der Tatkraft ballte sich in seinem Innern. Zuerst würde er sich gründlich schlau machen zu dem Thema. Wieso wusste er nichts über das, was bis unmittelbar vor seiner Geburt Alltag im Lande gewesen war? Man hatte, von gelegentlichen Zeitungsnotizen abgesehen, die ganze Zeit kein Wort über die so genannten Zwangsarbeiter verloren. Wieso bloß? Dass die Alten nichts erzählt haben, ist eine Sache. Aber dass die Jungen nicht gefragt haben, eine andere.

Ihm fiel dieser Mensch vom Archiv ein, von dem neulich in der Zeitung ein Bericht über das Leben auf dem Lande in der Mitte des letzten Jahrhunderts publiziert worden war, insbesondere im Hollenflether und Großenborsteler Moor. Wie viele Höfe es gegeben hatte; wann das Moor urbar gemacht worden war; wie viele Ziegeleien es in der Kadingschen Marsch gegeben hatte. Vielleicht wusste dieser Mensch vom Archiv, unter welchen Bedingungen die Zwangsarbeiter gelebt hatten, wie viele es gegeben hatte. Wie hieß der Mann doch gleich? Dr. Barmbeck. Schlüter suchte die Nummer aus seinem Telefonbuch und wählte.

Dr. Barmbeck sprach deutlich und überlegt.

»Wir wissen es nicht genau«, sagte er. »Es ist schwer, verlässliche Zahlen zu bekommen. Wir müssen auf die Buchführung der Nazis zurückgreifen.«

Nazis, sagte er. *Nazis* sagen nur Leute, die im Dritten Reich in der Opposition – im Widerstand? – gewesen waren, und dann erst wieder die Enkel, die in der Schule davon gehört hatten; Kinder von Nazis sagten nicht *Nazis.* Man beleidigt seine Eltern nicht. Altnazis sagten nicht *Nazis,* die sagten höchstens *national gesinnt.* Und Mitwisser der Verbrechen sagten auch nicht *Nazis.* Die sagten gar nichts.

Dann erklärte Dr. Barmbeck, dass es im Landkreis etwa neuntausend Zwangsarbeiter allein in der Landwirtschaft gegeben hatte, dazu seien noch fünf- bis sechstausend Kriegsgefangene gekommen. Alles in allem mussten es um die fünfzehntausend Menschen gewesen sein; hauptsächlich Polen, Tschechen, Russen, Ukrainer, aber auch ›Westarbeiter‹ wie Franzosen, Belgier, Holländer. Bei einer Bevölkerung damals von ungefähr einhundertdreißigtausend Menschen also mehr als zehn Prozent Ausländer, deutlich mehr als heute. Und wenn man bedenke, dass die Deutschen im Alter zwischen siebzehn und fünfzig als Soldaten und nicht zu Hause gearbeitet hätten, dann müsse man davon ausgehen, dass Zwangsarbeiter und Kriegsgefangene mindestens ein Viertel aller Arbeit gemacht hatten.

»Was ist eigentlich der genaue Unterschied zwischen Zwangsarbeitern und Kriegsgefangenen?«, unterbrach Schlüter die Ausführungen des Historikers. »Ich meine, bei der Arbeit; sonst ist mir das schon klar.«

»Bei der Arbeit – gar keine. Beide mussten arbeiten. Aber beim Lohn gab es Unterschiede. Kriegsgefangene bekamen nichts. Und die Zwangsarbeiter waren in verschiedene Kategorien eingeteilt, mit verschiedenen Rechten; wenn man das überhaupt Recht nennen kann. Die unterste Kategorie waren die Osteuropäer, ganz unten die Russen, die Zweituntersten die Polen. Das war die zahlenmäßig größte Gruppe. Dann gab es noch Westeuropäer, Belgier, Franzosen und so weiter, die waren, genau wie die Balten, mit deutschen Arbeitern gleichgestellt, weil rassisch nicht niedrig.«

»Haben sie Lohn gekriegt, die Polen?«

»Das ist nicht mit einem Satz beantwortet. Was man so Lohn nannte. Es gab einen Tarif, einen speziell für Polen. Der lag offiziell immerhin bei achtzig Prozent dessen, was ein deutscher Arbeiter bekommen hat, jedenfalls vorübergehend. Damit rechtfertigte man sich später. Aber der Pole hat das Geld, was ihm theoretisch zustand, praktisch nicht gesehen. Nur ganz zu Beginn, 1939, 1940, wurde es ausgezahlt. Später wurde es zum größten Teil verrechnet, mit Naturalleistungen. Kost und Logis. Wie ein Häftling, der die Kosten des Gefängnisses selbst bezahlen muss. Die Regeln änderten sich ständig, je nach der Versorgungslage und der politischen Lage, je nachdem wie die Stimmung in der Bevölkerung war, und je nachdem wie viele neue Polen für das Granatenstopfen oder zum Weizenernten oder Ziegelbrennen gebraucht wurden. Je nachdem wie gut der Eindruck sein sollte, den die Kulturnation von Goethe und Beethoven den Untermenschen im Osten machen sollte.«

Dr. Barmbeck machte eine kleine Pause. Er hält bestimmt öfter Vorträge, dachte Schlüter.

»Die Deutschen«, fuhr Dr. Barmbeck langsam fort, »hatten viele Sklaven. Ab Frühjahr 1940 wurde planmäßig geraubt. Das steigerte sich rasant bis zum Kriegsende. Fünf Jahre.«

Schlüter überlegte, wie lang fünf Jahre sein konnten. Er musste wohl zu lange überlegt haben, denn plötzlich sagte der Mann am anderen Ende: »Hoffentlich habe ich Ihnen weitergeholfen. Wenn Sie mehr wissen wollen, kommen Sie vorbei.«

Schon hatte Dr. Barmbeck aufgelegt. Schlüter blieb regungslos sitzen, mit dem Hörer in der Hand.

Er musste nachdenken, denn das war kein Verkehrsunfall, aber im Büro konnte er das nicht, hier fand er keine Ruhe. Und zu Hause würde er sich einen Tee machen und lesen, anstatt nachzudenken.

Kurz darauf fand er sich im Gedränge der Fußgängerzone wieder. Alle Beamten in der Stadt schienen auf Einkaufstour zu sein, während Dr. Barmbeck seine Quellen ordnete. Es regnete und schneite nicht, also war das Wetter gut. Schlüter überquerte den Ochsenmarkt, ging am alten Munitionslager vorbei und betrat das dreistöckige Kaufhaus von Hertie. Oben im Restaurant würde er sich einen billigen Kaffee holen. Dort ging er immer hin, wenn er garantiert keine Kollegen treffen wollte, die ihn womöglich in ein Gespräch verwickelten. Dafür lief er Gefahr, Mandanten über den Weg zu laufen, aber das nahm er in Kauf.

Gleich rechts hinter den gläsernen Eingangstüren befand sich das Reisebüro mit den Sonderangeboten für die schnelle Flucht ins Urlaubsgetto. Ohne seinen Willen blieb Schlüters Blick an einem Plakat kleben, auf dem ein Kreuzfahrtschiff durchs blaue Meer schäumte. Vielleicht sollte ich Urlaub machen, dachte Schlüter. Wann hatte er den letzten wirklichen Urlaub gemacht? Wann war er zuletzt gereist an einen Ort, den er noch nicht kannte? Als Einzelkämpfer ohne Vertretung konnte man sich Urlaub nicht leisten; der kostete doppelt. Eine Woche, wenn es hochkam, und dann nur eine mit Brückentag, und das noch mit schlechtem Gewissen. Da verzichtete er lieber ganz. Keine Kreuzfahrt; Schlüter war unentbehrlich und ging weiter.

Hinter der Rolltreppe befanden sich die Bücher. Bücher waren Schlüters Urlaubsersatz, jedes Wochenende machte er eine Reise. Außerdem enthielten sie die Weisheit der Welt, nach der sich niemand richtete. Auf dem Rückweg würde er in seiner Leib- und Magenbuchhandlung vorbeisehen, denn nichts ging über eine gute Buchhandlung.

Ich muss mich konzentrieren, dachte der Anwalt, als er am Kaffeeautomaten stand. Er fand einen Platz nah am Fenster, mit Blick zur Tür und dem Rücken zur Wand.

Die ganze Arbeit in der Landwirtschaft war von eingefangenen Sklaven aus dem Osten erledigt worden, sinnierte Schlüter. Sie brannten die Ziegel in den Ziegeleien – und keiner weiß davon, läppische vierundvierzig Jahre später, außer einem gewissen Dr. Barmbeck? Niemand spricht darüber? Erst nach sechzehn Jahren Dasein als Advokat in dieser Gegend wirst du das erste Mal von einem ehemaligen Zwangsarbeiter beauftragt? So neu konnte doch diese Forderung nach Gerechtigkeit nicht sein?

Schlüter trank den bitteren Kaffee aus und schaltete sein Gehirn auf juristisch um. Jeder Anspruch muss eine Anspruchsgrundlage haben, überlegte er, während er zurück zur Treppe ging; sein graues Gesicht spiegelte sich ringsum. Es gibt Ansprüche aus Vertrag und Ansprüche aus Gesetz.

Vertragliche Ansprüche gab es in diesem Fall nicht; das war klar: das setzte einen Arbeitsvertrag voraus. Die Arbeitgeber hatten sich die Zwangsarbeiter zuteilen lassen. Kein Vertrag mit ihnen, sondern über sie als Objekt, mit dem Arbeitsamt, so viel wusste Schlüter.

Blieb nur der gesetzliche Schadensersatzanspruch nach § 823 BGB.

Schlüter bemerkte, dass er am Gerbergang angekommen war. Mitten im Strom der Passanten blieb er stehen und wurde zum Verkehrshindernis. Jemand rempelte. Neben ihm regnete es Pommes. Drei junge Männer, die sich ihre Gesundheit damit ruinieren wollten, warfen genervte Blicke und schlugen einen Bogen um ihn.

»Scheiße«, murmelte Schlüter.

Der eine von den dreien bewegte seine flache Hand vor dem Gesicht hin und her, die anderen beiden lachten. Schlüter machte eine Kehrtwendung und lief zum Büro zurück. Es war nach fünf Uhr, Angela war sicher gegangen, der Lehrling auch. Schlüter schloss leise auf, drückte sich durch die Tür und verschwand in seinem Arbeitszimmer. Ein Mann, inkognito bei sich selbst.

Schlüter griff sich den Schönfelder und schlug § 823 BGB auf.

> *Wer vorsätzlich oder fahrlässig das Leben, den Körper, die Gesundheit, die Freiheit, das Eigentum oder ein sonstiges Recht eines anderen widerrechtlich verletzt, ist dem anderen zum Ersatze des daraus entstehenden Schadens verpflichtet.*

Das müsste doch eigentlich reichen, man müsste nur um die kurze Verjährungsfrist von drei Jahren herumkommen.

Schlüter konnte sich immer noch nicht konzentrieren. Nach kurzer Zeit verließ er sein Büro ein zweites Mal, ging durch Gassen und Höfe und landete wenig später vor dem Eingang des Stadtarchivs.

Die Tür ließ sich öffnen, erst danach bemerkte Schlüter den Klingelknopf. Er durchquerte einen Flur und sah den Mann durch eine offene Tür hinter seinem Schreibtisch, über Papiere gebeugt, den Kopf lesend vorgereckt.

»Entschuldigen Sie«, sagte Schlüter. »Ich platze hier so rein. Schlüter mein Name. Wir haben vorhin telefoniert, und ...«

»Schon gut«, sagte der Mann und legte einen Finger als Lesezeichen auf das Blatt. »Ich habe Zeit, wie Sie sehen.« Er sprach klar und deutlich mit tiefer Stimme und hatte ein schmales spitzbärtiges Gesicht. Er schob die Akte beiseite, in der er gearbeitet hatte, stand auf und begrüßte Schlüter mit einer kleinen trockenen Hand.

»Das Archiv steht jedem zur Verfügung«, erklärte Barmbeck. »Sie interessieren sich für das Thema Zwangsarbeit?«

»Ja. Zwangsarbeit speziell in Hollenfleth.«

»Trifft sich gut. Wir arbeiten gerade an dem Thema. Hier auf den Landkreis bezogen. Ein paar Zahlen habe ich Ihnen vorhin ja schon genannt. Die meisten waren in der Landwirtschaft eingesetzt, bei Erntearbeiten. Gewerbe gab es damals noch nicht viel. Eine Saftfabrik, eine Bleifabrik in Hollenfleth-Bassel, dort auch die Molkerei, und natürlich die Ziegeleien ... Warten Sie. Ich habe da neulich was gehabt.«

Dr. Barmbeck verschwand im Nebenzimmer. Schlüter wartete. Die Regale an den Wänden gingen bis zur Decke. Sie waren voll mit Ordnern, die Aufschriften mit dicken schwarzen Buchstaben trugen. Der Fußboden war mit Dokumenten, Papieren und Schriftstücken aller Art bedeckt. Die Gitterjalousien waren herabgelassen, der Raum lag im Dämmerlicht. Konzentration auf das Thema.

Barmbeck kehrte zurück, mit mehreren Ordnern im Arm.

»Wir haben neulich etwas über die Ziegeleien in der Gegend veröffentlicht«, begann er.

Schlüter nickte. »Im Tageblatt, ja. Hab ich gelesen.«

»Und im Zusammenhang damit ist mir dies über den Weg gelaufen. Die von Rönn'sche Ziegelei.«

Schlüter beugte sich gespannt vor: »Die kennen Sie?«

»Natürlich. Darüber haben wir ein paar Dokumente. Dort haben auch Zwangsarbeiter gearbeitet. Der Besitzer war übrigens Ortsbauernführer und hatte direkten Zugriff. Die Bauernführer waren für die Verteilung der Zwangsarbeiter im Krieg verantwortlich, wissen Sie.«

»Er saß also an der Quelle, sozusagen.«

»Und hat sich bedient. Außerdem war er geizig. Hier ...« Barmbeck blätterte in einem Ordner und schlug ihn schließlich an einer durch einen Pappstreifen markierten Stelle auf. »Hier habe ich einen Brief vom Bürgermeister von Hollenfleth vom 12. Dezember 1939, hören Sie: *Der Bauer und Ziegeleibesitzer von Rönn weigert sich, die Bezahlung der beiden zivilen Wachmannschaften zu übernehmen. Er begründet seine ablehnende Haltung damit, dass ihm vor der Zuweisung der Gefangenen seitens des Arbeitsamtes eröffnet worden sei, er habe den Wachmannschaften – je 10 Mann für einen Wachmann – lediglich Kost zu gewähren. Die Entlohnung der beiden Hilfspolizisten würde ihm eine Mehrbelastung von 50 Rpf auf jeden Gefangenen pro Tag bedeuten, die ihm nicht zugemutet werden könne.«*

Dr. Barmbeck schob seine Brille wieder hoch. »Übrigens hat er sich durchgesetzt. Das ergibt sich aus dem weiteren Schriftwechsel. Die Bewachung wurde von der Wehrmacht übernommen. – Was sagt uns das? In diese billigen Sklaven sollte nichts investiert werden.« Barmbeck schlug den Ordner zu und schob ihn beiseite. »Das war sogar noch, bevor die eigentliche Sklavenjagd losging. Kriegsgefangene sind ja, wenn man so will, etwas Normales. Zwangsarbeit war damals allerdings schon lange verboten, Haager Landrecht. Wahrscheinlich ist das der Grund, warum man sie damals Zivilarbeiter nannte. *Ausländische Zivilarbeiter.*«

»Ich habe den Auftrag, Ansprüche eines ehemaligen Zivilarbeiters geltend zu machen«, erklärte Schlüter.

»Na, denn mal viel Spaß. Und der hat beim von Rönn arbeiten müssen?«

Schlüter nickte: »Namen haben Sie nicht? Listen?«

Barmbeck schüttelte den Kopf. »Leider nicht. Damit kann ich nicht dienen. Es ist viel vernichtet worden. Wir sind wie Archäologen, wir schließen vom Teil, das wir finden, aufs Ganze. Können Sie den Beweis denn führen, dass er überhaupt da gewesen ist?«

»Deswegen bin ich hier. Aber ich denke, ja, trotzdem«, antwortete Schlüter. »Es gibt Zeugen.«

»Deutsche oder Leidensgenossen?«

»Deutsche.«

Dr. Barmbeck pfiff leise durch die Zähne. »Alle Achtung«, wunderte er sich. »Das dürfte die Ausnahme sein. Die Deutschen erinnern sich nämlich nicht so gern, wissen Sie.«

Schlüter nickte. Er fühlte sich unbehaglich.

Dr. Barmbeck richtete sich auf. »Der gebildete Zeitgenosse glaubt, er würde Bescheid wissen. Stimmt aber nicht. Das Sklavenprogramm war gigantisch, ungeheuerlich. Wenn Sie die Kriegsgefangenen und die Häftlinge in den Konzentrationslagern hinzurechnen, kommen Sie auf über dreizehn Millionen Zwangsarbeiter! Dreizehn Millionen Menschen! Ein gewisser Herr Fritz Sauckel war dafür zuständig. Man hat alle Methoden angewandt. Freiwillige Anwerbung. Freiwilliger Zwang durch Enteignung, das heißt, man enteignete die polnischen Bauern und jagte sie fort, den Werbern in die Arme. Die Polen waren gezwungen, ins Reich zu gehen, weil sie glaubten, so könnten sie ihre Familien ernähren. Zuständig war die Wehrmacht. Die waren nicht zimperlich, wie man weiß. Und natürlich die alte Sklaventreibermethode: Sie haben die Menschen in den Dörfern und Städten aus ihren Häusern auf Plätzen zusammengetrieben, meistens im Morgengrauen, und sie erst auf Lastwagen, dann mit Zügen abtransportiert. Und die, die vor Kriegsausbruch freiwillig gekommen waren, verloren ihren Status, sie wurden festgesetzt. Sie wurden per Dekret zu Leibeigenen. Der Arbeitgeber konnte Sklavenhalter, Richter und Henker in einem sein – wenn er wollte. Entscheidend war, dass die Polen – die Russen natürlich auch – nicht wussten, ob sie sich abends noch heil auf den Strohsack legen konnten und wo dieser Strohsack liegen würde: in der Unterkunft auf dem Hof oder im Straflager, im KZ.«

Schlüter nickte. »Bei meinem war es so, dass sie ihn vom Hof vertrieben haben, den er in Polen besaß. Die Wehrmacht hat ihn enteignet. Bei der Aktion sind einige Bauern umgekommen. Sie hatten sich geweigert, ihre Höfe zu verlassen. Sie wurden ermordet, auf Deutsch gesagt. Mein Pole war mitsamt seiner Familie von einem Tag auf den andern obdachlos. Aber er wollte nicht ins Reich, nach dem, was er erlebt hatte. Er ist zunächst bei seiner Schwester untergekommen. Dort haben sie ihn wenig später festgenommen und abtransportiert.« So hatte der Kollege Stelzer das berichtet.

»Also eine Kombination von Methode zwei und drei«, analysierte Barmbeck. »Binnen kurzer Zeit wimmelte es hier im Landkreis von so genannten ausländischen Zivilarbeitern. Jeder hatte Kontakt zu ihnen, jeder, ich garantiere es. Aber heute? Keiner weiß davon. Keiner schert sich drum. Seit dem Krieg hat noch jede Regierung eine Beschäftigung mit dem Thema abgelehnt.«

»Und die Gerichte weisen Ansprüche zurück, soweit mir bekannt ist«, ergänze Schlüter vorsichtig.

»Natürlich«, bestätigte Dr. Barmbeck. »Die Juristen – nehmen Sie das nicht persönlich – sind schon immer eine Stütze der jeweiligen Regierung gewesen. Sie haben die Vernichtungspolitik fein säuberlich in Verordnungen umgesetzt. Und jetzt schützen sie den Staat und seine rechtschaffenen Bürger vor Inanspruchnahme.«

»Ich widerspreche Ihnen nicht.«

»Ach sehen Sie – ich bin Historiker. Man sagt ja, aus der Vergangenheit könne man lernen für die Zukunft. Natürlich kann man das. Aber wir tun es nicht. Daran glaube ich nicht mehr.«

»Ich habe neulich gelesen, dass es im Bundestag eine neue Initiative gibt zur Entschädigung für die Zwangsarbeiter«, gab Schlüter zu bedenken.

»Sie meinen wohl den Antrag der Grünen, eine Stiftung einzurichten? Ach, Herr Schlüter, hoffen Sie nicht umsonst. Erstens nimmt keiner Ernst, was die Spinner sagen, und zweitens wird es, falls es tatsächlich was werden sollte, hundert Jahre dauern, bis irgendeiner von den Betroffenen auch nur eine Mark bekommt. Das sind inzwischen alles alte Leute, die jüngsten sind mindestens fünfundsechzig. Die meisten krank. Man wird es schon so einrichten, dass es keiner von denen mehr erlebt.«

Barmbeck trommelte mit den Fingern einen Jazz auf die

Schreibtischplatte. »Übrigens«, setzte er hinzu. »Was denken Sie, warum es erst jetzt zu einer solchen Initiative kommt?«

Schlüter zuckte mit den Schultern.

»Ich denke, weil es jetzt die Enkel sind, die Enkel der Täter«, sinnierte der Archivar. »Die Täter schweigen, ihre Kinder konnten es nicht brechen, und nun kommen die Enkel. Offensichtlich sind in dieser Spinnerpartei ein paar Enkel mehr drin. Aber sie haben nicht die Macht. Und deshalb ist es sowieso egal, weil nichts dabei herauskommen kann.«

Schlüter überlegte. »Kommen wir nochmal auf von Rönn und die Ziegelei zurück«, meinte er. »Haben Sie noch mehr Unterlagen über den Mann als den Brief, den Sie mir vorgelesen haben?«

Barmbeck schlug die Arme auseinander. »Ich weiß es ehrlich gesagt nicht genau. Aber – Moment mal – irgendwas war da. Sind Sie ausschließlich wegen des Zwangsarbeiters tätig?«

»Ja. Warum fragen Sie?«

»Weil ich meine, dass da noch was anderes war«, wiederholte Barmbeck abwesend. Er lehnte sich in seinen Stuhl zurück, verschränkte die Hände hinter dem Hinterkopf und blickte zur Decke, wo eine verstaubte Neonleuchte hing.

Schlüter ertappte sich dabei, dass er sich ebenfalls zurücklehnte. Er konnte gerade noch verhindern, dass er die Hände auch hinter seinen Kopf legte. Er wartete.

Plötzlich sprang Barmbeck auf. »Jetzt weiß ich!«, rief er. »Es gibt Dokumente über eine Hinrichtung, mit der von Rönn was zu tun hatte, oder jedenfalls Leute aus Hemmstedt oder Hollenfleth. Ich werde Ihnen das heraussuchen lassen. Kommen Sie in den nächsten Tagen wieder, sagen wir, Anfang nächster Woche.«

Wenig später hatten sie sich verabschiedet und Schlüter hatte das Gefühl, weitergekommen zu sein. Den Schwung wollte er nutzen.

Er ging zurück in sein Büro, setzte sich hinter den Schreibtisch, zog die Akte Kaczek gegen von Rönn hervor und las die Briefe des Kollegen Stelzer noch einmal durch.

Unsere wiederholten Versuche, Ansprüche über die polnischen Behörden geltend zu machen, haben leider zu nichts geführt. Sie sind stets abgelehnt worden, und dies nach langer Zeit. Es verbleibt uns deshalb nur die Möglichkeit, Sie, sehr geehrter Herr Kollege, um Ihre sehr geschätzte Hilfe anzubitten, damit mein Mandant erfährt, dass es auch ein anderes Deutschland gibt. Mein Mandant hofft, bald Kontakt aufnehmen zu können zu Johann Döpner. Von ihm glaubt er, Beistand bekommen zu können, denn …

Schlüter nahm sein Diktiergerät: »Schreiben Sie bitte in dieser Sache ein Einschreiben mit Rückschein an den Gegner, Friedrich von Rönn: Sehr geehrter Sowieso, ›ich schreibe Ihnen im Auftrag des Herrn Stanisław Kaczek. Mein Mandant ist polnischer Staatsbürger und war, wie Ihnen bekannt ist, in der Zeit vom 23.10.1940 bis zum 5.5.1945, also bis wenige Tage vor Kriegsende, bei Ihnen auf dem Hof als Zwangsarbeiter eingesetzt, im Wesentlichen in Ihrer Ziegelei, aber auch auf dem Hof. Mein Mandant hat in dieser Zeit keinen oder keinen ausreichenden Lohn bezogen, er war Ihrer Willkür unterworfen und hat insbesondere durch die vorsätzliche Körperverletzung am 11.6.1943 eine schwere Kopfverletzung erlitten, an deren Folgen er bis heute leidet. Ich will an dieser Stelle keine Einzelheiten erwähnen. Dies könnte im Streitfall erfolgen. Ich gestatte mir nur den Hinweis, dass es für alle Tatsachen einen Zeugen vor Ort gibt, der zur Verfügung steht, wie Sie selbst wohl am besten wissen. Mein Mandant möchte nach dieser langen Zeit einen angemessenen Ausgleich in Geld. Die Höhe des Anspruchs soll jetzt noch nicht festgelegt werden. Ich fordere Sie deshalb auf, Ihre grundsätzliche Bereitschaft, zu Ihrer Verantwortung zu stehen, mitzuteilen, indem Sie das Doppel dieses Schreibens mit Ihrer Unterschrift versehen und binnen zehn Tagen‹ – das bitte eingerückt und fett geschrieben – ›an mich zurücksenden. Sofern dies geschieht, werde ich mich erneut mit Ihnen in Verbindung setzen, damit die Höhe der Ausgleichszahlung festgesetzt werden kann. Mit freundlichen Grüßen. Rechtsanwalt.‹«

Schlüter ließ den Diktierkopf sinken. Morgen noch würde der Brief rausgehen. Endlich kam die Sache ins Rollen und er würde am Ball bleiben, bis zum Ende. Der Anwalt war ein bisschen zufriedener mit sich und beschloss, für heute Feierabend zu machen. Nächste Woche würde er die Dokumente vom Archiv bekommen, dann würde er weitersehen. Wie Friedrich von Rönn, genannt der Feldhöber, wohl auf diesen Brief reagieren würde? Nachdem so viel Zeit vergangen war …

V.

Der kleine Mann, der, wie Erna Rathjens verraten hatte, Wilhelm Nagel hieß, kam Johann Döpner am Vormittag am Eingang entgegen. Döpner hatte frische Luft schnappen und nach der Katze sehen wollen. Die Sonne schien flach hinter den Eschenbäumen. Nagel war von draußen gekommen. Sein Gesicht hatte einen hochmütigen Ausdruck, seine grauen Brauen schienen hochgezogen wie bei einem, der meint, er wäre etwas Besseres als andere. Nur seine Augen passten nicht dazu. Wässrige, ängstliche Augen, mit denen er durch Döpner durchsah wie durch eine Scheibe in einer Tür, bevor man sie aufstößt und weitergeht. Plötzlich glitten sie weg und Nagel lief an Döpner vorbei, mit kleinen eiligen, unsicheren Schritten, pustete eifrig die Backen auf. Das Gehen strengte ihn wohl an. Döpner blieb stehen, und während er ihm von hinten nachsah, dachte er: Den kennst du, diesen Gang. Aber woher?

Döpner überlegte, wie lange Nagel schon im Altenheim war. Der Blutige Werner hat ihn mit seinem Rotkreuzwagen gebracht, vor drei Wochen, mit einer Schmarre an der Stirn, in fleckigen Lumpen und mit dem wilden Blick des Verrückten. Das haben viele, wenn sie kommen, dachte Döpner, das war bei mir nicht anders. Manche blieben so, sie wurden nicht wieder normal, andere arbeiteten sich aus dem Wahnsinn heraus. Wenn man so plötzlich aus allem geworfen und auf eine Station gebracht wurde, wo sie alle nur noch auf den Tod warteten, da konnte man schon mal verrückt werden.

Ich kenne ihn nicht, auch wenn er mir bekannt vorkommt, dachte Döpner. Nagel hießen viele im Dorf, das hatte nichts zu bedeuten.

Beim Essen setzte sich Döpner neben Erna Rathjens. Manchmal bekam er keinen Platz für sich allein, außer ihm saß meistens nur der blöde Fietje allein, den keiner mochte, weil er nie sprach und ein gelbes Gesicht hatte wie ein Mongole. Seit einigen Tagen suchte er Döpners Nähe, ganz ohne Grund, verzog sein Gesicht zu einer verschlagenen Ledermaske und hockte sich zu Döpner, besonders beim Mittagessen, manchmal so dicht, dass Döpner es nicht aushielt. Deshalb hatte er sich heute gegen seine Gewohnheit neben die alte Rathjens gesetzt.

»Nanu, Sie«, sagte sie, als Döpner neben ihr Platz nahm, und rückte beiseite.

Die anderen waren schon fast fertig. Die meisten Tische waren leer. Fietje grinste unergründlich vom Fenster her.

»Was ist denn mit Ihnen los, alle Tische frei, und Sie setzen sich zu mir?«

Sie wusste alles und sie erzählte alles. Es reichte, wenn man ihr eine Gelegenheit gab anzufangen und sie reden ließ. Wilhelm Nagel hatte die letzten Jahrzehnte im Dorf gewohnt, erzählte sie, in einer kleinen weinumrankten Backsteinvilla, die tot aussah mit hohlen, wie ausgestochenen gardinenlosen Fensteraugen, nicht weit von dort, wo es zum Deich ging und nach Ruthensand. Allein hatte er gelebt, war nicht verheiratet und hatte keine Kinder, sagte die Rathjens, und war bei der Bank angestellt gewesen. Hat nie was ausgegeben und sich reich gespart.

»Steinreich ist der, Herr Döpner, steinreich«, flüsterte die Rathjens und zerrte mit ihrer knochigen Bauernhand Döpners Hemd, schlackerte seinen lahmen linken Arm hin und her. Sie genierte sich nicht, wohl aber Döpner, obwohl der sich über nichts mehr schämen wollte nach allem. Er hasste seinen linken Arm und sein linkes Bein.

Erna Rathjens aß immer viel. Sie war schon über achtzig, aber sie aß, als habe sie den ganzen Tag schwer gearbeitet und wollte noch mindestens hundert werden. Ihre knochigen Hände arbeiteten über dem Teller. Döpner aß nur, wenn er musste. Hunger hatte er nie. Erna Rathjens musste zuerst von ihrem Sohn erzählen. Das war ihr Lieblingsthema. Wie er früher auf ihre Gemüsebeete Unkraut-Ex gekippt hatte und alles eingegangen war. Oder wie er den Wäschepfosten angesägt hatte und alles in den Dreck gefallen war. Und wie sie dann die Polizei hatte anrufen wollen und nicht konnte, weil er die Telefonschnur aus der Wand gerissen hatte. Und dass sie einen Rechtsanwalt beauftragt hätte, den Schlüter aus Hemmstedt. Aber es hätte alles nichts genützt, zuletzt sei sie vertrieben worden, vom eigenen Sohn, hierher.

»Er wollte mich umbringen, sage ich Ihnen«, sagte sie und sah Döpner triumphierend an, mit tiefen Falten auf der Stirn. Ihre knochigen Hände hielten einen Augenblick lang still bei der Arbeit über dem Teller wie eine Spinne, die eine Fliege eingesponnen hat und sie gleich aussaugen will. Döpner mochte ihre Männerhände nicht.

Erna Rathjens erzählte wie von einer Heldentat und schob sich ein Fuder Kartoffelbrei mit Soße ins Scheunentor. Sie hatte einen großen Mund mit makellosen Zähnen, natürlich ein Gebiss. Döpner hatte kein Gebiss, so was gehört nicht in ein altes Maul wie meines, dachte er. Es lohnte sich nicht.

»Glauben Sie mir nicht?«, fragte sie.

Er hatte wohl nicht reagiert. »Doch, doch«, sagte Döpner schnell, »warum sollte ich Ihnen nicht glauben?«

Man musste ihr zustimmen, wenn es um ihren schlechten Sohn ging, sonst war sie nicht zufrieden. Immerhin hatte sie neben dem schlechten Sohn noch zwei gute Töchter, die öfter zu Besuch kamen, immer zusammen, als trauten sie sich allein nicht, es mit der Mutter aufzunehmen. Warum haben die ihre Mutter nicht zu sich genommen, fragte sich Döpner, und zugelassen, dass sie hier ist und mit Halbtoten wie mir verkehren muss. Aber es waren gute Töchter. Im Altenheim gab es nur gute oder schlechte Kinder, dazwischen gab es nichts.

»Wissen Sie, wo der Nagel immer hingeht?«, fragte Döpner. Er schämte sich sofort für die neugierige Frage, so direkt hatte er nicht fragen wollen.

Obwohl sie mit einem zähen Stück Fleisch beschäftigt war, sah sie ihn erstaunt an und hörte einen Augenblick auf, mit Messer und Gabel zu wirtschaften.

»Zur Bank geht er«, erklärte sie mit gesenkter Stimme und blickte Döpner gespannt von der Seite an. »Er geht immer zur Bank, um sein Geld zu zählen.«

Döpner hörte, wie ihr Gebiss auf dem Gaumen hin- und herrutschte und der Speichel dazwischen quetschte und troff.

Erna Rathjens schaute sich um, als wollte sie etwas Verbotenes sagen. »Er ist seeeehr reich!«, flüsterte sie und steckte sich das Fleisch in den Mund, um es hinunterzuwürgen.

»Woher wissen Sie das?«, fragte Döpner.

Ihr Adamsapfel glitt über dem Fleisch hin und her, ein trockener Knorpel an einem sehnigen Hals. »Das weiß hier jeder. Der Nagel hat einen Haufen Geld! Und keine Erben.«

Sie legte ihr gelbes Gebiss mit einem Grinsen frei. Die alte Rathjens grinste selten, und wenn, dann freute sie sich über das Elend anderer; im Moment freute sie sich über Döpners Neid, weil sie wusste, dass Döpner bald kein Geld mehr hatte.

»Nein?«, fragte Döpner. »Hat er denn keine Kinder?«

»Nur zwei Neffen«, schüttelte Erna Rathjens den Kopf. »Die beiden Maus, wenn Sie die kennen? Die sind von der Schwester, wissen Sie? Die ist schon im Krieg gestorben, in Hamburg, bei der Bombardierung.«

Also zwei Neffen. »Der eine hat die Kneipe, nicht wahr? Unten am Deich. Und der andere?«

»Kennen Sie den etwa nicht?«, trompetete Erna Rathjens und zog erschrocken die Schultern ein, weil Emma Deede sich umdrehte. Sie saß mit Herbert da, mit ihrem Herbert. Fietje schielte mit gelben Augen vom Fenster herüber. Leiser fuhr die Rathjens fort: »Edgar und Waldemar Mau. Edgar mit der Kneipe. Und Waldemar ...«

Döpner hatte sich nie für die Verwandtschaftslehre der Einheimischen interessiert und die weit verzweigten Stammbäume nie behalten können, er, der keine Verwandten mehr hatte. »Meinen Sie den Waldemar mit dem Laden, mit dem Schreibwarengeschäft?«, fragte er.

»Man sagt, der Laden läuft schlecht«, murmelte sie mit Verschwörermiene. »Dem würde 'ne Erbschaft gut zupass kommen!« Sie schob sich wieder ein Fuder ins Scheunentor. Die Rathjens klapperte geschäftig mit ihrem Esswerkzeug und räumte den dritten Teller leer. Gleich würde sie fertig sein.

Döpner schob seinen Teller etwas weg, weil sie manchmal von anderen stibitzte, mit ihrer speichligen Gabel etwas vom Teller des Nachbarn holte. Sie kannte keine Rücksicht, wenn es ums Essen ging; sie wartete noch nicht einmal, bis man fertig war.

»Und der Edgar? Was ist mit dem?«

Edgar Mau kannte Döpner gut aus der Zeit, als er bei der Hauptgenossenschaft gearbeitet und auf dem Boden die Säcke geschleppt hatte, die letzten Jahre bis 83, als er dann endlich hatte in Rente gehen können. Immer, wenn er nach Feierabend eine lüttje Lage getrunken hatte, wie sie das in dieser Gegend nannten, stand Edgar Mau hinter dem Tresen. Schon damals hatte der Wirt einen mitgetrunken, schon nachmittags um fünf, wenn noch nicht viel los war.

Die Rathjens hielt einen Moment inne und plötzlich war Stille in dem Raum. »Wissen Sie, wie viele uneheliche Kinder der hat?«

Döpner schüttelte den Kopf und sie grinste ihn an wie der Triebtäter sein Opfer angrinst. Sie stach mit ihrem Messer in die Luft, legte es leise auf den Teller zurück und streckte Döpner blitzschnell ihre fünf Finger vors Gesicht, dass er zurückzuckte.

»Fünf?«, flüsterte Döpner. »Wie kann das denn angehen?«

»Wie das angehen kann, na, na, mein Gutester«, rief sie und stieß ihm ihre harte Faust in die Hüfte. »Das wissen die Männer besser als unsereins, ha, ha!«

Die Deede drehte sich um und ihr Sohn Herbert lachte laut mit, schlug sich auf die Knie und wackelte seltsam mit seinem großen Kopf, denn er lachte gern und war leutselig; es kam ihm nicht darauf an, ob er verstanden hatte, worüber er lachte. Die Rathjens knurrte und stieß auf, ein saurer Dunst entfuhr ihrem alten Maul und Döpner fragte nichts mehr. Sie hatte richtig rote Backen gekriegt.

»Und dann erst der Waldemar«, sagte sie, und ihre Augen glitzerten tückisch hinter den schmierigen Gläsern ihrer Brille. »Wissen Sie, was mit dem los ist?«

Döpner befürchtete, sie würde wieder aufstoßen, und wartete.

»Andersrum ist der«, sagte sie und starrte Döpner böse an. »Er ist einer vom andern Ufer.«

Döpner sagte immer noch nichts, er nickte nicht einmal, und sie kam mit ihrem Gesicht nahe an seines, ihre faltigen Backen mahlten langsam auf dem letzten Essen, das ihr unterm Gebiss festsaß.

»Na, Sie werden doch wissen, was 'n warmer Bruder ist, hä?«

Döpner musste nicken, da erst lachte sie meckernd auf. »Ja, das ist er!«, rief sie, und die alte Deede grinste von drüben her, als hätte sie alles verstanden. Nur Fietje reagierte nicht. »Wissen Sie, was das bedeutet?«

Döpner schüttelte den Kopf.

»Na, ist doch klar! Der eine braucht das Geld für die Alimente, die er bezahlen muss, und der andere für seine Jungs, mit denen er sich die Wochenenden in Hamburg vertreibt. Ist doch klar, Döpner, die wollen das Geld seh'n!!«

Döpner wurde es langsam peinlich. Er wollte aufstehen, auch wenn es ihm nicht gefiel, vor Publikum aufzustehen.

»Noch eins«, knurrte die alte Rathjens, »was einer wissen muss! Er hat Dreck am Stecken, der alte Nagel, von damals noch, vom Krieg her – wenn Sie wissen, was ich meine ...«

Döpner stand jetzt neben dem Tisch. Bei dem Wort *Krieg* musste er immer noch zusammenzucken.

»Er war 'n großes Tier bei der Partei – sieht man ihm gar nicht mehr an, was?«

Döpner murmelte einen Abschiedsgruß. Er konnte die Rathjens nicht länger ertragen. Nagel ging also zur Bank, um sein vieles Geld zu zählen, er hatte zwei Erben, die es gerne hätten, und Dreck am Stecken. Aber wer hatte nicht Dreck am Stecken, von früher?

VI.

Schlüter eilte durch die Glastür in die Eingangshalle des Hemmstedter Justizgebäudes, trabte die Treppe hoch, zwei Stufen auf einmal nehmend. Dabei fiel ihm auf, dass er bei den obersten Stufen aus der Puste kam, was er bisher nicht kannte. In der Gerichtsbibliothek im ersten Stock würde er sich den Schlüssel für den Kopierraum holen, er würde es gerade noch schaffen, den alten Vertrag zu kopieren, um einen Wegerechtsstreit zu klären, bevor er den nächsten Termin im Büro wahrnehmen musste.

Wie immer saß der Bibliothekar auf der linken Seite des Doppelschreibtisches im dichten Nebel seines Zigarettenrauchs. Er sortierte Ergänzungslieferungen in Gesetzessammlungen ein; sie wurden immer dicker, denn der Gesetzgeber produzierte unermüdlich. Es herrschte seit vierundvierzig Jahren Frieden und die Bürokraten bastelten jeden einzelnen Tag am Irrgarten der Paragrafen.

»Moin«, rief Schlüter.

Der Mann nickte gemütlich zurück, versenkte sein Gesicht im Kaffeepott und qualmte inbrünstig. Über der Stirn waren seine Haare gelb. Ihm gegenüber, an der Peripherie des Nebels und auf der rechten Seite, saß die Dame am Zentraltelefon; sie unterbrach ihren tadelnden Blick, den sie unermüdlich auf den Bibliothekar gerichtet hatte, weil er sie ständig gesetzeswidrig einnebelte.

»Guten Morgen, Herr Schlüter«, begrüßte sie den Anwalt wie einen Retter und nippte leidend am Kräutertee.

Es gab eine Menge Vorschriften über das Rauchen am Arbeitsplatz, die hier, im Vorzimmer der Bibliothek, im Zentrum juristischer Gelehrsamkeit, nur Schall und Rauch waren, hauptsächlich Letzteres. Es gab viele Fälle, in denen die harte Wirklichkeit die graue Theorie des Gesetzes verlachte. Die Telefonistin hüstelte deutlich bronchitisch und überlegte, ob dies eine Gelegenheit war, das Thema in Gegenwart eines Fachmannes und möglichen Bundesgenossen zu besprechen. Der Bibliothekar war neulich am helllichten Vormittag besinnunglos zwischen seine Gesetzessammlungen gestürzt und sie hatte den Krankenwagen bestellt. Wochen später war er zurückgekehrt und hatte ihr strikt untersagt, im Fall einer erneuten Ohnmacht den Notarzt zu holen, denn er wollte nicht ins Krankenhaus, er hasste Krankenhäuser, besonders aber die Hinweise der Ärzte, er werde sich eines Tages umbringen mit der Qualmerei. Aber was, wenn er nun sterben würde, und sie wäre schuld? Was galt mehr, die freie Selbstbestimmung des Selbstmörders oder die Hilfepflicht des Mitmenschen?

Schlüter griff sich gezielt den Schlüssel für den Kopierraum, der wie immer in einem gläsernen Aschenbecher lag, und war wieder draußen. Vor dem Saal 117, der eigentlich nur ein kleines Gerechtigkeits-Zimmerchen war, kreisten die Kollegen Meier-Mertes und Albers umeinander, sie machten weite Gesten wie Faustkämpfer und brachten ihre Kutten zum Wallen. Sie rangen um einen Vergleich, sicher vergeblich. Albers, der unerschütterlich an Vernunft glaubte, hatte noch nicht verstanden, dass man mit Meier-Mertes keine Vergleiche abschließen konnte: Der verstand jedes Nachgeben als Niederlage oder Parteiverrat.

Das Kopiergerät stand in einem kleinen Raum eine Tür weiter. Schlüter schlüpfte an den Kollegen vorbei, sie bemerkten ihn nicht.

Er schloss die Tür auf. Es war ein kleiner stickiger Raum. Links und rechts hohe Regale mit alten Büchern und gegenüber, unter dem Fenster, der Kopierer. Er legte die Akte auf den braun gebeizten Tisch, der hier seit Kaisers Zeiten stand, pflückte den Inhalt auseinander und kopierte den Vertrag, auf den es ankam. Es war merkwürdig still, ein zeitloser Ort, beruhigend. Gab es überhaupt einen Grund für Eile? Er sah sich um. Das Gebläse des Kopierers quirlte den Staub, den Schlüter mit seinem Eintreten aufgewirbelt hatte. In den Regalen auf der einen Seite standen alte Auflagen von Kommentaren. Schlüter begeisterte sich für alte Bücher, aber nur soweit es keine juristischen waren. Zögernd, fast widerwillig, nahm er trotzdem eine Stichprobe. Dann wurde er neugierig. Er prüfte alle gängigen

Werke: Palandt, Dreher, Baumbach, Erman, Soergel, Kleinknecht. Kein einziges ging weiter zurück als bis 1962. Musste ja auch nicht sein, was sollte man heute noch damit?

Doch! Ganz links am Fenster stand ein Palandt, Kommentar zum BGB, 7. Auflage 1949. Das BGB hatte schon vielen Herren gedient: dem Kaiser, Bismarck, der Weimarer Republik und den Nazis, und nun wieder den Demokraten. Keiner musste es ändern, alle konnten es so benutzen, wie es war. Die Juristen passten es den Wünschen ihrer Herren an. Schlüter streckte sich und zog das Buch aus dem Regal. Er blätterte. Vor und zurück. Las. Schüttelte den Kopf. Binnen vier Jahren hatte der Kommentator sein neues Buch von den gemeinen Sprüchen, die es in der Vorauflage zuhauf gegeben haben musste, befreit: ohne ein Wort darüber zu verlieren. Er hatte einen neuen Herrn. So erschienen die dunklen zwölf Jahre wie ein Spuk.

Weiter oben standen noch ältere Werke. 1920, 1925. Es fehlten die Bücher aus den dunklen Jahren. Die Geschichte hatte ein schwarzes Loch. Wo mochten diese Bücher sein? Verbrannt? Und wieso bewahrte man die ganz alten Bücher auf? Schlüter nahm sich die andere Seite vor. Gesetze bis 1925, einige wenige bis 1930, dann wieder ab 1950. Als hätte man in der gesetzlosen Zeit dazwischen keine Gesetze gemacht. Alles Sammlungen, die in der eigentlichen Bibliothek nicht mehr gebraucht wurden. Rechts unten ein vergilbtes Schild: *Zu entnehmende Bücher sind anzumelden.* Das Schild war schmutzig und nur auf Knien zu lesen. Schlüter stand wieder auf und strich sich die Hose glatt. Dabei fiel ihm, gleich neben der Tür, ein Ordner auf. In großen Buchstaben trug er die Aufschrift: *Beweismaterialien für die Spruchgerichte der britischen Zone.*

Was mochte das sein? Schlüter zog den Ordner heraus. Wieder erhob sich eine kleine Staubwolke. Der Anwalt legte die Akte auf den Tisch, ignorierte die schwarzen Flecken auf seinen Fingern und schlug den Deckel auf. Dickes vergilbtes Papier.

Schlüter las:

Es ist ohne weiteres möglich, die Beschlagnahmung von kleinen landwirtschaftlichen Betrieben in den Dörfern durchzu-

führen, in welchen größere landwirtschaftliche Betriebe bereits beschlagnahmt sind. Die ehemaligen Eigentümer der polnischen Betriebe werden durch die Arbeitsämter ins Altreich vermittelt. Auf diese Weise können viele hunderte polnische landwirtschaftliche Arbeitskräfte in der kürzesten und einfachsten Art und Weise zur Verfügung für die Landwirtschaft im Altreich gestellt werden. Hierdurch wird der dringendste Mangel, der sich jetzt sehr unangenehm bemerkbar macht, schnell beseitigt.

Schlüter spürte, wie es ihm kalt den Rücken herunterlief und seine Kopfhaut zu kribbeln anfing. Er stellte sich Soldaten in schwarzen Uniformen vor, kläffende Schäferhunde und bellende Gewehre, brennende Gehöfte und Bauern, die, die Hände im Nacken, auf Lastwagen getrieben wurden. Unter ihnen ein Mann namens Stanisław Kaczek. Er lügt nicht, dachte Schlüter, natürlich lügt er nicht. Es ist schwer, eine Wahrheit zu rekonstruieren, die keiner wahrhaben will.

Das Dokument trug die Überschrift: *Durchführung von Beschlagnahmungen von poln. landwirtschaftl. Betrieben mit dem Ziele, die Polen als landwirtschaftliche Arbeiter ins Reich zu vermitteln.*

Schlüter blätterte zurück zum Inhaltsverzeichnis. Dort stand die Quelle: *Dokument 61 Skl. (Sklavenhalterprogramm). Brief des Leiters des Zentralbodenamts beim RFSS, Reichskommissariat für die Festigung deutschen Volkstums vom 29.5.1940.*

Schlüter las weiter:

... da im Kreise Bielitz eine Anzahl Dörfer vorhanden sind, die volksdeutsche Bauern aufweisen, wird in diesen Dörfern in der nächsten Zeit das vorhandene Polentum raschestens zerschlagen werden, um eine schnelle Festigung deutschen Volkstums herbeizuführen. Die Polen werden dann von dem KZ aufgenommen, aber nicht als Häftlinge, sondern so lange, bis das Arbeitsamt Bielitz sie in das Reich als landwirtschaftliche Arbeiter vermittelt hat.

Bielitz ... Bevor er nachdachte, klemmte Schlüter den Ordner unter den Arm, zusammen mit der Grundbuchakte, und schloss den Raum mitsamt seiner lückenhaften Vergangenheit hinter sich ab.

Schlüter tauchte zurück in die Gegenwart und in den Flur. Er atmete tief durch und blickte nach beiden Seiten: Meier-Mertes und Albers waren verschwunden. Vermutlich stellten sie jetzt im Saal 117 ihre Anträge, waren wütend über die nutzlose Streiterei und warteten, dass der Richter einen Verkündungstermin bekannt geben würde. Ein Fenster stand offen; aus dem U-Haft-Gefängnis drüben von der andern Seite des Innenhofs hörte man Schreie und die türkische Musik der Abschiebehäftlinge, die man in den Obsthöfen zwischen Hemmstedt und Buxtehude gefangen hatte, weil sie vor Gott, aber nicht vor dem Gesetz gleich waren. Am Ende des langen Flurs öffnete sich die Glastür und der Präsident trat ein, mit großen wiegenden Schritten, als schöbe er eine Torfkarre, scharf an der Wand entlang; ein großer behäbiger Mann mit fleischigem Gesicht, das Zufriedenheit über ein gelungenes Leben ausdrückte. Sie nickten sich knapp zu und gingen aneinander vorbei. Die beiden Juristen hatten keine Freundlichkeit füreinander, und das hatte seine Gründe.

Schlüter zögerte einen Augenblick vor der Bibliothekstür, dann entschloss er sich, den entwendeten Ordner auf der Bank auf dem Flur zwischenzulagern, um drinnen keine Fragen zu provozieren. Er lieferte den Schlüssel ab und meldete dem Bibliothekar eilig die Anzahl seiner Kopien.

An der Tür drehte er sich noch einmal um und fragte: »Ach, sagen Sie, Herr Molbrock, ich hab eben da drüben nach den alten Auflagen geguckt: Wissen Sie, wieso aus der Kriegszeit keine da sind?«

Der Bibliothekar hob die Schultern. »Weggeschmissen«, sagte er. »Die sind weggeschmissen. Da konnt ich nix dran machen. Irgendeiner hat gesagt, weg mit dem Zeug.«

»Und wer hat das gesagt?«

»Keine Ahnung. War vor meiner Zeit. Ich sorg jetzt dafür, dass wenigstens ein Stück von jeder Auflage hier bleibt.«

»Richtig, richtig«, murmelte Schlüter. »Ich muss los. Schönen Tag noch.«

»Ein paar sind noch im Heizungskeller«, erklärte Molbrock, als Schlüter schon in der Tür stand. »In der Ecke, unter so 'ner Schicht Kohlenstaub. Liegen da rum seit ich weiß nicht wie lange. Da kümmert sich keiner mehr drum.«

Aber Schlüter hörte nicht mehr zu. Er würde eine halbe Stunde zu spät kommen. Er nickte abwesend und machte die Tür hinter sich zu.

»Was ist denn mit dem los?«, fragte der Bibliothekar die Telefonistin.

»Das weiß ich auch nicht«, antwortete sie.

»Benimmt sich, als habe er was geklaut und sei auf der Flucht.«

»Der bestimmt nicht«, sagte die Telefonistin und stand auf, um das Fenster zu öffnen.

»Machen Sie schon wieder das Fenster auf«, brummelte der Bibliothekar. »Ich bin erkältet!«

»Wenn Sie weniger rauchen würden, müsste ich nicht lüften!«, verteidigte sie sich.

»Sie immer mit dem Rauchen!«

»Dann wären Sie auch nicht erkältet. Das kommt nur vom Rauchen!«

»Das weisen Sie mir erst mal nach«, zickte der Bibliothekar. »Den Schnupfen haben meine Kinder ins Haus gebracht, das hat mit dem Rauchen überhaupt nichts zu tun!«

»Und ich habe Bronchitis! Bloß von Ihren Zigaretten!«

»Das glaub ich nicht«, erwiderte er und steckte sich eine an. »Wenn, dann kommt das vom Zug! Und den machen Sie selber.«

Entrüstet stieß sie die Fensterflügel weiter auf. Ihr Blick fiel auf den Kalender und sie rückte den Schieber auf das aktuelle Datum: 17. Februar. Ein Glück: Wochenende.

VII.

Fietje war auf seinem täglichen Weg vom Heim ins Dorf. Mal sehen, was es dort gab. Konnte sein, dass man ein paar gute Kippen fand oder eine Zigarre schnorren konnte. Oder er traf *ihn* wieder?

Fietje war klein und schmal wie ein Hering, kleiner noch als Nagel, dabei langsam wie eine Schildkröte, und auf seinem schmächtigen, leicht vornübergebeugten Körper wackelte ein gelbhäutiger Kopf wie ein schiefer Kürbis, den er nur mit Mühe tragen konnte. Er hatte einen schlurfenden Gang, als säße eine kleine Lähmung in seinen Beinen, und noch nie hatte ihn jemand laufen oder springen sehen. Auch lachen konnte Fietje nicht, er musste es früh verlernt haben, sein langes Gesicht mit dem breiten Mund zeigte immer denselben Ausdruck und die Augen schienen matt und blöde. Wer ihn besser kannte – und davon gab es in dieser Zeit niemanden, weil sie alle gestorben waren –, der hätte gewusst, dass auf dem Grunde seiner Augen ein kleines Licht glomm, das aufleuchtete, wenn er ein Mensch sein durfte. Aber ohne dieses Leuchten hatte Fietje das gelbe Gesicht eines Mongolen und die meisten sagten, das käme, weil bei ihm eine Schraube locker sei, oder sogar zwei, und außerdem von seiner Sucht zu rauchen, die ihn in ihren Klauen hielt, seit man ihn als Fietje kannte. Wie er wirklich hieß, das wusste niemand, seinen Nachnamen kannte außer seinem Vormund nur noch Frau Dabel-Wiegersen, die Heimleiterin, weil er in der Akte stand; und niemand hatte eine Ahnung, wie alt er genau war.

Geboren war Fietje irgendwann in einer kleinen Backsteinkate weit draußen im Außendeich, am Breiten Priel. Fidi, sein Vater, war Arbeiter in der Ziegelei auf Ruthensand gewesen, beim Feldhöber; er stapelte die Rohlinge in die Brennkammern des Rundofens; er war sogar der Vorarbeiter, denn er wusste am besten die Züge einzubauen, in denen das Kohlefeuer die Steine weißglühend machte. Damals hatte es noch viele Ziegeleien gegeben, ihre schlanken Schornsteine waren die Wahrzeichen des Landstriches. Im Winter, wenn Fidi arbeitslos war und stempeln ging, schnitt er das Reet am Priel und flickte das Dach, in das der Sturm und die Spatzen immer Löcher fraßen. Von der Mutter wusste man nicht viel: ein blasses verschüchtertes Mädchen, klein und verwachsen, das auf dünnen knotigen Beinen weglief, wenn der fremde Bauer im Frühling die Weidezäune in Stand setzen kam. Obwohl sie selbst wie ein Kind aussah – und sie war wohl auch noch eins, als Fidi mit ihr angefangen hatte –, machte Fidi ihr jedes Jahr ein neues, und deshalb fiel es nicht auf, wenn manchmal eins fehlte, weil es im Priel ertrunken war. »Macht nichts, mein Mann macht mich neue«, sagte sie dann der Polizei und sie behielt Recht, denn was hätte Fidi in der Einöde des Außendeiches schon anfangen sollen?

Bei Hochwasser schafften sie ihren schmalen Hausrat schnell auf den Dachboden und harrten dort hungrig auf Hilfe. Kein Mensch kam je dorthin, in den Außendeich, nur der Bauer ein-, zweimal im Jahr: Die Leute vom Breiten Priel hatten ihre eigene Welt, die sich nur selten mit der anderen, großen vermischte, mit Wind und Möwen, Schilf und Kiebitzen und Bullen.

Fietje war blöde, im Krieg hatten sie ihn deshalb versteckt, und nach dem Krieg musste er nicht zur Schule gehen wie seine Geschwister. Er hatte Zeit und war für das Wasser zuständig. Das war seine Arbeit: Kochwasser holen. Das tat er alle Jahre, auch noch, als seine Geschwister im Priel oder nach der Schule in der Welt verschwunden waren: in zwei Marmeladeneimern vom Feldhof das Wasser holen, zweimal die Woche.

Dazu musste Fietje den weiten Weg durch die Weiden gehen, er ging immer auf dem Bullenpatt und es war ihm egal, ob die Tiere auf seinem Pfad weideten oder nicht. Auch den Tieren war es egal, denn sie drehten nicht einmal ihre muskelbepackten Nacken nach ihm um, sie röhrten und senkten den Kopf mit den bösen Augen nicht, wühlten nicht die Erde auf mit den Klauen. Bei Fietje machten sie nichts. Aber der Feldhöber hatte so manches Mal in den Priel springen müssen, um sein Leben zu retten, und auch sonst gab es niemanden, der so mutig wie Fietje war und mitten durch die Bullenherde gehen konnte, eine Horde grölender Mörder.

Später kam Fietje jeden Tag mit den Marmeladeneimern. Er hatte einen Flaum auf der Oberlippe bekommen, die einzige Veränderung an ihm bis heute, denn gelb im Gesicht war er schon damals gewesen. Vielleicht war er krummer geworden. Er kam über die Weiden und über die Straße und die Hofauffahrt auf die Wurt herauf, torkelte leicht hin und her, weil er die Füße nicht hochbekam, ging quer vor dem Kuhstall entlang durch das Gartentor in den Hühnerhof; er durfte um das große Haus des Bauern herumgehen, der scharfe Schäferhund hob nicht mal den Kopf.

Fietje stieg die Steinstufen hoch zur Küche, da waren die Mädchen, die kicherten immer so nett. Er mochte sie gerne sehen und deshalb kam er jeden Tag. Weil er sich mit einem Nagel ein paar Löcher in seine Eimer gemacht hatte, pissten sie das Wasser weg, und die Mädchen lachten und dachten, dass er blöde sei. Er brachte nur wenig Wasser nach Hause und musste morgen schon wiederkommen und konnte die Mädchen wieder sehen. Aber alle dachten, dass Fietje blöde sei, weil er nicht merkte, dass er Löcher in den Eimern hatte.

Mit etwas Glück konnte er sich anschleichen, die Eimer umgedreht unters Küchenfenster stellen und sich am Sims hochziehen, das halbe Gesicht zwischen den tauben Fingern, und die Mädchen in der Küche beobachten, wie sie am Spülstein Teller spülten mit einem Gesicht, als wenn sie träumten, oder wie sie Brot kneteten mit hochgekrempelten Ärmeln und wie es ihnen dabei vorne wackelte, eingepackt in lachsfarbene Wäsche. Fietje stellte sich vor, was da so wackelte und wie es wäre, wenn er mal eins von den Mädchen ganz für sich hätte und mit ihr machen könnte, was er wollte, und dass sie nicht über ihn lachen würde.

Aber sie lachten. Und wenn sie ihn am Fenstersims hängen sahen, wurden sie böse, weil er sie belauscht hatte, und gingen auf ihn los, mit Schleef und Teigrolle. Fietje erschrak, die Eimer kippten unter ihm weg, sie jagten ihn über die Beete, durch den Rhabarber und bis in die Stachelbeerbüsche, wo er nicht mehr fortkonnte; sie lachten und kreischten und schimpften, und er durfte nicht mehr in die Küche und bekam die Eimer durch den

Türspalt zurück, und das Lichtlein in seinen Augen erlosch. Er schlich umher wie ein müder Mongole in der Fremde und im Außendeich hatten sie dann kein Wasser, weil Fietje nicht losgehen wollte, egal wie viel Schläge er bekam, weil Fietje einen Schmerz hatte, der größer war, als Schläge machen konnten.

Aber Fietje hoffte und kam nach ein paar Tagen wieder mit seinen Marmeladeneimern, um Wasser zu holen, bis die Mädchen vergessen hatten, dass er sie belauscht hatte, und ihn wieder selbst die Eimer füllen ließen, in der Küche. Ganz dicht neben ihnen, ganz langsam tat er es, damit er lange ihre weichen Stimmen hören konnte, auch wenn sie sich über ihn lustig machten; das merkte er wohl, aber er tat nichts dazu, denn die Stimmen waren immer schön, egal was sie sagten. Und das Lichtlein in seinen Augen war wieder da.

Das waren Fietjes beste Zeiten gewesen, er erinnerte sich daran wie an einen Traum.

1962 riss die große Sturmflut das kleine Haus fort, man rettete die auf das Dach Geflüchteten in letzter Stunde. Seitdem wiegte sich das Reet am Breiten Priel einsam im Sommerwind, der das Kiwitt der Kiebitze forttrug; Fietjes Wege waren andere geworden. Seine Eltern lebten fortan in einem der Obdachlosenhäuser vor dem Deich. Fietjes Mutter musste sich an Fremde gewöhnen, sie konnte nicht immer fortlaufen. Aber das war nicht das Schlimmste. Schlimmer war: Es gab einen Wasserhahn am Haus und Fietje sah die Mädchen vom Hof nie wieder. Die anderen liefen weg und lachten über ihn. Weil er lahme Beine hatte und nicht springen konnte, nahm er es hin wie die Bauern Hagel und Regen. Später, als seine Träume von den Mädchen auf dem Hof schon blass geworden waren, überlegte er, ob er mal eines vom Fahrrad ziehen könnte, wenn er sich ins Schilf an den Straßengraben legen würde, aber dann träumte er lieber nur davon.

Als der Vater fort und die Mutter weggetragen worden war und Fietje noch ein paar Tage allein zu Hause gewartet hatte mit Hunger wie nie, holten sie ihn und brachten ihn ins Altenheim. Ein blasser Mann kam, der schnell redete und viel lachte und nur einen Arm hatte und sagte, dass er sein Vormund wäre.

Der war Kaufmann und Fietje durfte einmal in der Woche zu seinem Laden am anderen Ende des Dorfes gehen und bekam dann Zigarrenstummel geschenkt, eine ganze Hand voll, die rauchte er in seiner Pfeife zu Ende.

Der Vormund war ein Mensch, aber das war lange her: Eines Tages hatten sie gesagt, er sei gestorben, und jetzt hatte er einen anderen Vormund, der wohnte in der großen Sparkasse, und dort durfte er nicht hin und Fietje bekam auch keine Zigarrenstummel mehr. Das Lichtlein in seinen gelben Augen verlosch im Laufe der Jahre fast ganz.

Fietje ging auf dem Bürgersteig, mühsam die Füße hebend, der große Kopf mit der blauen Schirmmütze pendelte hin und her.

»Na, Fietje, wo geiht di dat?«, fragte eine hohe Stimme.

Fietje blieb stehen. Schon lange hatte niemand mehr mit ihm gesprochen, nur dieser Mann, den er auf seinen Gängen traf, der jetzt vor ihm stand im Schlag seines Geländewagens, den Einkauf verstauend. Von oben herab grinste er schmallippig und verschlagen, aber Fietje merkte das nicht – oder er merkte es doch und mochte sich gern betrügen lassen. Langsam schwenkte Fietje seinen schweren Kopf. Hatte er etwas verstanden? Sein Blick war blöde und verhangen wie immer.

»Hast du es ihm schon – hess du emm dat aal geben?«

Fietje schüttelte den Kopf.

»Hast du es überhaupt noch?«

Fietje nickte, klopfte sich auf die Hosentasche.

Der Mann sah sich um. »Is gut, Fietje. Seh mal zu, dass …« Er verstummte, als zwei Frauen, die im Haushaltswarenladen nebenan eingekauft hatten, schwatzend vorübergingen.

»Du smeukst doch geern, Fietje?«

Das gelbe Gesicht teilte sich in einem maskenhaften Grinsen in zwei ungleiche Hälften wie ein schmaler Kürbis, den man ausgehöhlt und aufgeschnitten hatte. Der Kürbis nickte, mehrmals.

»Wenn du ihm das gibst, dann kriegst du immer Zigarettengeld von mir, Fietje. Dat hebb ick di versproken!«

Fietje nickte wieder.

»Hier hest du tein Maak. Köp di man fix welk!«

Eine große Faust mit harten Fingern öffnete sich, die Geldstücke blitzten einen Augenblick silbrig auf, bevor sie in der Brusttasche von Fietjes Jacke verschwanden.

»Ich beseuk di mol – wenn ick Tiet heff. Und denn bring ich dir Zigaretten mit, Fietje. Aber erst – du weißt! Adjüs, Fietje!«

Der Mann schlug die Tür seines Wagens zu, umrundete ihn und stieg ein.

»Jüst ...«, murmelte Fietje dem Wagen hinterher und tippte sich langsam an die Mütze. Dann riss sein Gesicht auf zu einem zweiten Grinsen und er drehte sich um zum Zigarettenautomaten an der Bushaltestelle. Zehn Mark! Rauchen! Als Fietje zwei der Münzen in den Schlitz warf, hob er den Kopf. Gut, dass er immer Streichhölzer dabeihatte. Denn man konnte nie wissen, ob es nicht was zu rauchen gab.

VIII.

Montagvormittag um elf. Zeit für eine Pause. Schlüter hatte seit drei Stunden diktiert und fühlte sich ausgelaugt. Es gab wenig Anrufe heute und man ließ ihn in Frieden. Deshalb hatte er viel geschafft und war zufrieden, ein Zustand, den er nur selten erreichte.

Schlüter lehnte sich zurück und langte nach seiner Tasse Tee, um einen Schluck zu nehmen. Den Tee machte er immer selbst, die kleine Zeremonie steigerte den Genuss an der Pause und machte die Laune mild. Heute würde er sich die Sachen endlich genauer ansehen; seit mehr als fünf Tagen standen die Ordner schon unter dem Schreibtisch, und der andere, den er geklaut hatte, daneben, dieser Ordner, in dem Sachen standen, die sich kein normales Hirn ausdenken konnte. Barmbeck hatte Schlüter angerufen und sie hatten einen weiteren Termin vereinbart. Am letzten Mittwoch war Schlüter das kurze Stück zum Archiv gegangen, hatte dort im Leseraum gesessen und die Papiere durchgesehen, die der Archivar ihm hatte heraussuchen lassen. Dort war er auf zwei Ordner gestoßen: Akten der Spruchgerichte der britischen Besatzungszone, von der Ersten Spruchkammer des Spruchgerichtes in Benefeld-Bomlitz von 1947 und 1948, Urteile gegen *Nazis.*

Vierundvierzig Jahre nach dem Krieg konnte man über die Verbrechen der Sklavenhalter nichts mehr in Erfahrung bringen, vor allem nicht, ob sie dafür zur Rechenschaft gezogen worden waren. Bei Gericht wurden alle Akten nur zwanzig Jahre lang aufbewahrt, ebenso bei der Staatsanwaltschaft. Nur die Personalakten der Gerichte wurden nicht vernichtet; sie lagen beim Bundesarchiv. Zu weit weg. Und Schlüter interessierte sich nicht für das Gerichtspersonal. Jedenfalls nicht in erster Linie. Obwohl er gern gewusst hätte, was für Menschen sich hinter den Gesichtern verbargen, die im Seitenflügel des zweiten Stocks im Gerichtsgebäude an der Wand aufgereiht hingen: die Präsidenten des Landgerichts von der Jahrhundertwende bis in die jüngste Zeit. Was waren das für Leute, die im Dritten Reich über das Unrecht im Landkreis gewacht hatten?

Die Rechtsanwälte, die damals an den Verfahren beteiligt gewesen waren, gab es nicht mehr. Sie waren tot oder steinalt und nicht mehr zurechnungsfähig und sie besaßen sicher keine Akten mehr. Von dem einen oder anderen existierte noch das Büro, in dem der Nachfolger saß, selbst schon grau und nah der Rente, zum Beispiel Dr. Spindelhirn, der allerdings niemals in Rente gehen, sondern arbeiten würde, bis er tot umfiel. Der wohnte in einem Berg von Akten, aber sicher warf er die alten auch irgendwann weg, wenn er Platz für neue brauchte.

Schlüter schlug den ersten Ordner in der Mitte auf und blätterte herum. Seine Augen, gewöhnt ans Querlesen, blieben plötzlich magnetisiert an den Worten *Ziegeleibesitzer von Rönn* hängen. Schlüter blätterte zurück. Ein Urteil *Im Namen des Rechts,* wie es nach dem Krieg hieß. Heute urteilten sie wieder *Im Namen des Volkes* – wie zu Adolfs Zeiten.

Der Verurteilte hieß Wilhelm Nagel und war geboren am 15.2.1908; er war wegen seiner Zugehörigkeit zum politischen Korps der NSDAP als Kreisleiter von Hemmstedt-Süd von 1939 bis 1945 und seiner Kenntnis vom verbrecherischen Einsatz des Führerkorps verurteilt worden, am 8. August 1947.

Wegen Verstoßes gegen Artikel IV Ziffer 9 der Verordnung Nr. 69 der Militärregierung in Verbindung mit dem Nürnberger Urteil und dem Kontrollratsgesetz Nr. 10:

Der Angeklagte erhielt fernmündlich die Weisung, am Morgen des 7. Oktober 1943 sich in Uniform auf der Kreisleitung einzufinden. Als er diesem Befehl nachkam, erfuhr er, dass es sich um die Erhängung eines Polen handele. Man fuhr zum Schießplatz. Dort traf der Angeklagte dann Vertreter der Regierung, den Landrat wie auch den Bürgermeister von Hollenfleth und einen Vertreter der Kreisleitung. Gestapo-Beamte aus der Außenstelle Hemmstedt hatten einen Polen, der bei dem Bauern und Ziegeleibesitzer von Rönn gearbeitet hatte und an dessen Tochter unzüchtige Handlungen vorgenommen haben sollte, mitgebracht und ließen ihn durch andere Polen hängen. Dreihundert polnische Zwangsarbeiter, die man aus der Umgebung herbeigeholt hatte, mussten der Exekution beiwohnen. Vor der Exekution wurde das Urteil in deutscher und in polnischer Sprache vorgelesen. Wer das Urteil erlassen hat, weiß der Angeklagte nach seiner Behauptung nicht. Er will aber gehört haben, es sei aus Berlin gekommen. Während er bei seiner Vernehmung durch den öffentlichen Ankläger bekundet hat, er sei der Auffassung gewesen, es habe sich um das Urteil eines ordentlichen deutschen Gerichts gehandelt, hat er in der Hauptverhandlung von Sondergericht gesprochen. Er flackert in seiner Aussage hin und her. Das Gericht indes sieht es als erwiesen an, dass der Angeklagte gewusst hat, dass es sich nicht um das Urteil eines ordentlichen Gerichts gehandelt hat. Er hat nach seiner eigenen Bekundung gesehen, dass nur Gestapo-Beamte tätig wurden. Falls er nicht schon hieraus, wie das Gericht annimmt, den Schluss gezogen haben sollte, dass es sich nicht um ein ordentliches Gericht handelte, dann hat er, und davon ist das Gericht angesichts der Tatsache, dass dieses Erlebnis für den Angeklagten ein einmaliges war, das ihn stark beeindrucken musste, überzeugt, sich erkundigt und dann ohne jeden Zweifel den gleichen Bescheid erhalten wie die

Kreisleitung, dass nämlich das Urteil vom Reichssicherheitshauptamt gekommen und von Himmler unterschrieben war. Das Gericht hat hieraus die volle Überzeugung erlangt, dass dem Angeklagten bewusst war, dass hier nicht Recht, sondern Gewalt spreche. Die Mitverantwortung seiner Organisation wurde dem Angeklagten noch dadurch besonders deutlich gemacht, dass er als Repräsentant des Korps der politischen Leiter Weisung erhalten hatte, der Exekution in Uniform beizuwohnen.

Das Spruchgericht hatte gegen den Angeklagten eine Freiheitsstrafe von vier Monaten verhängt, die als verbüßt erklärt wurde, weil er seit dem 14. Mai 1945 in Internierungshaft gesessen hatte, also sogar zwei Jahre und drei Monate. Das würde man heute als Verteidiger nicht hinnehmen, dachte Schlüter: Himmel und Hölle würde man in Bewegung setzen, um einem Mann die Freiheit zu verschaffen, den man so lange ohne Verfahren in Untersuchungshaft sitzen ließ. Heute werden Räuber und Schänder freigelassen, wenn die Untersuchungshaft zu lange dauert, und dann regen sich alle auf: Wie kann man den nur freilassen? Und damals? Die Internierungslager waren voll und man kam mit der Aburteilung nicht hinterher. Was sollte man tun: Gesetz oder Moral? Das hatte die Leute gegen die Besatzer aufgebracht.

Strafmildernd fiel das gute Zeugnis ins Gewicht, das dem Angeklagten von Zeugen ausgestellt wird, insbesondere von dem Polizeiobermeister der Polizeistation Hollenfleth, Subdivision der Polizei Hemmstedt, Grünberg; der Angeklagte sei ein ordentlicher, redlicher und fleißiger Mann von anständiger Gesinnung, der seine Stellung als Ortsgruppenleiter nicht zum Schaden politisch Andersdenkender missbraucht, vielmehr Bedrängten, wie sein Verhalten Juden und nach dem 20.7.1944 Inhaftierten gegenüber beweist, sich hilfreich zu erweisen versucht hat.

Schlüter grunzte. Im Oktober 1944 sollten die letzten Hemmsteder Juden deportiert werden. Sie hatten in ihrer Not Hilfe beim Angeklagten gesucht, jedenfalls behauptete er das. Er habe sich an die Gestapo gewandt, um ihre Schonung gebeten und erklärt, die Juden hätten doch nichts verbrochen. Aber er *erhielt den Bescheid, sie hätten Weisung von ihrer vorgesetzten Dienststelle in Berlin und im Übrigen ginge ihn das absolut nichts an.*

Damit war die Sache erledigt gewesen. Die Juden wurden fortgeschafft und ermordet. Ein ordentlicher, redlicher und fleißiger Mann hatte zwei Jahre und drei Monate gesessen für eine Strafe von vier Monaten, wegen einer Tat, die man erst nach dem Krieg als solche empfunden und unter Strafe gestellt hatte: Die Zugehörigkeit zum Apparat der NSDAP und die Kenntnis von deren Verbrechen waren nachträglich strafbar geworden. Das war neu in der Strafjustiz: Ein Nichtstun nachträglich unter Strafe zu stellen; gewusst zu haben und trotzdem im Amt geblieben zu sein. Der Mann war Ortsgruppenleiter der NSDAP gewesen, *weiter nichts.*

§ 1 des Strafgesetzbuches lautet: Eine Tat kann nur bestraft werden, wenn die Strafbarkeit gesetzlich bestimmt war, bevor die Tat begangen wurde. Das ist ein Paragraf für eine gesetzliche Gesellschaft.

Wie mochten dieser Wilhelm Nagel, seine Familie und seine Freunde das Urteil empfunden haben? Als gerechte Strafe, als Wiedergutmachung? Oder als Unrecht? *Er hatte nichts getan,* das war sein Fehler gewesen. So dachten alle; so denken alle?

Im Urteil stand:

> *Ohne Willen und Billigung der durch das Korps der politischen Leiter in ihren Spitzen repräsentierten Partei durfte im Dritten Reich nichts, aber auch gar nichts geschehen. Das war wohl jedermann bekannt, ganz gewiss aber einem Ortsgruppenleiter.*

Schlüter blätterte weiter. Der Mann hatte gegen das Urteil Berufung eingelegt. Und man hatte ihn in zweiter Instanz freigesprochen. Denn aus der Tatsache, dass er den Juden zu helfen versucht habe, *ergibt sich eindeutig, dass der Angeklagte gerade in diesem Fall die möglichen Konsequenzen einer antisemitischen Propaganda nicht erkannt hat und sich daher einer einsatzmäßigen Beteiligung des Führerkorps nicht bewusst war.*

Schlüter grunzte noch einmal. Im Oktober 1944 hatte es in ganz Deutschland fast keine Juden mehr gegeben. Sie waren entweder ermordet oder in Haft, vegetierten dem Tod in Vernichtungslagern entgegen, warteten auf die Gaskammern. Das Land war ›judenfrei‹. Aber der Angeklagte hatte nichts davon gemerkt? Bis Oktober 1944 nicht? Ja, warum hatte der Mann dann versucht, den Juden zu helfen, wenn er nicht gewusst hatte, was ihnen blühte? Hatten die ihm denn nicht gesagt, wovor sie Angst hatten? Man konnte sie nicht mehr fragen, deshalb wurde der vom Angeklagten behauptete Vorgang als wahr unterstellt. *Im Zweifel für den Angeklagten.* Denn sonst würde Recht zu Unrecht werden. *Wo Recht zu Unrecht wird, wird Widerstand zur Pflicht!* Schlüter fiel der Slogan aus der 68er-Zeit ein, der auf den Transparenten der Demonstranten gestanden hatte. Waren die sich klar gewesen, was das bedeutete? Wer definiert, was Unrecht ist?

Schlüter blätterte zurück und las im erstinstanzlichen Urteil:

> *Er gibt auch zu, dass er hat annehmen müssen, dass solche Maßnahmen sich nicht auf Hemmstedt beschränkten, sondern im ganzen deutschen Reiche vorgenommen wurden. Nach seinen Beobachtungen ist die Wegschaffung der Juden durch die Gestapo erfolgt.*

Der Berufungskammer aber war es egal gewesen, dass alle Welt wusste, was die Gestapo war und was sie tat:

> *Es ist auch bisher keine Anordnung der politischen Führung bekannt geworden, durch die politische Leiter verpflichtet wurden, Exekutionen der Gestapo beizuwohnen, also einsatzmäßig bei einer Hinrichtung repräsentativ mitzuwirken; es konnte sich daher nur um einen Einzelfall handeln, der*

den Angeklagten nicht im Sinne einer Kenntnis des verbrecherischen Einsatzes des Führerkorps belasten könnte. Eine Kenntnis des Angeklagten von sonstigen verbrecherischen Handlungen des Führerkorps ist nicht ersichtlich, wird ihm von der Anklage auch nicht zur Last gelegt.

Entweder wusste man nichts oder es war ein Einzelfall. Zwei Jahre und drei Monate interniert, in Westertimke, Fallingbostel und Neuengamme, und dann der Freispruch. Dem Mann war also Unrecht geschehen, ganz offiziell. Er war ein Opfer der Siegermächte, das stand aktenmäßig fest. War das ein ›gerechtes‹ Urteil? Jedenfalls konnten der Mann und seine Freunde sagen: Das Recht hat gesiegt. Er war rehabilitiert.

Und was war die Wirklichkeit dahinter? Schlüter kicherte verächtlich in sich hinein. Der Tee war kalt geworden. Die Engländer hatten diesen Mann verhaftet und sie hatten versucht, ihn abzuurteilen, aber sie mussten sich dazu deutscher Juristen bedienen, denn andere gab es nicht, und die verstanden ihr Geschäft gut, vorher wie nachher. Rechtswissenschaft.

Ein Pole, der sich an der Tochter des Feldhöbers vergangen haben sollte, war erhängt worden, und alles, was Rang und Namen hatte, war dabei gewesen. Bestimmt auch der Feldhöber selbst, der Vater der angeblich Geschädigten. Und der Pole, das war einer von der Ziegelei gewesen, einer von den eigenen Leuten. Man konnte davon ausgehen, dass alle Polen von der Ziegelei des Feldhöbers anwesend waren und sicher auch der deutsche Vorgesetzte, von dem Bronisław Stelzer geschrieben hatte, und natürlich Stanisław Kaczek, Schlüters unbekannter Mandant …

Wo Recht zu Unrecht wird, wird Widerstand zur Pflicht, flüsterte Schlüter, während er weiter in dem Ordner blätterte. Ein Urteil gegen den Ziegeleibesitzer von Rönn fand er nicht. Ob der hinter dieser Teufelei steckte?

Schlüter beschloss, den Kollegen Stelzer über das Urteil gegen Nagel zu informieren. Man konnte nie wissen.

IX.

Früher hatten die Tage anders angefangen. Da trank man morgens erst mal einen Klaren, sobald man die Mütze auf dem Kopf und die Füße auf dem Bettvorleger hatte. Dann rasierte man sich; man strich das Messer am Lederband scharf, schäumte sein Gesicht vor dem Spiegel ein und schnitt sich die Stoppeln ab. Dann hatte die Frau das Frühstück fertig, Kaffee und Bratkartoffeln mit Talg, das war wenigstens noch eine ordentliche Grundlage gewesen. Über den zweiten Teller Bratkartoffeln streute man sich den Kaffeesatz, weil man nichts wegschmiss, was man essen konnte. Und dann konnte es losgehen.

Aber heute waren die Tage nicht mehr so. Man hatte jetzt schlechte Tage. Man rasierte sich nicht mehr nass, weil man das Werkzeug nicht mehr besaß. Überhaupt war alles weg. Man hatte nur noch seine Schiffermütze und den alten Sessel, und das war zu wenig, um nach den alten Regeln eines Ruthensander Reeders aufrecht zu leben. Bratkartoffeln kriegte man auch keine mehr zum Frühstück, und so taugte der ganze Tag nichts, weil man immer Hunger hatte. Und das alles nur, weil die Kinder einen hatten sitzen lassen, nachdem man gekentert und leckgeschlagen war und jetzt nur noch mit dem Bock laufen konnte, mit diesem Schietding, dat ole Gestell. Die brauchten gar nicht mehr zu kommen, er wollte sie nicht mehr sehen. Man war ein Schiff ohne Mast und Ruder und hatte keinen Kurs mehr.

Der alte Käpt'n Robert Behrmann saß auf seinem Lehnstuhl und weinte, die Fäuste auf dem Stock zwischen den Knien schwankten hin und her und die Tränen tropften auf seinen dicken Bauch. Wenn der Lahme nicht da war, konnte er sich gehen lassen, er redete mit sich selbst und weinte dazu, und danach war es ein ganz kleines bisschen besser.

»Ohh! Wat hebb ick vör'n scheun Leben hatt!«, stöhnte der Kapitän.

Ein schönes Leben hatte er gehabt und ein schönes Schiff

hatte er gehabt. Schon sein Vater war Schipper gewesen, Klütenschipper, und hatte die Backsteine von Hollenfleth nach Hamburg geschippert oder Mist nach Vierlanden, da war er schon als kleines Kind mitgefahren. Damals stand da, wo jetzt der Sportplatz war, eine große Ziegelei mit drei Brennöfen. Die Trockenschuppen reichten in langen Reihen herunter bis zu den Landern, wo nun der Mais der Bauern wuchs. Wie war es herrlich gewesen, zwischen den langen Schuppen verstecken zu spielen! Und die Gräben erst! An denen stand das Reet mehr als mannshoch, die waren so breit, dass nur die großen Jungs rüberspringen konnten, das konnten er und Hein noch nicht. Und Fische waren da drin gewesen! Karpfen, Schleien, Hechte und Aale. Angeln brauchten sie nicht. Behrmann schnaubte verächtlich und dachte daran, wie sie die Hechte mit der Drahtschlinge gefangen hatten, zeitlupenlangsam über die Nase geschoben, und die Aale mit dem Stock, einfach rumgekurbelt, mitsamt dem Kraut und über den Nacken aufs Land geschmissen, da lagen sie dann und spaggelten. Bloß erwischen lassen durften sie sich nicht dabei, wegen der Lungenwürmer war das verboten, die Tiere fingen an zu husten und gingen ein, wenn sie Grabenwasser gesoffen hatten. Anschließend durften sie die Fische in der Ziegelei braten, an den Feuern, die an den Hundelöchern vor den Brennkammern brannten, damit die Steine schon mal warm wurden, bevor sie richtig gebrannt wurden. So 'n Fisch, so einer direkt aus dem Graben, das war was, wenn sie zwischen den Ziegelstapeln hockten und schmatzten, er und Hein. Der war nu längst tot.

»Mönsch, Hein, dat wör'n Tieden, ick wull so geern noch mool mit di snacken!«, seufzte der Kapitän.

Die gebrannten Ziegel wurden in Loren fortgeschafft, da konnten sie mitfahren, durchs Dorf ging die Fahrt bis an den Deich, da, wo der Priel vom Hollenflether Hafen her kam. Morgens zogen sie zuerst eine leere Lore auf die Kuppe des Deiches und luden sie voll, trugen die Steine einzeln den Deich hoch. Dann spannten sie ein Seil zur ersten Lore unten am Deich, gaben der Lore auf der Kuppe einen Schubs, sie rollte nach außendeichs und zog die andere Lore hoch bis zur Kuppe.

Und immer so weiter bis zum Abend. Und er immer mittenmang. *Jung, wohr di,* hatte Vater manches Mal gerufen, wenn er die Lore geschoben hatte, das Seil zwischen seinen kurzen Beinen, und er wegspringen musste, wenn sie in Fahrt kam.

Von Klüten lebten sie damals, Klöße aus Mehl und Salz. Nur morgens nicht, da gab's Brot mit Marmelade, für Butter langte es nicht; mittags gab es die Klüten und abends wieder Klüten, in Scheiben geschnitten und aufgebraten; wenn man Glück hatte, mit einem Stück Speck. Deswegen hießen sie Klütenschipper. Und immer Muckefuck. Kaffee, das war nur was für sonntags und für die, die sich das leisten konnten. So war das gewesen.

Er war dann auch Klütenschipper geworden, mit vierzehn, als er endlich die Schule verlassen durfte, und war auf eigene Rechnung gefahren. Mit neunzehn besaß er schon seinen eigenen Ewer, auf Parten mit Vater, hundertfünfzig Tonnen. Mit dem war er in den Ruthensander Hafen gefahren, gleich von der Elbe her, zum Ziegelholen von der von Rönn'schen Ziegelei. Der Feldhöber, das war 'n Deubel! So 'n richtigen Projektenmoker! Der hatte schon eine richtige Talje am Hafen, damit konnte er zwei Stapel Steine auf einmal in den Ewer bringen, vierhundert Steine.

Auf der Ziegelei hatte er das erste Mal den Lahmen gesehen, im Krieg noch. Wenn er damals schon gewusst hätte, dass er mal mit dem Lahmen auf einem Zimmer im Altenheim landen würde! Ein richtiger Flüchtling war das nicht, der war ganz früh da gewesen, mit den Polen in der Ziegelei, lausige Gestalten. Man mochte gar nicht richtig hingucken, wenn die mit der Bütt und der Karre am Hafen ankamen, um Schlick zum Zumauern der Brennkammern zu holen. Man wusste nie, was kommen würde. Und man sollte auch nicht mit denen bekannt werden, das war verboten, auch wenn sie einem manchmal Leid tun konnten, denn der Feldhöber hielt seine Polen kurz, das wusste man. Der hatte was zu sagen gehabt als Bauernführer. Keiner hatte Widerworte gegen den gewagt, man sagte, er hätte direkten Draht zur Gestapo, bis hin nach Berlin.

Einmal war Behrmann dazugekommen, als der Feldhöber eine Strafpredigt hielt. Obwohl er, Behrmann, zur bestellten Zeit im Hafen gewesen war – der Feldhöber legte Wert auf so was, er sagte, ein Deutscher hätte pünktlich zu sein –, es war keiner da, keine Steine, keine Leute und nichts, und da hatte er doch nach dem Rechten sehen müssen, was hätte er sonst tun sollen? Einmischen wollte er sich nicht, das ging ihn nichts an. Die Ziegelei war ja nur ein paar hundert Meter weg. Durch das große Tor an der Wasserseite war er gekommen, und da hatten sie alle gestanden, die polnischen Packer, vor dem großen Ofen in der Halle mit dem Ziegeldach, wo die Sonne durchblitzen konnte, rundrum die Stapel mit Rohlingen, die sie reinpacken sollten, und die Steine, die schon fertig waren und heiß auf den Loren lagen. Der Feldhöber schrie und zeterte, dass die Steine nichts taugten, sie wären gelb, die würden sie nicht nehmen auf Helgoland, da bräuchte Behrmann gar nicht erst hin – Behrmann zog den Kopf ein, als er seinen Namen hörte –, und dass er sie ins KZ bringen lassen würde, wenn sie nicht spurten. Der Lahme stand auch mit dabei, mitten zwischen den andern, als würde er dazugehören, obwohl er doch Deutscher war. Alle standen sie um den Feldhöber rum, da wo sie gerade gearbeitet hatten, mit Reifengummis an den Händen wegen der heißen Steine, neben den Loren, mit staubigen Gesichtern, fast im Kreis und keiner sagte etwas, auch nicht, nachdem der Feldhöber den Stein geschmissen hatte und einer am Boden lag, weil er ihn am Kopf getroffen hatte. Sie blieben stehen bis auf einen Einzigen, der hockte sich gleich neben den Liegenden und fluchte auf Polnisch, sogar eine Faust machte er, verstehen konnte man aber nichts, nur ›wuppwupp‹. War das ein Wüterich, der Feldhöber! Er soll ja noch mehr auf dem Gewissen haben, man erzählte sich, dass er sogar welche erschossen hat. Auf Ruthensand wussten sie alle was davon, auch davon, dass nach dem Krieg die Polen wiedergekommen waren, sich rächen wollten und geschossen hatten. Aber der Feldhöber lebte immer noch. Im Krieg sind solche Sachen passiert, das war Gott sei Dank vorbei, in schweren Zeiten passieren Sachen, die sonst nicht passieren, und einmischen sollte man sich bei so was nicht.

Man gut, dachte der Kapitän, dass er da nichts mit zu tun

hatte und gleich wieder weggegangen war, bevor einer ihn groß gesehen hatte. Die Wachleute von der Wehrmacht, die hatten wahrscheinlich irgendwo gesessen und Karten gespielt, anstatt aufzupassen. Er, Behrmann, war zurück auf seinen Ewer gegangen und hatte einfach gewartet. Irgendwann kamen sie dann, die Polen mit den Loren, immer zwei schoben sie, die Köpfe zwischen den Armen und die Augen an der Erde. Das Laden hatte länger gedauert, weil sie auf neue Steine warten mussten, Behrmann und sein Schiff blieben zwei Tage liegen und er ging nach Hause, weit hatte er es nicht bis zu seiner Wurt. Wenn er zwischendurch zum Hafen kam, sah er die Polen Steine laden, so heiß wie sonst nie, sie hatten zwei dicke Gummis über die Hände gestreift. Aber das ging ihn nichts an. Brennen würde der Ewer nicht so schnell. Man konnte sich aus allem raushalten, man war Kapitän und brachte die Steine nach Helgoland und Norderney, das war wichtig, wegen der Verteidigung, und das reichte. Keinen Schuss hatte er getan; in der Partei war er nur pro forma gewesen und hatte nie großen Ärger gehabt.

Später, als es dann zu Ende ging mit den Ziegeleien, da hatte er sich die Gesa angeschafft, nach Gesa, seiner Frau. Die hatte schon über 500 Tonnen. Damit hatte er Holz und Maschinenteile gefahren, nach Dänemark, von Norwegen und Schweden und Finnland, nach Holland und immer hin und her. Was für ein Schiff, seine Gesa! Würd heute noch laufen mit ihrem Voith-Eintakter, wenn sie nicht abgebuddelt wär 1968 vor Brunsbüttel.

»Oh, mien scheun Schipp, mien Gesa!«, jammerte der Kapitän.

Er fühlte das ruhige verlässliche Stampfen des Zylinders immer noch unter seinen Füßen und in seinem Bauch und weinte wieder ein bisschen. Er wischte sich die Tränen ab und zog den Rotz hoch.

Man gut, dass der Lahme nicht da ist, dachte er wieder. Es gibt nichts Schlimmeres als Landratten, die von nichts 'ne Ahnung haben. Unterhalten konnte man sich mit dem auch nicht. Erstens nuschelte er und zweitens konnte er kein Platt, außerdem sagte er fast nie was, glotzte bloß und tat irgendwie heimlich mit seinem Radio, guckte dauernd da hin, als wenn da was

Besonderes mit wäre. Von mir aus kann er heimlich tun, dachte Behrmann.

Mit der Schifffahrt war es bergab gegangen. Die Raten wurden kleiner, die Schiffe größer. Wachsen oder weichen – und er war gewichen. Nachdem seine Gesa abgesoffen war, hatte er aufgehört und sich verrenten lassen. Viel hatte man nicht geklebt, aber es reichte.

Wer hatte wissen können, dass er es an Land in seinem Häuschen hinterm Deich nicht aushalten würde? Erst hatte er sich gefreut, dass er nicht mehr rausmusste, aber nach drei Monaten fing er an kribbelig zu werden und nach sechs Monaten wütend. Dann starb die andere Gesa. Und dann musste er weg, weil er allein nicht mehr zurande kam. Seinen Kindern wollte er nicht zur Last fallen. Also hierher. In dies Zimmer, mit dem Lahmen, der scharf auf den Sessel war. Ein paar Mal hatte Behrmann ihn schon weggejagt. Wenn der Gehbock nicht wäre, hätte er ihm mit dem Stock eins übergezogen. Dass man so enden musste!

Käpt'n Behrmann schluchzte laut auf. Er dachte daran, dass er bald sterben musste und dass alle Menschen sterben müssen, und wie gerecht das ist, auch die Schlechten können sich kein Leben kaufen. Er freute sich auf den Tod, weil er ihn vom Kummer seiner leeren Tage erlösen würde. Wenn ich man gleich totgeblieben wär, als ich umgefallen bin, dachte er. Er traute sich nicht, das laut zu sagen.

Er rieb sich die Augen aus. Dann langte er ächzend um die Ecke und nahm eine Flasche Klaren aus seinem Nachtschränkchen heraus. Die hatte er sich neulich von Monika bringen lassen. So was konnte man nur mit der machen. Er öffnete die Flasche und nahm einen tüchtigen Schluck.

»Aahhh!«

Er wischte sich den Mund ab und verstaute die Flasche wieder. Außer Schwester Monika war keiner mehr freundlich zu ihm.

Heute war Duschtag. Käpt'n Behrmann duschte gerne. Er war ja nun so dick und steif, dass er nicht mehr überall selbst hinkommen konnte. Die Schwestern mussten ihm helfen, es war wunderbar, von einer Frauenhand berührt zu werden; sie holten ihn ab und mit seinem Gehbock ging er schwerfällig und ächzend zum Badezimmer. Immer zwei kleine Schrittchen, dann den Bock wieder ein Stück nach vorne. Sie halfen ihm beim Ausziehen, sein schwerer blau geäderter Wanst kam zum Vorschein und darunter sah er seine gelben Zehennägel. Dann musste er sich auf einen Hocker setzen und sich duschen lassen.

Käpt'n Behrmann schnalzte mit der Zunge, als er an Schwester Monika dachte, drehte sich wieder zu seinem Nachttischchen um, zog die Buddel vor und nahm noch einen tüchtigen Schluck. Er wälzte den Köm mit seiner dicken Zunge und schluckte ihn herunter.

»Aahhh!!«

X.

Ein neuer Tag, ein neues Spiel. Schlüter packte den Poststapel von der Ablage hinter sich auf den alten Schreibtisch vor sich und begann zu diktieren. Es war noch früh und heute hatte er keine Gerichtstermine, die ihn von der eigentlichen Arbeit abhalten würden, zudem hoffte er auf einen ruhigen Tag, an dem ein altgedienter Advokat seinem hässlichen Handwerk in Frieden nachgehen konnte.

Eine Forderungsaufstellung in einer Verkehrsunfallsache. Ein Auffahrunfall, das Anschalten des Hirns war nicht erforderlich.

Nächste Akte: Mietminderung wegen Schimmelpilz, den berühmten Sporen, die sowohl bei schlechter Lüftung als auch bei feuchten Fundamenten gut gediehen, was immer wieder für klassischen Streit sorgte. Auch da brauchte man wenig Hirn, denn diese Fragen klärten Sachverständige.

Nächste Akte: In der Unterhaltssache Rimmel hatte die Gegenseite mal wieder den Anwalt gewechselt, der neue verlangte bei Gericht Akteneinsicht »in alle Vorgänge«, und Frau Rimmel legte Wert darauf, dass ihr jedes Schriftstück, und sei es auch unwichtig, unverzüglich zugeleitet würde. Schlüter legte einen Eilt-Stapel an – Diktate, die sofort geschrieben werden mussten.

Nächste Akte: das Protokoll des Gerichtsvollziehers in einer Forderungssache. Er teilte mit, die Pfändung sei »amtsbekannt fruchtlos«, von einer gewaltsamen Öffnung der Wohnung habe er abgesehen. Es wurde immer seltener, dass man Forderungen erfolgreich vollstrecken konnte. Der Pfändungsschutz war schleichend ausgedehnt worden. Die Schuldner machten ihr Grundrecht auf durchschnittlich neun Lebensjahre vor dem Fernseher geltend – ohne Pause, ohne Schlaf, ohne Pinkeln oder Füßevertreten –, ein Fernseher gehörte zum notwendigen Hausrat und unterlag nicht der Pfändung. Schlüter seufzte und dachte an seine fernsehfreien Leseabende und -wochenenden. Er diktierte ein resigniertes Schreiben an den Gläubiger; man würde den Vorgang zwei Jahre beiseite legen.

Nächste Akte: Die Strafsache Herpes; sie kämpften um den Führerschein des jungen Mannes und mussten der Staatsanwaltschaft klar machen, dass auf dem Fahrersitz zwei zierliche Personen gesessen hatten, von denen die nüchterne rechte das Fahrzeug lenkte, während die alkoholisierte linke, nämlich der Mandant, nur kuschelte, sodass es nicht alkohol-, sondern höchstens erotisch bedingt zum Unfall gekommen war, was weder strafbar war noch den Führerscheinentzug rechtfertigte, auch wenn der pfiffige Mandant dem erfreuten Polizisten auf der Fahrerseite als Erster vor die Füße gefallen war.

Nächste Akte: Rathjens gegen Rathjens. Stellungnahme der Gegenseite zum Kostenfestsetzungsantrag. Nachdem der Sohn die Mutter praktisch mit Gewalt vom Hof vertrieben hatte, waren die Verfahren in der Hauptsache erledigt. Die alte Frau lebte seit geraumer Zeit im Altenheim von Hollenfleth. Schlüter musste jetzt nur noch klagen auf Zahlung eines Betrages als Ersatz für das verloren gegangene Wohnrecht. An diesem Streit konnte man Rechtsphilosophie betreiben: Was ist der Unterschied zwischen Theorie und Praxis?

So ging es weiter. Der Aktenstapel auf dem Schreibtisch wurde kleiner, die auf dem Fußboden – eilt und normal – wurden größer. Ein paar Akten noch, dann hatte er sich seine Tasse Tee verdient.

Bis er dann auf die letzte Akte stieß: Kaczek gegen von

Rönn. Schlüter gab sich einen Stoß und schlug die Akte auf. Nein, keine Überraschung. Er hoffte immer noch, diesen Prozess vermeiden zu können, denn vor Gericht und auf hoher See vertraute man nicht mehr auf sich selbst, sondern auf den lieben Gott. Vielleicht stellte sich der Mann am Ende seines Lebens ja doch noch seiner Verantwortung? Zeigte guten Willen, nach langer Zeit zwar und doppelter Aufforderung, aber immerhin: Auch späte Einkehr war in Ordnung. Nein: nur ein Schreiben von Meier-Mertes, als Antwort auf die letzte Frist, die Schlüter ihm vor zwei Wochen zur außergerichtlichen Regulierung gesetzt hatte. Natürlich wies er den Anspruch weit von sich. Langatmig führte Meier-Mertes aus, dass sein Mandant, der Landwirt von Rönn, sich nichts habe zu Schulden kommen lassen. Im Gegenteil. Er habe Anspruch auf Dankbarkeit, wenn er diesen auch nicht geltend machen wolle. Er habe polnische »Fremdarbeiter« – das Wort Zwangsarbeiter kam nicht aufs Papier – in seiner Ziegelei »leider beschäftigen müssen«, schrieb Meier-Mertes. Ob ein Stanisław Kaczek dabei gewesen sei, müsse er bestreiten. Er habe die Leute nicht mit Namen gekannt. Vielleicht habe ein Mann solchen Namens in einer anderen Ziegelei gearbeitet; es habe viele gegeben, die mit Fremdarbeitern gearbeitet hätten, gerade um Hollenfleth herum. Abgesehen davon habe von Rönn seine Leute stets gut behandelt. Er habe sie in heruntergekommenem Zustand vom Bahnhof in Hemmstedt abgeholt, verlaust und ausgehungert. Er habe ihnen gute Wohnung und Kleidung verschafft – »wie es unter den seinerzeit obwaltenden Umständen möglich war«, stelzte Meier-Mertes – und ihnen ausreichend Essen und Trinken gewährt, sodass sie sich bald in einem »erfreulich guten gesundheitlichen und konstitutionsmäßigen Zustand« befunden hätten. Das hätten übrigens alle getan, betonte er, jedenfalls alle Landwirte. Man habe die Fremdarbeiter pfleglich zu behandeln gewusst. Wozu sie, die Arbeitgeber, im Übrigen auch verpflichtet gewesen seien. Ob er, der werte Kollege Schlüter, denn die Rundschreiben des Beauftragten des RSSH, Fritz Sauckel, in dieser Angelegenheit nicht kenne, die doch »ganz eindeutige« Anweisungen an jeden Einzelnen gewesen seien. Er erlaube sich, aus dem *Merkblatt über die allgemeinen Grundsätze für die Behandlung der im Reich tätigen ausländischen Arbeitskräfte* vom 5.5.1943 zu zitieren, wobei er den Kollegen bitte, die Wiedergabe einzelner herabsetzender Worte als der »bedauerlichen Zeit« entstammend nicht missverstehen möge. Es seien doch »ganz klar« folgende Grundsätze niedergelegt gewesen:

Jeder, auch der primitive Mensch hat ein feines Empfinden für Gerechtigkeit. Daher muss sich jede ungerechte Behandlung verheerend auswirken. Ungerechtigkeiten, Kränkungen, Schikanen, Misshandlungen usw. müssen also unterbleiben. Die Anwendung der Prügelstrafe ist verboten.
Es ist unmöglich, jemanden zur aktiven Mitarbeit für eine neue Idee zu gewinnen, wenn man ihn zugleich in seinem inneren Wertbewusstsein kränkt. Von Menschen, die als Bestien, Barbaren und Untermenschen bezeichnet werden, kann man keine Höchstleistung verlangen …
Mit Worten allein ist der ausländische Arbeiter nicht zu überzeugen, dass ein deutscher Sieg auch ihm und seinem Volk zugute kommt. Voraussetzung ist eine entsprechende Behandlung.

Schlüter knurrte. Dieser krumme Vogel! Woher hatte er dieses Merkblatt? Der Feldhöber musste es aufbewahrt haben, vielleicht in der Vorausahnung, dass er sich einmal damit verteidigen könne. Schlüter kannte das Rundschreiben. Es befand sich in dem Ordner, den er in der Bibliothek des Landgerichts aufgespürt hatte: *Beweismaterialien für die Spruchgerichte der britischen Zone.*

Schlüter zog den Ordner unter dem Schreibtisch hervor, suchte im Inhaltsverzeichnis. Dokument Nr. 58. Er musste zugeben, dass man dieses Dokument wie eine Anleitung zur Völkerfreundschaft lesen konnte, wenn man nicht wusste, was dahinter steckte. Es stand nämlich auch dieses darin:

Dem Ziel, den Krieg siegreich zu beenden, hat sich alles unterzuordnen. Die im Reich tätigen ausländischen Arbeitskräf-

te sind daher so zu behandeln, dass ihre Zuverlässigkeit erhalten und gefördert wird, dass Auswirkungen zu Ungunsten des Reiches in ihren Heimatländern auf ein Mindestmaß beschränkt werden und dass ihre volle Arbeitskraft auf lange Sicht der deutschen Kriegswirtschaft erhalten bleibt, ja, dass sogar eine weitere Leistungssteigerung eintritt.
Über die scharfen Maßnahmen bei widersätzlichen und aufrührerischen Elementen sind die fremdvölkischen Arbeiter entsprechend aufzuklären.

Das Prinzip der doppelten Realität. Man sagt das eine, meint aber das andere, das Gegenteil. Worte sind Macht. Sie bestimmen das Denken. Schlüter starrte auf das Bild des lokalen Meisters an der Wand. Idyllisches Dorfleben. Er wandte sich wieder dem Schreiben des Kollegen zu.

Und im Übrigen hat mein Mandant sich die ausländischen Arbeitskräfte nicht selbst ausgesucht. Sie wurden ihm zugeordnet. Er hätte keine Möglichkeit gehabt, hiergegen zu intervenieren. Ihm oblag die behördlich angeordnete Fortführung seines als kriegswichtig eingestuften Betriebes, insbesondere die Versorgung der Festung Helgoland mit Baumaterial. Er konnte den Betrieb nicht mit einheimischen Arbeitskräften betreiben, da diese fehlten aus Gründen, die nicht erläutert werden müssen. Also musste er sich bedauerlicherweise ausländischer Arbeitskräfte bedienen, wenn er sich nicht den Vorwurf der Störung kriegswichtiger Produktion einhandeln wollte, der ihm durchaus Haft hätte eintragen können. Ihm blieb gar nichts anderes übrig, als so zu handeln, wie er gehandelt hat. Wer aber keine Handlungsalternative hat, kann sich nicht schadensersatzpflichtig machen. Was den Vorwurf betrifft, mein Mandant habe Ihren Mandanten mit einem Stein niedergeschlagen, so wird dieser als unwahr und frei erfunden zurückgewiesen.

Schlüter spürte die suggestive Kraft dieser Worte. Zwar verfügte er über die Dokumente aus dem Archiv – danach war der

Feldhöber kein Menschenfreund gewesen, sondern ein auf seinen Vorteil bedachter Unternehmer, der aus den Polen das Letzte herausholte. Aber das reichte nicht. Schlüter brauchte diesen Döpner, von dem der Kollege Stelzer geschrieben hatte, der die Arbeitsbedingungen bei dem Ziegeleibesitzer Friedrich von Rönn kannte, der gesehen hatte, wie die Polen geschunden worden waren. Sonst würde Schlüter keinem Gericht dieses Landes die Notwendigkeit eines symbolischen Ausgleichs klar machen können.

Er nahm das Band aus seinem Diktiergerät und legte das Eilt-Band ein. Dann diktierte er einen Brief an den Kollegen Stelzer und klärte ihn über die Sachlage und seine Einschätzung auf. Er bat ihn, die Anschrift des Zeugen mitzuteilen, sofern er sie schon ermitteln konnte, vor allem aber: ob dieser Zeuge noch bekunden könne, wie das Leben der Zwangsarbeiter auf der Ziegelei des Friedrich von Rönn gewesen war.

Schlüter zweifelte: Würde dieser Döpner bestätigen, dass Kaczek einer der Sklaven gewesen war?

Als er fertig war, schnappte Schlüter sich den Eilt-Stapel und brachte ihn zu Angela. Während er den Tee kochte, den er sich nun wirklich verdient hatte, fiel ihm plötzlich die Frage ein, wie es dem Stanisław Kaczek aus dem fernen Lubin wohl gelingen sollte zu ermitteln, was Zeugen noch wussten? Wie sollte dieser alte gebrechliche, fast blinde Mann das machen? Selbst kann er das wohl nicht, dachte Schlüter.

XI.

Döpner saß auf der Bank rechts vor dem gepflasterten Viertelrund, der Ort, an dem er sich aufhielt, wenn er nicht drinnen war. Es war bewölkt, ein kalter Aprilwind wühlte in den noch kahlen Köpfen der Birkenbäume, die Rollstuhlfahrer hatte man hineingekarrt in den hellen Flur und deshalb war Döpner allein. Die Linke vor dem Bauch zusammengekrümmt, beugte er sich seitwärts über eine graue Katze, die sich schnurrend dem Streicheln seiner herabhängenden Rechten hingab, ihren Kopf blinzelnd in seine kraulenden Finger stemmte, um sich den höchstmöglichen Genuss zu verschaffen. Er sprach leise mit der Katze, nickte ihr zu und verzog sein Gesicht zu einer schiefen Fratze.

Von der Hauptstraße her kam Wilhelm Nagel, mit unregelmäßigen Schrittchen und zuckendem Kopf, von seinem Gang in den Ort zurück; Angst, Schmerz und Anstrengung stritten um die Herrschaft in seinem Gesicht, und nichts konnte siegen. Näher kommend wurde er langsamer und zögerte, als wisse er den Weg nicht sicher, seine Augen huschten unstet hin und her.

Döpners steifes Gesicht, das schief wie eine verrutschte Maske war, verriet keine Gedanken.

Wenige Meter vor der Bank blieb Nagel unschlüssig stehen. Er unterbrach sein hastiges Hecheln und holte tief Luft. »Sie – sind schon lange hier?«, fragte er stockend. Es war das erste Mal, dass er Döpner ansprach.

»Drei Jahre. Und Sie?«, erwiderte Döpner.

»Ich – ich weiß es nicht genau«, sagte Nagel mit flacher und tonloser Stimme. »Ich vergesse alles. Ja, wie lange mag es wohl sein?«

»Vor gut zwei Monaten sind Sie gekommen«, stellte Döpner fest. »Im Januar.«

»Vor gut zwei Monaten bin ich gekommen ...«, leierte der Kleine leise nach und schüttelte bekümmert den Kopf. »Ich vergesse alles, ich ...«

»Macht doch nichts«, unterbrach Döpner ihn. »Es ist egal, wie lange Sie hier sind. Hauptsache ist, Sie fühlen sich wohl.« Wie ich reden kann, dachte Döpner. Wie ein Pastor. Wie der alte Gartmann. Dieser Scheinheilige. Wider Willen stieg Mitleid in ihm auf mit dem vergesslichen Kleinen, der nun eifrig vor Döpners Bank hin- und herstapfte, dabei schnaubte und den Kopf schüttelte. Offenbar hatte er Vertrauen gefasst.

»Das ist es ja eben«, jammerte er verzweifelt, »ich fühle mich eben nicht wohl. Lieber heute als morgen würde ich hier weggehen.«

»Und – wohin?«, fragte Döpner. »Wohin sollen wir schon noch gehen, wenn wir erst einmal hier sind?«

Nagel ließ seine schmalen Schultern sacken. »Wo ich herkomme«, sagte er trotzig und nickte bestimmt. »Ich würde da wieder hingehen, wo ich hergekommen bin.«

»Wo sind Sie denn hergekommen – mein Lieber?« Döpner konnte die Ironie in seiner Stimme nicht ganz unterdrücken.

»Ich war doch im Haus! In meinem Haus! Man hat mich fortgebracht. Einfach fortgebracht, hierher. Und hier bin ich jetzt.« Nagels Stimme war tonlos, seine Augen erloschen und flatterten müde wie ein Vogel im Käfig, der seiner kurzen Wege überdrüssig ist, die er immerfort machen muss.

»Und wo – war Ihr Haus?«

»Na, in Hemmstedt doch, in Hemmstedt, und hier sind wir doch nicht in Hemmstedt, oder?«

»Nein. Wir sind in Hollenfleth.«

»Hollenfleth, Hollenfleth.« Der kleine Mann wischte sich den Mund ab und dachte nach; aber die Jahrzehnte im weinumrankten Backsteinhaus nicht weit von der Straße nach Ruthensand waren ausgelöscht.

»Da ist auch Ruthensand, nicht wahr?«, blitzte er freudig auf, aber dann überfiel Angst sein Gesicht und er verdeckte es mit beiden Händen.

»Ja, das stimmt«, bestätigte Döpner. »Ruthensand gehört dazu. Zu Ruthensand gehört auch der Feldhöber, und seine verdammte Ziegelei, nicht wahr?« Was rede ich da, dachte er.

»Der Feldhöber! Der Feld…«, der kleine Mann begann zu schluchzen. Seine spitzen Schultern zuckten und er sank in sich zusammen. Über sein Gesicht huschten die widersprüchlichen Stimmungen so schnell wie die Wolken über den Aprilhimmel.

»Den kennen Sie also, den Feldhöber?«, fragte Döpner düster.

»Ja, ich – nein! Ich kenne ihn nicht, kenne ihn nicht …«, murmelte Nagel, immer leiser werdend. Dann hob er das Gesicht, in dem nun Ärger und Misstrauen standen. »Was wollen Sie überhaupt damit?!«

Döpner wartete. Wozu die Vergangenheit aufrühren? Warum hatte er damit angefangen? Es hatte sowieso keinen Zweck. Was geschehen war, war nicht wieder rückgängig zu machen. Offenbar hatte auch dieser Mann seine Erlebnisse mit dem

Feldhöber gehabt, die ihn noch nach Jahr und Tag verfolgten. Hatte nicht Erna Rathjens neulich erzählt, Nagel habe ›Dreck am Stecken‹, aus der Kriegszeit? Ich will es nicht wissen, dachte Döpner.

»Sie sagten, Sie wollen hier wieder weg. Warum wollen Sie weg?«, erkundigte sich Döpner milde.

»Sie bestehlen mich!« Die Nüstern des kleinen Mannes blähten sich in Entrüstung. Seine Augen füllten sich wieder mit Leben. »Gestern haben sie mir meine Wäsche gestohlen, alles mitgenommen. Meine Socken! Meine ganzen Socken sind gestohlen! Kein einziges Paar war mehr in meinem Schrank, kein einziges. Nur noch die mit Löchern! Und die Schwester, sie hat gesagt, ich hätte gar nicht so viele gehabt. Man muss sich wehren können – man muss sich doch wehren können!«, rief er verzweifelt und seine Stimme versiegte. Dann beugte er sich herab, zog die Hosen ein Stücken hoch und zeigte zwei verschiedene Socken, eine weiße und eine blaue.

Döpner unterdrückte ein Lächeln. Dieser Mann und Dreck am Stecken? Die Katze umschnurrte seine Rechte. Sie wurde ungeduldig, setzte sich auf ihre Hinterpfoten und sprang auf Döpners Schoß. Sie rieb ihren Kopf an seiner lahmen Linken. Sie ließ sich nicht davon stören, dass diese Hand sie nicht streichelte.

Der kleine Mann ließ sich fangen von der kleinen Idylle dieses Augenblicks und sah zu. »Ihnen macht es nichts. Ach, könnte man eine Katze sein!« Er seufzte tief, und beim Einsaugen der Luft stockte ihm der Atem wie einem Kind, das gerade geweint hat.

»Man muss sich an ihrem Gleichmut ein Beispiel nehmen«, riet Döpner und fuhr der Katze lang über den Rücken. »Sie wollten mir noch sagen, wogegen Sie sich wehren wollen.«

»Ach, es hat ja doch keinen Zweck.« Der Blick des kleinen Mannes torkelte auf dem Boden hin und her. Dann strafften sich seine Züge, seine schmalen Schultern ruckten, als wenn er sich zu etwas entschlossen hätte. »Sie nehmen mir auch mein Geld weg …!« Er sah Döpner wichtig an.

»Ihr Geld?«, fragte Döpner. Er dachte an das, was die alte Rathjens ihm erzählt hatte. »Wie kommt das?«

»Ich kriege es nicht mehr. Ich bekomme einfach nichts mehr. Sie haben es mir weggenommen!«

»Wo ist denn Ihr Geld?«, fragte Döpner.

Der kleine Mann schlug mit den Armen aus. »Na, auf der Bank natürlich, ich habe mein Geld auf der Bank!«

»Aber sie können Ihnen doch Ihr Geld auf der Bank nicht wegnehmen, das können doch nur Sie selbst, oder, warten Sie mal – haben Sie vielleicht jemandem eine Kontovollmacht gegeben?«

Wieder klappte der andere die Arme auseinander. Dann schüttelte er den Kopf: »Wenn ich das doch nur wüsste! Mein Kopf ist so schlecht, ich kann mich an nichts erinnern.«

»Vielleicht Verwandte, Sie haben doch – zwei Neffen ...?« Döpner traute sich kaum, sein intimes Wissen über die Verwandtschaftsverhältnisse seines Gesprächspartners preiszugeben. Er kam sich vor wie ein Schnüffler.

Aber das schien den kleinen Mann nicht zu stören. »Ja, meine Neffen, Sie haben Recht, vielleicht habe ich denen – aber das wäre ja eine Katastrophe! Die können doch mit Geld nicht umgehen. Die würden mich vergiften, nur um an mein Geld zu kommen. O mein Geld!« Er hielt die Fäuste vor dem aufgerissenen Mund geballt.

»Gehen Sie hin und widerrufen Sie die Vollmacht – falls Sie eine erteilt haben. Aber vielleicht haben Sie gar keine erteilt, das können Sie dann auch gleich in Erfahrung bringen«, schlug Döpner vor.

»Ja, ja, das ist gut, dann muss ich nur ...« Unschlüssig sah sich der kleine Mann um und klatschte seine Hände hoffnungslos an die Hosennähte. »Sie haben Recht, ich muss nur ... zu meiner Bank ... und ...«

»... die Vollmacht widerrufen.«

»... die Vollmacht widerrufen ...«

»... wenn Sie eine erteilt haben.«

»... wenn ich eine erteilt habe, natürlich, ja. Gleich morgen gehe ich hin, das werde ich tun ...«

Sein unsteter Blick glitt beiseite, bis er auf den Eingang des Altenheims fiel. Dadurch schien er auf andere Gedanken zu kommen, denn plötzlich und ohne sich von Döpner zu verabschieden ging er hin und verschwand durch die Tür.

Döpner dachte darüber nach, was es mit den gestohlenen Socken auf sich haben konnte und ob es eine Möglichkeit gab, wie der kleine Mann zu passenden Socken käme. Und dass er mit dem Feldhöber zu tun gehabt hatte, wie er selbst, in einer anderen Zeit, über die er nicht mehr nachdenken wollte. Ein Windstoß fuhr durch die Bäume und es begann zu regnen.

»Ich muss rein«, sagte er der Katze. »Du willst doch bestimmt auch nicht nass werden. Tschüs, Tinka.«

Vorsichtig setzte er die Katze auf den Boden. Dann stand er mühsam auf und folgte dem kleinen Mann ins Haus. Sein linker Fuß platschte in die Pfützen.

Drinnen in der Eingangshalle saßen die Rollstuhlfahrer und starrten Löcher in die Luft. Keiner sagte ein Wort, denn es gab nichts, was zu sagen wert gewesen wäre. Hinten rechts auf der Bank hockte Emma Deede mit ihrem Herbert. Sie hielten sich die Hand, als wären sie ein Paar, dabei waren sie Mutter und Sohn.

Auf das gläserne Dach trommelte der Regen. Obwohl der Himmel düster war, wirkte es hier unten noch hell, fast freundlich. Was sollte Döpner tun? Allein sein.

Er ging geradeaus zur Treppe, zog sich die wenigen Stufen hoch; die Schräge für die Rollstuhlfahrer benutzte er nie. Sein Zimmer war das achte links. In jeder Nische im Gang saß jemand, in seinem Zimmer würde der Käpt'n auf seinem Sessel hocken wie ein Habicht auf dem Pfosten und sich schlecht gelaunt den Regen ansehen. Bei dem Gedanken, mit ihm Worte wechseln zu müssen, drehte sich Döpners Magen um. Der Flur machte einen Knick. Ein blaues Geländer an der Wand. Die Ecken abgerundet, weißer getünchter Kalksandstein, grau befleckt oberhalb des Geländers von den vielen Griffen alter Hände, hin und her, hin und her. Wie oft hatte er das schon gesehen? Eigentlich sah es ja ganz freundlich aus. Aber an jeder Tür ein Schild mit zwei Namen. Hier war der Zweimanntrakt. Einzelzimmer konnten sich nur wenige leisten, zum Beispiel Nagel. Allein war Döpner nie.

Er machte kehrt. Nicht zum Käp'tn. Bloß nicht. Wieder zurück. Er dachte an die Hilflosen, die nichts mehr sagten, die lebten und doch schon tot waren, an Nagel, der Geld hatte, aber dem Jahrzehnte fehlten und der seine sinnlosen Wege ins Dorf machte wie ein Uhrwerk. Und an die Stelling, die jetzt nur noch ein Bein hatte und immer schimpfte, weil man ihr den anderen Strumpf nicht mehr anzog – »Mein Fuß ist kalt, Schwester, warum ziehen Sie mir den anderen Strumpf nicht an, Schwester, warum ...«. Oder Fietje, der blöde war und mit hängendem Kopf und schlurfenden Schritten täglich ins Dorf tappte. Oder Lilli von Stemm, die mit zwei Stimmen sprach, mit ihrer eigenen und der des Teufels. Oder die Speckersche, die immer aus ihrem Zimmer weglief und zehnmal pro Nacht zurückgebracht wurde. Die Nächte! Nachts, wenn Döpner nicht schlafen konnte, weil aus dem Maul des Kapitäns ein Schwarm von blinden Geistern der Vergangenheit quoll, die Döpner niederstemmen und ersticken wollten, dass er sich losreißen und fortgehen musste, um den Käpt'n nicht mit dem Kissen zu ersticken, und sinnlose Wege in den dunklen Gängen machte, verfolgt vom lang gezogenen Jammern Hertha Schlumbohms, die von ihrem Mann vergewaltigt wurde.

Was unterscheidet uns? dachte Döpner. Dass der eine noch denken kann, der andere nicht? Wozu noch denken? Wenn man nur noch seine Gedanken hat, muss man aufpassen, dass es nicht zu viele werden. Man muss sie festhalten, damit sie nicht verrückt werden. Döpner hätte jetzt gerne geschrieben, etwas Wichtiges, worüber sich nachzudenken gelohnt hätte. Aber es war nichts zu tun außer Hin- und Hergehen. Hin und her.

Unten sahen sie ihm wortlos nach, wie er langsam wieder nach draußen ging und im Regen verschwand, mit schleifendem Fuß, der in die Pfützen platschte. Niemand rief ihm nach, dass er ohne Jacke nass würde. Döpner ging an der Bank vorbei, weiter fort als sonst, als wollte er nicht mehr zurückkehren.

XII.

Schlüter war auf Außendienst, ausgerüstet mit einem leeren Aktendeckel, fünf Blatt Urkundenpapier, einem brauchbaren Kugelschreiber und der Zielanschrift. Der Mandant, oder vielmehr sein Neffe war vorgestern Nachmittag im Büro gewesen, ein blasser Mann mit dunklen fettigen Haaren, der irgendwo in den Vierzigern sein mochte. Sein Onkel wolle ein Testament beurkunden lassen, traue sich den weiten Weg nach Hemmstedt aber nicht mehr zu, ob er Schlüter zu sich nach Hollenfleth bitten dürfe? Sein Onkel wolle ihn, seinen Neffen, als Erben einsetzen. Aus Dankbarkeit, weil er sich um ihn kümmern würde.

»Ich mach das nicht wegen dem Erbe, Herr Schlüter«, versicherte der Mann. »Schließlich ist er mein Onkel und hat sonst so ziemlich niemanden.«

»Schon klar«, erwiderte Schlüter. Ziemlich, hatte der Neffe gesagt. Relativ, fast, vielleicht, ziemlich, grundsätzlich, dachte Schlüter. Was sagt das, wenn einer so redet? Hinter diesen wackligen Worten steckte eine ganze Welt von Widersprüchen, das wusste er aus seiner Zeit als Strafverteidiger. Angeklagte und Zeugen pflegten sich mit solchen Worten eine Falle zu stellen. Trotzdem war es Schlüter peinlich, wenn sich die Leute vor ihm rechtfertigten.

Er fuhr gern nach Hollenfleth. Es gab zwei Strecken zum Dorf, die eine führte vorbei an den Industrieanlagen entlang der Elbe, die andere auf welligen Asphaltstraßen durchs Moor. Schlüter fuhr grundsätzlich durchs Moor und sein Blick schweifte ab in die sumpfigen Wiesen und die birkenbesäumten Pfade, an deren Ende die Einsiedler dieses Landstrichs in krummen Katen wohnten; es überkam ihn eine alte Wehmut und der Zweifel, ob es richtig gewesen war, das Leben im Moor aufzugeben, nur weil man Angst gehabt hatte, sich im Alter nicht mehr selbst helfen zu können. Angst ist ein schlechter Ratgeber und wer rundum Sicherheit hat, lebt nicht mehr. Warum nicht in Stiefeln sterben?

Während der klapprige Wagen die Moorstraße entlangschaukelte, dachte Schlüter an die Klage, die er jetzt erhoben hatte in der Sache Kaczek gegen von Rönn. Frühling, Mai, der Monat der Hoffnung. Mist.

In Engelsmoor an der Kneipe, dessen Wirt sich erhängt hatte, bog Schlüter ab. Hier endeten die kleinen Wiesen der Moorbauern und es begannen die weiten Äcker der Marsch, rechts neben der Straße das breite Entwässerungsfleth. Keine Birken mehr, die die Wege zu den Häusern beidseits besäumten. Es gab überhaupt keine Bäume mehr in den Feldern, denn Bäume werfen Schatten und schmälern den Ertrag. Der Raps blühte, er glühte gelb vor den grünen Getreidefeldern und blendete unter der steilen Maisonne. In der Mitte eine Kopfweide, der Bauer hatte sie gekappt bis auf den mächtigen Stamm, der verzweifelt ein paar dünne Äste trieb; die zweite, die früher hunderte Meter entfernt gestanden hatte, war fort, sie war unter der Totaloperation gestorben. Dann die ersten Marschhöfe, umstanden von knorrigen Eichen und schlanken Eschen, die ihr erstes Sprossengrün in den Himmel reckten und älter waren als die mächtigen Scheunen und Ställe.

An der Hauptstraße angekommen musste Schlüter anhalten, weil die Ampel an der Lorenbahn auf Rot geschaltet hatte. Links aus dem Feld kam sie gezockelt wie eine vielgliedrige Raupe, die Loren beladen mit grauem Ton für die Ziegelei, die im Basseler Außendeich lag, die letzte von vielen. Die ganze Marsch hatte man abgeziegelt, knapp zwei Meter tiefer gelegt; die Bauern hatten den fruchtbaren Boden nach und nach verkauft und zu Ziegeln brennen lassen, mit denen zunächst Hamburger Häuser gemauert und dann nach dem Krieg, zu Schutt gebombt, die Straßen im Moor gebaut worden waren. Übrig geblieben war unfruchtbarer, nasser, grauer Kleiboden, der mühsam wieder zu Fruchtbarkeit gebracht werden musste. Was im Moor der Torf war, das war in der Marsch der Ton.

Hollenfleth hatte kein Gesicht mehr; früher ein lang gestrecktes Straßendorf, das nach und nach einen Bauch bekommen hatte und fett geworden war. Außer der hohen Selbstmordrate gab es nichts, was diesen Ort vor anderen bemerkenswert machte. Die alten Marschhöfe, die mit ihren fachwerkenen Doppelgiebeln das Bild des Dorfes geprägt hatten, waren von den hässlichen Schuhkartons der Supermärkte und ihren Parkplätzen verdrängt worden. Wo früher Störche auf hohen Firsten genistet und gewacht hatten über die Menschen und ihre Jahreszeiten, schleppten heute die Leute ihre Bierkisten und Fertigpommes aus der Halle von Aldi; sommers wie winters. Es gab nichts Altes mehr.

Schlüter bog ab zwischen Tankstelle und Altenheim, vor dem alte Leute saßen wie immer. Hinter dem Altenheim lag Klein-Manhatten, einer von zwei Wohnblocks, über die das Dorf verfügte. Und dann, zwischen Hauptstraße und Deich, folgten die Siedlungen, die man in den Fünfziger- und Sechzigerjahren gebaut hatte, gleichförmige Häuser säumten parallele Straßen, einander zum Verwechseln ähnlich, was in den Sommernächten, wenn Schützenfest war, zu Komplikationen führen konnte.

Dohlenweg 15 hieß die Adresse. Familie Mau. Die Neubaugebiete waren zu schnell gewachsen, man hatte keine Zeit, anständige Namen für die Straßen zu suchen. Die paar historischen Ortsbezeichnungen reichten nicht. Also nahm man Vögel. Amselstieg, Elsternweg, Finkenweg. Dann kamen die Bäume dran: Ahornweg, Buchenweg, Weidenstraße, Lindenstraße. Dann die Blumen: Asternweg, Dahlienweg, Rosenstraße. Und schließlich, der Kultur wegen, die Dichter und Denker: Stormweg, Rudolf-Kinau-Straße.

Ein Eckhaus, Ecke Dohlenweg/Sperlingsweg. Schlüter parkte gegenüber. Ein Klinkerbau mit steilem Satteldach wie alle anderen. Der Streifen zwischen Gartenzaun und Straße frisch geharkt. Der übliche Todesstreifen, der, wenn es sein musste, mehrere Generationen hintereinander von Bewuchs freigehalten wurde. DDR, dachte Schlüter. Das Leben ist im Kleinen wie im Großen. Verstöße gegen das Betretungsverbot konnten anhand der Fußspuren sofort festgestellt werden. Nur die Selbstschussanlage fehlte. Gardinen hinter fest verschlossenen Fenstern versperrten den Blick ins Innere. Der Rasen war in Betonsteinen eingefasst. Ein Beet, umrandet von senkrecht in die Erde versenkten giftgrünen Wellplatten, auf dem drei Rosenstöcke unter Quarantäne standen, vorschriftsmäßig mit frischem Mist an den Füßen. Schlüter hielt Ausschau nach weiteren Exemplaren belebter Flora. Richtig, Rhododendron. Er blühte so heftig bonbonrosa, dass man ihn übersah. Und ganz links neben dem Haus entdeckte Schlüter einen Apfelbaum, ein Hochstamm mit Holzkragen auf der Baumscheibe, der aber seine Blüten stolz trug wie ein bauschiges Brautkleid. Vier verschiedene Pflanzenarten wuchsen hier, immerhin.

Rechts neben dem Haus stand ein flaches Auto auf der breiten betonierten Auffahrt, zwei zappelnde Beine staken aus der offenen Fahrertür und es heulte laut. Eine lange Schnur führte ins Haus. Schlüter näherte sich vorsichtig, die Mappe mit dem Papier unter den Arm gepresst. Aber der Mensch benötigte keine Hilfe, denn plötzlich starb das Geheul, als sei ein Untier endlich erwürgt, und schon stand ein drahtiger junger Mann mit schnittigem Menjou-Bärtchen und Pickeln im Heldengesicht vor ihm.

»Ja?«

»Mau?«

»Ja.«

»Schlüter. Kann ich reingehen?«

»Mein Vater wartet.« Wenn der Mann sprach, kräuselte sich das Bärtchen. Er blickte an Schlüter vorbei auf dessen freche Fußspuren im frisch geharkten Todesstreifen. Ob er an die Anschaffung einer Selbstschussanlage dachte? Dann nickte Mau junior hin zu dem Fußweg aus Waschbeton, der um das Haus herum an die Rückfront führte wie zu einem Kerker.

»Danke«, sagte Schlüter und wandte sich ab. Böse heulte der Staubsauger hinter ihm auf. Schlüter drehte sich um: Die Beine zappelten wieder im Kampf mit dem Untier.

Hinter dem Haus befand sich der pflichtgemäße Gemüsegarten, Richtung Nordost, natürlich der Sonne abgewandt. Drei Porreestangen aus dem letzten Jahr. Fünf, korrigierte Schlüter, fünf verschiedene Spezies.

Die Haustür war umrahmt und überdacht von einem gelben Regenfang aus Plexiglas, unter dem eine dickliche Frau breitbeinig und mit rundem Gesicht auf ihn wartete.

»Tach, Herr Rechtsanwalt«, sagte sie.

Schlüter mochte es nicht, dass man ihn als Rechtsanwalt begrüßte, wenn er Notartermine wahrnahm. »Guten Tag. Frau Mau?«

»Edgar Mau«, nickte sie. »Kommen Sie rein. Onkel Wilhelm wartet schon.«

Sie trat beiseite und ließ Schlüter vorbei ins Haus.

Dämmerlicht. Keine Frischluft. Ein Gang, drei Türen.

»Das Testament hamm Se doch fertich, nä?«, fragte die Frau hinter ihm. »Onkel Wilhelm is im Wohnzimmer.«

Der Weg zum Wohnzimmer schien selbstverständlich. Wozu sollte sie erklären, was selbstverständlich war? Schlüter zögerte.

»Ja, *die* Tür.«

Sie war angelehnt, durch gelbes Glas schimmerte ein gebrochener Rest des lustigen Maientages in den düsteren Flur. Schlüter stieß die Tür auf.

Der Mann saß neben dem Wohnzimmertisch, klein und verhutzelt, die Füße in braun karierten Pantoffeln, die Beine in alten Hosen wie dürre Stangen, der Pullover hochgerutscht, darunter Hosenträger über einem spitzen Bauch und engen Rippen und endlich das ängstliche Lächeln im vorgestern rasierten Gesicht. Die Augen suchten überall nach Hilfe. Am Kinn eine schorfige Wunde. Er kann sich nicht mehr rasieren, dachte Schlüter, zuletzt kann man das nicht mehr, erst bekommt man den Rasenmäher nicht mehr an, irgendwann kann man nicht mehr Auto fahren zum Einkaufen, man kann nicht mehr sehen, mag aber nicht ständig jemanden um Hilfe bitten, und dann geht nichts mehr und man schneidet sich beim Rasieren und sie holen einen und bringen einen zu Fremden, die man noch nie gesehen hat und die man nicht leiden kann. Man wehrt sich nicht mehr und dann geht das Leben ins Letzte, egal was du früher warst und egal ob du im Gerbergang wohnst und Notar bist und Schlüter heißt oder ob du Mau heißt und in Hollenfleth wohnst. Du hast nur noch ein Testament zu machen und dann kannst du sterben, und alle sind erleichtert, dass sie dich los sind, wenn du endlich stirbst. Aber ich – Christa bleibt übrig, sie muss ...

Schlüter blieb stehen. »Guten Tag, Herr Mau.«

»Nagel«, berichtigte die Frau.

Schlüter spürte ihren käsigen Atem in seinem Nacken. Rechts vom Sofa erhob sich der Mandant von vorgestern. Er hatte eine pinkfarbene Jogginghose an und wischte sich die Hand flink und verstohlen am Hintern ab: ein kurzer kalter Druck. Der Mann verzog das Gesicht, es sollte ein Willkommenslächeln sein, und dann saß er wieder, wies mit seiner Hand zum Sessel am Fenster und sagte: »Das ist der Notar, Onkel Wilhelm, der will gleich das Testament mit dir machen.« Es klang wie: Der will dir gleich die Kehle durchschneiden.

Schlüter wandte sich dem alten Mann zu und lächelte. Noch ein Fremder, mit dem er es zu tun bekommt, noch einer, der ins Leben trampelt und rumpfuscht und schnell wieder geht und den er nicht wieder sieht. Aber Schlüter traf Nagels Blick nicht, der abwesend und auf die Hände gesenkt war.

»Guten Tag – Herr Nagel«, wiederholte Schlüter und beugte sich herab, langte nach der gelben Hand, die sich zögernd einen Spann breit aus dem Schoß hob, und ergriff sie, ein welkes Stück Dörrfleisch, mit Sehnen und bläulich geädert zwar, aber wärmer als die des Neffen. Die gelben Nägel müsste man schneiden, dachte Schlüter, aber das merkt wohl keiner.

»Tag …«, murmelte der Mann kraftlos. Die Hand sank zurück, verkrampfte sich in der anderen. Sie suchten Schutz beieinander wie blinde Katzenkinder, wenn ihre Mutter fort ist und sie nicht wissen, ob sie wiederkommt.

Schlüter zog sich einen Sessel herum und setzte sich. »Sie haben mich gebeten zu kommen, Herr Nagel, weil Sie ein Testament machen wollen …«

Schlüter wusste nicht, ob er dies als Feststellung oder Frage aussprechen sollte. Der Alte antwortete nicht – der Satz war wohl zu lang und er verstand ihn nicht? Aber sein loser Kopf wandte sich dem Neffen auf dem Sofa zu, der die Ellbogen auf den Knien und die Fäuste unterm Kinn hatte. Gegenüber der Tür war die Schrankwand, in der statt Büchern Pokale standen, silberne und goldene, mit und ohne Henkel. Schützenkönig? Langsam wurde es heller in dem Raum, aber von draußen hörte man nichts. Durchs Fenster sah man die Straße, die Häuser auf der anderen Seite, aber es wirkte wie ein Poster, weil man nichts hörte und sich nichts bewegte.

»Nu sag, Onkel Wilhelm!«

Schlüter sah den Alten fragend an, aber er konnte dessen Blick immer noch nicht fangen, deshalb ließ er den seinen wandern. Keine gedruckte Zeile in diesem Raum, dachte er. Noch nicht mal eine Fernsehzeitschrift.

»Sag du's ihm doch, Edgar …« Ein kümmerliches Lächeln. »Mein Kopf ist so …«

»Schon gut, Onkel. Also, Herr Schlüter: Mein Onkel, Herr Nagel also, er will mich – und meine Frau natürlich« – er wandte sich um, sie stand in der Tür – »zu Erben einsetzen. Nicht wahr, Onkel Wilhelm?«

Onkel Wilhelm reagierte nicht, seine Augen suchten umher, stürzten sich aus dem Fenster, ins Nichts.

»Du musst es dem Herrn Notar schon selbst sagen, was wir vorhaben, Onkel Wilhelm!«

Die Stimme der Frau war ungeduldig und Schlüter spürte die Spannung, die in seinem Nacken ein elektrisches Feld aufbaute. Sie traute sich nicht, sich hinzusetzen, aber auch nicht, den Raum zu verlassen. Sie stand wie ein Wächter hinter Schlüter, durchstieß mit ihrem Bauch seine Aura und rührte sich nicht von der Stelle. Schlüters Nacken fing an zu schmerzen.

Der Alte blieb stumm, er hatte ein kleines entschuldigendes Lächeln im Gesicht, fern und unverbindlich.

Schlüter atmete tief durch und sagte: »Ich habe einen Vorschlag. Lassen Sie mich einen Moment mit Ihrem Onkel allein, damit ich das Testament in aller Ruhe mit ihm besprechen kann.« Ich rede mit ihnen über den Alten, dachte Schlüter, statt mit ihm selbst zu sprechen. Wie Luft wird man behandelt, wenn man alt geworden ist. Wie schnell das geht. Man ist ein Kartoffelsack, über den verhandelt wird.

»Wir haben keine Geheimnisse voreinander«, sagte der Mann spitz. »Wir können das ruhig mithören – nich, Elfriede?«

Schlüter spürte, wie sie hinter ihm nickte. »Ich möchte Sie trotzdem bitten, uns einen Augenblick allein zu lassen«, beharrte er.

Über das Gesicht des Alten flackerte ein kurzes Erstaunen, dann zeigte es wieder Angst.

»Warum, wenn ich fragen darf?«, fragte der Neffe mit Senf in der Stimme.

Schlüter wandte sich um, der Frau verbindlich zum Doppelkinn auflächelnd. »Damit ich feststellen kann, was Ihr – Herr Nagel gern für ein Testament machen möchte, denn …« – man kann nicht reden, dachte Schlüter, wenn der andere feilt am Wort, das er dir entgegnen wird, sobald du nach Luft schnappst – »… ein Testament, das ist eine Sache, die …«

»Das haben wir Ihnen doch schon gesagt, was für ein Testament unser Onkel machen möchte, Herr Schlüter. Glauben Sie uns das etwa nicht?«

»Doch, aber …« Nein, natürlich nicht, dachte Schlüter. »Ein Testament ist eine höchstpersönliche Sache«, dozierte er und war sich sicher, dass ihm keiner zuhörte, »das ist eine Sache, die man nur allein mit sich selbst abmachen kann, und es hat kein anderer Anteil daran.«

»Dann verstehe ich nicht, warum Sie …«

»Meine Pflicht als Notar gebietet mir, Sie zu bitten …«

»Immerhin ist das mein Wohnzimmer …«

»Aber natürlich, das will ich auch nicht …«

»Das können Sie auch nicht!!«

Der kleine Mann knetete gesenkten Kopfes seine adrigen Hände.

»Herr Mau, ich bitte Sie um Verständnis, aber wenn Sie mich gerufen haben, um ein Testament zu beurkunden, dann …«

»… dann können Sie das nur, wenn Sie uns nicht grundlos misstrauen, Herr Schlüter«, sagte die Frau von oben her.

»Ich kann es nicht beurkunden, wenn Sie mich nicht mit Ihrem Onkel a…«

»Ich glaube, es hat keinen Zweck«, unterbrach ihn der Mann in der Jogginghose und erhob sich. »Was meinst du, Onkel Wilhelm?«

Man kann nicht sitzen bleiben, dachte Schlüter, wenn einer über einem steht, und stand auf. Dann ergriff er mechanisch die nasskalte Hand des Neffen. Diesmal hatte er sie nicht abgewischt. Als er nach der Hand des Alten fasste, war dessen Blick ohne Hoffnung.

»Auf Wiedersehen, Herr Nagel, und wenn Sie möchten, dass ich ...«

»Wir glauben kaum, dass das nötig sein wird, nicht wahr, Onkel Wilhelm?«, knurrte der Mann und hob seine Rechte, um Schlüter aus dem Zimmer zu treiben wie ein verkauftes Vieh auf die Rampe.

Sie zwangen ihn zu gehen.

Schlüter fügte sich. Er murmelte einen Abschied.

Er verließ das Haus und hörte die Floskeln hinter sich nicht mehr. Der Mann mit dem Menjou-Bärtchen stand gebeugt über die Kühlerhaube und polierte sie mit einem winzigen Stückchen Watte wie ein Restaurator die sixtinische Madonna. Er warf dem Notar nur ein schnelles Auge zu, während das andere sich selbst auf der Kühlerhaube sah.

Schlüter stieg in sein ramponiertes japanisches Auto und fuhr davon. Als er um die Ecke war, drehte er die Scheibe herunter, holte tief Luft und rief: »Scheiße!!«

Sie würden ihren Onkel zwingen, das Testament selbst zu schreiben, und später würde kein Hahn danach krähen, ob er das freiwillig getan hatte oder nicht, denn wer ein Testament anficht, muss beweisen, dass es erzwungen ist, und wer kann das schon?

Außerhalb des Ortes, nicht weit von der Lorenbahn, überquerte ein alter hagerer Bauer an zwei Stöcken die stark befahrene Straße. Er trug zwei Eimer, die neben den Stöcken hin- und herschwenkten. Seine Arbeit, die er langsam und wohl unter Schmerzen tat, war wichtiger als die Autos, die ihn daran hindern wollten. Schlüter kannte den Hof, zu dem der Bauer gehörte.

Auf der höchsten der Scheunen nistete auch dieses Jahr ein Storch, einer der letzten hier. Langbeinig und etwas arrogant blickte er von seinem Horst über Marsch und Moor, Deich und Fluß und das kleine Hin und Her der Menschen. Dem war es egal, wie Testamente zu Stande kamen. Der konnte seine Nachfolge ohne Testamente regeln.

Schlüter nickte hoch zu ihm. »Mach du weiter«, murmelte er. »Kümmer dich bloß nicht um uns Idioten hier unten!«

Der Storch warf sich vom Horst, streckte Beine und Flügel und ließ sich vom Frühsommerwind in eleganten weiten Kreisen in den Außendeich tragen, wo es noch ein paar Frösche gab und an den Prielen die Sumpfdotterblumen blühten, die die Kinder früher den Müttern zum Muttertag gepflückt hatten.

Schlüter gab Gas. Er hatte versagt und er wusste es. Wie sollte er diesen Erbschleichern das Handwerk legen? Er konnte es nicht. Er konnte vieles nicht; er konnte auch den Prozess Kaczek gegen von Rönn nicht gewinnen.

Als Schlüter seine Mappe auf den Schreibtisch legte und die Ordner auf der Ablage sah, wurde ihm heiß.

»Verflucht nochmal!«, murmelte er plötzlich zwischen den Zähnen. Er schlug den Ordner mit den alten Urteilen auf, blätterte, schluckte trocken und wählte die Nummer des Einwohnermeldeamts von Hollenfleth.

»Tag, Frau Quast, Schlüter hier, der Rechtsanwalt. Könnten Sie mir nochmal eine Auskunft geben? – Ja? – Danke. Im Altenheim bei Ihnen in Hollenfleth wohnt ein Mann, der heißt Wilhelm Nagel, können Sie mir sagen, wann der geboren ist?«

Schlüter wartete mit dem Hörer am Ohr, während er auf das alte Dokument starrte, und knipste den Kugelschreiber ungeduldig raus und rein. Es raschelte auf der anderen Seite.

»Ja? Ja. Was sagen Sie? – 15.2.1908? – Verfluchte Scheiße!!! Entschuldigen Sie. Danke, Frau Quast, danke!«

Schlüter warf den Ordner zurück auf die Ablage und stützte den Kopf in die Hände. So blieb er sitzen. Ziemlich lange. Hätte er nicht doch das Testament für diesen Schuft und seinen schmierigen Neffen beurkunden sollen? Hilflos macht harmlos, dachte Schlüter. Nein, sie kriegen keine mehr; es ist zu spät, nach vierundvierzig Jahren. Es gibt nur noch harmlose Greise, mit denen du Mitleid hast.

Müde griff er zum Diktiergerät, um dem Kollegen Bronisław Stelzer einen Brief zu schreiben.

XIII.

»Ich hab Aderverkalkung«, verkündete die alte Rathjens nicht ohne Stolz und legte die Hände in ihren breiten Schoß. Man saß entlang der Wand unten in der Halle. Döpner hockte auf dem äußersten Stuhl, gleich neben der Eingangstür. Am liebsten wäre er rausgegangen, aber ein kräftiger Regen trommelte auf das Glasdach. Es war warm und nasser Dampf stieg aus allen Ritzen. In der letzten Zeit, seit er angefangen hatte, Tagebuch zu schreiben, begannen ihn die Gespräche der Mitbewohner zu interessieren.

»Was hast du?«, fragte Hertha Schlumbohm nach und kniff die Stirn zusammen, um besser hören zu können. Sie rückte den Schal zurecht, den sie umgelegt hatte, damit man ihre blauen Flecken nicht sah. Ihr Mann ließ sich tagsüber nicht blicken, weil er ein schlechtes Gewissen hatte.

»Aa-der-ver-kal-kung«, wiederholte Erna Rathjens, wobei sie bei jeder Silbe ihren Zeigefinger wie ein kleines Fallbeil durch die Luft hieb.

»Das heißt: Arterienverkalkung«, berichtigte Emma Deede. »Das hab ich auch.«

Herbert, der wie immer neben ihr saß, nickte gewichtig und ließ die Luft durch seinen Gaumenspalt entweichen.

»Wie – Artillerienverkalkung? So wat gifft dat gonnich!«, widersprach Hertha Schlumbohm.

»Doch nicht Artillerienverkalkung, du Dussel«, schimpfte Erna Rathjens. »Wir sind hier nicht im Krieg, sondern wir sitzen hier im Seh-nie-ohren-wohnheim in Hollenfleth. Leider, kann man nur sagen! Und deshalb heißt das Aa-der-ver-kalkung. Die hab ich und nichts anderes. Hett Dokter Dewald seggt, jedenfalls! Und keine Artillerienverkalkung!«

»Kriech, nee, zum Jlück haben wir keinen Kriech nicht mehr«, seufzte Martha Hammann und fiel in ihr Ostpreußisch zurück, was sie immer tat, wenn sie an alte Zeiten erinnert wurde. Sie lehnte sich zurück und warf einen langen Blick durch das

Glasdach in den verhangenen Himmel, wo all die Lieben wohnten, die sie im Krieg verloren hatte. »Wenn ich schon allein an die Flucht denke, ach Jottchen, nee!«

Wenn man auf den Krieg zu sprechen kam, griff stets Henni Meschkat ein, ein rundes Weiblein, die immer noch Schwielen an den Händen hatte, obwohl sie schon seit Jahren zum Nichtstun verurteilt hier lebte. Alles an ihr war rund, sogar die Füße, und sie hatte einen Gang, als ob sie rollen würde. Sie begann von der Flucht aus Ostpreußen zu erzählen, das war ihr Lieblingsthema; wie sie mit Pferd und Wagen von Königsberg nach Danzig gekommen waren und dort Unterkunft in Holzhäusern gefunden hatten, die man von Finnland eingetauscht hatte.

»Da ist mein Bruder gefallen, im Finnlandkrieg, einundvierzig, ja ...!«, nickte Hertha Schlumbohm. »Da liegt er begraben ...«

Die kleine Henni Meschkat ließ sich nicht aus dem Konzept bringen und erzählte weiter, dass die Front zu den Russen gleich vor der Stadt gelegen hatte und dass die deutschen Truppen einen Ballon hochgezogen hätten, damit man sehen konnte, von wo ab scharf geschossen wurde. Auf der Straße konnte keiner fahren, da wurde man sofort ins Visier genommen. Man kam nicht raus; aber sie hätten sich nachts im Straßengraben entlanggeschlichen, »mein Mann und ich, und jeder einen von den Jungs unterm Arm!«, während ihnen die Kugeln um die Ohren pfiffen, und hatten es dann doch mit dem Dampfer von Danzig nach Stettin geschafft, wo sie ein paar Tage auf Reede liegen mussten, »wir und die Jungs, die waren gerade acht und zehn«. Während die anderen überlegten, wie diese runde kleine Frau einen ganzen Jungen unter dem Arm gehabt haben konnte, erzählte sie schon weiter, und das wäre ja das Gefährlichste überhaupt gewesen, auf Reede vor Stettin ...

»Stimmt«, unterbrach jetzt Martha Hammann.

... so frei auf See, das wusste man damals aber gar nicht so richtig, nur dass man Angst hatte. Mit Landungsbooten wären sie nach Ückermünde gekommen und weiter mit dem Zug durch Mecklenburg nach Schleswig-Holstein, unterwegs immer wieder Luftangriffe auf Flüchtlingstrecks. Viele waren umgekommen, aber sie hatten Glück. Dann mit dem Zug nach Buxtehude und Hemmstedt und endlich mit dem Bus nach Hollenfleth. Zwei Jungs hätten vorn auf der Motorhaube gesessen, »nee, meine Jungs nicht, das hätt ich nich erlaubt nich«, hielten sich an den Gummipillern fest und gaben Luftalarm; dann mussten alle ganz schnell raus und weg in die Gräben. In Hollenfleth seien sie bei Hintelmann auf dem Saal untergebracht worden, erzählte die Meschkat, und einige Nächte später schliefen sie schon in den RAD-Baracken am Sportplatz, mit zwanzig Leuten in der Baracke, Doppelbett an Doppelbett, in der Mitte ein Kanonenofen.

»Ja, ja, so war das«, sagte Henni Meschkat. »Hinter den Baracken hatten sie Schienen mit einer Holzlokomotive drauf und einer Übungskanone, für die Schießübungen. Und wisst ihr, was wir damit gemacht haben? Die Lokomotive haben wir abmontiert und verheizt, als wir wussten, dass der Krieg bald zu Ende ist, haha!« Sie hatte sich in Fahrt geredet, achtete nicht auf ihre Worte und sagte: »Und dann hat mein Mann überall vorgesprochen wegen Unterkunft und wegen Arbeit. Man wurde ja schlimmer behandelt als die Asylanten heute. Ich werd nie vergessen, der Feldhöber hat ihm als Schlafstelle ein Schaffell im Stall angeboten, und ...«

»Schwer war's, ja, ja, schwer, das schon«, unterbrach Martha Hammann lächelnd. »Aber ich kann mich nicht beklagen. Wir sind gleich gut untergekommen. Die Leute waren so freundlich, die hatten selbst nicht viel, und trotzdem haben sie ...«

Erna Rathjens hielt es nicht mehr aus. Sie ruckelte ihren breiten Hintern auf dem Stuhl zurecht. »Ihr tut ja beinah so, als ob nur ihr das schwer gehabt hättet. Da hättet ihr mal hier sein sollen in der Zeit. Ich musste den Hof ganz allein durchbringen, weil mein Mann an der Front war, und denn mit drei Kindern allein nur mit Kriegsgefangenen ...« Sie erzählte von Wassili aus Sibirien, der nach dem Krieg nicht wieder wegwollte, ihre Stimme wurde gegen ihren Willen spröde, während sie von dem Russen sprach, und zum Schluss sagte sie: »Manchmal wüsste man ja gerne, was aus denen geworden ist!«

»Stimmt das eigentlich, dass sie die Russen gebrannt haben

wie die Pferde, ich meine, mit so einem Brandzeichen gekennzeichnet haben?«, fragte Emma Deede lüstern.

»Ja, das stimmt«, nickte Erna Rathjens eifrig. »So 'n Dreieck links auf dem Po eingeritzt, mit Tinte, so ungefähr, so«, sie formte mit beiden Händen ein nach unten offenes Dreieck und alle sahen sie an. Erna Rathjens wurde rot und klatschte plötzlich in die Hände, sie lachte und erzählte von Bongschuur, dem kriegsgefangenen Franzosen; wie er das erste Mal auf dem Klosett war, »so 'n Draußenklo, wisst ihr, so eins überm Graben«, und den Kopf voll mit Spinnweben rausgekommen war, weil er auf den Luken gestanden und nicht gesessen und sich beschwert hatte, »dass unsere Klohäuschen nicht hoch genug sind, um im Stehen ...« Erna Rathjens lachte und schüttelte ihre schweren Knochen durcheinander. Sie war so laut, noch viel lauter als sonst, dass man nicht mehr hören konnte, was die anderen dazu zu sagen hatten.

»Dann hatten wir noch Lenka«, fuhr sie fort und wurde leiser. »Ich weiß auch nicht, was aus Lenka geworden ist, die war aus Polen, die habe ich 1944 erst gekriegt, die war vorher auf dem Feldhof im Außendeich, noch ganz jung, plötzlich war die weg ...«

»Und – wo ist sie geblieben?«, fragte die alte Frau Meschkat.

»Sie war schwermütig«, erzählte Erna Rathjens. »Sie hatte einen Kummer, glaub ich, sie hat so viel geweint, und dann ging sie eines Tages, das war ein Sonnabend im Winter 45, nach der Arbeit, wir haben ihr ja freigegeben immer ab nachmittags, es war schon fast dunkel, und sie ging – und kam nicht wieder ...«

»Wer weiß, vielleicht ist sie abgesoffen im Moor«, sagte Emma Deede ganz aufgeregt. »Die Wege damals ...«

»Ja, die Wege«, nickte Erna Rathjens und wickelte die Hände im Schoß umeinander. »Heute ist alles anders, heute kann man überall hinkommen. Jetzt haben sie sogar den Landernweg geteert, für die großen Güllewagen. Aber es gab ja noch keine Pumpen damals, gegen das Wasser. Einmal, als mein Mann wieder da war, das war 46 oder 47, da bin ich Heiligabend noch nach Hollenfleth hin, weil ich noch was kaufen musste im Laden, und auf dem Rückweg, da hab ich mich verirrt, ich konnte nicht wieder nach Hause finden. Zuletzt war es dunkel und überall war Wasser und Eis, und da bin ich einfach stehen geblieben und hab gewartet, dass es wieder hell wird, und mein Mann, der ist mit der Laterne losgezogen und hat mich gesucht. Dabei war das so kalt, dass die Pumpe in der Diele eingefroren war, er hatte schon Feuer ans Rohr gemacht, damit wir wieder Wasser hatten Heiligabend. Mein Jung hat aufgepasst, dass das Feuer nicht ausgeht und dass das Haus nicht abbrennt, das war was, ja, ja …«

Erna Rathjens wurde still und wickelte weiter ihre Hände umeinander. Sie erinnerte sich an die Zeit, als Wassili fort war und sie nicht mehr wusste, ob sie sich auf ihren Mann freuen sollte, ein wortkarger Mann mit harten Händen, in denen keine Liebe war. Aber es war alles so geblieben, wie es sich gehörte und anständig war. Sie kniff den Mund zusammen und dachte an ihren missratenen Sohn, der ihr die Pfosten von der Wäscheleine angesägt hatte, damit die Wäsche in den Dreck fiel und sie wieder von vorn anfangen musste, und sie einmal an den Füßen aus der Küche gezogen hatte, dass der Kopf auf der Schwelle bumperte und lauter Beulen bekam, und der sie schließlich vom Hof vertrieben hatte. Nun war sie hier in der Marsch, wo die Leute kein richtiges Platt mehr konnten und die Luft so anders roch, das war nun die Belohnung für alles.

»Was ist denn nu aus deiner Lenka geworden?«, fragte Emma Deede in die Stille hinein. Eifrig fuhr sie fort: »Ich hab gehört, dass die in Dornbrügge war, wo …« Erschrocken hielt sie inne und wollte die Hand vor den Mund legen.

»Ist Ihnen was?«, fragte Henni Meschkat leise und fasste Döpner von der Seite an die Schulter. Der schüttelte nur stumm den Kopf. »Sie zittern ja richtig …«

In diesem Augeblick öffnete sich die Glastür und Horst kam herein. Er grinste sein schönstes Palisadengrinsen, baute sich vor der Gruppe auf, steckte beide Daumen in den Bund seiner riesigen Bermudashorts und ließ das Gummiband mehrmals floppen, während er sein Becken kreisen ließ. »Kuck ma, was meine Hose so luutscherich hängen tut! Drei Kilo hab ich abgenommen, mindestens!« Nass klatschte ihm die Hose an den Bauch und das Regenwasser tropfte ihm vom Gesicht. Er war glücklich, denn er hatte den ganzen Tag gearbeitet in den Gärten der Nachbarschaft und war richtig schön nass geworden. Horschi hatte in seinem Leben noch nie etwas falsch gemacht, wie das bei nur sehr weisen Menschen möglich ist.

Erna Rathjens wachte aus ihren Betrachtungen auf. »Dien Büx, de geiht uus gonnix an, Horschi«, sagte sie müde. »Wat de lutscherich haangt oder nich, datt is uus een doon. Dat is uus liekers. Maaks du nich, dat du uus stöian deihst? Wi schnackt hiä tohop und du kummst un vertells uus wat vunn dine ole Flutterbüx!«

Horst Patjens ließ sich durch solche Reden nicht beeindrucken, denn er war, obwohl noch keine sechzig, der Dienstälteste im Heim, und darauf war er stolz. Er war hier geboren worden, nachdem das Heim kein Gefängnis mehr gewesen war, sondern nur noch ein Armenhaus. Nach dem Tode seiner einsamen Mutter war er wohnen geblieben, weil es zwischendurch ein Waisenhaus geworden war. Er hatte zur Schule gehen müssen mit zwei verschiedenen Socken, ganz allein, damit jeder sehen konnte, dass er keine Eltern mehr hatte, denn Ordnung musste sein. Und schließlich war er im Heim geblieben, weil sich erwies, dass er sonst nirgendwo zurechtkam. Horst Patjens trug vom 15. März bis zum 15. Oktober Bermudashorts, zeigte seine knotigen Stachelbeerbeine und grüßte jeden, der ihm begegnete, mit einem Palisadenlächeln seiner großen Zähne und einem Nicken des Kopfes, den eine unordentliche Jungenfrisur zierte. Sein Lächeln setzte er auch ein, wenn es schwierige Situationen zu überbrücken gab, so auch jetzt. Er konnte lange und unausweichlich lächeln.

»Lot emm«, sagte Emma Deede. Sie fragte Horschi, wovon er so abgenommen hatte.

»Von 'ne Gartenarbeit!«, erklärte Horschi stolz.

Und vom Abnehmen kamen sie auf die Figur im Allgemeinen und die Gesundheit im Besonderen und schließlich wieder darauf zurück, dass Erna Rathjens Aderverkalkung hatte, bis Martha Hammann auffiel, dass sie von den Kriegsgefangenen auf dem Hof von Erna Rathjens gesprochen hatten und von der Polin, die plötzlich weg gewesen war.

Horschi klatschte sich auf die Hinterbacken. »Denn will ich mal«, beschloss er und ging hinaus. Er hatte noch viel zu beschicken, er lebte im Hier und Jetzt und alte Zeiten interessierten ihn nicht.

»Ja«, sagte Erna Rathjens und mahlte mit ihren muskulösen Backen, »die war beim Feldhöber vorher und dem hab ich das auch gemeldet. Der war doch Bauernführer und für die Verteilung zuständig.«

»War da nicht auch Döpner – früher, bei dem Feldhöber?«

»Den Feldhöber sein Auto hab ich heute schon wieder gesehen«, berichtete Emma Deede. »Der hat doch so 'n großen grünen Geländewagen. Mit 'nem affigen Kennzeichen, FR 99, was das wohl soll? Und Fietje saß mit drin und rauchte, stellt euch das vor. Der is sowieso komisch in der letzten Zeit. Aber Döpner?«

Keiner hatte gemerkt, dass Döpner gegangen war, hinaus in den Regen. Sie schwiegen ihm nach und dachten an die Zufälle des Lebens.

»Lasst ihn«, sagte Martha Hammann. »Er will für sich sein. Er hat seinen Kummer. Jeder von uns hat seinen Kummer.«

Martha Hammann sah sich um und stellte fest, dass kein Mann mehr da war; Herbert zählte nicht. Und dann fing sie von Anton an: »Ein junger Mann«, verriet sie, leicht errötend, »den ich damals noch in Ostpreußen kennen gelernt habe, vorm Krieg. Was aus dem wohl geworden ist …«

Martha Hammann war verliebt gewesen und die anderen fragten sie aus, wie es damals in Wigrinnen war, denn Martha Hammann stammte aus Wigrinnen, einem kleinen Dorf im hügeligen masurischen Land mit schwarzen Holzhäusern und staubigen Wegen, die immer zu irgendeinem See führten.

»Aber du bist doch mit deinem Klaus verheiratet gewesen!«, warf die alte Rathjens dazwischen.

»Ja, das war ich«, sagte Martha Hammann mit erhobenem Haupt. Sie trug immer noch ihren Haarkranz aus der Jungmädchenzeit. »Vier Kinder haben wir großgezogen! Und was Schlechtes kann ich über ihn nicht sagen. Aber nun, seit er tot ist, muss ich doch manchmal an Anton denken, wisst ihr, der«, sie stockte und suchte nach den richtigen Worten, dann erzählte sie, wie sie sich das erste Mal verabredet und wo sie sich getroffen hatten, und als er sie – aber da sagte sie dann lieber nichts mehr. Sie dachte nur noch, dass dann der Krieg gekommen war und sie auf ihn gewartet hatte, aber er kam nicht; dann kam die Flucht und sie war hier gelandet und schon mehr als Mitte zwanzig. Da hatte sie sehen müssen, dass sie einen Mann abkriegte, mit dem sie etwas aufbauen konnte, und das war eben Klaus. Aber Anton …

»Den hätt'ste heiraten sollen, Emma«, meckerte die Rathjens, als sie merkte, dass Martha Hammann Tränen in den Augen hatte, denn Tränen duldete sie nicht. Sie überlegten, wo der Anton wohl abgeblieben war seit damals und ob er wohl noch leben würde und bei welcher Einheit er gewesen war: Da juchzte die Rathjens, ihr Mann sei bei der gleichen Einheit gewesen, am selben Frontabschnitt, und man könnte doch das Rote Kreuz fragen, vielleicht könnten die ja was rauskriegen. Wie er denn mit ganzem Namen hieße: Anton Urbigkeit hieß er, der Mann, den Martha Hammann geliebt hatte, als sie jung war. Sie wusste sogar noch sein Geburtsdatum. Nun fing Martha Hammann tatsächlich an zu weinen und floss davon bei der Erinnerung, aber zuletzt nickte sie ganz entschlossen; sie wollte sich an das Rote Kreuz wenden.

Erna Rathjens Augen blieben trocken. Sie hatte ihr Geheimnis tief vergraben, doch seit sie nicht mehr auf dem Hof lebte, musste sie immer öfter daran denken und heute hätte sie es fast verraten.

Döpner kam durchnässt von draußen zurück. Still und ohne einen Blick auf die Frauen verschwand er im Gang zu seinem Zimmer, einen Streifen Wasser hinterlassend.

Er hatte beschlossen, nie mehr an dummen Gesprächen teilzunehmen. Sie gingen ihn nichts an. Er wollte fortan wie ein Stein sein, einer von denen, die draußen auf dem Weg lagen. Man hatte ihn gepflastert, er konnte nicht fort, alle traten sie darauf, es regnete, die Sonne brannte. Ihn aber sollte nichts rühren. Und ihren Namen wollte er nie wieder hören. Und nie wieder eine Zeile schreiben. Bis er sterben würde.

Zweiter Teil

Dämmerung

An alle Kreisbauernschaften.

Betrifft: Bestimmungen über die Behandlung ausländischer Landarbeiter polnischen Volkstums.

Anschließend gebe ich einzelne Bestimmungen bekannt, wie diese aufgrund der Besprechungen festgelegt wurden und entsprechend angewendet werden müssen:

1. Ein Beschwerderecht steht den Landarbeitern polnischen Volkstums grundsätzlich nicht mehr zu und Beschwerden dürfen auch von keiner Dienststelle entgegengenommen werden.
2. Die Landarbeiter polnischen Volkstums dürfen die Ortschaften, in welche sie zum Einsatz gegeben werden, nicht mehr verlassen und haben Ausgangsverbot vom 1. Oktober bis 31. März von 20 Uhr bis 8 Uhr und vom 1. April bis 30. September von 21 Uhr bis 5 Uhr.
3. Die Benutzung von Fahrrädern ist streng untersagt.
4. Der Besuch der Kirchen gleich welcher Konfession ist streng verboten, auch wenn kein Gottesdienst abgehalten wird.
5. Der Besuch von Theatervorstellungen, Kinos und sonstigen kulturellen Veranstaltungen ist streng untersagt.
6. Der Besuch von Gaststätten ist streng verboten mit Ausnahme einer Gaststätte im Ort, die vom Landratsamt hierzu bestimmt wird, und nur an einem Tag der Woche.
7. Der Geschlechtsverkehr mit Frauen und Mädchen ist streng verboten, und wo solcher festgestellt wird, ist Anzeigepflicht gegeben.
...
11. Eigenmächtiger Stellenwechsel ist streng verboten. Die Landarbeiter polnischen Volkstums haben so lange täglich zu arbeiten, wie es im Interesse des Betriebes gelegen ist und

vom Betriebsführer verlangt wird. Eine zeitliche Begrenzung der Arbeitszeit besteht nicht.

12. Das Züchtigungsrecht steht jedem Betriebsführer für die Landarbeiter polnischen Volkstums zu, sofern gutes Zureden und Belehrungen ohne Erfolg waren.

13. Die Landarbeiter polnischen Volkstums sollen nach Möglichkeit aus der Hausgemeinschaft entfernt werden und können in Stallungen usw. untergebracht werden. Irgendwelche Hemmungen dürfen dabei nicht hindernd im Wege stehen.

14. Alle von Landarbeitern polnischen Volkstums begangenen Schandtaten, die dazu angetan sind, den Betrieb zu sabotieren oder die Arbeiten aufzuhalten, z. B. durch Arbeitsunwillen und freches Benehmen, unterliegen der Anzeigepflicht. Auch für die Betriebsführer sind hohe Strafen vorgesehen, sollte festgestellt werden, dass der notwendige Abstand von den Landarbeitern polnischen Volkstums nicht gewahrt worden ist. Dasselbe gilt auch für Frauen und Mädchen.

Eine schriftliche Weitergabe obiger Vereinbarung an Landarbeiter polnischen Volkstums ist streng untersagt.

Heil Hitler!
Im Auftrage
gez. Dr. Klotz

Auszug aus Rundschreiben der Bad. Landesbauernschaft an alle Kreisbauernschaften, betrifft Behandlung ausländischer Landarbeiter polnischen Volkstums vom 6.3.1941.

XIV.

Schwankend ging Döpner den Flur entlang zum Essraum. Sein schiefes Gesicht war verriegelt und verschlossen, obwohl über seiner Stirn mutig die weiße Locke wippte, und seine unsicheren Augen suchten umher in den Ecken und an den Fußleisten des Flurs.

Döpner kam nicht mehr oft nach unten, er war noch scheuer geworden und sprach mit niemandem mehr. Meistens ließ er sich das Essen auf sein Zimmer bringen, das er mit dem Kapitän teilte, und oft aß er gar nichts. Selten sah er jemanden an, er grüßte kaum und kam meistens spät, um sich allein an einen freien Tisch setzen zu können. So auch heute. Er stützte die Rechte hart auf die Kante des kleinsten Tisches, gleich an der Tür, und ließ sich langsam auf den Stuhl sinken, mit dem Rücken zum Raum. Dann verstaute er die Linke auf dem Schoß, die sich krümmte wie die Kralle eines toten Huhns, und wartete, eingehüllt in Einsamkeit und mit gebeugtem Kopf. Niemand wollte mehr durch den Reif der Kälte zu ihm durchdringen, bis auf den blöden Fietje, der immer noch, unterwürfig grinsend, die Nähe des Gelähmten suchte.

Waltraud und die anderen trugen das Essen auf, es war Sonntag und es gab Königsberger Klopse mit Salzkartoffeln. An den anderen Tischen wurde schon gegessen.

Drüben am Fenster führte Erna Rathjens das Wort. An ihrem Tisch saßen Emma Deede mit ihrem Sohn Herbert und Martha Hammann und hörten ihr zu, wie sie mal wieder über ihren Sohn herzog, der sie vom Hof vertrieben hatte.

»Guten Appetit allerseits!«

Ein lautes Wort! Das Klappern der Esswerkzeuge verstummte, als eine kleine zierliche Frau in der Tür erschien. Man sah zuerst das türkisfarbene Kopftuch der Fremden, das ihre schwarzen Haare eng umschloss, dann den Rollstuhl, in dem sie saß, von Schwester Monika vorsichtig bugsiert.

Ein zögerliches »Danke!« wurde an mehreren Tischen gemurmelt, unsicher und nebeneinander her. Erna Rathjens starrte die Neuangekommene stumm an, ihre schweren faltigen Backen mahlten auf einem Klops, den sie sich gerade in ihren großen, hungrigen Mund geschoben hatte. Döpner hatte inzwischen auch zu essen begonnen und kaute weiter, ohne aufzublicken, als ginge ihn der Gruß nichts an. Er war froh, dass er heute alles essen konnte. Denn was andere schnitten, ließ er liegen, da er einhändig war und Hilfe ablehnte.

Mit zur Pistole gestrecktem Zeigefinger dirigierte sich die türkisene Frau auf Döpners Tisch zu. »Hier!«, sagte sie.

»Vielen Dank!«, nickte sie Schwester Monika dann zu, die den Stuhl gegenüber von Döpner beiseite zerrte: »Sehr nett von Ihnen.« Jetzt erst fragte sie: »Darf ich mich zu Ihnen setzen, mein Herr?«

Ob eine Spur Ironie in ihrer Stimme lag? Döpner sah auf, sein Blick verriet Irritation und diese wuchs, als er bemerkte, dass ihre Fingernägel grün waren. Sie trug einen schwarzen Hosenanzug mit silberdurchwirktem Gürtel und hatte eine Taille wie ein junges Mädchen; das konnte man erkennen, obwohl sie im Rollstuhl saß. Schwester Monika lächelte und verschwand in Richtung Küche.

Durch die Kartoffel hindurch, die er bearbeitete, antwortete Döpner: »Ja, bitte sehr!« Er wusste nicht, warum er so höflich antwortete. Die Rathjens hätte nicht gefragt und Döpner höchstens gebrummelt als Zeichen der Zustimmung, oder vielmehr als Zeichen dafür, dass er es nicht verhindern konnte.

»Schmeckt's?«, fragte die Fremde und grinste Döpner erwartungsvoll an.

Döpner hielt inne. Das Fleisch saß ihm in der lahmen Backentasche fest, die Zunge schaffte es nicht bis dorthin; er hätte es dringend mit dem Finger herausräumen müssen, eine schnelle Bewegung mit dem gekrümmten Zeigefinger genügte – auch deshalb saß er allein und mit dem Rücken zu den andern, damit das niemand sah. Er konnte nicht richtig sprechen, sowieso nicht mit dem schiefen Mund und nun auch noch mit voller Backe.

»Mhhhh …«, brachte er nur heraus.

Die alte Rathjens redete immer noch nicht wieder. Das Mahlwerk ihrer Zähne stand still. Gespannt sah sie dem Geschehen zu. Döpner, der nie sprach, und die fremde Frau mit grünen Fingernägeln und silbernem Gürtel.

»Na, gesprächig sind Sie ja wohl nicht. Gestatten – mein Name ist Kalde – Agathe Kalde. Seit heute Bewohnerin dieses Hauses!« Sie streckte ihm ihre grünen Fingernägel entgegen, fast war es, als erwarte sie einen Handkuss.

Verblüfft ließ Döpner die Gabel fallen und griff zu. Er hatte vergessen, wie sich ein Händedruck anfühlt – wenn sich eine warme Hand in deine kalte schmiegt und beide sich halten und man sich in die Augen sieht. Er vergaß das Drücken, und als er es merkte, hatte sie ihn schon wieder losgelassen. Aber er spürte ihre Wärme noch in seiner Hand, die sich wieder zur Gabel tastete. In dem kleinen Gesicht der Frau waren schwarze Augen, fast wie die eines Vogels.

»Und wie heißen Sie? Wenn ich fragen darf?«, wollte sie wissen.

»Dö-, Döpner, Johann Döpner«, antwortete er leise und hoffte, die Rathjens würde nichts hören. Er spürte ihren Blick im Nacken und ihren gespannt gehaltenen Atem. Noch nicht einmal seinen Namen konnte er richtig sprechen. Bei dem Buchstaben P pfiff die Luft links zwischen seinen Lippen heraus wie aus einem undichten Zylinderkopf. Es hörte sich wie ›Döpfner‹ an, mit einem kleinen Prusten in der Mitte. Er hasste sein Genuschel.

»Ostpreußen?«, flüsterte sie.

Er nickte.

»Januar 45?«

Er schüttelte den Kopf. »Vierzig«, antwortete er.

»Ach so, Balte?«

Er nickte. Dann hatte er die Gabel endlich wieder in der Hand und konnte sich daran festhalten. Die Frau hatte in zwei Minuten mehr über ihn erfahren als die anderen in bald drei Jahren. Mit zwei präzisen Fragen hatte sie seine Heimat lokalisiert, das kleine Gebiet an der Memel, das früher zu Ostpreußen und heute zum litauischen Gebiet Russlands gehörte – wer wusste schon davon? Wenn die Vertriebenen merkten, dass er nicht zu ihnen gehörte, interessierten sie sich nicht mehr für seine Herkunft, sie schlossen ihn aus; und den Einheimischen war es sowieso egal, woher er kam, sie blieben am liebsten unter sich.

Döpner musste etwas tun und zerteilte eine Kartoffel noch gründlicher als sonst, bugsierte Mus auf die Gabel und steckte sie sich in den vollen Mund. Die Frau wischte über den Tisch und begann, an ihren Fingernägeln zu pulen. Ob er sich jetzt das Fleisch aus der Backe holen konnte?

»Machen Sie ruhig«, wisperte sie und beugte sich vor, um ihr Sprechen zu verbergen, vielleicht aber auch, um die Bremse des Rollstuhls zu richten. »Vor mir brauchen Sie sich nicht zu genieren …« Sie lächelte aufmunternd und ihre Augen strahlten.

Mechanisch legte Döpner die Gabel auf den Tellerrand und schob sich mit dem Zeigefinger den Klops aus dem Backenwinkel hinten auf die Zunge und schluckte alles herunter. Wenn man doch nur eine Hand zum Vorhalten hätte … Agathe Kalde konzentrierte sich mit gesenktem Blick auf ihre grünen Fingernägel, die richtig blitzten.

»Bin selbst 'n Krüppel«, stellte sie fest, als er fertig war, und klapste mit der Linken auf die Armstütze ihres Rollstuhls, als würde sie ihren Hund tätscheln. »Das Scheißding da ist der Beweis. Sie laufen ohne alles …?«

Döpner nickte.

»Sie Glückspilz«, raunte sie ihm verschwörerisch zu. »Mit dem Ding hier kommen Sie um keine Ecke! Und allein schon gar nicht. Aber was soll's. Es gibt Schlimmeres, sag ich immer. Sagen Sie – wie krieg ich denn jetzt was zu essen?« Bei den letzten Worten hatte sie ihre Stimme wieder erhoben.

»Schwester Monika!«, schrie die Rathjens, froh, dass sie endlich wieder etwas mitbekam. »Bringen Sie der Dame doch bitte auch was!«

»Danke«, sagte Agathe Kalde und grinste zu dem Tisch am Fenster hinüber. Schwester Monika war schon unterwegs mit einem dampfenden Teller und stellte ihn vor der Türkisenen auf den Tisch. »Danke!«, sagte sie noch einmal. »Vielen Dank!«

Döpner sah erstaunt von seinem Teller auf. So viele Dankes hatte er schon lange nicht mehr gehört. Wozu das wohl nötig war, musste man sich bedanken für das, was einer sowieso tun muss?

»Wie es hineinschallt, so schallt es heraus.« Die Frau lächelte schon wieder. Döpner zuckte zusammen. »Ich meine, wenn man Danke sagt, sind die Leute auch gleich viel freundlicher ... Oder?«

Konnte die Frau Gedanken lesen?

»Daran werden Sie sich gewöhnen müssen«, sagte sie. »So bin ich eben!« Jetzt grinste sie frech wie ein junges Mädchen, anstatt sich mit ihren Königsberger Klopsen zu beschäftigen, und kniff ein Auge zu – da konnte Döpner nicht anders: Er lächelte zurück, seit langer Zeit sein erstes schiefes Teufelslächeln, die eine Hälfte seines Gesichts blieb steif und maskenhaft, die andere verzerrte sich. Er hatte es oft genug ausprobiert vor dem Spiegel, wenn der Käpt'n nicht da war – seine Fratze, mit der er Kindern Albträume verpassen konnte.

Die Frau betrachtete Döpner aufmerksam. »Lancelot«, stellte sie fest. »Ich werde Sie Lancelot nennen.« Sie kicherte amüsiert über ihren Einfall.

Was redet die, dachte Döpner.

»Aber was rede ich da«, lachte sie auf. Endlich beugte sie sich über ihr Essen, tief einatmend. Ein helles Lachen, dem man nicht anhörte, dass sie alt war. Oder war sie nicht alt? Ihre Finger waren fast glatt, feine schmale Hände mit grünen Fingernägeln, am rechten Ringfinger zwei schwere schlichte Ringe, die im Licht blitzten.

»Guten Appetit«, sagte sie zu sich selbst und stach in die erste Kartoffel. Döpner beobachtete sie verstohlen. Sie spreizte ihre kleinen Finger vornehm ab. Ihre Blicke trafen sich und Döpner schlug seinen nieder. Wann hatte er zuletzt jemandem aus so kurzer Entfernung in die Augen gesehen? Sie hatte tatsächlich schwarze Augen, kohlschwarz, in denen ein Feuer leuchtete.

»Sie lächeln mit den Augen, das können Sie doch? Eigentlich sind es die Augen, die lächeln, nicht wahr?«, fragte sie.

Döpner antwortete nicht. In Ruhe essen, dachte er, ein Essen in Ruhe. Und sie schwieg.

Dann brachten sie den Nachtisch, Ananas und Mandarinen aus der Dose. Es roch nach Obst, aber wonach noch? Es war noch ein anderer Geruch da, den Döpner bisher nicht bemerkt hatte, ein vertrauter Geruch, der an alte Zeiten erinnerte.

»Hat einer was dagegen, dass ich rauche?«, fragte die Frau mit den grünen Fingernägeln laut, nachdem sie seufzend ihre Nachtischschüssel fortgeschoben und sich über den Bauch gestrichen hatte. Nach einem kleinen Rundblick in die erstaunte Gesellschaft zog sie aus einer Falte ihres Gewandes eine weißblaue Schachtel hervor. Es wurde stumm, alle starrten sie an.

»Danke!«, sagte Agathe Kalde wieder, ihr Lieblingswort, wie Döpner schien, und schnippte eine Filterlose aus der Schachtel. »Gesund ins Grab is 'ne Fehlinvestition – noch jemand eine?«, fragte sie.

Schweigen.

Plötzlich aus der Stille heraus Herberts Stimme: »Njaa, ich!« In den zwei Worten stieg und fiel seine Stimme wie bei einem Jungen im Stimmbruch, und bevor Emma Deede es verhindern konnte, hatte Herbert seinen Stuhl fortgeschoben, es schurrte laut, und seine riesige Gestalt schwabbelte auf Agathe Kalde zu. Mit langem Arm hielt sie ihm die Schachtel entgegen. Herbert grinste glücklich über sein ganzes großes Gesicht, eine Landschaft aus Fett und Falten geriet in Bewegung, und er griff ungelenk zu, während er sich über den Tisch beugte, als wollte er sie höflich zum Tanze auffordern. Geduldig wartete sie, bis er eine der winzigen weißen Stangen in seine Faust bekam.

»Herbert!!«, rief Emma Deede, seine Mutter, entsetzt vom Fenster her, aber Herbert beachtete sie nicht mehr.

Agathe Kalde zeigte auf den Stuhl, den Schwester Monika beiseite geschoben hatte. »Wir machen hier 'ne Raucherecke auf«, verkündete sie. »Nehmen Sie Platz, mein Herr. Wenn ich mich vorstellen darf – Agathe Kalde.«

Das war laut genug und nun wussten alle, wie sie hieß.

»Icheißerbert«, nuschelte Herbert und lachte glücklich. Er setzte sich und steckte die Zigarette erwartungsvoll in sein schartiges, speichliges Maul. Agathe Kalde reichte ihm die Flamme ihres Feuerzeugs und beide brachten ihre Stängel in Brand; eine feierliche Zeremonie. Dann saßen sie und rauchten hingebungsvoll, die türkisene Frau inhalierte tief, Herbert paffte und nuckelte.

Die alte Rathjens war die Erste, die sich erholte. »Na, hat man so was schon erlebt! Madame Kaldé, Lüüd, de hett een anne Luuk!«, flüsterte sie empört mehrere Tische weit. Danach senkte sie ihre Stimme zum Schlangengezischel, das nur Emma Deedes Ohr erreichte, während die andern nur »ole Hex bi uus ut'n Moor« und »se hett dat mit de Kerls hatt« vernehmen konnten. Aber Emma Deede hörte nicht zu, sie war in totale Starre verfallen. Ihr Sohn hatte ihr nicht gehorcht, das erste Mal in all den Jahren. Man sah das Weiße in ihren Augen.

Die Kalde warf beiden nur einen kurzen Blick zu. »Eigentlich könnten wir jetzt Skat spielen«, schlug sie vor. »Wo wir drei hier so schön zusammensitzen. Könnt ihr Skat?«

Mensch, dachte Döpner, Skat spielen, kannst du noch Skat spielen?

Herbert dampfte an seiner Zigarette. »Shaat?«, fragte er und schwabbelte mit den Schultern und grinste, dass seine Scharte sich hob wie die Lefze eines Hundes und ein langer Zahnhals sichtbar wurde. Er rieb sich vergnügt seine großen weichen Hände: »Shaat!!«

»Hat einer 'n Blatt für Skat?«, rief die Kalde in die stumme Runde. Die Geräusche aus der Küche stürzten in das Loch, Klappern, Rauschen einer Maschine und Stimmen, Gelächter.

»Ich hab eins«, sagte einer ganz aufgeregt – das war der Käpt'n, der sonst grimmig und schweigsam in der Ecke am Gang zur Küche saß, von wo man den kürzesten Weg hatte, wenn man Nachschlag haben wollte. »Muss ich bloß holen! Aber nur wenn ich mitspielen darf!« Er brachte seinen Stock in Stellung und versuchte hochzukommen, aber sein schwerer Leib sackte zurück und er schnaufte mit wütendem Blick auf seinen Gehbock, der neben ihm stand, als wäre der schuld.

Döpner fühlte, dass etwas Unerhörtes geschah, etwas ganz Neues.

»Ich hol es für Sie«, hörte er sich plötzlich sagen und fügte leise wie entschuldigend hinzu: »Wenn ich darf.«

»Oben links in meinem Regal«, sagte der Käpt'n.

Döpner stemmte sich hoch. Im Angesicht der ganzen Gesellschaft wankte er davon, Schritt für Schritt, und alle hörten das Platschen seines linken Fußes auf dem Linoleum. Vanille, dachte er, als er an Agathe Kalde vorbeiging, sie riecht nach Vanille. Ist das ein Parfüm oder riecht man so von Natur aus?

»Aber Herbert spielt mit«, bestimmte die Kalde und nickte ihm zu wie einem Bruder.

Herbert grinste: »Na knaa!«

»Ich kann ja der Vierte sein und wir wechseln uns ab«, schlug der Käpt'n bescheiden vor.

Alle waren verwandelt.

XV.

Es war, als Döpner die Karten geholt hatte und sich wieder setzen wollte, da sagte sie es: »Ihr Jackett – da fehlt ein Knopf. Den kann ich Ihnen gern wieder annähen. Kommen Sie rüber zu mir auf die Pflegestation, dann mach ich das.«

Döpner wusste nichts zu erwidern. Natürlich fehlte ein Knopf, der fehlte schon lange. Er hatte sich daran gewöhnt, hatte irgendwann die Reste des Fadens herausgepult, damit man es nicht mehr so sehen konnte.

Sie spielten Skat bis zur Kaffeezeit. Herbert konnte eigentlich kein Skat. Aber sie waren ja zu viert und der, der nicht mitspielte, half Herbert und flüsterte ihm zu, was er tun sollte. Herbert grunzte und pfiff wie eine Lokomotive und dampfte die Zigaretten der türkisenen Frau. Emma, seine Mutter, ließ ihn schließlich machen und verzog sich kopfschüttelnd auf ihr Zimmer. »Düwels Gesangbouk«, flüsterte sie grimmig.

Später am Abend, als Döpner in seiner Ecke am Radio saß, den Kopfhörer am Ohr, damit er mit dem Käpt'n nicht reden musste, dachte er darüber nach, ob er zu ihr gehen sollte, eines Knopfes wegen, oder nicht. Hatte sie es ernst gemeint? Würde sie ihn auslachen, voller Hohn, wenn er käme, und sagen, es sei nur ein Spaß gewesen? Sie war eine starke Frau, die es sich leisten konnte zu lachen, über wen sie wollte, ohne Schaden an sich zu nehmen. Was würden die anderen sagen? Dann erinnerte er sich, dass die Scham in seinem Leben keinen Platz mehr haben sollte. Er wollte alles so nehmen, wie es kam, und zufrieden sein. Gehörte dies nicht auch dazu? Sie hatte es nun einmal angeboten, ohne dass er sie danach gefragt hatte.

Schon am nächsten Tag besuchte Döpner Agathe Kalde, ging durch die Korridore nach draußen, hinten am Kücheneingang vorbei und zum Gebäude der Pflegestation. Es blies ein starker Wind, die Bäume schüttelten sich wild hin und her, Döpners Hand schlenkerte, als würde sie weggeblasen. Früher war er selbst dort gewesen, auf der Pflegestation, aber irgendwie hatte er es geschafft, wieder aus dem Rollstuhl herauszukommen.

»Lancelot!«, begrüßte sie ihn, als er eintrat.

Schon beim ersten Klopfen hatte sie »Herein« gerufen. Grau und schief stand er vor ihr und sagte nichts, wartete, dass sie lachen würde, ihn mit einem Scherz davonjagen würde. Aber sie lachte nicht, sondern sie legte ihr Buch beiseite, das sie auf dem Schoß hielt, und winkte ihn zu sich. Die Audienz war gewährt. Sie hatte ein Einzelzimmer. Rechts das Bett, ein Galgen darüber zum Sich-Hochziehen, gleich links in der Ecke ein überdimensionaler Schrank, dahinter das Fenster; die Vorhänge waren beiseite gezogen, man konnte in den Garten sehen.

»Ein Reservezimmer, eigentlich ist es zu klein und der Schrank da ist zu groß, aber immerhin besser als nichts und meine Ruhe habe ich auch«, erklärte sie. »Es war kein anderes frei.« Nach einem Atemzug – wie lang Atemzüge sind, dachte Döpner – fügte sie hinzu: »Und irgendwo musste ich ja hin, nachdem …«

War Resignation in ihrer Stimme oder klang es nur so, weil sie so leise sprach? »Geben Sie her«, unterbrach sie seine Gedanken und war schon wieder etwas lauter, »machen wir uns an die Arbeit!«

Nun musste er das Jackett ausziehen, vor ihren Augen sich abmühen. Noch nicht einmal den Käpt'n hatte er zusehen lassen, wie er sich das Jackett auszog, es über seine linke Seite, schräg verdreht, nach abwärts gleiten ließ, bis es hinunterfiel und, sich umkrempelnd, seinen rechten Arm hinunterfloss. Verlegen und unschlüssig hielt er es zerknüllt in der Hand.

»Na, geben Sie schon her!«, übertönte die Frau die kleine Stille.

Döpner gehorchte. Plötzlich fiel ihm ein, dass er keinen Knopf mitgebracht hatte. Wie hatte er das nur vergessen können? Wie sollte sie einen Knopf annähen, den es nicht gab?

»Macht nichts. Ich habe mir einen Knopf bringen lassen, Schwester Nicola hat mir einen gegeben, ich wusste doch, Sie würden kommen … Nun setzen Sie sich doch …«

Verwundert gehorchte er und setzte sich auf den Stuhl, der vor dem Fenster stand. Zuerst krempelte sie den Ärmel wieder um; sie angelte einen großen Knopf vom Tischchen und zog unten aus der Ablage Nadel und Faden hervor. Sie breitete das Jackett auf ihren Knien aus und begann mit präzisen, wie abgemessenen Bewegungen zu nähen, ihr Gesicht leuchtete in Konzentration und nahm einen fernen Ausdruck an – wie lange hatte er einer Frau nicht mehr beim Nähen zugesehen? Wieder dieser Geruch, dachte Döpner. Jetzt war er sich ganz sicher: Sie roch nach Vanille.

»Nicht wahr – jetzt sehen wir aus wie ein altes Ehepaar, wie?«, sagte sie plötzlich.

Döpner wurde rot, sein Gesicht wurde heiß und er spürte den Drang, sich abzuwenden oder etwas Erleichterndes zu sagen, aber ihm fiel nichts ein. Er hatte vergessen, dass man rot wurde, wenn Frauen bestimmte Sachen sagten. Sein Gehirn war leer wie eine Scheune im Mai. Aber sie war über ihre Arbeit gebeugt und achtete nicht auf ihn, bis er wieder so bleich wie immer war.

»Hier!«, rief sie. »Schon fertig! Sehen Sie – der Knopf passt sogar zu den anderen! Und nun zeigen Sie mir, wie Sie aussehen in Ihrem neuen Jackett.«

Nun musste er vor ihren Augen die Prozedur des Anziehens durchstehen. Er hatte seine Methode entwickelt. Er klemmte den Kragen zwischen die Zähne, ein paar waren ja noch übrig, die Stoff halten konnten, und mit der gesunden Rechten hob er seine Linke und schob sie in das Loch des Ärmels. Dann ließen die Zähne los und er griff sich über die Schulter, zog sich das Jackett über und war fertig. Da bemerkte er, dass sie die ganze Zeit aus dem Fenster gesehen hatte.

»Windig heute«, meinte sie leichthin und dann, als er vor ihr stand, an sich heruntersah und sich etwas dabei drehte, rief sie: »Toll. So gefallen Sie mir, Herr Lancelot! Und nun – nehmen Sie doch bitte wieder Platz – nach getaner Arbeit haben wir eine Kaffeepause verdient! Leisten Sie mir noch ein bisschen Gesellschaft?« Unter dem Tischchen zog sie eine Thermoskanne und zwei Becher hervor und goss ein.

Döpner hatte das Gefühl, dass er ihr einen Gefallen tat, obwohl sie ihm einen getan hatte. Sie tranken, schweigend wie ein altes Ehepaar, das sich nichts mehr zu sagen hat, während sich in Döpners Kopf Sätze formten, die er nicht aussprach. Ab und zu lächelte sie ihm zu. Sie hatte den Kaffee und zwei Tassen vorbereitet – wie hatte sie wissen können, dass er heute kam?

Nachdem er wieder gegangen war, am Ende des langen Flurs, fiel ihm ein, dass er sich noch nicht einmal bedankt hatte. Einen Augenblick war er unschlüssig, ob er umkehren sollte, blieb stehen, hielt sich am Geländer fest, das an der Wand entlanglief. Und wenn er sie nun stören würde? Sie las bestimmt wieder in ihrem Buch. Was würde sie über ihn denken? »Besuchen Sie mich ruhig, wenn Sie Lust haben, ich kann auch Strümpfe stopfen, bestimmt haben Sie Strümpfe mit Löchern drin«, hatte sie gesagt, als er ihr beim Abschied die Hand gegeben hatte; ein Händedruck, den er diesmal erwidert hatte, ihre Hand war trocken und warm, und er hatte auch diesmal nicht gewusst, wann er die Hand loslassen musste, und so hatte er einen kleinen Augenblick vor ihr gestanden, verlegen. Man musste es wieder lernen, das Händegeben. Verloren rieb er sich die Hand an seinem alten Gesicht. Sie duftete fern nach Vanille. Man musste sich bedanken.

Natürlich hatte er löchrige Socken, nicht nur ein Paar, und er beschloss, wiederzukommen und sich zu bedanken und sie zu fragen, ob sie seine Socken stopfen würde.

Eine kleine Frau kam am Geländer entlanggehangelt. Eine von den Stoffwechslern, die hier auf und ab lief, roboterhaft vorwärtsruckend, in kleinsten Schrittchen, immer eine Hand am Geländer, die andere bewegte sich wie eine kleine Maschine auf und ab vor ihrer flachen Brust. Sie hatte die Figur eines kleinen vertrockneten Knaben, das Gesicht eines sumatrischen Schrumpfkopfes und sah aus blutunterlaufenen Augen durch Döpner hindurch in die Sinnlosigkeit der Welt. Er wechselte die Seite und blieb unter einem Blumenbild stehen, das aus der Künstlergruppe der Patienten hervorgegangen war, ein kleines Aquarell. Die Frau setzte ihren Weg fort, vorbei an rollstuhlbreiten Türen, neben denen auswechselbare Schilder mit altmodischen Frauennamen in Rähmchen steckten, bis sie vor der Außentür angekommen war. Dort hielt sie inne. Ihre Maschinenhand sackte zur Hüfte. Sie drehte sich um. Die Maschinenhand griff zum Geländer, die Frau hob ihre andere Hand vor die Brust und setzte ihr sinnloses Uhrwerk wieder in Gang, zurück zur Sitzgruppe am Ende des Flurs. Dort würde sie wieder umdrehen. Döpner sah ihr nach. So würde die Zeit bis zu ihrem Tode vergehen, Wochen, Monate oder – wer weiß – Jahre?

Langsam streckte Döpner seine gute Hand zum Knopf oben über der Tür. Die elektrische Arretierung knackte, er stieß die Tür auf und schob sich, so schnell es ging, hindurch in die Freiheit. Mit einem kleinen Saugen fiel sie hinter ihm ins Schloss.

Die Bäume schüttelten sich im Wind und standen, wo sie immer standen.

Wer ist Lancelot? fragte sich Döpner, als er am Küchenausgang vorbeiging. Ich werde sie das fragen, das nächste Mal, wenn ich zu ihr gehe. Der Wind blähte sein neues Jackett wie das Segel eines Schiffes auf dem Meer.

XVI.

Am liebsten saßen sie in ihrer Lesehöhle auf Sessel und Sofa und unterhielten sich, abends nach getaner Arbeit oder am Mittwochnachmittag, wenn Schlüter freimachte; aber dieses

Privileg nahm er höchstens drei- oder viermal im Jahr in Anspruch, er begnügte sich ansonsten damit, dass er freinehmen *konnte,* wenn er wollte. Seit die Kinder aus dem Haus waren, unterbrach sie niemand mehr, wenn sie miteinander sprachen. Die erste Zeit, in der sie allein gewesen waren, hatten sie ein Loch gespürt, etwas Unausgefülltes, etwas, das fehlte. Als hätten sie einen stillen Kummer, der an ihren Kräften nagte. Aber dieses Gefühl hatte sich zurückgebildet und war schließlich ganz verschwunden. Nun waren sie wieder frei, wie in den ersten Jahren.

Lesen mochte Schlüter heute nicht, er konnte sich nicht konzentrieren. Er hatte den aktuellen Stapel, wie er die drei schiefen Büchertürme auf dem Sofa nannte, schon zweimal umgehäufelt. Bruce Chatwin, Rilke und Abenteuerbücher aus Lappland waren dabei. Elie Wiesels Berichte von Buchenwald. Er blätterte darin; nein, das konnte er heute nicht lesen. Dann schon eher *Hunger* von Hamsun. Schlüter schlug das Buch auf und begann, gegen seine Gewohnheit, auf der ersten Seite: *Es war zu jener Zeit, als ich in Kristiania umherging und hungerte, in dieser seltsamen Stadt, die keiner verlässt, ehe er von ihr gezeichnet worden ist …* Das könnte man sich vornehmen, dachte Schlüter. Das klingt so – *Ich lag wach in meiner Dachstube und hörte eine Uhr unter mir sechsmal schlagen* – wie Musik. Und das bei einer Übersetzung. Hmm!

Christa hatte einen Tee gekocht. Schlüter sah auf die Uhr. Es war noch nicht acht, also tranken sie Tee. Nach acht gab es keinen mehr.

»Bei uns reden sie davon, wie viele Jahre sie noch bis zur Rente haben«, berichtete Christa. »Heute wieder im Lehrerzimmer.«

»Und die Jahre bis dahin, wie wollen sie die schaffen?«, fragte Schlüter und fummelte an dem Buch herum.

»Warten und rechnen«, zuckte Christa mit den Schultern.

»Frag sie mal, was sie machen würden, wenn eine Fee käme und ihnen anbieten würde, sie könnten sofort dreiundsechzig sein und ab morgen von der Rente leben. Was meinst du, wie sie sich entscheiden würden?«

»Gute Frage«, meinte Christa. »Man würde Jahre seines Lebens glatt überspringen. So blöd kann doch keiner sein, oder? Wer sich zu doll auf die Zukunft freut, verpasst die Gegenwart …«

»Bin kein Philosoph«, sagte Schlüter. »Aber wenn ich mir vorstelle, ich wär morgen in Rente? Na gut, man könnte einiges machen, was man jetzt nicht kann. Das Buch hier, zum Beispiel. Und den ganzen Stapel da.« Er deutete auf die Büchertürme auf dem Sofa. »Aber wär das Leben dann nicht vorbei?«

»Bestimmt nicht. Übrigens reden auch nicht alle von der Rente.«

»Kennst du eine Stadt, die Kristiania heißt?«, fragte er unvermittelt.

»Nee, wo liegt die?«

»Gar nicht so weit weg. Das ist heute Oslo. Norwegen. Hieß bis 1905 Kristiania. Hier, hör mal: ›Es war zu jener Zeit, als ich in Kristiania umherging und hungerte, in dieser seltsamen Stadt, die keiner verlässt, ehe er von ihr gezeichnet worden ist.‹ Klingt gut, wie?«

»Ja, wie Musik, wer schreibt das?«

»Hamsun. *Hunger.* 1896. Wir sollten da mal hinfahren, und nicht wieder fortgehen, ehe wir von ihr gezeichnet worden sind.«

»Du machst sowieso nie frei.«

»Ach lass mich, ich kann …«

»Wo wir bei deiner Arbeit sind: Was macht eigentlich deine Zwangsarbeitergeschichte?«

»Eine mistige Sache, das«, grummelte Schlüter. Jetzt hatte er schlechte Laune. Aber Christa hatte Recht: wenn man schon mal dabei war, dann raus damit. Er legte Hamsun auf den Stapel, obenauf *Die Hexe von Orkney* von Sigfriður Skaldaspillir – er reiste ein bisschen in Skandinavien herum in der letzten Zeit, in Gedanken aber nur –, stand auf und ging, mit der Tasse Tee in der Hand und gerunzelter Stirn, etwas forsch vor dem Bücherregal auf und ab.

»Warum mistige Sache?«, fragte Christa misstrauisch. Sie gönnte sich eine Zigarette zum Tee. »Pütscher man nicht!«

»Weil ich fürchte, sie wird in die Binsen gehen. Was habe ich eigentlich bisher davon erzählt?«

»Dass du einen Polen vertrittst, der irgendwo hier in der Gegend in einer Ziegelei Zwangsarbeiter war. Wie steht die Sache?«, fragte Christa und nippte am Tee, aus einer *bol,* in der man kleine Kinder baden oder sein ganzes Gesicht versenken konnte.

Das große Fenster des Lesezimmers stand auf und nur schwach murmelten die Geräusche der Stadt zwischen den engen Häusern im Gerbergang. Amselgesang und Spatzenzank waren zu hören – Konzert und Saufkneipe.

»Ach«, stöhnte Schlüter. »Ich habe Klage erhoben. Die Gegenseite hat erwidert. Es geht hin und her. Termin beim Landgericht ist noch nicht, das dauert ja immer lange, ohne Ansehen der Person, in dem Punkt herrscht einmalige Gerechtigkeit. An der Dauer der Prozesse kann man am besten sehen, wie weit die Unabhängigkeit der Richter gediehen ist.«

»Du bist ja richtig in Schimpflaune. Willst du dich nicht lieber wieder setzen?«

»Nee, lass mich mal im Stehen erzählen. Im Sitzen platz ich!« Schlüter warf das Buch, das er bei seiner Rede aus dem Regal genommen hatte, wütend in die Sofaecke, als stünden Paragrafen drin. Es war *Der Prozess* von Kafka, und Schlüter fühlte sich eingesperrt im Labyrinth des Rechts.

»Was bringt dich denn so hoch, lieber Mann? Tu dem Buch nicht weh, das kann nichts dafür. Soll das heißen, dass du die Ansprüche deines Polen nicht durchsetzen kannst?«

»Genau davor habe ich Angst«, antwortete Schlüter mutlos. »Es sieht nicht gut aus.«

»Erklär mir das mal genau«, bat Christa und stand auf. »Ich mach uns einen neuen Tee.« Sie verschwand in der Küche, um Wasser aufzusetzen.

»Also«, fing Schlüter an, nachdem sie wieder zurückgekehrt war. »Eigentlich habe ich keine Lust, dir die Rechtslage auseinander zu setzen. Ich erzähle dir lieber ein bisschen von dem, was mir der Kollege aus Polen geschrieben hat. Mein Mann war von 1940 bis zum Ende des Krieges bei dem Bauern Friedrich von Rönn Zwangsarbeiter. Dorthin wurde er geschafft wie ein Stück Vieh. Sie brachten ihn zur Ziegelei nach Ruthensand, wo schon mehr als zwanzig andere Polen mit früheren Transporten untergebracht worden waren. Die ersten drei Monate mussten sie auf dem Hof arbeiten. Mindestens vierzehn Stunden am Tag schaufelten sie Schlick aus den Gräben und warfen ihn aufs Land. Sie bekamen wenig zu essen und kaufen konnten sie sich nichts. Erstens hatten sie kein Geld und zweitens gab es alles nur auf Marken. Alle wurden markiert. Auf jedem Kleidungsstück musste ein großes P in blauer Farbe und auf gelbem Grund zu sehen sein. Eine Variante zum Judenstern. Wer das nicht hatte, wurde bestraft, beim zweiten Mal mit Arbeitslager. Alle wussten, dass man von dort nicht wiederkam. Einer von den Leuten wurde krank. Einen Arzt holte man nicht. Also ging er zu Fuß nach Hemmstedt. Er kam nie wieder.«

»Was ist mit ihm passiert?«

»Keiner weiß es. Er war einfach weg. Er wurde ersetzt, die Arbeit ging weiter. Dann wurde mein Mandant in die Ziegelei geschickt, in die Brennerei, die meisten anderen auch. Dort schufteten sie den größten Teil des Jahres. Im Winter, wenn die Ziegelei stillstand, mussten sie wieder in die Gräben. Der Druck wurde immer größer, das Essen weniger.«

Schlüter erzählte, was er inzwischen wusste.

»Und die Rechtslage?«, fragte Christa, als er fertig war. »Er müsste doch seine Ansprüche durchsetzen können?«

»Wenn man nur seinen gesunden Menschenverstand benutzt, würde man sagen: Ja. Der ist aber leider nicht gefragt. Das ist ein derart verqueres Zeug, ich mag gar nicht darüber reden. Und es gibt noch andere Probleme. Zum Beispiel: Wie soll ich den Anspruch beziffern? Wie soll ich entgangenen Lohn auf heute hochrechnen? Dabei geht es noch nicht einmal um den Lohn, den sie nicht bekamen.« Schlüter marschierte immer noch vor dem großen Fenster auf und ab.

»Sondern?«

»Die Freiheit, meine Liebe. Die Freiheit, die sie nicht hatten, ist das Entscheidende. Und die Angst, die sie aushalten mussten. Fünf, sechs Jahre lang Angst. Die Tatsache, dass sie der

Willkür ihrer deutschen Herren blind unterworfen waren, die mit ihnen machen konnten, was sie wollten.«

»Freiheit kann man nicht bezahlen …«

»Außerdem klage ich auf Schmerzensgeld. Wegen Körperverletzung. Habe ich das schon erzählt?«

»Nein«, antwortete Christa. »Spielt das auch eine Rolle?«

»Leider. Der Feldhöber war ein harter Mann, der, wenn er es für nötig hielt, selbst Hand anlegte. Er hat dem Kaczek einen Stein an den Kopf geschmissen. Begründung: schlechte Arbeit. Eine Partie Ziegel war missraten. Keine medizinische Versorgung. Weiterarbeiten. Und immer die ständige Angst. Der alte Kaczek ist heute ein Wrack. Hat Kopfschmerzen. Das linke Auge ist blind. Ist zu nichts mehr zu gebrauchen. Jetzt, wo sein Leben zu Ende geht, will er also endlich Genugtuung bekommen, ein bisschen Gerechtigkeit.«

»Und wieso meinst du, du kommst damit nicht durch?«

Schlüter schlürfte vom Rest seines kalt gewordenen Tees, stellte die Tasse aufs Fensterbrett, drehte seiner Frau den Rücken zu und starrte auf die Häuserfront gegenüber. Christa wartete.

»Die Forderungen der ehemaligen Zwangsarbeiter sind natürlich nicht neu«, fuhr Schlüter fort. »Nach dem Krieg haben sich die Antifaschisten im Osten gesammelt, die DDR gegründet und sich damit ihrer Pflichten ein für alle Mal entledigt, während alle Nazis im Westen geblieben sind und Kapitalismus betrieben. Sie verhandelten mit den Siegermächten. Ergebnis: das Schuldenabkommen von London 1953. Und jetzt kommt's: Dort hat man sich nämlich darauf geeinigt, alle Reparationsforderungen zu vertagen bis zu einer so genannten endgültigen Regelung. Deutschland sollte sich wirtschaftlich erst mal erholen können.«

»Moment«, warf Christa ein. »Ich muss den Tee aufgießen. Das Wasser wird ja wieder kalt.« Als sie zurückkehrte, lief Schlüter wieder vor dem Fenster auf und ab. Er kämpfte seine Gerechtigkeitsattacke nieder, in die er ständig verfiel, wenn er über das Thema sprach.

»Reparationen sind Schadensersatz für Kriegsfolgen?«, nahm Christa den Faden auf.

»Ja. Also: Man verständigte sich darauf, alle aus dem Zweiten Weltkrieg herrührenden Forderungen von Angehörigen von Staaten, mit denen Deutschland im Krieg gelegen hatte oder die es besetzt gehalten hatte, bis zur endgültigen Regelung der Reparationsfrage zurückzustellen. Bis dahin sollten keine Einzelforderungen zulässig sein.«

»Und dein Stanislaus Kaczek oder wie der heißt, der fällt unter diese Vertagungsregelung?«

»Genau«, seufzte Schlüter. »Der Stein, den der Feldhöber meinem Kaczek an den Kopf geschmissen hat, ist eine aus dem Zweiten Weltkrieg herrührende Forderung. Von Rönn ist nicht verantwortlich zu machen für das, was er getan hat.«

Schlüter ließ sich auf das Sofa sinken, der aktuelle Stapel schwankte bedrohlich. Er versenkte sein Gesicht in der Tasse, schlürfte und sagte: »Die Juristen nennen das das ›Prinzip der lockeren Kausalität‹. Alles, was im Krieg passiert ist, hat irgendwie mit dem Krieg zu tun, ist irgendwie von ihm mit verursacht und alles, was Unrecht ausgleichen soll, ist demzufolge Reparation und alle Reparationen sind vertagt. Prinzip der lockeren Kausalität! Schöne Wissenschaft, nicht?«

»Ich verstehe.«

»Ja«, sagte Schlüter müde. »Keiner ist persönlich verantwortlich. Allein der böse Krieg ist verantwortlich. Der hat gemacht, dass böse Sachen passiert sind. Das ist die Botschaft.«

»Dein Mandant ist doch Pole«, warf Christa ein. »Ist denn Polen dem Abkommen beigetreten?«

»Eben nicht!«, regte sich Schlüter auf. »Der Ostblock blieb außen vor und von dort kamen die allermeisten Zwangsarbeiter! Polen ist dem Abkommen nie beigetreten. Aber die Juristen ficht das nicht an. Sie sagen, weil der Bundestag dem Abkommen 1953 zugestimmt hat, sei das Abkommen zum innerstaatlichen Recht geworden. Es habe deshalb unmittelbare Wirkung auch gegenüber denjenigen Staatsangehörigen, deren Staat nicht zugestimmt hat. Damit haben sie meinen Kaczek aufs Abstellgleis geschoben, damit er dort langsam stirbt!«

Christa schwieg nachdenklich. Dann sagte sie langsam: »Und das gilt auch noch vierundvierzig Jahre nach dem Krieg?«

Schlüter schoss aus dem Sofa hoch. Hamsuns *Hunger* und *Die Hexe von Orkney* fielen herunter. »Danke!! Genau das ist der Punkt!«, rief er, ohne auf die Bücher am Boden zu achten. »Genau das ist es! Das ist meine einzige Hoffnung in diesem Prozess. Das Schuldenabkommen von London war eine Vertagung auf ein paar Jahre. Aber nicht eine auf vierundvierzig Jahre. Jemandem so lange sein Recht vorzuenthalten, das ist eine kalte Enteignung. Und außerdem sind die Zeiten andere geworden ...«

»Allerdings!«

»Die deutschen Großunternehmen sind bestens durch den Krieg gekommen, dank der Sklavenarbeit. Ihr Kapitalstock war schon 1948 größer als vor dem Krieg. Und jetzt sind wir das dritt- oder viertreichste Land der Welt. Das heißt: Die Vertagungsgründe des Londoner Abkommens sind entfallen. Aber es kümmert sich keiner mehr um die Reparationsfrage. Es wird keine endgültige Regelung geben, denn dazu müsste man sich erst wiedervereinigen. Und darauf können wir lange warten!«

»Wer weiß ... Da drüben sind neuerdings komische Sachen im Gange. In Leipzig demonstrieren sie sogar. Vielleicht tut sich da ja was?«

»Bei denen? Nie! Bevor die Deutschen den Bahnsteig stürmen, stehen sie am Schalter Schlange und kaufen sich brav 'ne Fahrkarte.«

»Und warum gibt es keinen Richter, der da mal was ändert?«

»Die schielen alle nach oben. Die entscheiden so, wie die oberen Gerichte entschieden haben oder wie die entscheiden würden. Finde du mal einen Amts- oder Landgerichtsrichter, der gegen Obergerichte revoltiert.«

»Aber die richterliche Unabhängigkeit würde ihnen doch das Recht geben?«

»Das schon, meine Liebe, aber sie wollen nicht. Der deutsche Richter wählt, wenn es zwei mögliche Positionen gibt, die bequemere. Keiner hatte bisher den Mut, das Londoner Schuldenabkommen schlicht als Enteignung und für verfassungswidrig zu erklären.«

»Sag mal«, überlegte Christa. »Du meinst, du verlierst den

Prozess. Wie wird dein Kläger damit wohl fertig werden, der Kaczek?«

Schlüter sah überrascht auf. »Darüber habe ich mir noch gar keine Gedanken gemacht«, erwiderte er. »Außerdem – ich kenne ihn schließlich gar nicht. Ich weiß es nicht. Er hat mir einen Zeugen angegeben, einen gewissen Döpner. Mit dem will er aber erst selbst sprechen. Ich frag mich, wie er das machen will, von drüben, von hinterm Zaun her.«

»Er muss jemanden schicken«, folgerte Christa.

»Wie kommst du denn darauf?«, fragte Schlüter.

»Weil es eine andere Möglichkeit nicht gibt. Er wird jemanden schicken. Und wenn der hier auftaucht, wird irgendwas passieren«, orakelte Christa.

XVII.

Johann Döpner saß auf seiner Bank vor der Tür des Altenheims, den Blick auf die Birke drüben auf dem kleinen Hügel gerichtet, ihre Sprossen strömten bitteren Duft aus. Er war allein, so früh am Morgen, die Rollstuhlfahrer lagen noch im Bett und warteten darauf, dass man sie anzog, in die Stühle setzte und an die frische Luft stellte wie Blumentöpfe. Döpners Gesicht war gespannt, wie wenn einer an etwas denkt, was fern vom Alltag ist. Dabei berührte sein gerader Rücken nicht die Lehne der Bank.

Deshalb sah er den hoch gewachsenen Fremden nicht, der gegenüber auf dem Gelände der Tankstelle neben einem kleinen ockerfarbenen Auto stand und Döpner beobachtete. Der Mann mochte um die dreißig Jahre alt sein, er trug eine graue Hose und eine aufgeplusterte Windjacke, die ihn breiter erschienen ließ, als er war, und er hatte sensibel geschwungene, volle Lippen und dunkle lange Locken. Unter den Augen in seinem breiten grauen Gesicht lagen Ringe wie nach langer Zeit ohne Schlaf. Er zündete sich eine Zigarette an, indem er beide Hände hohl um das aufflammende Streichholz legte, wie es Leute tun, die viel draußen sind in Wind und Wetter. Dann lehnte er sich wieder an den Wagen, um bequemer zu stehen, rauchte zwei Züge und nahm den alten Mann drüben auf der Bank erneut ins Visier.

Der Fremde zerbröselte die letzte Glut seiner Zigarette zwischen den Fingern und löste sich mit einer entschlossenen Bewegung vom Auto. Langsam schlenderte er über die Straße auf das Altenheim zu. Erst als Döpner die Füße des Mannes wenige Schritte vor der Bank auf dem Weg knirschen hörte, fiel er aus seinen Gedanken. Er drehte kurz den Kopf, machte den Urheber des Geräusches aus und kümmerte sich nicht um ihn.

Der Fremde aber setzte sich zu dem Alten auf die Bank.

»Du wohnst hier – schon lange?«, fragte der Fremde mit einer knappen Bewegung der Hand, die das ganze Land zu umfassen schien.

Döpner sah erstaunt auf; diese harte Sprache, der Akzent elektrisierte ihn sofort. Irgendwie war es normal, dass der Mann ihn duzte.

»Ich komme aus Lubin. Das ist Polen«, erklärte der Fremde zögernd. Er gab dem alten Mann Zeit zu verstehen, die Unterarme auf die Oberschenkel gelegt. Seine schwarzen Locken schaukelten um sein Gesicht und er schüttelte sie mit einem Zucken nach hinten auf die Schultern.

»Zygmunt Kaczek heiße.«

»Kaczek?«, krächzte Döpner, die Frage kam lauter, als er wollte.

»Heiße Kaczek. Zygmunt Kaczek«, wiederholte der Mann und wartete.

»Und was machst du hier?«, fragte Döpner atemlos.

»Leute haben gesagt, dass hier alter Mann ist, der in Ziegelei gearbeitet hat, früher. Bei *grafa* von Rönn. Kennst du solchen Mann?«, wollte der andere wissen.

Mein Gehirn, dachte Döpner, es arbeitet nicht mehr schnell genug. Ich habe verlernt, schnelle Antworten zu geben. »Vielleicht.«

Kaczek drehte sich Döpner zu und legte ihm für eine Sekunde eine Hand auf die Schulter. »Ich suche Leute, die Stanisław Kaczek gekannt haben«, sagte er. »Mein Vater.«

Also war er tot. Stani war tot. Döpner fühlte die Schuld; zuerst die alte, mit der er seit damals gelebt hatte, und dann die neue, die dazugekommen war, weil er versucht hatte, die alte zu vergessen. Er hatte es nicht gefühlt, dass Stani nicht mehr war, er hatte gedacht, dass er leben würde, so wie er selbst auch noch lebte.

»Wann ist er gestorben?«, fragte er tonlos.

»Gestorben?«, fragte der Pole zurück. »Wieso gestorben?«

»Aber ...« Döpner saß mit offenem Mund. Dann lachte er und seine Stimme krächzte und überschlug sich. »Also – also lebt er?«

Zygmunt Kaczek zögerte, starrte Döpner lange in die verzerrten Züge, aus denen das gelebte Leben schwer zu lesen war. »Leben und leben. Ist verschieden. Er ist fast blind. Hatte Schlaganfall – wie du«, sagte der Sohn traurig und ließ seinen Blick über Döpners krummen Körper wandern. »Ist traurig immer. Liegt nur noch und wartet auf Tod.«

»Das tu ich auch«, sagte Döpner. Aber dann schämte er sich seiner Worte, weil er nicht blind war, sondern nur lahm und trotzdem gehen konnte, und schüttelte den Kopf. Er dachte an die Zeit, als er mit dem einäugigen Riesen gekämpft hatte, der mit stinkendem Maul auf seiner Bettkante saß. »Seit wann?«, fragte er.

»Bald drei Jahre schon.«

»Da lag ich im Krankenhaus, ich auch«, beeilte sich Döpner zu sagen, eifrig, als wollte er sich entschuldigen, als hätte er Stani helfen können, wenn er nicht im Krankenhaus gelegen hätte. Er griff mit der Rechten hinüber zu seiner toten linken Seite.

Der Pole nickte. Er musterte Döpner prüfend. »Bist du – Johann?«, fragte er dann.

Döpner fuhr hoch. »Hat er – erzählt?«

Zygmunt lächelte: »Ja, hat er. Aber spät erst. Noch nicht lange her. Vorher nie. Hat von den Jahren erzählt beim *grafa* von Rönn. Und von dir. Hat auch erzählt von der – *Aktion.*« Bei dem letzten Wort war seine Stimme leiser geworden. Er rieb seine Hände aneinander und blies hinein, um sich am eigenen Atem zu wärmen.

Die *Aktion*, dachte Döpner. Er benutzt dasselbe Wort. »Er lebt noch«, flüsterte er, »der *grafa*.«

Döpner spürte, wie sein Leben in diesem Augenblick, mit diesen Worten, aus dem schiefen Gleichgewicht geriet, in dem es bis dahin gewesen war. Er hatte dem Fremden seine nackte, eingefallene und wehrlose Brust gezeigt. Jetzt waren sie Verschworene, hatten ein Komplott verabredet, wie es Brüder tun, nicht Fremde, denn dieser polnische Mann war Stanis Sohn. Döpner sah den Mann neben sich genauer an und er spürte, wie das Gesicht von Stani, dem Brenner, einen Augenblick lang durch das seines Sohnes wehte: die gleichen weichen Züge um die Lippen, die Stirn seines Vaters. Döpner dachte an seinen eigenen Sohn, der nicht mehr seiner war, und er beneidete seinen polnischen Freund, der einen Sohn hatte, der um seines Vaters willen in ein fremdes Land gereist war, bis hinter den Eisernen Zaun. Nach so langer Zeit.

»Weißt du wo?«, fragte Zygmunt.

»Hier im Dorf«, antwortete Döpner und zuckte mit geducktem Kopf in Richtung Ruthensand. »Wo die Ziegelei war.«

Zygmunt atmete tief durch und wollte etwas sagen. Aber in diesem Augenblick wurde die Eingangstür von innen aufgeschoben und Schwester Monika kam die wenigen Schritte auf sie zu. Sie hatte ihren Mantel an und trug einen Regenschirm unter dem Arm. »Morgen, Herr Döpner«, grüßte sie, Zygmunt aufmerksam zunickend. »So früh schon draußen?«

Sie wirkte immer fröhlich, auch nach einer Nachtschicht bei den Stoffwechslern, deren Magensonden sie gewartet hatte, und bei umherirrenden Alten, die sich selbst verloren hatten und nur noch wie Schamanen sprachen.

Döpner hob seine gute Hand und ließ sie zurück auf seinen Oberschenkel fallen, anstatt zu antworten. Mir fällt heute nichts ein, dachte er.

»Und dann gleich mit Besuch?« Von oben herab betrachtete Schwester Monika den Fremden auf der Bank: der kühle Blick einer jungen Frau, die noch keine Kinder hat und die Biometrik des Mannes in einer Sekunde auf Fortpflanzungstauglichkeit prüft.

Zygmunt lächelte und schüttelte seine Locken, seine braunen Augen leuchteten.

Halt bloß die Schnauze, dachte Döpner scharf. Wenn du anfängst zu reden, weiß sie gleich, woher du kommst. Wir sind im Krieg.

Zygmunt nickte freundlich und schwieg. Zwei Männer und ein unterbrochenes Gespräch, nichts weiter.

»Na, denn will ich Sie beide mal allein lassen. Meine Schicht ist zu Ende, ich muss nach Haus.«

»Schlafen Sie gut«, fand Döpner seine Worte wieder und Zygmunt sah der jungen Frau lächelnd nach.

»Wir können hier nicht reden«, sagte Döpner, als sie fort war. »Es kommen jetzt mehr Leute. Es ist bald halb acht.«

»Ziegelei gibt's nicht mehr?«, fragte Zygmunt.

»Nein, schon lange nicht mehr. Aber ich weiß noch alles. Jede Einzelheit weiß ich noch.«

»Gut«, nickte Zygmunt. »Das ist sehr gut. Ich komme morgen wieder. Muss arbeiten. Etwas früher als heute. Du gehst da drüben zur Straße, wo die Müllcontainer sind. Da ich hole dich mit Auto und wir fahren. Gut?«

Döpner nickte. Er blieb sitzen, als Zygmunt sich erhob und mit einem beiläufigen Wink einer Hand, die er aus der Seitentasche seiner Windjacke zog, fortschlenderte, wie er gekommen war. »Cześć«, sagte er noch.

Zygmunt hatte lange Beine, viel länger als sein Vater. Und die schwarzen Locken schaukelten lustig um seinen Kopf. Stani hatte keine Locken, dachte Döpner. Aber er hatte ja auch einen geschorenen Kopf gehabt, wie sollte man da Locken sehen? Vielleicht hatte er doch welche?

»Cześć – Tschüs«, murmelte auch Döpner, wie Stani es ihm beigebracht hatte.

Zygmunt ging nicht zurück zu seinem Auto, das ein polnisches Kennzeichen trug, wie Döpner jetzt erst bemerkte. Er ging zur Straße und bog rechts ab ins Dorf.

Eine neue Zeit hat angefangen, dachte Döpner. Oder ist die alte zurückgekehrt? Er wusste, dass die Ereignisse von damals immer da gewesen waren. Er hatte alles vergessen wollen. Aber man kann nichts vergessen. Je mehr man es versucht, desto gegenwärtiger ist das Vergangene.

Döpner fror. Drüben das polnische Auto: Nun war es weg.

Wie lange hatte er hier gesessen? Döpner erhob sich langsam. Er konnte auf dieser Bank, wo er den Sohn von Stani getroffen hatte, nicht mehr sitzen. Er beschloss, dass er auf dieser Bank überhaupt nie mehr sitzen würde. Aber er musste wieder warm werden. Er ging die zehn Schritte bis zur Glastür und verschwand zwischen ihren Lichtreflexen.

XVIII.

Zum ersten Mal, seit er hier war, verließ Döpner das Gelände des Altenheims. Er musste fort nach allem, was jetzt geschehen war, nachdem er Stanis Sohn getroffen hatte.

Er hatte sich geschworen, dass Scham keinen Platz mehr in seinem Leben haben sollte, aber entweder war sie nie weg gewesen oder sie war heimlich wiedergekehrt: Denn welchen Grund konnte es haben, dass er nie das Heim verlassen hatte, nachdem er wieder gehen gelernt hatte? Nein, es war nicht sein Groll auf das Leben und die Welt gewesen, der ihn davon abgehalten hatte, daran teilzunehmen. Es war die Scham, die er als Krüppel über seinen schwankenden Gang empfand, die Angst vor den Blicken der Leute, die dem Halbtoten nachstarrten, der seinen greisen Leib fortschleppte.

Aber heute achtete Döpner nicht auf die Leute. Er ging, so schnell er konnte, zur Dorfstraße, bog rechts ab, denselben Weg, den Zygmunt am Morgen genommen hatte und der auch der tägliche Weg von Fietje war, den manche Kürbisgesicht nannten. Döpner dachte daran, dass Fietje wohl keine Scham empfand über seine lahmen Beine, die noch niemals hatten springen können, oder über seinen großen gelben Mongolenkopf. Bei dem war eine Schraube locker, sagten alle, Blödheit ließ Scham nicht zu. War das richtig?

Vor bald drei Jahren war Döpner zuletzt im Dorf gewesen. Das Gehen strengte ihn an und er würde jeden Schritt wieder zurück tun müssen. Nach Hause? Nun, da er zum ersten Mal das Heim verließ, fiel ihm dieses Wort ein. Döpner schüttelte den Kopf und knurrte grimmig in sich hinein, auch er wie ein Schamane, der mit Geistern spricht, die andere nicht sehen. Ein Zuhause konnte der Laden ja nun wirklich nicht sein. Ein Dach über dem Kopf, mehr nicht. Seit er damals von der Memel fortgegangen war, hatte er jeden Ort, an dem er lebte, nur als vorübergehendes Asyl, nicht als Heimat betrachtet.

Mühsam machte Döpner seine Schritte.

Als ginge er zurück in seinem Leben, bis zu dem verfluchten Tag während dieser Höllenzeit, damals, als er auf dem Kornboden den Weizen einsackte. Wie er geschwitzt, wie sein Herz im Hals geschlagen hatte. Wäre er wenigstens nicht zum Fenster gegangen, dann wäre er nicht Zeuge geworden, wie die Mörder durch den Eichenwald liefen, ihre verzweifelten Opfer vor sich hertreibend, und hätte nicht gehört, wie es knallte, ein scharfer und doch dumpfer Peitschenschlag, ein Geräusch, das es sonst nicht gab auf dem Hof. Ein Erschossener in stiefeltiefem Matsch und Blut, hinter den Erlen an der Börm, wo die Weide anfing und die Tiere tranken. Und drei Männer, wie dunkle Bündel, torkelten hin und her, als wären sie betrunken und könnten sich nicht auf den Beinen halten, aber das war, weil der Mittlere nicht sterben wollte, er zerrte und riss verzweifelt an seinen Mördern, bis der vierte große Kerl, der abseits stand, schoss; man sah die Pistole nicht, das kleine Ding, nur den gestreckten Arm, man hörte den zweiten Peitschenschlag und konnte sich den Rest denken, denn der Mittlere zuckte auf und sackte nieder, tot auf den andern, der schon im Dreck lag. Die zwei Mörder, die ihn gehalten hatten, torkelten nicht mehr; sie machten sich an eine Arbeit, die sie mit Spaten taten; der geschossen hatte, blieb auf seinem Fleck stehen wie ein Wächter …

Döpner hielt den Atem an und duckte sich unter das Sims, vielleicht hat er mich gesehen, fluchte Döpner und er fühlte, was geschehen war, noch bevor er es wusste: Die Mörder warfen ihre Ketten auch um ihn, den Zeugen, um sein Leben. Sie rührten sich gewaltig, die dunklen Rücken der Männer bewegten sich auf und ab wie die Äste der Eichen im Sturm. Es war eine wüste Arbeit, die sie taten dort hinten an der Börm, eine Arbeit, die einen in alle Träume verfolgt und niemals fertig wird. Endlich war der Wächter herangetreten an die aufgeworfene Erde, das kalte Grab der toten Polen, seine Arme zuckten, sicher warf er seine Waffe hinein. Dann griff auch er zu einem Spaten, der auf der Erde gelegen haben musste. Schließlich schaufelten sie nicht mehr, sondern streckten die Spaten von sich und trampelten auf einer Stelle herum; sie tanzten einen irren Totentanz. Als er zu Ende war, gingen sie nacheinander fort; der kleine jenseits der Börm am Vorgewende der Weide entlang, der zweite verschwand auf dem Weg zum Holzschuppen hinter dem Kuhstall und der dritte, der Große, der Wächter, kam direkt auf Döpner zu, mit erhobenem Kopf, wie einer, der ein gutes Gewissen hat, weil er das Töten gewöhnt ist und sich nichts mehr dabei denkt.

Weg hier, dachte Döpner, weg …

Der alte Schmied hockte zwischen den Zinken eines Kreiselheuers, der für den zweiten Schnitt fertig werden sollte, und wruckte mit dem Schlüssel an einer festgerosteten Schraube. Er rutschte ab und der Schlüssel flog vorn bis unter die Zapfwelle. Als der Schmied auf allen vieren hinterher kroch und nach ihm grabbelte, schlenkerten Döpners Beine vorbei.

»Wat hett de ole Döpner dat hilt von doog!«, murmelte der Schmied Döpner hinterher, schüttelte den Kopf, kicherte in einem hohen Falsett und setzte den Schlüssel neu an. »Löppt ass ’n anbrennten Pudel, de Keil! Sou klöterich is he woll gonnich.«

Schwer atmend blieb Döpner stehen. Ihm wurde schwarz vor Augen und er lehnte sich mit der gesunden Schulter an das Schild der Bushaltestelle. Ich muss mich setzen, dachte er. Ein stechender Schmerz in der Hüfte, den er nicht kannte. Er war durch das ganze Dorf gegangen, an der Kirche vorbei und stand nun fast vor dem Rathaus, einem hohen Gebäude aus Ziegel. Sein Blick fiel auf ein ovales Schild, das vor der Tür des alten Hauses zwischen Schmiede und Rathaus baumelte: *Café.* Er hatte vergessen, dass es in Hollenfleth seit ein paar Jahren ein Café gab.

Döpner atmete ein paarmal tief durch; dann löste er sich von dem Pfahl, an dem der Busfahrplan hing, schwankte kraftlos und schaffte die wenigen Schritte bis zur Tür. Er zog sich am Geländer neben dem Tritt hoch und stieß sie auf.

Der Schmied lugte hinter dem Kreiselheuer hervor und sagte zu sich selbst mit einer rauen Stimme, die klang wie Eisen auf Eisen: »Kiek, Hein, nu geiht he inn 't nije Koffihuus, dat har ick ni dacht, datt de ole Döpner so hatt för köpten Koffi is! Niwohrni.« Hein antwortete nicht, denn er war nicht da, sondern drinnen in der Schmiede. »Sissississ!«, machte der Alte, als er Döpner nicht mehr sehen konnte.

Gleich links um die Ecke gab es einen leeren Tisch. Einer der Stühle stand so, dass Döpner sich setzen konnte, ohne ihn zurechtzurücken, und als er endlich saß, hatte er die Bushaltestelle wieder vor Augen, aber er nahm es nicht wahr, auch nicht, dass es außer ihm keine weiteren Gäste gab und viele Stühle frei waren.

Ich habe mich nie gestellt, dachte es in Döpner. Ich bin ein Mitläufer gewesen. Erst bin ich bei den Nazis mitgelaufen. Dann bin ich bei denen mitgelaufen, die gegen die Nazis waren. Immer wenn es ernst wurde, habe ich den Schwanz eingekniffen. Und das eine Mal, wo es wirklich zum Schwur kommen sollte, da hat es nicht geklappt. Und später, nach dem Krieg, da habe ich alles laufen lassen, bin vom Strom mitgerissen worden, habe nichts mehr selbst entschieden, habe nichts Eigenes gemacht, und nun sitze ich hier und alles ist vorbei.

Seine Hüfte schmerzte immer noch. Als er sich anders hinsetzen wollte, um sein Gewicht zu verlagern, da stand ein Kännchen Kaffee vor ihm, dazu ein Schwenker mit Cognac. Mechanisch nahm er Zucker und Sahne, rührte in seiner Tasse. Beim Trinken vergaß er, dass er nicht mehr trinken konnte, wie er früher hatte trinken können, ein brauner Streifen Kaffee lief ihm aus dem linken Mundwinkel am Hals hinunter ins Hemd und ein Tropfen tropfte auf das Jackett mit dem neuen Knopf, das er jetzt auch manchmal mitten in der Woche anzog. Er hatte kein Taschentuch und wischte sich das Gesicht und den Hals ab, wie es eben ging. Dann goss er den Cognac in den

Kaffee, aus dem Schwenker würde er keinen Tropfen in die Kehle bringen. Er hatte lange keinen Cognac mehr getrunken, der Kaffee schmeckte bitter und es wurde ihm warm im Magen. Plötzlich sehnte er sich nach Kautabak und sah sich um, ob es hier welchen gab. Aber natürlich gab es die guten alten Sachen nicht mehr. Und mit dem Rauchen würde er nicht anfangen, auch wenn die Kalde rauchte; aber die tat auch sonst Sachen, die keiner tat, zum Beispiel von der Vergangenheit reden.

Von der *Aktion* hatte Zygmunt gesprochen. Das war das letzte Mal gewesen, dass Döpner etwas getan hatte. Am Deich waren sie entlanggegangen, damals, am 1. Juni 1945. Döpner schloss die Augen; er wusste den Weg, als wäre es gestern gewesen.

Sie hatten einen weiten Weg von Hemmstedt her, in einer Nacht so lau und geheimnisvoll, wie es nur Nächte im Frühsommer sein können, wenn gerade der Krieg fort und der Frieden noch nicht da ist. Keine Schüsse, keine Explosionen, keine Soldaten, die die Gegend durchkämmten. Der Tod hatte seine Arbeit getan, der Mai war gekommen, flatterte bunt herum und kümmerte sich wie immer um nichts, und jeder konnte gehen, wohin es ihm beliebte, sogar nachts, wenn nicht gerade die Engländer kontrollierten. Die Brücken, die das Aufgebot der Fünfzehnjährigen in den letzten Tagen des Krieges noch gesprengt hatten, mussten die Männer im Dorf selbst wieder in Stand setzen, die Engländer hatten gedroht, sie würden sonst die Bürgermeister persönlich verantwortlich machen. Die lächerlichen hölzernen Panzersperren im Dorf waren eilig abmontiert worden, bevor die Besatzer kamen. Das Holz wurde als Brennmaterial heimlich fortgeschafft. Der Feldhöber hatte die Engländer mit einem Cognac begrüßt. Die Polen waren befreit von der Arbeit und warteten im Lager in Hemmstedt auf den Rücktransport.

Die Fahnen waren schon im April verschwunden. Es gab keine Nazis mehr, es war, als hätte es nie welche gegeben. Im Radio spielte man amerikanische Musik und man konnte mit Lucky Strike bezahlen.

Sie gingen hart hinterm Deich, weil dort keine Häuser waren und keine neugierigen Augen, unter den Kronen von Erlen und

Eichen, zwischen dem dunklen Deichrücken und dem schilfigen Priel, im Schutz der schwarzen Nacht und des Nebels, der still von den Bäumen tropfte. Die Sterne schienen nicht: eine gute kurze Nacht für eine gute kurze Tat. Sie hörten nur ihre eigenen Schritte und ihren angestrengten Atem, denn sie gingen so schnell, wie sie konnten, ohne zu laufen, und auch nachdem ihre Augen sich an die Finsternis gewöhnt hatten, sahen sie nichts vor ihren Füßen. Stani führte sie, er hatte die Gegend ausgekundschaftet.

Es waren um die zwanzig Kilometer bis Hollenfleth. Als sie die Häfen und Häuser von Bassel und Hollenfleth erreichten, duckten sie sich an den Deichlücken, spannten und schlichen, damit sie kein früher Angler sah, der vielleicht wie in friedlichen Zeiten die Rute vorgeholt hatte, oder ein schlafloser Mann, der unterwegs war, um sich zu rächen oder um zu vergessen, was man nicht vergessen konnte. Sie schoben die Füße vorsichtig vor und rochen hinter dem Nebel den stahlgrauen Schlick, denn es war Ebbe in den Häfen.

Die ganze Zeit fragte sich Döpner, wer von ihnen es tun würde: Stani oder er selbst. Sie hatten beide die besten Gründe, es war egal, wer es tat, wenn es denn nur überhaupt getan wurde. Stani hatte die Pistole besorgt.

Bei Hollenfleth wand sich der Deich wie ein Lindwurm um den Hafen, der größer war als die anderen. Der Nebel lichtete sich und ließ die Ewer sehen, die hier ankerten und mit schrägem Mast auf die Flut warteten, die sie wieder träge auftreiben lassen würde. Einige hundert Meter weiter befand sich die alte Verladestelle der Ziegeleien. Hier kannte Döpner sich aus. Deshalb löste er Stani ab und führte die Truppe nun an. Die Häuser standen so dicht am Deich, dass man sie von oben aus den Fenstern hätte entdecken können: ein Trupp ehemaliger polnischer Ziegeleiarbeiter mit ihrem deutschen Brenner. Sie brauchten Glück. Alles blieb ruhig.

Bald kamen sie dorthin, wo die Ziegelstraße von Hollenfleth den Deich durchschneidet und nach Ruthensand führt. Hier schwenkten sie ab, hielten sich an die Straße, weil es wegen der vielen Priele weder Weg noch Steg gab. Noch fünf Kilometer.

Und dann war es so weit. Sie erreichten die Wurt am Leuchtturmweg, schlichen zwischen den Scheunen zum Wohnhaus. Vor dem Schlafzimmerfenster des *grafa* von Rönn standen die Rächer, im Halbkreis. Stani hob die Hand mit der Waffe und rief –

»Ich möchte gern kassieren«, sagte jemand.

Döpner schreckte auf.

Neben ihm wartete eine junge Frau in Jeans, die zwischen ihren Händen vor der Brust ein schwarzes großes Portmonee hielt und ihn nüchtern betrachtete, wie ein Aquarium mit kalten Fischen darin.

»Das macht siebzehn Mark. Zwei Kännchen Kaffee und zwei Cognac.«

Döpner schlug mit der heilen Hand einen Bogen und schüttelte den Kopf. Er wollte etwas sagen, aber es kam nichts außer einem Grunzen aus seiner Kehle.

»Könnte ich bitte siebzehn Mark haben?«, wiederholte die Frau.

Döpner schüttelte noch einmal den Kopf. Es war etwas in ihrer Stimme, das es ihm schwer machte zu antworten. Sie hatte keine Freundlichkeit.

»Haben Sie etwa kein Geld?«

Jetzt nickte Döpner. »Ich – ich habe …« Er hatte nichts bestellt. Aber das leere Kännchen und das leere Cognacglas – er musste doch … Natürlich hatte er kein Geld dabei, er würde zurücklaufen müssen. Wie –

»Wenn Sie nicht bezahlen können, dann hole ich die Polizei, dann können Sie das mit den grünen Herrschaften klären!«

»Hören Sie bitte, ich möchte …« Döpner stützte sich mit der rechten Hand auf den Tisch und wollte aufstehen.

»Bleiben Sie sitzen, bis die Polizei kommt. Oder Sie bekommen es mit mir zu tun!!«

Sie zog sich zurück hinter den Kuchentresen und telefonierte. »Zeche«, hörte Döpner, und: »Vielleicht hat er sie ja auch nicht mehr alle, ich weiß nicht …«

Döpner wagte keinen Versuch mehr aufzustehen. Wie hatte das passieren können? Er hatte in seinem ganzen Leben noch nichts mit der Polizei zu tun gehabt. Damals haben sie mich nicht ..., und jetzt wegen so was ...

Was sollte er tun?

XIX.

Später konnte Döpner sich nicht mehr erinnern, wie es weitergegangen war. Er hatte als einziger Gast dieses Lokals zusammengesunken auf seinem Stuhl gesessen, bis seine Hüfte wieder anfing zu schmerzen, aber er hatte sich nicht getraut, seine Sitzposition zu verändern, weil er die Frau hinter dem Tresen nicht auf den Plan rufen wollte. Nein, hatte er gedacht, du läufst nicht weg, und vor dieser Frau, die dich ansieht, als wärst du ein kalter Fisch, schon gar nicht. *Du wirst von jetzt ab vor nichts mehr weglaufen, auch vor der Vergangenheit nicht.*

Kurz darauf stand ein hoher Herr in grüner Uniform vor ihm. Er war sehr höflich, forderte Döpner auf, mit auf die Wache zu kommen, und half ihm aufzustehen. Draußen waren sie erst wenige Schritte weit gekommen, noch nicht einmal bis zum Bürgersteig, da stand er plötzlich zwischen ihnen: Stani. Nein, sein Sohn Zygmunt. Er sprach mit dem Grünen und ging, kam wieder und sprach noch einmal mit ihm, und dann stiegen sie beide in das polnische Auto ein, als wäre es ganz normal, dass er, Johann Döpner, mit dem Sohn von Stani vor der Polizei wegfährt.

Er muss mich ausgelöst haben, dachte Döpner. Er muss es ihnen erklärt haben irgendwie, dass ich kein Geld dabeihatte, obwohl ich was bestellt haben muss.

Sie fuhren erst durchs Dorf, dann bogen sie an der Tankstelle ab auf die Straße, die ins Hollenflether Moor führte. Nachdem sie das Ortschild hinter sich gelassen hatten, wurde die Straße wellig und Zygmunt fuhr langsamer, um seinen Wagen zu schonen. Döpner war selten im Moor gewesen. Er wusste nur, dass von alter Zeit her die Marschleute auf die Moorbewohner herabsahen; früher wohnten die Dummen im Moor, die Habenichtse, die Knechte der reichen Marschbauern, Leute, die kein

Hochdeutsch konnten und ihre Kinder lieber zu Hause arbeiten ließen, anstatt sie zur Schule zu schicken. Die Moorleute waren fast so schlecht wie die Flüchtlinge.

Döpner war erschöpft. Als der Pole den Wagen auf einen gepflasterten Hof gleich neben der Straße lenkte, anhielt und ausstieg, blieb er sitzen und rührte sich nicht.

»Komm«, bat Zygmunt und öffnete die Tür. Er half Döpner auszusteigen aus dem kleinen engen Auto. Sie standen vor einem blau angemalten Bauwagen.

»Komm«, sagte Zygmunt noch einmal und öffnete die Tür.

Da saß Döpner wie ein Abenteurer, der gerade noch mit heiler Haut davongekommen war. Er saß an einem kleinen Tisch, der an der Wand unterhalb des Fensters befestigt war, und Zygmunt hantierte mit einem Tauchsieder in der Ecke neben der Tür. Döpner sah aus dem Fenster. Der Wagen stand in einem Innenhof mit grobem Pflaster aus Kopfsteinen, es waren überall Wände, alte Wände aus Fachwerk – Haus- oder Scheunenwände –, drei Hühner scharrten um einen bunten Gockel herum.

Drinnen im Wagen gab es zwei Betten, auf jeder Seite eins, auf denen Wolldecken lagen. Beide Betten waren sauber hergerichtet.

»Ist das deins?«, fragte Döpner.

»Meins und nicht meins«, antwortete Zygmunt Kaczek und stellte zwei Becher hin. Er hatte braune Augen, aus denen es lustig funkelte. Ob er ein witziger Kerl war?

»Nenn mich Siggi«, sagte Zygmunt. Siggi, der Sohn von Stani, der eigentlich Stanisław hieß und den die Deutschen manchmal auch Stanislaus nannten, wenn sie nicht ›Staniswaff‹ sagen wollten.

»Ich bin Johann. Du schläfst hier?«

»Ich bin hier Hausmeister. Ich halte Ordnung. Mache Reparaturen. Schlachte die Hühner, wenn nötig. Dafür kann ich wohnen.«

»Wie bist du eigentlich nach Deutschland gekommen, Siggi?«, fragte Döpner.

»Mit Auto«, lächelte Siggi und schüttelte seine lockigen braunen Haare. »Beruf: Schwarzarbeiter. Bin Polacke bei den Bauern hier und auf den Baustellen.«

»Aber sie hätten dich doch eben festnehmen können!« Döpner überhörte den Polacken. So nannten viele die Polen, bis heute. Er hatte sie auch so genannt – vor Lenka.

»Das hat mir mein Vater beigebracht, wie man machen muss, dass man durchkommt«, lächelte Zygmunt verschmitzt. »Mein Vater hat gesagt, Angst tötet.«

Döpner hatte keinen Sohn, der Sätze sagte, die er von seinem Vater gelernt hatte. »Aber wenn sie dich festgenommen hätten ...!«

»Du musst so machen, dass keiner Angst sieht, die du hast«, antwortete Siggi. Er hatte den Kaffee aufgegossen und stellte die Kanne auf das Tischchen. »Die kannst du hinterher zeigen. Deshalb muss ich rauchen jetzt.« Er lachte kehlig auf und es blitzte in seinen Augen. Dann setzte er sich und zog eine Packung Zigaretten ohne Banderole aus der Tasche. Er bot Döpner die Schachtel an, aber der schüttelte den Kopf.

»Wie hast du's denn gemacht?«, fragte er.

»Was soll ich gemacht haben?«, zuckte Zygmunt mit den Schultern. Er schenkte ein. »Bezahlt. Gesagt, dass wir verabredet waren in Café. Dass ich zu spät gekommen bin, weil ich noch Arbeit hatte.«

»Arbeit?«

»Ja. Arbeit. Musst immer so tun, dass du Recht hast.«

»Sie haben nicht nachgefragt?«

»Gibt's nix nachzufragen. Arbeit weiß jeder, was ist.« Zygmunt zog lange an seiner Zigarette und inhalierte den Rauch tief.

»Weswegen hast du mich aufgesucht?«, wollte Döpner wissen.

»Ich bin gekommen, Recht zu holen für meinen Vater, für fünf Jahre Arbeit ohne Geld, für Verlust von Freiheit, für Krankheit, für Unglück.«

Döpner schwieg. Er saß still und trank einen Schluck vom Kaffee, während ihn der Rauch der Zigarette von Stanis Sohn einhüllte. Draußen krähte der Hahn.

»Willst du mir helfen?«, fragte Zygmunt.

»Ja«, antwortete Döpner sofort und dachte: Was hast du da gesagt? Du weißt ja noch gar nicht, wie ... »Wie soll *ich* dir denn helfen?«

»Ich wusste, dass du mir wirst helfen.« Siggi lächelte. »Mein Vater hat auch gewusst. Fahr nach Deutschland, wenn du schaffst, hat er gesagt, und find Johann Döpner. Johann Döpner ist guter Mann, der wird dir helfen, mein Recht zu holen.«

»Aber wie sollen wir das machen?«

Siggi zuckte mit den Schultern. »Du bist Zeuge.«

Döpner dachte darüber nach, ob sein Zimmergenosse, der Käpt'n, vielleicht auch noch etwas wüsste.

»Und wir gehen hin zu ihm. Zum *grafa* von Rönn. Und sagen ihm: Er soll bezahlen für was er gemacht hat. Ganz einfach. So fangen wir an.« Siggi lachte und fügte hinzu: »Hauptsache anfangen. Warum lachst du nicht?«

»Ich kann nicht lachen«, erklärte Döpner. »Ich flenne immer, wenn ich lachen will. Außerdem ist mein halbes Gesicht tot.«

»Trotzdem Lachen ist besser. Ohne Lachen ist das Leben nichts.«

XX.

Es war Nacht. Der kleine Mann ging den Flur entlang. Er hatte es eilig und trippelte schnell, spreizte seine Ellenbogen eifrig ab und gab so seinen Schritten Schwung. Seine Augen suchten hin und her im schummrigen Flur, nach der richtigen Tür. Als er sie gefunden hatte, wollte er sie öffnen. Aber sie war verschlossen. Dann war es wohl doch die falsche Tür. Sie musste gleich kommen. Er hatte keine Zeit mehr! Er eilte weiter. Jetzt achtete er nur auf die Türen auf der rechten Seite. Denn rechts war es, das wusste er bestimmt, und als der lange Gang einen Knick machte, da dachte er: Hier ist es, rechts um die Ecke ist es. Ob auch diese Tür verschlossen war? Nein, sie war es nicht. Schnell schob er sie auf ins Innere des dunklen Raumes. Endlich! Schnell! Er machte zwei hastige Schritte hinein und noch einen nach links, nun stand er fast auf den Zehenspitzen, schneppte sein Becken nach hinten, damit es vorn frei wurde, zog sich mit der einen Hand die Hose vor, griff mit der andern hinein, hängte seinen Penis über die Reling und ließ alle Leinen los.

Es plätscherte und Wihelm Nagel war glücklich, wie nur ein Mann sein kann, der aus der Knechtschaft einer vollen Blase in die Freiheit kommt. Entspannt ließ er die Luft ausstreichen, oben wie unten.

Erna Rathjens stemmte ihre große knochige Gestalt im Bett hoch. Mit zusammengekniffenen Augen starrte sie auf die dunkle Silhouette eines Mannes, der in der offenen Tür im fahlen Dreieck des Flurlichts stand. Was plätscherte da? Mit einem bissigen Knurren knipste sie ihre Lampe an. Dann setzte sie ihre Brille auf. Was sie jetzt sah, hatte sie nicht erwartet. Ein Seitenblick auf das Bett von Martha Hammann überzeugte sie davon, dass sie den Kampf zunächst allein aufnehmen musste. Den Mann fest fixierend, schwenkte Erna Rathjens ihr Untergestell aus dem Bett, langte nach dem Glas auf dem Nachttisch, fischte ihr Gebiss heraus und warf es ein. Sie angelte die Pantoffeln mit den Füßen und war fertig zum Gefecht.

Erna Rathjens holte tief Luft: »Nogel, du Schwienjack, warst du woll din'n kröpeligen Piedel insteecken und dat Miegen oppgeben? Schomst du di nich, du ole Dammelbüx, marks du nich, dat dat hiä keen Schiethuus is, du ... du ...« Während sie schimpfte, erhob sie sich und avancierte mit erhobener Faust gegen den Mann.

Die harten Worte zerstörten dessen Seligkeit wie das Kreischen einer Säge ein Konzert. Erschrocken gehorchte Nagel und ließ sein Glied zurück in die Jogginghose floppen, stand gebeugten Kopfes vor der Lache und machte ein Gesicht, als würde er gleich weinen, wie ein reuiges Kind nach der Predigt der Mutter.

Erna Rathjens rückte noch einen Schritt vor, um ihren Sieg zu vollenden, zuckte aber zurück, als sie merkte, dass sie ins Nasse getreten war wie ein Soldat in eine Mine. Und das mit ihren schönen Hausschuhen!

Sie schnaubte: »Wuss du Spijöök mit uus moken, du spiddelige Keil, du Pissbüüdel, du Schietkopp? Hä? Wa?« Sie stemmte die Fäuste in die Hüften, die Lache vorsichtig umkreisend. »Anter mi!!«

Aber Nagel antwortete nicht, nur sein Gesicht zuckte. Es nahm den Ausdruck der Ratlosigkeit an und dann den der Wut.

»Was ist das denn für ein Spektakel! Ach du lieber Gott. Herr Nagel!! Sie können doch nicht ...« Eine Stimme im Flur, ein Schatten; Publikum also!

»Dat is mi schaneerlich, o nee o nee«, jammerte Erna Rathjens, als wäre sie beraubt und entehrt, dann brüllte sie laut: »Du büss 'n Orslock, du Oos, du dulle! 'n Rappelkopp, 'n Pannkoken, du ole Oss du ...«

»Frau Rathjens, kann ich mal ...«

»Mit 'n Piedel ut de Büx in uuse Stuuv!!«

Es wurde plötzlich hell. Schwester Karin hatte Licht gemacht. Erna Rathjens drehte sich um. Martha Hammann schlief, sie schlief immer noch! Ihr Kinn hing herunter und Erna Rathjens hatte Aussicht in eine tiefe dunkle, zahnlose Höhle, aus der ein saurer Geruch und in regelmäßigem Abstand ein leises Schnarchen drang. Sie lebte immerhin, also musste sie auch aufwachen und sich den Übeltäter angucken.

»Martha, Maartha!!«, kommandierte Erna Rathjens. »Wok opp! Wi hebbt Schwienkrom inne Buud!« Dann holte sie noch einmal tief Luft: »Männerüberfall!!!«

Martha Hammann grunzte und sperrte ein Auge auf. Mühsam leckte sie ihre trockenen Lippen. Bis zum Frühjahr hatte sich Martha Hammann, wenn sie sich abends in ihr Bett legte, gewünscht, sie möge nicht wieder aufwachen und das Leben wäre endlich vorbei. War das der Empfang in der Hölle? Bevor sie vom Roten Kreuz eine Nachricht über Anton Urbigkeit bekommen hatte?

Nagel machte plötzlich einen Schritt in die Lache hinein. Seine Fäuste waren geballt. Schwester Karin zog von hinten an ihm, er ruckelte sie unwirsch ab und starrte Erna Rathjens böse an.

»Wat glotzt du so, Mann? Maaks du nich, dat du een anne Luuk hess? Hier is keen Schiethuus, maak di dat!!«

»Also, Herr Nagel, so geht das nun wirklich nicht«, stimmte

Schwester Karin zu. »Die Toilette ist doch gleich nebenan bei Ihnen, Herr Nagel, Sie brauchen doch so weit gar nicht zu gehen! Wie kommen Sie nur auf solch dummen Gedanken!«

Nagel drehte sich um und starrte jetzt die Schwester an; sein Gesicht war leer und böse. Er hob einen Arm und näherte sich ihr.

»Was ist denn das hier für 'n Lärm!«, tönte es freundlich aus dem Flur. Schwester Monika kam. Sie drängte sich schnell zwischen die beiden.

»Na, Herr Nagel, alles nicht so schlimm. Kommen Sie, wir gehen zusammen zu Ihrem Zimmer.« Sie bot ihm galant den Ellenbogen, er lächelte schüchtern, hakte sich aber ein. »Mach du das mal eben weg«, flüsterte sie ihrer Kollegin zu. »Petten Sie mal eben auf das Tuch, Herr Nagel. Ja, soo! Prima, Herr Nagel!« Das ungleiche Paar schuffelte davon.

Erna Rathjens stand gebeugt über ihrer Zimmerkollegin: »He hett merr'n in uuse Stuuv miecht! Nu hebbt wi emm wech!! Kiek di datt an!!«

Die Hammann sah sie verständnislos an. »Hää?«, machte sie und wälzte ihre Zunge im Mund. Es war Nacht und schon tagsüber verstand sie dieses Plattdeutsch nicht.

»Er hat mitten in unser Zimmer gepinkelt, dieser Dööskopp!«

»Wer?«, fragte Martha Hammann.

»De Nogel. Willem Nagel! Hett sein Kotüffeln avgooten! Ähh – hat seine – Kartoffeln abgegossen!« Schlimm, wenn einer kein Platt kann, dachte Erna Rathjens. Auf Hochdeutsch hörte sich das fast genierlich an.

»Wie-oo 'as 'enn?«, nuschelte die Hammann.

»Wieso? Wahrscheinlich, um uns zu ärgern. Piesacken! Wenn man das eine nicht mehr kann, macht man eben das andere, hähä! Schwester Karin, müssen wir uns das gefallen lassen?«

Schwester Karin hatte Eimer und Feudel geholt und hockte und feudelte und hielt den Atem an. »Nein«, sagte sie kurz, »natürlich nicht.«

Die Hammann schüttelte den Kopf und sah sich müde nach ihrem Gebiss um.

»Und wenn er wiederkommt?«, fragte Erna Rathjens.

»Am besten, Sie schließen die Tür ab.« Mit vor Ekel verzogenem Gesicht und angehaltenem Atem wrang die Schwester den Altmännerurin in den Eimer.

»Afschloten? Nä! Mit mi nich!«, grunzte die alte Rathjens.

»Aber dann kann er nicht mehr reinkommen ...«

»Sünd wi hier achter Trallen, Schwester Karin? Nee. Sünd wi nich! Wi sünd freie Menschen und können unsere Tür auflassen, wenn wir wollen. Ich hab da 'ne ganz andere Idee. Na, du hast was verpasst!«, wandte sie sich schadenfroh zur alten Hammann, die sich endlich aufsetzte und mit dem Gebiss in den Händen ihren Mund in vexierende geometrische Formen brachte, bis er endlich wieder ihrer und voll und ganz war.

Sie schmatzte gründlich, um sich von der Funktionsfähigkeit des Esszimmers zu überzeugen, und sagte: »Was ist eigentlich los?«

»Habe ich doch gesagt, Mann!!«, grummelte Erna Rathjens ungeduldig, und zur Schwester: »Na? Was sagen Sie?«

Schwester Karin legte den Feudel in den Eimer und erhob sich mit abgespreizten Händen. Sie konnte noch nicht sprechen. Natürlich hatte Monika dafür gesorgt, dass sie diese Schweinerei nicht wegmachen musste.

»He mutt insparrt warr'n! Nich wi! Mok'n Kaschott för emm!«, forderte Erna Rathjens.

»Einsperren? Na, ich werd's Frau Dabel-Wiegersen sagen«, antwortete Schwester Karin. »Lassen Sie man alles so. Ich muss das erst wegbringen. Ich komm gleich wieder und wisch nochmal nach.«

»Das sagen Sie mal schön weiter. So geht das nicht! De Keil hett blauts noch Schiet inn'n Dassel! Min schöne Pampuuschen!«

Erna Rathjens fühlte sich stark, denn sie war im Recht, sie hatte auf ganzer Linie gesiegt, wenn auch mit Verlusten, und sie beschloss, dass die Nacht beendet war. Sie würde sich anziehen und aufs Frühstück warten, denn es gab etwas zu erzählen, verdammt nochmal!

Das war, wie Martha Hammann später beim Beerdigungskaffee bei Hintelmann rekonstruierte, Erna Rathjens' letzter großer Auftritt. Männerüberfall!

XXI.

Am nächsten Tag schon fuhren sie auf der Straße nach Ruthensand, die sanft zum Deich hinaufführte, auf beiden Seiten begleitet von neuen Häusern. Es war Samstag, Zygmunt hatte frei ab nachmittags um vier. Er arbeitete auf zwei Baustellen, auf der einen von sieben bis fünf und auf der anderen von sechs bis zehn, vierzehn Stunden am Tag. Samstags machte er nur bis vier und sonntags arbeitete er gar nicht auf Baustellen, sondern war Hausmeister, richtete Terrassenplatten, strich an, mähte Rasen und schlachtete Hühner.

»Dein Auto fällt auf«, stellte Döpner fest.

»Wegen polnisches Kennzeichen, meinst du?«

»Ja, natürlich. Außerdem gibt's hier so kleine Autos nicht.« Döpner hatte den rechten Arm auf die Stütze gelegt. »So kleine Autos fährt hier keiner.«

»Groß genug zum Fahren und Schlafen mit vier Leute«, erwiderte Zygmunt, klopfte zärtlich auf das Steuerrad seines Moskwitsch, warf seine Locken zurück und grinste. Seine Kumpel mussten allein zurechtkommen, seit er als Hausmeister luxuriös im Bauwagen wohnte. Er hatte seine Freunde hinterm Tatenberger Deich an der Dove auf dem Parkplatz der Gartenfreunde Wolfskuhle e. V. zurückgelassen, nur mit einem alten Zelt und ein paar Decken, aber sie würden sich nicht vom Geldverdienen abhalten lassen. Sie ertrugen die gehässigen Sprüche der Einheimischen und die unregelmäßigen Besuche von Polizei und Ordnungsamt. Allerdings gab es nicht nur Ärger, sondern auch Mitmenschen, einen sogar, der ihnen sein Gartenhaus angeboten hatte. Morgen würde Zygmunt wieder hinfahren und sehen, wie es seinen Freunden ging. Er konnte immer nur einen mit auf die Baustellen nehmen, und das war zurzeit Lech. Der hatte zu viel Angst vor der Polizei. Immer wenn ein Auto vorgefahren kam, sprang er hinten aus dem Fenster raus und hechtete unter den Rhododendron. Nachher musste er erklären, was er dort eigentlich gesucht hatte.

Sie näherten sich dem alten Deich.

»Da oben halt mal an«, befahl Döpner. »Auf der rechten Seite, da ist ein kleiner Platz.«

Zygmunt fuhr den Wagen wie einen Kinderwagen, in dem ein fiebriges Baby auf rohen Eiern schlief. Strikt fünfzig im Ort und keinen mehr. Er kuppelte sorgfältig, schaltete herunter und ließ den Wagen vorsichtig über die Straßendelle in der Mitte der Deichlücke rollen, hinter die man bei Hochwasser die Bohlen keilte, die in dem schmalen Unterstand auf der Deichkuppe lagen.

Sie standen in der Schotterbucht und sahen hinunter auf die weiten Weideflächen von Ruthensand und auf die baumbesäumte Straße, die zu dem kleinen Ort und zur Elbe führte. Bis zur Sturmflut 1975 war das alles Vordeichsland gewesen, das im Herbst und Winter immer wieder unter wilden Fluten verschwunden war. Döpner erinnerte sich an die waghalsigen Einsätze der Bauern, die ihre Schlepper auf unsichtbaren Wegen durchs Wasser fuhren, um die Tiere auf die Weidewurten oder schnell noch in den Stall zu treiben. Das war nun vorbei, nachdem man einen neuen Deich fast an die Ufer des großen Stromes gesetzt hatte.

Zygmunt blickte mit düstren Augen über die grünen Weiden. Er dachte an seine Frau und seine beiden Kinder, für die er hier war, die es besser haben sollten als er, die studieren sollten für ein neues Polen irgendwann, und an seinen Vater, dem er helfen wollte, Recht zu bekommen, der es am schlechtesten von allen gehabt hatte. Er hatte den Motor laufen lassen und stemmte beide Arme gegen das Steuerrad.

»Sieh mal nach rechts«, sagte Döpner. »Hier am Deich lang. Siehst du da hinten die Kurve?«

Zygmunt nickte. Er sah den zerfahrenen Weg hart am Deich.

»Da hinten ist der Hollenflether Hafen. Von da sind wir gekommen. Bei der *Aktion.* Bis hierher. Und dann sind wir die Straße dort weitergegangen.« Er zeigte auf die Straße nach Ruthensand, die vor ihnen lag. »Wir fahren jetzt denselben Weg.«

Zygmunt nickte wieder und steckte sich eine unverzollte Zigarette an. Er drehte das Fenster herunter, um den Rauch herauszulassen.

»Hier hat mich der Feldhöber abgeholt, wenn Hochwasser war, und nach dem Krieg auch die anderen«, sagte Döpner. »Mit Pferd und Ackerwagen. Er hat dann immer beim Bäcker Ohle angerufen, ich hab da früher in der Nähe gewohnt, weißt du?«

»Und dann?«, fragte Zygmunt.

»Ich musste die anderen holen, wir trafen uns genau hier. Und dann sind wir losgefahren. Manchmal ging das Wasser bis über die Bretter vom Ackerwagen und zwei Leute mussten auf dem Pferd sitzen, damit es nicht aus Versehen anfing zu schwimmen. Manchmal haben wir eine ganze Stunde bis Ruthensand gebraucht ...«

Döpner schwieg und erinnerte sich, dass das Pferd immer auf dem Pflaster der Straße geblieben war, auf den Sommerweg war es nicht zu bringen. Einmal hatte der Feldhöber die Gummikarre hinten drangespannt, aber die schwamm auf, wegen der Reifen, und klemmte sich hinter einen Baum. Sie mussten ins Wasser, um sie wieder frei zu stemmen. Döpner hatte viel von den Einheimischen im Außendeich gelernt, von denen einige ihre Höfe schon seit dreihundertfünfzig Jahren in der Familie hatten, als Ruthensand noch eine Insel mitten in der Elbe gewesen war. Eigenwillige Leute, die sich ihre eigenen Gesetze machten und nichts gelten ließen als das, was sie selbst für gut befunden hatten, begnadete Pferdezüchter und harte Arbeiter, die ohne Rücksicht gegen sich und andere waren und nie Angst vor dem Wasser gehabt hatten. Warum hatte er sich ausgerechnet an den Feldhöber gebunden?

»An dem Kraut in den Bäumen konnten wir sehen, wie hoch die Flut gewesen war«, erzählte Döpner. »Der Feldhöber konnte fast immer brennen. Zwei- oder dreimal jeden Winter kam die Flut so hoch, dass wir nicht arbeiten konnten, aber der Ofen blieb trocken; sogar 1962 bei der Flut stand es nur kniehoch drin, mehr nicht.«

Sie fuhren weiter. Nach ein paar hundert Metern erreichten sie die kleine Brücke über den Großen Priel, der Ruthensand zur Insel machte, und kurz danach die Abzweigung, von wo man zum Sperrwerk gelangen konnte und zum Yachthafen, zu den Schiffen der beiden dörflichen Yachtclubs, auf denen sich die Reichen am Wochenende zum Putzen und Kaffeetrinken trafen. Auf der rechten Seite ein Gehöft, auf einer breiten Wurt hohe Scheunen, die eine mit einem königlichen Storchennest.

»Wir sind gleich da. Bei der Ziegelei, meine ich.«

Die Straße führte in langen Windungen durch die feuchten Weiden des alten Außendeichs. Döpner überlegte, wann er das letzte Mal im Außendeich gewesen war – vor Jahren, als er noch sein kleines Boot besaß. Es war alles fremd und doch vertraut, als käme er in ein Land, das er nur im Traum gesehen hatte. In den Prielen glänzte graublau der Schlick, den die Ebbe freigelegt hatte, und an den Ufern wachten knorrige Kopfweiden über die Gezeiten. Der Wind striegelte das Gras, das silbrig in der Sonne schimmerte.

Sie wurden von zwei Autos überholt, die Fahrer sahen sich neugierig um, wie Döpner bemerkte.

»Ich sage, wir fallen auf«, nörgelte er.

»Warum sagst du das?«, fragte Zygmunt. »Deutschland ist doch freies Land, oder? Jeder kann fahren, wohin er will.«

Döpner antwortete nicht. Ihm war unbehaglich, als sei er auf verbotener Fahrt, aber er wusste nicht warum.

Zygmunt gab vorsichtig Gas und beschleunigte auf sechzig. Er sah Döpner ein paarmal von der Seite an und grinste. »Ich dachte, bei euch ist das anders als bei uns.«

Sie kamen durch die lange Kurve, in der man nur fünfzig fahren durfte. Hier machten mächtige Bäume die Straße zur schattigen Allee. Zygmunt reduzierte auf vierzig. Der kleine Wagen keuchte, begann zu stottern und ließ eine schwarze Qualmwolke hinter sich. Kurz vor Ruthensand wurde die Straße wieder gerade.

»Hier!«, rief Döpner. »Hier rechts war die Ziegelei.«

Hohes Gestrüpp auf einem Erdwall neben der Straße.

»Ich seh nichts.«

»Ist auch nichts mehr zu sehen. Sie ist abgerissen worden. Da ist eine Einfahrt. Da kannst du anhalten.«

Zygmunt war schon vorbeigefahren. Er stoppte und setzte rückwärts in eine kurze Einfahrt, in der das Gras durch den Asphalt brach. Die Natur holte sich wieder, was ihr genommen worden war.

Zygmunt stieg aus und stellte sich vor das eiserne Gatter, die Hände tief in den Taschen vergraben, die Schultern fröstelnd hochgezogen. Es war kühl und windig geworden. Der Pole drehte sich um und sah zu, wie Döpner sich aus dem engen Auto herausarbeitete. Er half ihm nicht. Entweder übersahen die Leute Döpners Lähmung oder sie überschlugen sich vor Hilfsbereitschaft. Beides empfand Döpner als ekelhafte, schlüpfrige Heuchelei. Er wunderte sich, warum es ihm bei diesem Mann, den er fast nicht kannte, dem Sohn von Stani, nicht peinlich war, mit dem halb toten Körper monströse Turnübungen vorzuführen.

Ein ausgetretener Weg führte an den Seiten um das Gatter. Jetzt lief Zygmunt ungeduldig davon, auf das wilde Gelände der ehemaligen Ziegelei von Rönn. Freie Flächen, Weidengestrüpp, Brennnesseln und Brombeerdickichte wechselten sich ab; jenseits ahnte man den neuen Deich.

»Zeig mir!«, rief Zygmunt von weitem.

»Es gibt nichts zu zeigen, es ist nichts mehr da«, krächzte Döpner, in den Wind hinein, der vom Deich herblies; seine Stimmbänder versagten, wenn er laut werden wollte. Zygmunt winkte und Döpner versuchte ihm zu folgen. Große Haufen von Erde und Schutt, Wasserlöcher und Stock und Stein, im hohen Kraut versteckt, zu gefährlich für einen schwankenden Mann, der seinen Mittelpunkt irgendwo links von sich ahnte. Döpner blieb stehen.

»Ich brech mir's Genick«, rief er mit brüchiger Stimme.

Zygmunt kehrte zurück und lachte. Döpner lachte wider Willen mit, sein Teufelslachen, das er schnell verlöschen ließ, als er die Tränen aufsteigen spürte.

»Hier – meine Schulter«, meinte Zygmunt sachlich.

Döpner packte sie und knüllte die Jacke mit der rechten Faust. Langsam, wie zwei Trinkbrüder, schwankten sie fort und verschwanden hinter Weidengestrüpp und meterhohen Erdbergen.

»Mach langsam«, bat Döpner. »Oder du musst mich schleppen.«

»Sag, wo es war!«, verlangte Zygmunt ungeduldig.

Zwischen Bergen von zerbrochenen Ziegeln die Reste einer Betonplatte.

»Hier war das Maschinenhaus mit der Tonpresse«, begann Döpner. »Da drüben, wo jetzt der Haufen da liegt, wurde der Ton abgekippt und mit Förderbändern hochgebracht, von oben in die Presse reingekippt. Da hinten, siehst du das viereckige Ding? Das ist der Rest vom Fundament. Da stand der Schornstein drauf. Dreißig Meter hoch. Da hing der Ofen dran, auf dem wir gegangen sind, dein Vater und ich, und über das Feuer gewacht haben, Tag und Nacht. Ein Ringofen, mit vierundzwanzig Kammern, in jede passten gut zehntausend Steine. Nur wir zwei waren Brenner, dein Vater und ich, jeder hatte eine Schicht von zwölf Stunden. Aber das weißt du alles. Sieben Tage die Woche haben wir gebrannt. Kannst du dir das vorstellen?«

»Noch nicht«, sagte Zygmunt unglücklich.

»Also«, begann Döpner. »Der Ofen. Das war ein riesiges heißes Tier, verstehst du? Mit einem Ziegeldach drüber. Ein Oval, hoch wie ein halbes Haus, lang wie drei Häuser und breit wie ein Haus. Rundrum die Brennkammern, in der Mitte da drunter der Rauchsander, der gemauerte Zug zum Schornstein. Jede Kammer hatte einen Kanal zum Rauchsander, das war der Fuchs. Jede Brennkammer wie ein Zimmer, gewölbt, du kannst durch eine niedrige Tür reingehen und es führen Gleise rein, damit du die Steine mit der Lore bringen und wieder holen kannst. Zehntausend Steine passen rein, in eine Kammer. Dreißigtausend brauchst du für ein Haus. Verstehst du?«

Zygmunt nickte.

»Man hat Rohlinge«, fuhr Döpner fort. »Das sind Tonziegel, ungebrannte Erde, die kommen aus der Tonpresse vorne im Maschinenhaus. Die liegen vorher ein paar Monate lang in langen flachen Schuppen, wo der Wind durchpfeift und sie trocknet. Die packt man in die Brennkammern. Zwischendrin lässt man Luft, Kanäle, durch die das Feuer kommen kann, die Packer mussten das machen, die wussten genau, wie das geht. Man stapelt die Kammer bis unter die Decke voll. Dann stapelt man die Tür mit Steinen zu und verschmiert sie mit Schlick, den man aus dem Hafen holt. Man lässt nur ein Loch offen, so groß, dass ein Hund noch durchspringen kann. Das ist das Hundeloch. Und draußen, vor den Hundelöchern, machten wir Feuer, richtige Lagerfeuer. Die Hitze strömte in die Kammer und wärmte die Steine vor. Damit sie richtig trocken wurden. Das war die Vorbereitung. Je nach Wetter zwei, drei Tage.«

»Und dann?«

»Dann fing der richtige Ziegelbrand an.«

Döpner vergaß die Schuttberge, das Brombeergestrüpp und die Zeit. Er erklärte Zygmunt die Arbeit eines Ziegelbrenners. Da waren die Nächte am besten, so wie die Nächte jetzt am schlechtesten waren. Man war allein mit sich und dem Feuer, man ging mit dem Feuerhaken auf dem Ofen auf und ab und hob die Deckel von den Feuerlöchern, einen nach dem anderen, neun Stück über jeder Kammer. Wie die Glut heraufleuchte! Wie Teufelsaugen brannte sie einem ins Gesicht, und man konnte sehen, ob es heiß genug war unten in der Hölle. Denn wenn die Glut nicht weiß war, dann war es zu kalt. Ein Thermometer brauchte man nicht, das musste man im Gefühl haben. Dann ging man an die Seite und stieß die Handschippe in die Kohlen, ging zurück und schüttete sie hinein, so aus der Hüfte hinein in das kleine Loch, man hatte Übung und freute sich, wenn nichts danebenging. Man setzte den Deckel wieder drauf und schob ihn mit dem Fuß zurecht, bis er glatt saß, und lief zum nächsten Loch. Zuletzt, wenn der Brand fast fertig war, prüfte man mit dem langen Haken, ob die Ziegel weit genug abgesackt waren, und wenn sie das waren, dann klappte man die obersten zusammen und schmiss Steinbrocken hinunter, um den Zug zwischen den Steinen zu verstopfen, damit die Kohle oben liegen blieb, und dann schüttete man ordentlich drauf, das gab die größte Hitze – und die machte die Steine fertig, blau geflämmte harte Steine, die tausend Jahre Wind und Wetter aushielten. Und dann ging man zur nächsten Kammer, schmiss wieder Kohlen in die Feuerlöcher und drehte die Glocke hoch, damit es fortbrannte von der einen zur nächsten Kammer. Und so weiter, reihum durch alle Kammern, das dauerte einmal rum zwei bis drei Wochen. Das kam aufs Wetter an. Zwischendurch steckte man sich am Feuerloch eine an, man brauchte nur in die Hocke zu gehen und die Zigarette an den Rand zu halten. Ein Brenner brauchte keine Streichhölzer, er hatte den Ofen, und der brannte immer. Man nahm einen Zug und konnte durch die losen Dachziegel den Sternenhimmel sehen.

Zygmunt hatte schweigend zugehört. »Warst gerne Ziegelbrenner, was?«

»Die Arbeit war gut, da gab es nichts. Und wenn man auf Akkord arbeitete und ein guter Brenner war – und das war ich –, dann verdiente man auch ganz gut.« Döpner machte eine Pause. »Aber es kommt eben darauf an, für wen man die Arbeit tun muss.«

»Und ob man freiwillig macht«, fügte Zygmunt hinzu.

Döpner sah die Polen in der Halle arbeiten, ihre abgerissenen Jacken mit dem großen P, das sie hatten aufnähen müssen. Döpner erinnerte sich an Leon aus Łódź, der den Feldhöber um eine neue Hose gebeten hatte, weil seine zerrissen war. In Polen wäre er nackt gegangen, hatte der Fedlhöber geantwortet, dann könne er es hier auch tun.

»Und ob man satt ist«, ergänzte Zygmunt.

Döpner nickte: »500 Gramm Vollkornbrot am Tag und pro Woche 200 Gramm Wurst, 200 Gramm Margarine, 200 Gramm Marmelade und 100 Gramm Speck. Dazu für die Schwerarbeiter eine Suppe, Grünkohl oder Kohlrüben. Das war alles.« Er dachte daran, wie lange es gedauert hatte, bis er das mitgekriegt hatte. »Und mit dem bisschen im Bauch die Steine packen. Tausend Steine die Stunde, immer fünf platt nebeneinander zwischen den Händen, fünfundzwanzig Kilo, hochheben und zusammenhalten! Wenn die die Steine aus dem Ofen geholt haben, dann hatten sie doppeltes Reifengummi an den Händen, damit sie sich nicht verbrannten! Fünfzig Grad waren das da drin, und man musste rein und wieder raus. Aber das war nichts gegen die Hitze im Fuchs, der war nur eins zwanzig hoch, und der Feldhöber schickte sie rein, deine Leute, zum Reparieren. Stampfbetonschmieren bei siebzig, achtzig Grad, sie standen in

Wannen mit Wasser, damit die Füße nicht brannten. Sechzehn Stunden am Tag haben sie geschuftet, deine Leute. Nur dein Vater, der brauchte nur zwölf Stunden, weil er Brenner war. Dafür ...« Döpner war in Fahrt geraten. Er stand jetzt allein, und seine Faust redete mit.

Zygmunt sagte nichts. Was hätte er sagen sollen? Döpner dachte an Stani, wie er als Heizer auf dem heißen Rücken des Ringofens von Feuerloch zu Feuerloch gegangen war, den langen Haken in der einen und die Koksschaufel in der anderen Hand. Dann sah Döpner auf die zu langen Mieten aufgeschobenen Reste der alten Ziegelei. Zwischen Schutt, Beton- und Asphaltplatten wucherte Holunder- und Weidengestrüpp und ein Gewirr von fingerdickem Draht ragte heraus. Mehr war nicht übrig geblieben von seiner Vergangenheit, von fünfzehn Jahren seines Lebens, als diese wüsten Haufen verdammten Schutts. Fünfzehn Jahre hatte er hier zugebracht und dem Mann gedient, dem sein ganzer Hass galt. Alles war fort, nur der Hass war geblieben.

Fünfunddreißig Polen hatten hier geschuftet, und Döpner und der Meister waren die einzigen Volksdeutschen. Der Feldhöber kümmerte sich nicht viel, nur wenn etwas schief ging, kam er vorbei und war hart, aber gerecht, wie er es nannte; ansonsten ließ er seinen Meister machen. Und der hatte seine Stellung ausgenutzt, beschiss seinen Brotgeber und brachte beiseite, was er konnte.

»Siehst du die Hügel da am Rand?«, fragte Döpner.

Zygmunt nickte.

»Da hat der Feldhöber Sand aus der Elbe aufspülen lassen, zum Schutz gegen Wasser. Und außerdem hat er Mist aufgefahren. Da bauten sich die Polen ihre Kartoffeln an. Die Leute nannten ihn großzügig dafür.« Der Meister hatte den Polen Geld für die Erlaubnis des Kartoffelanbaus abgeknöpft und sie gaben es ihm, weil sie Angst hatten, dass er sie drangsalierte. Und er, Döpner, hatte nichts gesagt, weil er beide hasste und keinem helfen wollte. Der Feldhöber kürzte die Rationen und sparte mit seiner Großzügigkeit.

»Seit wann ist das alles kaputt?«, fragte Zygmunt schließlich.

»Stillgelegt wurde das Mitte der Sechzigerjahre. Das erste Mal war der Feldhöber kurz nach dem Krieg pleite.«

»Warum?«

»Weniger Absatz und zu viele Ziegeleien. Und der Feldhöber war zu großspurig. Außerdem hat ihn sein Meister jahrelang ausgenommen.«

»Hinsch?«

Döpner sah erstaunt auf. »Du kennst den Namen?«

Zygmunt nickte. »Hinsch war ein schlechter Mann.«

»Er hat die Leute geschlagen«, murmelte Döpner. Er sah Hinschs quadratisches Gesicht vor sich, mit den ewig angeschwollenen Augenlidern und dem Räuberblick. »Aber der Feldhöber war viel schlimmer. Wenn der einen Wutanfall hatte ...«

»... hat er Steine geschmissen.«

Zygmunt ließ Döpner stehen und machte ein paar Schritte, holte tief Luft und stemmte die Hände in die Hüften. Seine Haare wehten verloren im Wind. Ein junger Mann, dem die Welt offen stand.

Er weiß alles, dachte Döpner. Sein Vater hat ihm alles erzählt. Was habe ich meinem Sohn erzählt? Nichts.

Es war um einen Fehlbrand gegangen, in fast der Hälfte der Kammern. Über hunderttausend Steine waren hell geblieben, gelb bis braun; sie bröselten, wenn man gegen sie schlug, dritte Wahl, eigentlich Abfall, nur noch gut genug als Wegebrocken. Hinsch hatte den Feldhöber geholt und der hatte Stani, den Brenner der letzten Schicht, verantwortlich gemacht. »Sabotage«, hatte er geschrieen und: »Ich bring dich ins KZ, wenn du nicht spurst!« Die anderen standen schweigend drum herum, die Mutigen mit erhobenem Kopf. Was das KZ bedeutete, wusste jeder: den Tod. Und er, Döpner, hatte nichts gesagt, vielleicht noch nicht einmal den Kopf gehoben. Dabei wusste er sehr gut, wodurch es zu dem Fehlbrand gekommen war: Der Koks hatte nichts getaugt, man konnte die Temperaturen mit schlechtem Koks nicht halten, und wenn dazu noch drückendes Wetter kam und der Ofen nicht zog ... Döpner hatte Angst gehabt, dass man ihn wegen Unterstützung der fremdvölkischen Feinde auf den Kieker bekam. Er hatte schon genug andere Probleme, wegen Lenka, lebensgefährliche Probleme. Der Feldhöber hatte sich nach und nach in Wut gebrüllt, bis er nach einem der gebrochenen Ziegel griff und schrie: »Warum sagst du nichts, du polnischer Hund, sag endlich etwas!« Dann schleuderte er den Stein.

Stani war blutend zusammengebrochen. Marek war sofort neben ihm gewesen, natürlich Marek, wer sonst? Er hatte Stani aufgeholfen und dem deutschen Herren sein zorniges Gesicht zugekehrt: »Wenn schlechte Kohle, dann vielleicht uns verheizen, vielleicht dann werden die Steine gut!! *Ty gnojku!!*« Und er hatte es fertig gebracht zu lachen, ein zorniges kurzes hartes Lachen.

»Er hat deinem Vater einen Stein an den Kopf ...«, versuchte Döpner zu sagen, aber sein Gesicht verzerrte sich und er wandte sich ab, ließ sich den Wind ins Gesicht pusten. Döpner hatte die nächsten Tage achtzehn Stunden gearbeitet und Stani nur sechs, mit einem Lappen um den Kopf. Mehr hatte er nicht tun können. Oder doch?

Zygmunt drehte mit seinem Fuß einen der bemoosten Ziegelsteine um, einer von denen, die vielleicht noch sein Vater gebrannt hatte.

»Und später – nach dem Krieg?«, fragte er.

Döpner fühlte Erleichterung. »Ich war weiter der Brenner, Siggi. Und Hinsch war weiter der Meister. Und der Feldhöber war keine fünf Jahre nach dem Krieg bankrott. Hinsch hat dann die ganze Ziegelei auf zehn Jahre gepachtet, und als die Pacht gegen 1960 auslief, da hat der Feldhöber sie wieder zurückgekriegt, aber er konnte keine Steine mehr verkaufen, weil Hinsch ihn bei allen Agenten schlecht gemacht hatte. Noch nicht mal Phönix hat gekauft, der schon vor dem Krieg Stammkunde war. Deshalb gingen keine Steine mehr weg, und da war der Feldhöber wieder bankrott.«

»Hat alles verloren?«

»Nein.« Zygmunt machte ein enttäuschtes Gesicht. »Irgendwie hat er es immer geschafft, seine Haut zu retten. Den Hof, die Gebäude, die hat er noch.« Döpner streckte seinen Arm aus. »Und hier, ja, da hinter dem Asphalthaufen ungefähr war das

Lippscher-Haus, da haben sie gewohnt, dein Vater und die andern.«

»Wie heißt?«

»Lippscher-Haus. Die Leute, die früher, bevor deine Leute kamen, also vor dem Krieg, die Ziegeleiarbeit gemacht haben, das waren Leute aus Lippe. Aus dem Lippischen. Lippscher also. Die wohnten gleich neben der Ziegelei im Arbeiterhaus. Die Lippscher zogen früher im Herbst mit dem ersten Frost weiter nach Thüringen, zur Zuckerrübenernte, heimatlose Leute.«

»Ach so. Ich weiß«, nickte Zygmunt. Heimatlose Leute.

»Ja. Unten eine große Küche und Essraum und oben auf dem Boden haben sie geschlafen – dein Vater und die andern. Da haben sie gelebt, die Jahre. Nach dem Krieg hat der Feldhöber übrigens mit Häftlingen gearbeitet. Leute, die schwarzgeschlachtet haben und so. Waren immer zwei Wächter dabei, sie wohnten auch im Lippscher-Haus. War aber nicht mehr so billig wie eure Arbeit«, fuhr es Döpner heraus.

Zygmunt lachte bitter: »Wir sind immer billiger, ob Krieg oder nicht. Wir waren vor dem Krieg billiger und sind nach Deutschland gekommen, und im Krieg waren wir billiger und sind nach Deutschland getrieben worden, und jetzt kommen wir wieder, in das neue Deutschland, weil wir wieder billiger sind. Irgendwann will ich, dass wir nicht mehr kommen. Dass wir es nicht mehr müssen.« Er ernährte seine Frau und seine beiden Kinder durch Arbeit im Westen und musste sie wochen- und monatelang allein lassen. Marfa liebte die Musik, sie sollte Musik studieren, und Janek – vielleicht würde der Jurist werden? Es sollte eine Zeit geben ohne einen Jaruzelski, der einem das Jurastudium verbot, nachdem man in Danzig 1981 in seine Flintenläufe hatte sehen müssen, weil man für Freiheit war. Dafür war Zygmunt wieder Knecht in diesem Land, wie sein Vater …

»Ich mein doch, der Feldhöber hat das Wachpersonal bezahlen müssen«, erklärte Döpner. »Zwei Leute auf dreißig. Bei den Polen gab es einen auf zehn. Der war von der Wehrmacht und wurde vom Staat bezahlt. Der Feldhöber hat das mithilfe des Bürgermeisters durchgesetzt. Aber es wäre so oder so zu Ende gegangen mit ihm«, fügte er hinzu, »weil er mit Geld um sich geschmissen hat. Hat schon vor dem Krieg einen Adler gefahren, mit Chauffeur. Und Feste gefeiert, bei Mau in Hollenfleth. Immer die großen Runden gegeben. Der ist rumgelaufen wie Graf Koks, mit Handschuhen und weißem Schal, jedenfalls solange er da war.«

»War er dann weg?«

»Ja. Ich weiß nicht mehr wann. Als das neue Geld kam, so 49 rum. Es war wohl wegen – weil er ...«

»... Nazi war?«

Döpner nickte. »Man erzählte, er wäre zu den Amerikanern, hätte im Korea-Krieg mitgekämpft. Gegen den Kommunismus.«

»Und wann kam er zurück?«

»Zehn Jahre später. Als die Pacht mit dem Hinsch auslief. Da war er plötzlich wieder hier. Ich weiß nicht, was er in der Zwischenzeit gemacht hat.« Ich habe nie versucht, die Wahrheit herauszufinden, dachte Döpner. Ob sie ihn nicht vielleicht doch wegen damals zur Rechenschaft gezogen haben.

»Komm«, bestimmte Zygmunt unvermittelt. »Jetzt fahren wir hin.«

»Wohin?« Döpner wusste es sehr gut und Zygmunt antwortete nicht. Er stellte sich neben Döpner und wartete, dass der wieder sein Schulter packte. »Wir – wir können nicht einfach so ...«

»Freies Land mit Angsthasen«, grinste Zygmunt. »Wir können fahren, wo wir wollen. Komm!«

XXII.

Zygmunt drehte die Zündung, sein Wagen hustete und blies eine schwarze Rauchwolke.

»Du sagst mir, wohin«, verlangte er entschlossen.

»Willst du wirklich *dahin?*«, zweifelte Döpner und hoffte, Zygmunt würde anderen Sinnes werden. »Wozu denn?«

Zygmunt steckte sich eine an, trommelte mit den Fingern auf das Steuerrad und wartete.

»Rechts«, gab Döpner leise nach. »Wir fahren zuerst durch den Ort.«

»Ihr habt hier keinen Jaruzelski. Also wovor habt ihr Angst?«, fragte Zygmunt.

Ruckelnd setzte sich der katzenschissfarbene Moskwitsch in Gang. Rechts an der Straße, gleich hinter dem Gelände der alten Ziegelei, sahen sie den Campingplatz und seine eng gestellten Wohnwagen, dann die vernachlässigte Rückfront einer ehemals herrschaftlichen Restauration, früher das Mallorca der Hamburger Urlauber. Von den dreihundert Einwohnern Ruthensands waren die eine Hälfte Kapitäne oder Reeder und die andere Bauern, ein paar Gastwirte nicht gerechnet. Vor den meisten Häusern flatterte eine Fahne am Mast. Sie passierten die hölzerne Kirche und den kleinen Friedhof. Auch die Toten hatten jetzt Ruhe vor dem Sturm und dem Wasser.

»Wenn du jetzt rechts abbiegst, können wir die Elbe sehen und den neuen Deich.«

»Keine Umwege«, erwiderte Zygmunt knapp. »Wir haben zu tun.«

Döpner wies den Weg schweigend mit der Hand, links, rechts, geradeaus. Hinter dem Ort wurden die Straßen von Ruthensand schmal, sie fuhren durch Apfelhöfe, vorbei an mächtigen reetgedeckten Scheunen und Häusern, die ihre Giebel über den Deich hinweg den Schiffen auf der Elbe zeigten.

»Wie alt ist Feldhöber?«

»Er muss eher achtzig als siebzig sein«, antwortete Döpner. »Da vorne ist es. Fahr langsam.«

»Wieso fahren wir Kreis?«, fragte Zygmunt.

Döpner antwortete nicht. Das Gehöft lag an einer engen Wegkurve, in Sichtweite zur Ziegelei. Er hatte sich nicht getraut, den kurzen Weg zu nehmen. Ein schmiedeeisernes Tor mit scharfen Spitzen auf den Streben versperrte die Einfahrt. Zygmunt stellte den Wagen schräg davor, stieg aus und steckte die Fäuste in die Hosentaschen, den Blick fest auf die beiden riesigen Giebel gerichtet. Der Feldhof lag still, wie unbewohnt. Nur der Wind rauschte durch den Wald von Eichen und Erlen. Bis auf einen grünen Geländewagen, der wie ausgestellt auf dem breiten Klinkerweg stand, war der Hofplatz leer, rechts vor der Scheune ein steilwandiger Misthaufen.

»FR 99«, murmelte Döpner. Wo hatte er dieses Kennzeichen schon mal gesehen? In einer schlaflosen Nacht, als er vor dem schnarchenden Kapitän geflüchtet war?

Der Weg endete oben vor den Giebeltoren von Haupthaus und Scheune, zwischen denen sich nur ein schmaler Gang befand. Eine alte Hofanlage, eine Burg gegen Wasser und Sturm, in der die von Rönns ihr Regiment führten, seit wohl zweihundert Jahren. Am Zaun das Schild: *Achtung frei laufende Hunde!*

Döpner spürte die Spannung wie eine Faust im Bauch. Er wäre jetzt gern wie früher auf seinem Boot gewesen, fort und für sich. Er versuchte sich den Mann vorzustellen, der sein Leben ruiniert hatte. Es gelang ihm nicht; denn er musste an Lenka denken, sein Gesicht verzerrte sich. Er ballte die Faust und wandte sich ab, schluckte sein Schluchzen herunter und wischte sich verstohlen die Tränen aus den Augen. Verfluchte Heulerei! Er atmete tief durch. Entschlossen öffnete er die Wagentür. *Ich will nicht mehr daran denken,* dachte er, *ich will nie mehr daran denken.* Vor wenigen Tagen hatte er in dem Café gesessen und sich geschworen: *Du wirst von jetzt ab vor nichts mehr weglaufen, auch vor der Vergangenheit nicht.* Der Feldhöber, der lebte noch, und Lenka …?

Zygmunt packte zwei Stangen am Tor und rüttelte es, dass es klapperte, drehte sich zu Döpner um und rief: »Und hier wohnt *grafa* von Rönn?«

Döpner antwortete nicht, denn aus dem dunklen Gang zwischen den beiden Giebeln stürmten zwei Schäferhunde heran. Lautlos. Kamen in Marschordnung nebeneinander gelaufen, in weiten Sprüngen, stoppten auf der anderen Seite des Tores und setzten sich auf die Keulen, zwei große knochige Tiere mit gespitzten Ohren und schlauen Augen, zwei disziplinierte Soldaten, zu allem entschlossen und ohne Skrupel. Sie zeigten ihre Reißzähne. Zygmunt hatte das Gitter losgelassen. Langsam griff er in sein Hemd, fingerte eine Zigarette heraus und steckte sie an, die Hunde gespannt beobachtend.

»Hunde hat er, der *grafa* von Rönn«, stellte er trocken fest.

»Komm lieber ins Auto«, sagte Döpner.

»Ist Zaun«, widersprach Zygmunt, fixierte die Tiere und hob eine Hand. Die Tiere rührten sich nicht. Der Pole griff ans Gitter. Da standen sie und knurrten. Aber kein Bellen.

»Die meinen's ernst!«, warnte Döpner.

Zygmunt nickte nur und zog an seiner Zigarette. »Wie sagt man: Hunde, die bellen, beißen nicht?«

»Genau. Komm da weg, Siggi!«

Von irgendwoher tönte ein Pfiff. Die Hunde schnürten zurück, mit flach angedrücktem Schwanz, und verschwanden wieder im Gang zwischen den Giebeln.

Ein Mann tauchte an ihrer Stelle auf.

Döpner wäre jetzt gern fortgefahren oder hätte sich wenigstens ins Auto gesetzt, aber er musste stehen bleiben, denn es hätte zu lange gedauert. Der Mann war groß, er trug grobes olives Manchesterzeug, hatte einen kräftigen Schritt und kam schnell näher in hohen schwarzen Stiefeln. Döpner erkannte das lange Gesicht sofort, es war rot, und der Mann hatte wie früher kurz geschorene blonde Haare, seine Stirn war stark fliehend und sein Kinn klein, die blau unterlaufenen strichschmalen Lippen seines breiten Mundes fielen im Winkel nach unten ab. Am größten in dem Gesicht war die Nase: ein blau geädertes, grobporiges, fleischiges Riechorgan. Der Feldhöber blieb auf der anderen Seite des Tores stehen und starrte die beiden aus engen Augen feindselig an. Keiner sagte etwas. Die Hunde blieben verschwunden.

»Was wollt ihr?«, fragte der Feldhöber endlich. Seine Stimme passte nicht zu ihm; sie war hoch und brüchig, aber noch herrisch genug.

»Bist du Ziegeleibesitzer Friedrich von Rönn?«, fragte Zygmunt zurück. Er sprach den Namen langsam, mit rollendem R.

»Was soll die Frage? Wieso kommst du mit dem hier?«, herrschte der Feldhöber Döpner an. Er duzte ihn immer noch. Wie früher.

Döpner fühlte seinen Puls in den Ohren. »Wir sind einfach nur hier«, sagte er und ärgerte sich über seine idiotische Antwort.

»Das sehe ich. Und was wollt ihr?«

»Sehen, wo *grafa* von Rönn wohnt«, antwortete Zygmunt rau, den Rest der Zigarette in der hängenden Hand.

Die kleinen Augen des Feldhöbers weiteten sich eine Sekunde lang, bevor er einen geringschätzigen Blick auf das kleine Auto und das polnische Kennzeichen warf.

»Dann seid ihr ja fertig. Verschwindet!!«

»Und sprechen mit ihm«, sagte Zygmunt langsam. »Ich bestelle Grüße von Stanisław Kaczek.«

Das rote Gesicht des Feldhöbers wurde eine Spur dunkler. »Verschwindet, sage ich!!«, rief seine Kastratenstimme.

»Ich bin gekommen, Gerechtigkeit zu holen für ihn«, fuhr Zygmunt fort, leise und bestimmt.

»Was weißt du schon von Gerechtigkeit!«, fistelte der Feldhöber. »Ich habe mit euch nichts zu schaffen. Haut ab! Und zwar sofort!«

Döpner fühlte den Drang, etwas zu sagen, aber es war zu viel, und er konnte es nicht ordnen. Er brachte nur seinen Mund auf und zeigte seine Zahnlücken.

»Fang du nicht auch noch an, Unsinn zu reden, Döpner«, fuhr ihn der Feldhöber an. »Hast nichts dazugelernt. Hast dich früher schon mit den faulen Polacken zusammengetan! Und jetzt packt euch endlich!«

Zygmunt drückte die Zigarette sorgfältig am Gitter aus. Dabei starrte er den alten von Rönn über die säbelscharfen Spitzen weg an.

»Du bist ja nicht dicht, Döpner!«, geiferte der, seine Stimme überschlug sich. »So ein alter Krüppel wie du! Lässt sich von Polacken kutschieren! In einer Kommunistenkarre! Sieh zu, dass du in dein Heim zurückkommst, Suppe schlabbern! Wird's bald? Ich werd dich gleich ...« Er drehte sich um und pfiff; die Hunde stürmten herbei.

Zygmunt machte keine Anstalten zum Rückzug und Döpner rührte sich nicht. Ich warte immer, bis die anderen was tun, dachte er.

Jetzt standen die Hunde neben ihrem Herrn, jede Faser gespannt, ohne zu hecheln.

Langsam hob Zygmunt die rechte Hand.

»Alte Zeiten sind vorbei, Feldhöber«, sagte er. »Und du wirst bezahlen für alles. Ich sage: für alles.« Dann schnippte er die Kippe über das Gitter. Sie fiel dem Alten vor die Brust und landete zwischen seinen schwarz gewichsten Schaftstiefeln. Zygmunt steckte die Hand in die Tasche, deutete ein kaltes Lächeln an, drehte sich um und stieg ins Auto. Er wartete, bis Döpner saß, und startete.

Der Feldhöber musterte das kleine Auto böse.

»He, Döpner!«, brüllte er und trat wütend nach der Kippe. »Pass auf, du Hund, pass auf! Weißt du übrigens, was du verbrochen hast damals, als ich euch im Schuppen erwischt hab, weißt du das eigentlich? Hast du vergessen, dass ...«

Zygmunt gab Gas und der Rest ging unter.

»Er hat Angst!«, lachte Zygmunt laut auf, als sie fort waren, und schlug beide Hände auf das Steuerrad. »Er bezahlt schon bisschen, von heute ab. Wird mehr bezahlen.«

»Was hast du vor, Siggi?«

»No«, grinste er. »Was werd ich vorhaben?«

Und dann grinste er nicht mehr.

XXIII.

Rechtsanwalt Schlüter eilte zum Fenster seines Arbeitszimmers, angelte zwischen den Stacheln der Stechpalme durch zum Fenstergriff und stieß die Flügel weit auf. Erleichtert sog er die frische Luft ein. Im Zimmer stank es, als stünde eine Schubkarre Mist darin. Schlüter warf noch einen Blick zum grünen Turm der Wulfhardikirche und drehte sich wieder um. Welch Bescherung! Der Mann musste direkt aus seinem Stall gekommen sein. Schlüter lief ins Archiv und zerrte den Staubsauger unter dem Regal heraus. Im Flur kämpfte er mit dem langen Schlauch, der sich um seine Beine verheddert hatte. Angela kicherte plötzlich hinter ihm und er fuhr herum.

»Mein Gott, was kann der Kerl stinken«, schnaufte Schlüter. Nur einmal in seinem Leben war ihm ein derart konzentrierter

Geruch in die Nase gestiegen – der Gestank brünstiger Kater im Hause von Madame Kaldé im Engelsmoor. Wie lange war das nun her? Was wohl aus August von Borstel geworden war?

»Siegel?«, fragte Angela.

»Wer sonst! Noch fünf Minuten und ich wäre arbeitsunfähig gewesen. Kommen Sie bloß nicht näher, sonst fragt Ihr Herwig Sie heute Abend, ob Sie was mit 'nem Bauern angefangen haben.«

Angela gluckste und zeigte ihre Grübchen; sie gehörte zu den Menschen, die noch glücklich lachen konnten. Gleich musste der nächste Mandant kommen. Schlüter klabasterte den Staubsauger hinter sich her in sein Arbeitszimmer. Allmählich hatte sich der Mistdunst so verdünnt, dass er durchatmet werden konnte. Manche Leute rochen nach Büro, manche nach Jauche, man fragt sich, was schlimmer ist, dachte Schlüter, wenn man es nicht mehr loswird.

Schlüter hatte den Staubsauger gerade wieder verstaut und wollte sich eine Akte greifen, um das kleine Stück tote Zeit zwischen zwei Gesprächen zu vernichten, als es klingelte und Angela Herrn Johann Döpfner anmeldete. Neue Sache. Schlüter bat sie, ihn hereinzuschicken.

Die Tür öffnete sich. Angela sperrte sie weit auf. Schlüter stand auf und kam hinter dem Schreibtisch hervor, um den Mann zu begrüßen, der langsam hereintappte, sich mit einer Hand am Türrahmen stützend. Er war offenbar halbseitig gelähmt. Sein linker Fuß schlappte tot auf dem Fußboden, der linke Arm hing lahm herunter. Doch sein Händedruck war hart und seine breiten Schultern verrieten, dass er einmal kräftig gewesen war. Aber er hatte müde und resignierte Augen. Vorsichtig nahm der schiefe Mann auf dem angebotenen Stuhl Platz. Langsam verkrümmte sich seine linke Hand im Schoß wie ein kleines Tier, das gerade gestorben war.

»Was führt Sie zu mir, Herr Döpfner?«, fragte Schlüter routinemäßig.

»*Döpfner* ist mein Name«, sagte der Alte.

»Sagte ich das nicht?«, fragte Schlüter irritiert.

»Nein. Döpfner. De, ö, pe, en, e, er.«

»Also Döpner? – Oh, entschuldigen Sie, ich …«

Döpner wischte den Rest von Schlüters Entschuldigung beiseite. »Sie sind beauftragt, Ansprüche für einen ehemaligen Zwangsarbeiter durchzusetzen?«

Schlüter hob erstaunt die Augenbrauen. »Sie sind der …«

»Ich bin der Zeuge, den Herr Kaczek angekündigt hat.« Döpner sprach kurz und bündig, mit brüchiger nuschelnder Stimme, seine Sehnen sprangen dabei am Hals hervor. Seine linke Wange hing etwas und sein alter Schädel war bis über die Ohren rasiert, an den Schläfen kräuselten sich die Adern unter der straff übergezogenen Haut. Eingefallene Wangen, alles wie gemeißelt. Vorn hatte er eine Tolle weißen Haares, sie hob die Strenge seiner Erscheinung etwas auf.

Schlüter lehnte sich im Eichenstuhl seines Großvaters zurück. »Dann sind Sie der – Vorarbeiter? Johann Döpner?«

»Richtig«, bestätigte Döpner. »Ich habe von 1940 an in der Ziegelei als Brenner gearbeitet, nach meiner Verletzung. Der zweite Brenner war Stanislaus Kaczek.«

»Mhhh«, machte Schlüter. Er hatte ein Problem, denn er vermied es eigentlich, selbst mit Zeugen zu sprechen. Das zerstörte deren Glaubwürdigkeit, wenn es herauskam, und man musste es um der Wahrheit willen mitteilen. Er erläuterte dies dem Besucher und schloss: »Deswegen sollte unser Gespräch so kurz wie möglich sein. Ich habe Sie im Prozess schon angegeben. Nur Ihre Adresse fehlte noch. Sie erinnern sich – an alles?«

Döpner nickte und gab seine Adresse bekannt: Altenheim Hollenfleth. Schlüter fiel sofort die alte Erna Rathjens ein, die von ihrem Sohn vom Hof verjagt worden war und seither dort wohnte.

»Schriftsätze sollen Sie auch an diese Adresse hier schicken«, sagte Döpner. »Ich meine Kopien von dem, was nach Polen geht.« Er nestelte ein zerknülltes Papier aus der Innentasche seines Jacketts, um es auf den abgewetzten Schreibtisch des Rechtsanwalts zu legen.

Schlüter las: *»Zygmunt Kaczek bei Doris Gerber, Hollenflether Moor 27, Hollenfleth.«*

»Das ist der Sohn von Stani – Stanisław Kaczek«, erklärte

Döpner. »Er ist hier. Sie können alles mit ihm besprechen. Da ist auch eine Telefonnummer. Heute konnte er nicht mitkommen, weil er – aber das ist egal. Er hatte keine Zeit.«

»Gut«, sagte Schlüter. »Dann werde ich alles Weitere mit Herrn Kaczek junior abmachen.« Er ließ eine Pause entstehen, die dem Mann nahe legen sollte, dass er das Gespräch für beendet hielt.

Aber der Alte stand nicht auf. Er bewegte sich unruhig auf seinem Stuhl hin und her.

»Was meinen Sie«, sagte er endlich. »Wie stehen die Chancen?«

»Dass Herr von Rönn verurteilt wird und Schadensersatz zahlen muss?«

Döpner nickte.

Schlüter zuckte mit den Schultern. »Ich bin kein Wahrsager. Deshalb weigere ich mich normalerweise, solche Fragen zu beantworten. Ich kann Ihnen nur sagen, wie ich die Rechtslage einschätze: schlecht.«

Döpner schwieg. »Tja«, sagte er schließlich. »Muss wohl so sein. Nach der langen Zeit ...«

»Es ist nicht die Zeit«, widersprach Schlüter. »Es ist die Rechtslage. Die ist schwierig. Es führt zu weit, Ihnen das zu erklären. Sie sind nur Zeuge. Ich werde das besser mit Herrn Kaczek junior besprechen.«

»In Ordnung«, stimmte Döpner zu. »Lassen Sie mich nur eines sagen: Ich kann alles bestätigen. Alles. Und ich erinnere mich sehr gut.« Er zögerte und fuhr dann fort: »Ich habe noch etwas ...«

»Ja, bitte?«

»Ich habe da noch eine Frage ...«

»Wegen Kaczek?«

»Nein. Eigentlich nicht«, antwortete der alte Mann unsicher. »Nein. Es ist eine Frage, die mir jemand gestellt hat und die ich Ihnen jetzt stellen möchte.«

»Schießen Sie los.«

»Nehmen wir einmal an, es ist jemand Zeuge eines Verbrechens geworden.« Döpner ballte seine Faust. »Ein Verbrechen, das sehr lange zurückliegt. Vierundvierzig Jahre, am Ende des

Krieges. Dieser Zeuge hat gesehen, dass drei Männer zwei andere Männer erschossen haben, zwei Polen. Er hat das von ziemlich weit weg beobachtet, sagen wir: einhundertfünfzig Meter. Der Zeuge kennt einen der drei Täter und möchte, dass wenigstens der bestraft wird. Wie muss er vorgehen?«

Schlüter atmete tief durch, senkte den Kopf und nahm eine Büroklammer, um sie aufzubiegen. Das machte er immer, wenn er von Fragen überrumpelt wurde, die er nicht gleich beantworten konnte. Es hängt also doch noch mehr dran an dieser Geschichte, dachte er.

»Es gibt nur diesen einen Zeugen?«, vergewisserte er sich. »Definitiv nur diesen einen?«

Döpner nickte.

»Der Täter wird die Tat abstreiten«, überlegte Schlüter laut. »Natürlich wird er das. Es wird also Aussage gegen Aussage stehen. Diese Situation haben wir oft. Wenn der Zeuge glaubwürdig ist, kommt eine Verurteilung durchaus in Betracht. Der Täter wird also die Glaubwürdigkeit des Zeugen zu erschüttern versuchen. Er wird sagen: Warum kommt der erst jetzt damit. Sie verstehen, was ich meine?«

Döpner nickte.

»Die Frage wird also sein: Welche Gründe gab es, dass der Zeuge so viele Jahre geschwiegen hat? Sind das Gründe, die die Glaubwürdigkeit beeinträchtigen? Hat der Zeuge ein persönliches Verhältnis zum Täter?«

»Wie meinen Sie das, Herr Rechtsanwalt?«, fragte Döpner.

»Steht er in einer besonderen Beziehung zum Täter, das heißt: Kennt er ihn oder ist er ihm total fremd?«

»Der Zeuge kennt den Täter«, antwortete Döpner.

Schlüter nahm sich eine zweite Büroklammer und hängte beide ineinander. Die eine baumelte an der anderen wie ein Gehängter am Strick. »Ist es so, dass der Zeuge den Täter vielleicht aus persönlichen Gründen hasst, dass er sich am Täter für irgendwas rächen will? Und dass er deshalb erst jetzt damit kommt?«

»Das könnte sein«, nickte Döpner.

»Eine alte Rechnung?«

»Möglich.«

»Dann ist es schwierig«, stellte Schlüter fest. »Der Täter wird sagen, dass der Zeuge nur handelt, um ihm, dem Täter, zu schaden. Das beeinträchtigt die Glaubwürdigkeit. Wahrscheinlich kommt es dann nicht zu einer Verurteilung. Ganz zu schweigen vom Sympathieeffekt.«

»Was für ein Effekt?«, fragte Döpner.

»Das ist ganz einfach«, dozierte Schlüter. »Ich gehe davon aus, dass der Täter in den vergangenen Jahrzehnten ein unbescholtenes Leben als Normalbürger geführt hat, nicht wahr? Sie nicken, also ... So einem Menschen traut man eine Tat weniger zu als jemandem, der dieselbe Tat vorgestern begangen hat. Ein Richter bildet sich ein, wer einmal schlecht ist, ist immer schlecht. Er weiß nicht, dass es keine Frage von dauerhafter Schlechtigkeit ist, ob jemand zu schrecklichen Verbrechen in der Lage ist. Wir wissen, dass die Naziverbrecher sich nach dem Krieg samt und sonders ganz ordentlich benommen haben, bis auf wenige Ausnahmen, zum Beispiel Verirrungen in politische Extreme. Nützliche Mitglieder der Gesellschaft, die eine Familie haben und sich im Roten Kreuz oder Schützenverein engagieren. Je länger es dauert, bis ein Verfahren zustande kommt, desto großer der Sympathieeffekt. Man traut dem Täter nicht mehr so richtig zu, dass er ein schlechter Kerl war. Der Richter wird den Sympathieeffekt aber nicht bemerken, weil es einem Richter verboten ist, solches zu empfinden; er soll ja neutral sein, in jeder Hinsicht. Und er ist Rechtswissenschaftler, er glaubt, dass sich alle Probleme nüchtern und logisch lösen lassen. Dazu gehört aber nicht die Psychologie, meint er. Also wird sich das indirekt bei der Beurteilung der Glaubwürdigkeit des einzigen Zeugen bemerkbar machen: Er glaubt ihm einfach nicht und schon ist der Freispruch perfekt.«

»Und – was soll ich – was soll der Zeuge tun?«

»Man braucht mehr Beweise«, antwortete Schlüter. »Eigentlich ist dafür ja die Staatsanwaltschaft da, aber – nun, ich verrate da kein großes Geheimnis. Je komplizierter die Sachen sind und vor allem: Je länger sie zurückliegen, desto weniger Ehrgeiz wird der Staatsanwalt vermutlich entwickeln.«

»Sie meinen, ein Verfahren verläuft im Sande?«

Schlüter überlegte. »Ja«, sagte er dann. »Das meine ich. Sehen Sie: Es gab sehr viele Naziverbrecher. Aber es gab nur sehr wenige Verfahren. Bei Bankräubern ist das Verhältnis von Täter und Verfahren deutlich besser. Es gab Versäumnisse bei der Strafverfolgung, die ihrerseits ein Verbrechen sind. Und wenn ein Naziverbrecher doch mal verurteilt worden ist, dann zu geringer Strafe, und wenn es eine Freiheitsstrafe war, dann musste er nur ausnahmsweise mehr als ein Viertel davon absitzen. Ich kann Ihnen Beispiele erzählen ...«

Schlüter referierte aus der Lektüre, die er in der letzten Zeit hinter sich gebracht hatte, nur den Majdanek-Prozess, in dem der Angeklagte Villain des Mordes an 17.000 Menschen schuldig befunden wurde. Die Opfer hatten sich dachziegelförmig in Laufrichtung der Leichengräben mit dem Gesicht nach unten so hinlegen müssen, dass sich jeweils das erste auf dem Boden und jedes nachfolgende mit dem Kopf auf dem Rücken des unter ihm liegenden Opfers befand. Villain bekam sechs Jahre Haft. Nur wegen Beihilfe zum Mord, obwohl er alles organisiert und auch eigenhändig getötet hatte. Das Gericht wollte nicht ausschließen, dass er aus »falsch verstandener Pflichterfüllung« gehandelt hatte. Für die Nazimörder hatten die Juristen extra den Tatbestand des *Handelns auf Befehl* erfunden, der eine lebenslange Strafe wegen Mordes ausschloss und milde Urteile nur wegen Beihilfe erlaubte. Man unterstellte zugunsten der Angeklagten, sie hätten grundsätzlich auf Befehl gehandelt, sie brauchten es nur zu behaupten. Als dann allerdings die Terroristenprozesse der RAF anstanden, kehrte sich die Rechtsprechung wieder um. Mörder war nun auch der, der selbst nicht getötet hatte. Die Mitgliedschaft in der Gruppe reichte dafür aus, jedes Mitglied der Gruppe für alle Taten der Gruppe verurteilen zu können.

»Letztes Jahr haben sie einen Terroristen wegen Mordes verurteilt«, berichtete Schlüter. »Einen Herrn Boock. Als die Morde in Deutschland passierten, war er in Bagdad.« Er machte eine kleine Pause. »Gerechtigkeit kriegen Sie nicht im Justizbetrieb«, schloss er. »Sie kriegen Urteile, nichts anderes. Unsere Justiz taugt nur für Friedenszeiten. Solange alles gemütlich ist, funktioniert sie einigermaßen. Aber sie ist dem Krieg und seinen Verbrechen nicht gewachsen.«

»Was raten Sie?«

Schlüter legte die Büroklammern weg und blickte seinem Gegenüber in die Augen. »Sagen Sie Ihrem – Freund, dass er versuchen soll, noch mehr über die Sache herauszubekommen, wenn er die Möglichkeit hat – unbedingt.«

Schlüters weiche Bürohände lagen geballt auf dem Tisch. In Döpners Augen erschien ein kleines Leuchten, etwas davon, wie er früher gewesen sein mochte, doch er sagte nur einfach »Danke« und erhob sich.

Schlüter umrundete seinen Schreibtisch erneut, um den Mann zur Tür hinauszubegleiten. »Eines möchte ich Ihnen noch mitgeben, Herr Döpner. Auf jeden Fall muss Anzeige erstattet werden, so oder so. Immer. Auch wenn es völlig hoffnungslos ist.«

Döpner sah den Rechtsanwalt irritiert an. »Aber Sie sagten doch gerade, dass es keinen Zweck hat.«

»Ja, das sagte ich. Aber das hat damit nichts zu tun. Man ist es den Opfern schuldig, dass man alles versucht. Auch wenn es keinen Zweck hat. Geben Sie mir Bescheid – bitte ...«

Schlüter hatte dem alten Mann beschwörend an die lahme Schulter gefasst, aber er beschwor nicht ihn, sondern sich selbst. Döpners Gesicht verzerrte sich, er wandte sich ab und ging still hinaus.

XXIV.

Er fuhr! Die Räder drehten sich unermüdlich, der Reflektor, den Jonni vorn an den Speichen befestigt hatte, ein kleines Bärchen, schleuderte herum und herum und herum, stand auf dem Kopf und auf den Füßen, auf dem Kopf und auf den Füßen, der Asphalt des Fahrradweges riss nach hinten weg, langsam wanderten die Eschenbäume vorbei, man konnte zählen von einem zum andern. Und vorne machte die Straße eine Kurve, da sah man noch nicht, wie es weiterging, aber nicht lange, so würde er die Kurve durchfahren und das, was hinter ihm war, würde verschwunden sein, als wäre es nie gewesen, und das vor ihm würde ganz neu, frisch gewaschen und unerwartet sein, eine neue Welt, erschaffen für ihn, mit neuen Bäumen und Feldern und Höfen und Häusern, und dahinter ein neuer Horizont.

Er fuhr, den linken Fuß in ein Futteral geschoben und etwas schief im Sattel, wie Schilf im Wind, das sich bog, aber standhielt.

»Wie die Rennfahrer«, hatte Johannes Dralle, den alle nur Jonni nannten, mit einem lustigen Zwinkern in seinem dicken Gesicht dazu bemerkt, bei ihrer Jungfernfahrt vor dem Altenheim, und, mit einem präsentierenden Schwenk seiner mächtigen Arme, als stünden sie wie Ölscheich und Manager vor einem handgefertigten Rolls-Royce, posaunt: »Sonderanfertigung, extra für Sie.« Jonni hatte auch noch eine Schnalle an den Lenker geschraubt, in die Döpner seine lahme linke Hand schieben und festmachen konnte. Mit Klettverschluss. Und so war er wieder zum Fahrradfahrer geworden.

Auf die Idee hatte ihn natürlich die Kalde gebracht, nachdem er ihr, abends mit dem Bus zurück von Schlüter, ungeduldig vorgejammert hatte, dass er nicht rauskam. Wenn man doch wenigstens Fahrrad fahren könnte. Wohin er fahren wollte, wenn er es könnte, verschwieg er.

»Tu's doch. Lern's!«, hatte sie gesagt und gelacht. Und dann ernst: »Geh zu Dralle, kauf dir ein Fahrrad!« Sie fügte hinzu: »Aber nur zu dem Schwiegersohn, dem Jonni, mit den beiden Alten kommst du nicht weiter. Jonni hilft dir.«

Döpner wusste ja seit seiner ersten Begegnung mit Zygmunt, dass er ganz allein quer durchs Dorf gehen konnte. Also hatte er sich zusammengerissen und war zu Dralles Fahrradladen gegangen, der sich gegenüber dem Rathaus befand, nicht weit von der Schmiede neben der Diskothek, um mit Jonni zu sprechen. Den Namen hatten ihm seine Frauen verpasst, die immer nur »Jonnihi!!!« nach ihm brüllten, wenn sie ihn zu einer Arbeit befehlen wollten. Johannes Dralle hatte ein schweres Schicksal, das ihn zum Knecht einer bettlägerigen Schwiegermutter, einer krummrückigen Schwiegermutterschwester, einer unzufriedenen Frau und zwei pubertierenden Töchtern gemacht hatte. Aber er bewahrte sich seine stille Friedfertigkeit und einen ganz normalen Humor ohne hämischen Hinterhalt; eine seltene Eigenschaft, die als naiv galt. Es geschah in unregelmäßigen Abständen, dass Jonni plötzlich verschwand, wenn es ihm zu viel wurde, für Tage oder gar Wochen. Er tauchte unverhofft mit Bildern wieder auf, die er an der Elbe oder im Moor gemalt hatte, aber manchmal, so munkelte man, kam er auch aus dem *7. Stock* in Hemmstedt zurück, der psychiatrischen Abteilung des Krankenhauses. Jonni, so hieß es, dürfe sowieso nichts entscheiden und man solle sich gleich an die Alten – oder wenigstens Jonnis Frau – wenden.

Jonni war ein Hüne. Er hatte blonde, grau gesprenkelte Haare, die hart wie Stahlwolle waren, Hände wie Klodeckel, ging auf die vierzig zu und lebte von der Hoffnung, die Alte würde ihm – oder wenigstens seiner Frau – eines Tages den Fahrradladen überschreiben. Seine Schwiegermutter war zwar Mitte achtzig und hatte einen schwarzen Fuß, aber sie wollte das Lebenswerk ihres verstorbenen Mannes nach zwanzigjähriger Witwenschaft nicht zur leichten Beute dieses Hergelaufenen machen; zumal ihre Schwester noch drei Jahre jünger und gut zu Fuß war. Jonni focht einen aussichtslosen Kampf um Macht und Herrschaft, den ein Eingeheirateter nie gewinnen konnte. Und seine Bilder nahmen sie ihm bei nächster Gelegenheit weg: Brotlose Kunst galt als verwerflich.

»Ich brauch 'n Fahrrad«, hatte Döpner gesagt, nachdem der Kunde vor ihm endlich draußen war, und dann leise hinzugefügt: »Irgendwas, womit ich fahren kann, ich …« Es roch nach Öl, Gummi und Staub. Bin ich ein Idiot, dachte Döpner, als er es ausgesprochen hatte, ein dummer Greis mit Flausen im Kopf.

Jonni musterte Döpner ausgiebig, von oben bis unten. Dann schweifte sein Blick über die Fahrräder im Laden und wieder zurück zu Döpner. Das war kein Blick auf einen Hoffnungslosen, den man nicht für voll nahm, sondern der ernste Blick auf einen Mitmenschen, der ein normales Problem hatte, das es zu lösen galt.

»Normales Fahrrad geht nicht, das ist schon klar«, sagte Jonni und kratzte sich durch die Drahtwolle auf dem Kopf. »Sie brauchen was Besonderes.«

»Hm«, antwortete Döpner abwartend und bereute, dass er gekommen war. Bloß keine Kundschaft jetzt, hoffte er inbrünstig.

»Sie brauchen ein Dreirad«, stellte Jonni fest. »Gehen Sie mal 'n paar Schritte.«

Döpner tat, wie ihm geheißen. Er machte Schaulaufen im Fahrradladen, im schmalen Gang zwischen aufgehängten und gestellten Fahrrädern und Regalen mit Lenkern, Schläuchen, Lampen und Sätteln. Irgendwie war das sogar normal. Wie konnten die Leute sagen, Jonni sei nicht ganz normal, wenn er der Einzige war, der Döpner zum Schaulaufen brachte, ohne dass er sich schämte?

»Ihr linkes Bein, funktioniert da was?«, fragte Jonni sachlich.

»Nichts«, antwortete Döpner.

»Gar nichts? Null?«

»Na ja. Wie man's nimmt. Im Fuß nichts. Aber ich kann, wenn ich sitze, das Bein etwas schwenken.«

»Sehr gut! Nicht hochziehen?«

»Nein. Nur ein ganz bisschen, wenn ich liege.«

»Probieren wir was aus«, beschloss Jonni. Er zog einen Hocker hinter dem Verkaufstisch hervor. »Bitte, nehmen Sie Platz.« Dann trat er zur Tür und drehte den Schlüssel herum. »Geschlossene Gesellschaft«, erklärte er. »Wir können jetzt keine Zeugen gebrauchen.«

Döpner setzte sich, indem er sich am Tresen festhielt.

»Schwenken Sie doch mal.« Jonni kniff das linke Auge zusammen, beugte sich gespannt vor, stemmte seine schweren Fäuste auf die Schenkel und schnaufte, während Döpner versuchte, Leben in seinem linken Bein zu zeigen. Langsam bewegte es sich ein kleines Stückchen, erst nach links und dann nach rechts.

»Gut«, lobte Jonni. »Nochmal.« Döpner schwenkte sein Bein noch einmal.

»Das ist gut. Das ist seeehr gut!« Jonni schien begeistert. »Das macht wahrscheinlich den Unterschied zwischen allem und nichts! Und die Hand – der linke Arm, was kann der?«

Jonni zeigte auf Döpners Arm, der wie immer fremd an seinem Körper baumelte.

»Nichts. Der macht wirklich gar nichts. Ist so gut wie tot.« Döpner verschwieg eine Kleinigkeit. Vor zwei Wochen hatte sein linker Daumen gezuckt, eine Merkwürdigkeit, mit der er nichts anfangen konnte. Wozu brauchte er einen Daumen, der zuckte, wann es ihm passte und zur falschen Zeit?

Jonni zupfte Döpner am Jackett, um sich selbst von der Tatsache zu überzeugen. Der Arm schlabberte hin und her wie Weichgummi.

»Tatsächlich«, sagte Jonni nüchtern. Nachdenklich rieb er sich mit Daumen und Zeigefinger das Kinn. »Entweder wir ignorieren den Arm. Oder wir planen ihn mit ein. Das weiß ich noch nicht. Jedenfalls werden wir ein spezielles Tretlager einbauen. Mit Ihrem Bein sind Sie jedem Steifbeinigen überlegen. Glauben Sie nicht? Da können Sie Gift drauf nehmen. Wir machen es so, dass es sich mitbewegen muss. Trainiert außerdem«, setzte er hinzu und lachte. »Training ist das halbe Leben.«

»Jonnihi!«, näselte es hohl aus dem düsteren Hintergrund des Ladens, wo eine halb offene Tür in die privaten Räume führte. Das war die Alte, die mit angezogenen Knien vom Sofa her ihr Regiment führte, hart und kalt wie eine chinesische Porzellanfigur, mit kränklichen rosa Flecken auf den kalkweißen Wangen, unter den alten Falten schon wieder das Gesicht des Neugeborenen.

»Ja, Mutter, hab Kundschaft!«, rief Jonni, ohne sich umzudrehen. »Und ins Tretlager kommt eine Feder rein. Sodass das Pedal links mit rumgeht, auch wenn Sie nur rechts treten. Sie müssen nur üben.«

»Ja?«, zweifelte Döpner.

»Sie werden seh'n!«

»Johonni!!«, rief es von hinten, hohl und leiernd. Unter halben Lidern sah die Alte in den Nebel der Zukunft, die Hände wie ein dürres Reisighäuflein auf der Decke.

Jonni gab sich einen Ruck und schrie: »Ja-ha! Augenblick noch, Mutter, ich habe Ku-hundschaft!« Leise erklärte er Döpner: »Die Alte ist, wie sie ist. Da muss ich mit fertig werden.

Schicksal. Auch Trainingssache übrigens.« Er keckerte und zwinkerte Döpner verschwörerisch zu.

»Jonnihi, komm jetzt!«

»Ich komm gleich, Mutter!« Jonni steckte die Zunge raus wie Moritz dem Schneider Böck. »Das ist das reinste Altersheim hier. Ähh, nichts für ungut!«

»Nein, nicht gleich, jetzt sollst du kommen, Jonni!!«, hörte Döpner die Stimme aus dem Dunkel des Hauses.

»Sofort!«, rief Jonni.

»Du wirst schon sehen, was du davon hast, Jonni!«, leierte es weiter.

»Is gut, Mutter!!«, brüllte Jonni. Und flüsternd zu Döpner: »Sie kann nichts dafür. Übrigens kommt nachher die Ärztin. Sie kratzt das tote Fleisch ab und setzt neue Maden an, damit es nicht so stinkt.« Jonni grinste diabolisch.

Döpner begann sich überflüssig zu fühlen. Außerdem wurde ihm flau.

»Das wirst du bereuen, Jonni!«

»Ich weiß, Mutter, ich wa-heiß!!«

Döpner wusste nicht, was er jetzt machen sollte.

»Passen Sie auf«, sagte Jonni schnell. Er hatte Schweißtropfen auf seiner furchigen Stirn und keine Zeit mehr für langwierige Verkaufsgespräche. »Ich muss nach hinten. Zu meiner Schwiegermutter. Sie hören sie ja. Tante Gesine ist zum Glück nicht da und meine Frau ...« Mit beiden Händen knetete er die Worte.

»Jonnihi!«

»Ich bestell ein schickes Teil für Sie. Und rüste es dann um. Wo wohnen Sie? – Im Altenheim? Ha, ha! Ich geb Ihnen Bescheid, wenn es da ist. Dann machen wir einen Versuch, okay?«

Döpner nickte stumm und Jonni sagte leise: »Die Unterdrückten müssen zusammenhalten – Unterdrückte aller Länder, vereinigt euch!« Er stieß wieder sein keckerndes Lachen aus, kickte Döpner kumpelig den Ellbogen in die lahme Seite und hielt ihm die Tür auf. »Was weich ist, ist stark. Was hart ist, ist schwach. Ein Zen-Spruch. Kennen Sie Zen?«

»Johonnihi, nu komm doch endlich, Jonni!«

»Ja, ja, verdammt nochmal, ich komm ja schon, was ist denn schon wieder?!«, hörte Döpner noch, bevor die Ladentür hinter ihm zufiel.

Zwei Wochen später hatte Döpner im Altenheim Besuch bekommen. Jonni Dralle mit dem Dreirad. Döpner konnte immer noch nicht begreifen, wie er es geschafft hatte, direkt vor dem Altenheim, auf einem der geschotterten Wege, die erste Trainingsstunde durchzustehen, unter den Augen alter Frauen draußen auf der Bank. Jonni hatte Döpner das Fahrrad gehalten, bis er im Sattel saß und die linke Hand festgeschnallt war, und dann hatte Döpner getreten, mit seinem gesunden Bein, und Jonni hatte hinten festgehalten, wie man einen kleinen Bruder festhält, der das Fahrradfahren lernt. Schnaufend war er hinter Döpner hergelaufen, in seinem Blaumann die Straße zur Siedlung runter, und hatte gerufen: »Mann, fahr nicht so schnell, wer soll da denn noch hinterherkommen?!«

Sie hatten trainiert, bis Döpner allein fahren konnte, er, der alte dusselige Krüppel, und der verrückte Dralle, ein ungleiches Paar, über das es viel zu reden gab im Dorf und im Altenheim.

Besonders in den Kurven musste Döpner aufpassen, denn er war zu schwach, sich richtig schief zu legen, wie Jonni es ihm erklärt hatte, nämlich zur Außenseite hin, aber Jonni zeigte sich überzeugt, dass Döpner das bestimmt noch schaffen würde, und er schaffte es. Dann übten sie das Absteigen, das noch gefährlicher war als die Kurven, weil es einen Moment ohne Gleichgewicht gab, den Döpner mit einem Stock überbrücken musste.

»Übrigens«, sagte Jonni nach der letzten Fahrstunde leise, die Frauen auf den Bänken vor dem Altenheim mit unsicherem Blick streifend. »Ich möchte Sie um was bitten.«

Döpner nickte erschöpft.

»Meine Bilder – Sie müssen wissen, ich male zwischendurch. Und zu Hause kann ich die nicht aufbewahren, sie nehmen mir die immer weg. Können Sie die für mich aufbewahren?«

Seitdem war Döpner nicht nur Fahrradfahrer, sondern auch Kunstsammler geworden. Die Übergabe fand stets konspirativ statt. Er gab die Bilder an Agathe Kalde weiter, die sie in ihrem riesigen Schrank verwahrte: Bilder von Wasser, Himmel, Dunst und Nebel, Dämmerung und Licht.

Nach der ersten Fahrt, die Döpner allein gemacht hatte, war er so fertig gewesen, dass ihm die Kraft fehlte abzusteigen. So blieb er sitzen, vor dem Altenheim, schief im Sattel seines Dreirads, mit gesenktem Kopf und schwer atmend, voller Angst, er könnte stürzen und damit den Plan, den er auszuführen beschlossen hatte, zunichte machen und das letzte Ziel seines Lebens für immer verfehlen. Schwester Monika war gekommen, wollte helfen, aber er hatte sie fortgejagt. Es gab Dinge, die ein alter störrischer Mann allein schaffen musste, und wenn es den Hals kostete. Döpner verspürte eine neue Kraft, jenseits der körperlichen.

Ein Problem, beinahe größer noch als das Fahrradfahren zu lernen, war die Unterbringung des »Ungetüms«, wie Frau Dabel-Wiegersen, die Heimleiterin, das Dreirad nannte. Sie hatte ihm keinen Unterstellplatz genehmigt, denn Döpner brachte mit seinem Dreirad die gewohnte Ordnung durcheinander. Sie versuchte, ihn abzufertigen mit der Begründung, »so was« ginge nicht; wie damals, als er seine Dienste in der Küche angeboten hatte. Er könne jetzt nicht einfach solche Ungetüme unterstellen, wo käme man da hin, wenn das jeder wolle? Und außerdem sei das viel zu gefährlich; wenn er nun stürze? Wer ihm dann helfen würde? Döpner hatte geantwortet, es wolle nicht jeder, er sei der Einzige, der das wolle. Und wenn er stürze, dann sei das seine Sache. Dann würde er sich eben das Genick brechen und sie sei ihn los. Frau Dabel-Wiegersen hatte ihn stehen lassen – und Döpner das Dreirad vor dem Eingang. Abgeschlossen natürlich, neben der Bank, auf der er früher immer gesessen hatte.

Nach zwei Tagen hatte die Heimleiterin ihn in der Eingangshalle abgefangen und erklärt, man werde das »Gefährt« in der Garage des Hausmeisters unterbringen. Das sei aber eine Ausnahme, die für andere nicht gelten könne. Döpner hatte sich durchgesetzt.

Und nun fuhr er ganz allein. Die Leute im Dorf sahen etwas, was sie noch nie gesehen hatten: einen alten Mann, der auf einem Dreirad saß, schräg wie ein Spastiker im Rollstuhl und mit verzogenem Mund um jede Umdrehung der Räder kämpfend. Sein kleiner Schopf weißer Haare wehte im frischen Wind. Döpner arbeitete sich langsam durch Hollenfleth, sein Bein schmerzte schon, aber doch jubelte er: Er war entlassen aus der Knechtschaft der bleiernen Zeit, befreit von Untätigkeit und Überflüssigkeit; er war nicht jünger geworden, aber er wollte etwas Besseres finden als den Tod.

Döpner grüßte niemanden. Er fuhr für sich allein, den Blick auf das Pflaster oder in die Ferne gerichtet. Denn erstens hatte er keine Grußhand frei, zweitens musste er sich konzentrieren, drittens grüßte man keine Leute, die einen krummen Greis und alten Irren bloß anglotzten, und viertens war er ein neuer Mensch, den keiner kannte. Das Fahren kostete ihn seine ganze halbe Kraft.

XXV.

Döpner hatte es sich zur Pflicht gemacht, alle Tage und bei jedem Wetter unterwegs zu sein; im Dorf, in den Straßen der Siedlungen, in den kleinen Ortschaften im Moor, auf der Hauptverkehrsstraße nach Hemmstedt und in der anderen Richtung nach Großenborstel, auf den schnurgeraden Wirtschaftswegen in der Marsch, entlang der Wettern und Landern, wo nur der Wind, die Bauern und Liebespaare unterwegs waren, und sogar im Basseler Außendeich und auf den Verteidigungswegen. Die Steigung am neuen Deich von Ruthensand schaffte er mit letzter Kraft und auch nur, weil er sich von Jonni ein paar kleine Gänge hatte einbauen lassen. Das war Döpners Mutprobe, denn wenn er die Steigung nicht schaffte und stehen blieb, dann war er gefangen, weil er nicht umdrehen konnte, ohne das Dreirad in Schieflage und sich selbst in höchste Gefahr zu bringen: Mit halbem Leib stürzt man schwer. So suchte Döpner die Gefahr, bis er sich an sie gewöhnt hatte. Wenn er dann über die Kuppe des Deiches kam, belohnte ihn die weite Sicht über den breiten Fluss; hierher fuhr er am liebsten, um das Wasser und die Schiffe zu sehen und von ferne ihre stampfenden Motoren zu hören. Manchmal radelte er sogar auf den Holzplanken der Brücke bis zum Anleger, er ließ sich vom Schwall der schweren Schiffe im großen Strom schaukeln und dachte darüber nach, ob es einen Scheideweg in seinem Leben gegeben hatte, an dem er sich anders hätte entscheiden können, und dass er dann in den nassen Marschen der Memel leben würde und kein Fremder wäre.

Jonni hatte noch eine feine Sache an seinem Rad angebracht: den Gepäckträger. In einem Korb unter einer blauen Plane verwahrte Döpner seine Reisehelfer: die Regensachen, den Stock mit Dreibein, den er beim Absteigen brauchte, und die Thermoskanne, aus der er heißen Kaffee trank, wenn er allein war. Orte, an denen er sich gestattete, seine vorgespielte Teilnahmslosigkeit abzulegen, halb verborgen von hohem Mais oder im dunklen Schatten einer Pappel am Rand eines Feldes, an das Heck seines Dreirades gelehnt, die Standbremse gezogen – auch eine Erfindung von Jonni, die Pausen überhaupt erst möglich machte.

Döpner hatte immer eine Karte dabei und ein kleines Buch, in dem er aufschrieb, wo er gewesen war, denn er ging systematisch vor. Er hatte nicht viel Zeit, vielleicht sogar zu wenig, und es galt, sie zu nutzen.

»Was fährst du eigentlich immer herum?«, hatte ihn die Kalde gefragt, die sonst selten etwas fragte, weil sie der Meinung war, dass die Leute das, was sie zu sagen hatten, gefälligst von selbst sagen sollten.

»Ich fahre«, hatte er nur geantwortet. »Es ist gut zu fahren. Außerdem hole ich die Bilder bei Jonni ab. Sie nehmen sie ihm sonst weg.«

»Die Bilder sind Spitze. Aber du fährst doch auch noch woandershin. Wozu ist das gut?«

»Es tut mir gut. Es bringt die Zeit rum.«

»Man soll nichts tun, nur um die Zeit rumzubringen. Das tun hier alle.«

»Ich weiß, was ich tu und wozu ich es tu!«

»Na, da bin ich aber gespannt!« War sie neugierig? Aber er

hatte keine weiteren Erklärungen abgegeben und sie fragte auch nicht mehr.

Endlich war es so weit. Döpner hatte sich hochtrainiert. Er konnte jetzt schneller fahren, was er nicht zeigte, und ausdauernd vor allem. Und ihm war, als wenn sein linkes Bein nicht mehr ganz so schlaff vom rechten hoch- und runtergezogen wurde, als würde es einen kleinen, winzigen Teil der Arbeit übernehmen, als würde es lernen vom gleichmäßigen Kreisen der Pedale. Aber vielleicht war es auch nur, dass die heile Hälfte seines Körpers geschickter geworden war. Jedenfalls bekam er den linken Fuß inzwischen leicht in das Futteral am Pedal, er glitt schon fast von selbst hinein, wenn er losfahren wollte. Seine linke Hand war ein Rätsel. Erst hatte der Daumen angefangen zu zucken, was sinnlos und unbedeutend war. Aber dann hatte Döpner gemerkt, dass er ihn willentlich zum Zucken bringen konnte, wenn er sich lange genug konzentrierte, er registrierte den Funken Leben in dem nutzlosen Glied erstaunt und beinahe amüsiert.

Zu allem war es Döpner, als könne er in der Fortbewegung besser denken und planen, als helfe die Anstrengung des Körpers auch seinem Hirn.

Zuerst hatte er den Käpt'n gefragt. Mit rot gesprengten Augen hatte der ihn angesehen: »Ich weiß nichts!«, hatte er nur gesagt. Damit war der Käpt'n endgültig abgeschrieben. Aber anschließend hatte Döpner eine Hypothese aufgestellt, wer einer der beiden unbekannten Mörder sein konnte, die damals gemeinsam mit dem Feldhöber die Polen umgebracht hatten.

Der pensionierte Polizist wohnte am alten Deich in Dornbrügge. Es gab zwei Wege dorthin, entweder von Ost oder West auf dem Verteidigungsweg oder von der Hauptstraße aus, und Döpner war in den vergangenen zwei Monaten achtmal aus verschiedenen Richtungen wie zufällig an dem Haus vorbeigefahren. Der Bau stand, wie in dieser Wohngegend üblich, auf einem großen Grundstück, die Straßenfront nahm ein gepflegter Garten ein, in dem ein Pensionär Gesundheit, Entspannung und Muße fand, sein Leben Revue passieren zu lassen, ein Garten mit gestochenen Rasenkanten und geharktem Todesstreifen beidseits des Holzzaunes an der Straße, mit Komposthaufen hinten an der Grenze zum Nachbarn, alles wie es sich gehörte.

Diesmal war Döpner bereit; allerdings hatte er auch eingeplant, einfach vorbeizufahren, wenn die Gelegenheit sich nicht ergab. Aber Grünberg war draußen; ein kleiner dicklicher Mann mit schütteren Haaren, der, Gummistiefel an den Füßen, seine Rosenbeete mit einer Hacke bearbeitete, ganz offenbar mit sich und der Welt zufrieden.

Döpner hielt an, drehte sich langsam um und rückte seine zurückgeschlagene Plane über dem Gepäckträger zurecht.

Grünberg hörte auf zu hacken. »Schönes Wetter heute«, sagte er, wischte sich den Schweiß von der roten Stirn und kreuzte die Hände über dem Stiel der Hacke.

»Ja«, antwortete Döpner und mühte sich einhändig an den Knöpfen seiner Jacke.

»Und Sie nutzen es auch, wie ich sehe. Sie sind ja viel unterwegs in letzter Zeit.«

»Na ja«, antwortete Döpner. »Man kriegt eben die Zeit besser rum, wenn man so fährt.« Er griff nach der Plane, um an seinen Stock zu kommen.

»Kann ich helfen?«, fragte der pensionierte Polizist.

»Wenn Sie mir nur den Stock geben könnten. Ich brauch den zum Absteigen. Ich komm sonst nicht runter von diesem Ding. Ich muss mal runter, mein Bein ...« Er ließ offen, was mit seinem Bein war.

Grünberg lehnte seine Hacke an den Gartenzaun, öffnete die Pforte und langte in den Gepäckträger, um Döpner den Stock zu geben, der sich sogar helfen ließ, vom Rad abzusteigen.

»Ach, man wird nicht jünger«, stellte Döpner fest. »Früher war's besser.«

»Ja, ja. Na ja. Als man jung war...«, summte der Polizist.

Döpner ließ sich etwas schwanken. »O je! Ich bin ein Krüppel geworden. Als ich noch arbeiten konnte! Hab immer gearbeitet. Tu das jetzt noch, wie ich kann. Aber meine beste Zeit war früher, beim Feldhöber in der Ziegelei, wissen Sie noch?« Vorsichtig machte Döpner eine Vierteldrehung, um sein Gesicht aus der Sonne zu bekommen, zog die Bremse an und lehnte sich an sein Dreirad. Er hatte nicht erwartet, so schnell zum Thema kommen zu können.

»Beim Feldhöber? Ja richtig, der Feldhöber ... Da waren Sie ... tätig?«

»Ja. Vorarbeiter, Brenner hauptsächlich. Wie Sie wollen. Mit den Polen habe ich gearbeitet. War 'ne schwierige Zeit. Die Leute taugen nichts, sag einer, was er will.« Döpner schüttelte ärgerlich den Kopf.

»Haben die Arbeit nicht erfunden«, lachte der Polizist zu ihm auf. Er war einen halben Kopf kleiner und hatte eine tropfenförmige Figur.

»Nee, das haben sie nicht, früher nicht und heute nicht. Und damals war's schlimm. Die konnten einen ganz schön in Schwierigkeiten bringen, wenn sie wollten. Zuletzt wurden die richtig frech. Man musste was schaffen und die taten alles, damit möglichst wenig produziert wurde. Dabei haben wir nur Steine gemacht und keine Granaten.«

»Nee, habt ihr nicht ...«, stimmte der Polizist undeutlich zu und verzog das Gesicht.

»Sabotage, was anderes hatten die nicht im Kopf! Und schlimmer noch. Am Ende haben sie Morgenluft gewittert. Dachten, sie könnten uns noch fertig machen.« Döpner lachte sein Teufelslachen und ballte die Faust. »Ein Glück, dass Sie noch zwei von denen sonderbehandelt haben, damals hinterm Hof. Wer weiß, vielleicht hätten die uns sonst noch umgelegt!«

Der Polizist blieb still.

»Dafür bin ich Ihnen heute noch dankbar, Herr Grünberg. Schweine waren das, die's nicht besser verdient hatten. Wollt ich Ihnen immer schon mal sagen.« Döpner spähte den Deich in beide Richtungen ab. Dann setzte er gedämpft hinzu: »Man musste ja schweigen über solche Sachen. Aber jetzt, wo Gras drüber gewachsen ist ...« Döpner legte dem Polizisten seine Hand auf die Schulter und drückte sie freundschaftlich.

Der Mann war bleich geworden, während Döpner ihn mit seinem hässlichen Lächeln und seiner Faust an der Schulter gefangen hielt.

»Von solchen wie Ihnen hätten wir mehr gebraucht, Herr

Grünberg. Mut. Entschlossenheit. Und kein Zurückweichen vor dem Feind!!«

»Ich – das war der Feldhöber«, stotterte Grünberg endlich. »Ich habe nur – er hat doch geschossen! Ich hab doch nur geholfen, die Leute abzuführen, sie sollten bestraft werden, hat der Feldhöber gesagt, wegen Sabotage, aber er hat plötzlich geschossen, er hat uns geholt, Nagel und mich. Und dann hat er geschossen, Nagel war doch in der Partei, sogar Ortsgruppenleiter von Hemmstedt-Süd, und da dachte ich, dass er auf jeden Fall ... ich wusste das nicht, der ... ich war auch ...«

Der Polizist verstummte und senkte den Kopf.

»Egal«, lachte Döpner wieder und schraubte die Jacke des alten Polizisten zusammen. Man kann immer lachen, dachte er, lachen kann man zu allem, wenn man nur ein halbes Gesicht hat. »Egal, mein lieber Grünberg. Erstens sind das alte Kamellen, vorbei und vergessen – mir fiel das nur gerade ein, weil wir von den alten Zeiten geredet haben. Und zweitens: Das war richtig, was ihr gemacht habt! Sonderbehandlung war das einzig Richtige, sage ich Ihnen, ich kannte die zwei doch, das waren wilde Burschen, der Gorczynski und der Kulczyk. Arbeitsvertragsbruch war bei den Lumpen an der Tagesordnung. Dachten, sie kämen woanders besser durch. Liefen weg, nur weil sie ein paar Stunden zu arbeiten hatten! Das kann man heute keinem mehr erklären. Machen Sie sich mal nicht kleiner, als Sie waren, mein Lieber, das war schon in Ordnung. Wenn alle so entschlossen gehandelt hätten, dann ...«

»Nein«, widersprach der Polizist leise. »Ich sage doch, es war der Feldhöber, der hat ..., und außerdem ...«

»Außerdem war er ein Totenkopfmann, ich weiß«, ergänzte Döpner. »Unsere Elite! Wenn der was anordnete, und dann der Nagel noch dazu ...«

»Das war es ja«, nickte Grünberg hastig. »Er hat es angeordnet, und Nagel auch, der hat gesagt, er hätte mit Berlin telefoniert, und da dachte ich ... wir waren doch nur kleine ... Leute ...« Er blickte hilflos an sich herunter, wie um sich zu vergewissern, wie klein er immer noch war.

»Ach lassen wir das, Grünberg.« Döpner ließ endlich die

Schulter des Mannes los, gab ihm ein paar freundschaftliche Klapse und fügte hinzu: »Verdient hatten sie's auf jeden Fall. Auf das Ergebnis kommt es an. Zwei Mistkäfer weniger! Und Sie haben Ihr Teil dazu beigetragen, wie sich das für einen anständigen Volksgenossen gehörte. Die Zeiten sind vorbei. Und wir zwei werden sie nicht wieder herzaubern können. Ich hatte die alte Geschichte schon fast vergessen.«

»Ich wollte doch ...«

Aber Döpner ließ sich nicht unterbrechen: »Man soll, gerade wenn man alt ist, die Leute loben, wenn sie's verdient haben, bevor es zu spät ist und man es nie getan hat. Also – egal was Sie dazu sagen: Danke!« Döpner ließ Grünberg endgültig frei. »So, und nun will ich mal wieder. Halte Sie bloß unnütz von der Arbeit ab!«

Umständlich verstaute Döpner seinen Stock auf dem Gepäckträger, beschimpfte das sperrige Ding und bestieg es schließlich. Grünberg vergaß, seine Hilfe anzubieten.

»Nichts für ungut!«, rief Döpner dem Kriegsverbrecher zu, der dastand wie eine Statue, bleich und aus der Zeit geworfen.

Döpner fuhr schneller zurück als sonst. Ich wusste nicht, dass ich mich so verstellen kann, dachte er. Mein kaputtes Gesicht – ich kann sagen, was ich will, keiner sieht, ob ich lüge, und wenn ich lache, obwohl ich Angst habe oder wütend bin, das merkt auch keiner. Nagel von der Partei? War das der kleine Mann, der zur Bank ging, um sein Geld zu zählen? Wer hätte das gedacht! Na ...

Und wenn Grünberg nun mit dem Feldhöber sprechen, ihm erzählen würde, dass er, Döpner, der Zeuge im Entschädigungsprozess, von dem Verbrechen wusste? Oder würde Grünberg weiter einsam schweigen, in der Hoffnung, dass Döpner das kleine Gespräch am Gartenzaun wieder vergessen würde? Ach ja: Alte Kumpane, die Dreck am Stecken hatten, würden sich aus dem Weg gehen. Obwohl – die Marschordnung bei den Schützenumzügen: Grünberg war immer stolz vorneweg marschiert, als Tambourmajor, keiner konnte den betressten Stab so hoch im Takt der Trommeln werfen und drehen, wirbeln und fangen wie der dicke patente Grünberg. In der ersten Reihe gleich hinter ihm der Feldhöber, die gewaltige Nase hoch und mit seinen frisch gewichsten schwarzen Schaftstiefeln, der Mütze mit dem Totenkopf und der Schützenjoppe, die voller Orden hing und bei jedem Schritt klimperte. Keiner hatte je beanstandet, dass der Feldhöber, wann immer ein offizieller Anlass war, mit den verbotenen Insignien von Macht und Mord umherzog. Feiglinge sind wir, dachte Döpner, Feiglinge und Duckmäuser. Aber damit war Schluss jetzt.

Während die Räder sich drehten und ihm die Tränen aus den Augen liefen, dachte Döpner an Tadeusz Gorczynski und Josef Kulczyk, die am 7. April 1945 einen sinnlosen frühen Tod hatten sterben müssen. Er erinnerte sich an ihre schweißüberströmten Gesichter, wenn sie die voll gepackten Loren aus den Brennkammern schoben, an ihr Lachen und ihre Flüche, die sie dem Feldhöber hintergerufen hatten. Warum habe ich die ganze Zeit nichts getan?

Döpner beschloss, so bald wie möglich zu Schlüter nach Hemmstedt zu fahren. Mit einem so schnellen Erfolg hatte er nicht gerechnet.

XXVI.

Die Frau mit den grünen Fingernägeln und dem Vogelblick war allein in ihrem Zimmer. Man hatte sie von der Bewegungstherapie zurückgebracht. Sie saß zusammengesunken in ihrem Rollstuhl und blickte aus dem bodentiefen Fenster. Draußen schien eine vergnügte Sommersonne, die weder Leid noch Sorgen kannte und Fröhliche und Traurige gleichermaßen wärmte. Nur die Toten nicht. Erna Rathjens war gestorben und morgen würde die Beerdigung sein. Dabei war sie überhaupt nicht krank gewesen, nur ganz zuletzt.

Agathe Kalde fragte sich, ob sie hier in diesem engen Zimmer ihre letzten Tage verbringen sollte. »Ihr Lieblinge«, murmelte sie, »wann werde ich euch wiedersehen?«

Es war zehn Uhr. Jetzt würde keiner kommen. Schwester Martina würde erst in einer Stunde nach ihr sehen. Agathe

Kalde sah sich in ihrem Zimmer um. Das Bett mit der Triangel des Galgens. Der Nachttisch auf Rollen, mit Klappbrett, damit man darauf essen konnte. Der Schrank in der Ecke, der viel zu groß war für das kleine Zimmer und ein bisschen vor das Balkonfenster ragte. Der Besucherstuhl, auf dem Lancelot saß, wenn er sie besuchte. Der linkische Lancelot, der Mann mit dem halben Gesicht, der schüchtern war und doch anders in der letzten Zeit, seit er mit seinem Dreirad unterwegs war. Wie hatte er das geschafft? Der Linoleumboden, die Deckenlampe, die viel zu hell war und die man nur anmachte für das erste Zurechtfinden.

»Agathon – wenn du bei mir wärst! Was machst du nur ohne mich?«, flüsterte sie.

Mit einer ärgerlichen Bewegung wischte sie sich eine Träne aus den Augen. Sie schob eine schwarze Strähne ihres Haares unters violette Kopftuch, verdrehte den Hals und fixierte das Fußende des Bettes. Entschlossen wendete sie ihren Rollstuhl und brachte ihn in Stellung, bis ihre Knie an das Fußende ihres Bettes anstießen. Sie stellte die Bremse fest, brachte die Füße auf den Fußboden, beugte sich vor, umklammerte den metallenen Bogen der Liegestatt, holte tief Luft und begann sich, nach einem misstrauischen Schulterblick zur Tür, mit gepressten Lippen und weißen Knöcheln an dem Gestell hochzuziehen. Ihr schlanker leichter Leib zitterte und sie ächzte vor Schmerz und Anstrengung, jedoch: Sie stand. Schließlich stand sie sogar ohne Schwanken.

Stöhnend ließ sie sich wieder in den Rollstuhl sinken. Ein ängstliches Lächeln, aber voller Triumph, flog um ihre Lippen, bis sie sie wieder zusammenpresste.

»Hah!!«, keuchte sie. »Wartet!«

Sie hatte den Rollstuhl wieder neben den Nachttisch bugsiert. Heute würde Döpner nicht kommen. Er war gleich morgens auf sein Ungetüm gestiegen. »Kaffee brauchst du heute nicht für mich bestellen«, hatte er nur gesagt. Agathe Kalde hob die Thermoskanne und goss den Kaffee ein. Dunkelbraunes Gebräu kreiselte Blasen werfend in der Tasse. Die Sahne: wie der weiße Strahl sanft versank und sich von unten her wolkig ausbreitete, unter der Oberfläche stehen blieb, die vom Löffel durchstoßen werden musste, während die Zeit verharrte und wartete und sich gleich war, egal ob sie hier oder im Engelsmoor verstrich. Sie trank, die Tasse mit beiden Händen umfassend, und versank in der Erinnerung. Die Sonnenstrahlen, die durch die Erlen blitzten; ihre Katzenfreunde, die sich räkelten; die Bilder und die Bücher, die Einsamkeit und der Duft des Moores.

Es klopfte. Sie brauchte einen Moment für die Wiederkehr. »Herein!«

Schwester Martina. »Tag, Frau Kalde, ich wollte fragen, haben Sie genug Kaffee?«

»Danke, Schwester. Es ist auch eine Tasse für Sie da, bitte.«

Die Frau mit dem Kopftuch holte von der Ablage des Rolltischchens neben sich eine Tasse hervor und schenkte ein, bevor Schwester Martina ablehnen konnte.

»Nehmen Sie doch Platz – ein Stuhl ist noch frei. Döpner kommt heute nicht.«

»Ist der schon wieder unterwegs?« Martina rührte in ihrem Kaffee. »Sie sind so nett«, sagte sie, nachdem sie den ersten Schluck genommen hatte. »Es sind nicht alle so nett hier.«

»Ich bin nicht nett«, schüttelte die alte Frau den Kopf. »Ganz im Gegenteil: Ich bin eine Hexe!«

»Gott, nee, wie furchtbar!«, rief Schwester Martina in gekünsteltem Schrecken und lachte. »Hexen hab ich mir eigentlich immer anders vorgestellt!«

»Hexen haben kein langes Kinn, lange Zähne, Warzen mit Haaren drauf und einen Besen, auf dem sie nachts zum Blocksberg reiten. Die Zeiten sind schon lange vorbei«, sagte die Kalde ernst. »Sie sehen nicht aus wie in den Märchenbüchern, Deern.«

»Wie denn?«, fragte Martina. Sie wusste nicht, ob sie grinsen durfte oder nicht.

»Man kann sie am Äußeren nicht erkennen«, erklärte die Kalde und beugte sich vor, um leiser sprechen zu können. »Jede Frau kann eine Hexe sein!« Ihre dunklen Augen glitzerten durchdringend und sie lächelte maskenhaft. »Manchmal haben sie zum Beispiel grüne Fingernägel …«

»Nu machen Sie mir aber Angst, Frau Kalde«, kicherte Martina unsicher und starrte die kleine Hand mit den grünen Fingernägeln und den beiden schweren Goldringen an, die auf ihrem Arm lag.

»Sie müssen keine Angst haben.« Die Kalde streichelte den Arm. »Hexen können gut oder böse sein, genauso wie Menschen. Ich bin keine böse Hexe. Ich bin eine weiße Hexe.«

»Ach, da bin ich aber beruhigt.« Martina lachte übertrieben laut.

Agathe Kalde goss Kaffee nach und ließ Martina die Sahne einrühren, bevor sie fragte: »Sagen Sie, Martina, morgen ist die Beerdigung von Frau Rathjens. Gehen Sie hin?«

»Nein, ich hab Dienst und danach – mein Freund, und es sind auch …« Erschrocken hielt sie inne.

»… zu viele, die sterben, nicht wahr?« Agathe Kaldes Gesicht verzog sich spöttisch. »Frau Deede hat erzählt, dass Sie sie gefunden haben, als sie … tot war?«

»Ja.« Martina schüttelte sich. »Sie lag ganz verbogen auf ihrem Bett, die Arme, dabei war sie ein, zwei Tage vorher noch so gut zu wege, wir haben sie erst zuletzt auf die Pflegestation genommen. Und die Nase …«

»Ja?« Die Frau im Rollstuhl beugte sich gespannt vor.

»Sie hatte Blut unter der Nase, wie nach Nasenbluten.« Martina nickte vor sich hin.

»War sie – verletzt?«

»Nein. Das war sie nicht. Warum fragen Sie?«

»Nur so.« Agathe Kalde trank und schlürfte genießerisch. »Ich habe sie ja noch gesehen, zwei Tage vorher, im Speiseraum. Also Nasenbluten hatte sie?«

»So sah das aus, ja«, erzählte Schwester Martina. »Ich hab sie – man konnte es nicht so lassen, ich hab sie ja sauber gemacht gleich, die Chefin hat gesagt, sie müsste ein bisschen hergerichtet werden, damit …«

»Damit?«

»Damit sie anständig aussieht, wenn der Doktor kommt, sie wollte gleich dem Dewald Bescheid geben.«

»Hat Ihre Chefin die Tote denn gesehen, bevor Sie –?«

»Nein, ich hab sie gefunden und bin gleich zur Chefin hingelaufen und hab gesagt, mit der Rathjens wäre es zu Ende. Die Chefin hat mich gefragt, ob es ganz sicher sei; ja, es war ganz sicher, denn die Rathjens war ja schon fast kalt, ich habe es gefühlt, ich hab sie gleich angefasst, wegen dem Puls, das muss man ja, wenn man so hinkommt, und einer ist tot. Sie ist wohl schon früh in der Nacht gestorben und da hat die Chefin gesagt, ich soll sie gleich ein bisschen herrichten, sie würde dem Doktor Bescheid geben, damit er den Totenschein ausfüllt …«

»Und Sie haben ihr Blut weggemacht?«

»Ja, sie hatte Blut im Gesicht, nicht viel, aber sie war nicht verletzt, es war Nasenbluten, das konnte ich sehen beim Saubermachen, dass es aus der Nase gekommen war, das Blut war schon ganz dick und hart und dunkel…« Schwester Martina zitterte.

»Ist Ihnen sonst noch was aufgefallen? War irgendwas Besonderes?«

»Ich weiß nicht.« Martina rührte mit dem Löffel in ihrem Kaffee. »Irgendwie kam sie mir ein bisschen gelb vor, aber das Licht war auch nicht – nein also, ja: vielleicht ein bisschen gelb. Stimmt irgendwas nicht?«

»O nein!«, beschwichtigte Agathe Kalde sie schnell. »Gelb war sie, ja?«

»Ja«, bestätigte Martina. »Wie bei Babys, die Gelbsucht haben …«

»Babys …«, sagte Frau Kalde.

»Ja. Die sind auch oft so gelb.« Martina lächelte schüchtern.

»Sie haben Babys gern, nicht?«

Martina nickte stumm, schluckte und wurde rot im Gesicht.

»Sie hätten gern eins«, stellte die Kalde lächelnd fest. »Aber – und dann haben Sie sie zurechtgemacht?«

»Ja«, flüsterte Martina mit gesenktem Kopf. »Augen zu, Vorhänge vor, die Hände gefaltet. Und das Gesicht gewaschen, und eine Kerze habe ich angezündet, damit … So hat Dr. Dewald sie dann vorgefunden.«

»Ist recht, ist alles recht«, sagte Agathe Kalde und tätschelte Schwester Martina den Arm.

»Ich muss jetzt gehen.« Die Schwester trank die Tasse leer. »Vielen Dank.«

Agathe Kalde saß allein.

»Na!«, murmelte sie entschlossen. »So geht das nicht weiter!«

XXVII.

Das Leben eines Anwalts und Notars in einer Kleinstadt, in der hauptsächlich Beamte und ihre Abkömmlinge wohnen, ist nicht reich an Höhepunkten. Man geht ins Büro, streitet sich mit Leuten herum oder macht Verträge für die wenigen, die sich nicht streiten, und abends geht man wieder nach Hause, um zu lesen oder Modellschiffe zu basteln. Draußen ging die Welt ihren ungerechten Gang. In Polen hatten sie Jaruzelski zum Staatspräsidenten gemacht, als wäre der 13. Dezember 1981 vergessen, in den Kohlerevieren Russlands streikten die Bergarbeiter gegen Gorbatschow, Ceaucescu hatte Raketen gegen Ungarn aufgestellt, die er sich mit deutscher Hilfe angeschafft hatte, und die Intifada der Palästinenser wurde zwanzig Monate alt. Schlüter begriff das alles nicht und war froh, dass er in seinem Winkelchen Ruhe hatte.

Dieser Julitag hatte es in sich, obwohl, wie Schlüter zugeben musste, eigentlich nichts Besonderes vorgefallen war. Es war nur wieder dieser halb gelähmte alte Mann da gewesen, dieser Johann Döpner aus Hollenfleth, und hatte ihm klar gemacht, dass die Vergangenheit noch lebendig war. Gespenster leben, solange man sie nicht mit Namen nennt.

»Ich möchte, dass Sie eine eidesstattliche Versicherung aufnehmen«, hatte der Alte gesagt. Der Mann war verändert. Die Hoffnungslosigkeit war aus seinem schiefen Gesicht gewichen, seine Stimme, seine Haltung waren fester, fast drahtig, er hatte sich auch nicht mehr am Türrahmen abgestützt, als er hereingekommen war. Kann man sich mit siebzig noch verändern? fragte sich Schlüter, so grundlegend? Was war in dem Mann vorgegangen?

Schlüter sprach den Bericht mit Döpner durch, machte sich

Notizen, dann holte er Angela, um die Erklärung zu Papier zu bringen. Ein Gelähmter als Privatdetektiv in eigener Sache, gab es so was?

Schlüter war wieder allein, er hatte die fertige Urkunde vor sich liegen.

Ich bin belehrt worden über die strafrechtlichen Folgen einer fahrlässigen oder vorsätzlichen falschen Versicherung an Eides statt, stand da. *Zur Vorlage bei der Staatsanwaltschaft in Hemmstedt versichere ich hiermit an Eides statt Folgendes ...*

Der Mann bezeugte einen ungesühnten Doppelmord, der sich am 25. April 1945 hinter einem Hof, Feldhof genannt, in Hollenfleth-Ruthensand zugetragen hatte. Die Opfer: zwei polnische Zwangsarbeiter. Die Täter: der Bauer, der Dorfpolizist und der Ortsgruppenleiter der NSDAP von Hemmstedt-Süd. Der Bauer in Ehren alt geworden, der Polizist verzehrte seine wohlverdiente Pension und der NSDAP-Mann lebte unbehelligt im Altenheim und hortete sein Geld, hinter dem sein Neffe her war. Alle drei liefen frei herum. Und der Bauer war dieser berühmte Feldhöber, gegen den Schlüter Ansprüche durchzusetzen beauftragt war.

»Was soll ich damit machen?«, fragte Schlüter deshalb und überlegte, ob er Döpner etwas von seinen eigenen Erkenntnissen über Nagel mitteilen sollte. »Strafanzeige erstatten?«

»Nein«, antwortete Döpner. »Noch nicht. Sie bewahren es auf. Ich bin noch nicht fertig. Falls mir was passiert, erstatten Sie Strafanzeige.«

»Haben Sie denn Bedenken, dass Ihnen was passiert?«

»Ja«, sagte der alte Mann trocken. »Dem Feldhöber traue ich immer noch alles zu. Der hat sich nicht geändert.«

»Sie wissen, dass eine eidesstattliche Versicherung nicht so viel wert ist wie eine Aussage vor Gericht oder wenigstens vor dem Staatsanwalt?«

»Daran kann ich jetzt nichts ändern«, beharrte Döpner. »Es ist noch nicht so weit. Wenn ich zum Staatsanwalt gehe, nimmt er mir die Sache aus der Hand, stimmt's?«

»Das muss er wohl«, bestätigte Schlüter. »Verfahren von Amts wegen.«

»Und wen wird er mit der Befragung der Zeugen beauftragen?«

»Die Polizei.«

»Eben. Dieselben Leute, mit denen Grünberg beim Schützenfest am Tresen sitzt. Auch wenn er jetzt nicht mehr den Tambourmajor spielt.«

»Da muss ich Ihnen Recht geben«, seufzte Schlüter. »Was haben Sie vor?«

»Was nützt es, wenn ich Ihnen das sage?«, fragte Döpner.

Schlüter zuckte mit den Schultern. »Nichts, im Prinzip. Außer dass es meine Neugier befriedigt. Aber wenn Ihnen was passiert, weiß ich wenigstens, warum, oder vielleicht weiß ich es.«

»Und was nützt das?«

»Wahrscheinlich nichts. Vielleicht aber doch. Ich soll ja auch Strafanzeige erstatten, wenn Ihnen was passiert.«

»Aber es wird nicht reichen. Und es wäre mir dann wohl ziemlich egal«, sagte der Mann und grinste schief. »Aber gut.« Er strich mit seiner gesunden Hand über die lahme, als wolle er sie zum Leben erwecken. Dann setzte er hinzu: »Ich will, dass der Mann ordnungsgemäß zur Rechenschaft gezogen wird für das, was er getan hat.«

»Sagen Sie – wissen Sie, weshalb er sie umgebracht hat?«

Döpner nickte, sagte aber nichts.

Schlüter wartete.

»Sie wussten etwas«, begann der Alte schließlich. »Das ist eine längere Geschichte.« Er zögerte, denn er wusste das, was er jetzt berichten würde, seit mehr als fünfundvierzig Jahren und hatte noch nie mit jemandem darüber gesprochen – außer neulich mit Zygmunt. Er gab sich einen Ruck und sagte: »Friedrich von Rönn gehörte im Mai 1940 zu den SS-Totenkopfverbänden, die die Wehrmacht in Polen unterstützt haben bei der Vertreibung der Kleinbauern von ihren Höfen im Kreis Bielitz-Biala. Einige haben sich geweigert zu gehen. Um den Widerstand zu brechen, wurden einige erschossen. Von Rönn war dabei. Die Aktion unterstand seinem Kommando. Und Monate später, als von Rönn zurück auf seinem Hof war – weil sein älterer Bruder in Russland gefallen war und der Hof bewirtschaftet werden musste –, da kamen zwei von den Leuten aus Lomnitz in seine Ziegelei. Sie haben ihn wiedererkannt. Tadeusz Gorczynski und Josef Kulczyk.« Das Nuscheln des alten Mannes stand in merkwürdigem Gegensatz zu seinem präzisen Bericht.

Schlüter hatte aufmerksam zugehört. »Und so kurz vor Ende des Krieges bekam von Rönn Angst, er würde bald dafür zur Rechenschaft gezogen?«

Döpner nickte. »Er hat die beiden aus dem Weg geschafft, weil sie zu viel wussten. Und weil sie so übermütig waren, es dem Feldhöber gegenüber durchblicken zu lassen. Das war so: Der Feldhöber hatte sie zur Stallarbeit abkommandiert, zum Ausmisten. Sie waren müde, hatten schon ihre zwölf Stunden im heißen Ofen verbracht, immer raus und rein. Es gab keine Zeit zum Erholen, also standen sie hinten im Stall und rauchten. Sie dachten, sie wären allein. Aber der Feldhöber erwischte sie. Rauchen in den Gebäuden hatte er als Sabotage deklariert. Und natürlich fing er sofort an wüst zu schimpfen. Aber Tadeusz schimpfte zurück, er wolle sich nicht mehr alles gefallen lassen. Und Josef fing dann auch an. Wir alle glaubten, dass der Krieg nicht mehr lange dauern konnte. Wir bekamen die Bombenangriffe mit. Die deutschen Flugzeuge wurden immer weniger. Auch die Deutschen wurden weniger. Und die, die noch da waren, wurden freundlicher zu den Polen, obwohl weiter strenge Strafen verhängt wurden. Die beiden waren mutiger geworden. Zu mutig. Daraufhin hat der Feldhöber wohl die so genannte Sabotage als Vorwand genommen, um sie aus dem Weg zu schaffen. Es ist ihm gelungen. Nun gibt es keine Zeugen mehr für seine Verbrechen in Polen.«

»Und die anderen, die es nur vom Hörensagen wissen, wie Stanislaus Kaczek, die zählen nicht«, fügte Schlüter hinzu.

»Genau. Mir haben sie es erzählt und ich zähle auch nicht. Deswegen fange ich erst gar nicht damit an.«

Damit war ihr Gespräch eigentlich beendet. Döpner machte nicht den Eindruck, dass er mehr mitteilen wollte, und Schlüter traute sich nicht, das offenbar vorhandene Restvertrauen des Mannes in ein rechtliches Verfahren zu erschüttern. Wie würde die Justiz in Hemmstedt mit dieser Sache umgehen, so viele

Jahrzehnte nach dem Krieg? Und vor allem: Würden sie überhaupt die Gelegenheit zu einer Anklage bekommen?

»Sagen Sie – das ist ja nun alles sehr lange her. Wenn ich mir die Frage erlauben darf: Wieso erst jetzt?«

»Wieso ich dem Grünberg erst jetzt nachsteige?«

»Ja, hätten Sie das nicht früher tun können? Verstehen Sie mich nicht falsch. Aber vielleicht wird Ihnen diese Frage auch mal jemand anders stellen.«

»Der Staatsanwalt?«

»Zum Beispiel. Wir sprachen neulich darüber.«

»Tja«, sagte Döpner und sah aus dem Fenster. »Was meinen Sie, wie oft ich mich das in der letzten Zeit selbst gefragt habe? Für manche Sachen braucht man länger. Zu lange. Es ist etwas passiert, das mich zu dem Entschluss gebracht hat, mit der Vergangenheit aufzuräumen.« Er redete nicht weiter.

Schlüter fragte deshalb leise: »Und – was ist das, was da passiert ist?«

»Ich weiß es selbst nicht richtig. Vielleicht, dass Zygmunt gekommen ist. Oder weil ich nichts mehr zu verlieren habe – sehen Sie mich an. Und außerdem: Ist nicht heute der 20. Juli?«

»Stimmt«, bestätigte Schlüter nach einem Blick auf den Kalender an der Wand. »War mir gar nicht aufgefallen.«

»An solchen Tagen reden sie doch immer von Zivilcourage. Dass man sich gegen Unrecht wehren muss. Fragt sich nur, wie weit man damit heute gehen soll.«

Döpner stand auf, ziemlich behend, wie Schlüter fand.

»Warten Sie«, bat der Anwalt. »Ich muss Sie noch etwas fragen. Es betrifft diesen ehemaligen Ortsgruppenleiter der NSDAP, den Nagel, Wilhelm Nagel, der bei der Erschießung mitgemacht hat. Ich habe da neulich ..., er war – nein, um es kurz zu machen: Wussten Sie, dass 1943 auf dem Schießplatz in Hemmstedt ein Pole erhängt worden ist, der ebenfalls auf der Ziegelei des von Rönn Zwangsarbeiter war?«

Döpner war bleich geworden und sein Gesicht verzerrte sich. Schließlich nickte er und setzte sich wieder.

»Dieser Nagel: Er war dabei.« Schlüter referierte das Urteil, das er vom Archivar bekommen hatte.

Döpner hörte schweigend zu. Er begann zu zittern und starrte zu Boden. Daher kenne ich den Hund, dachte er – dieser Gang, diese unregelmäßigen Schritte! Er stand neben mir. »Das war am 7. Oktober 1943«, sagte er endlich und hieb die Faust durch die Luft. »Sie haben den Marek aufgehängt. Das ist – eine andere Geschichte.«

»Und – wohnt der Nagel nicht bei Ihnen im Altenheim?«, fragte Schlüter weiter.

Döpner nickte wieder, gewaltsam schob er die Bilder zur Seite, die in ihm aufstiegen. Er schüttelte den Kopf, atmete tief durch und stand schließlich erneut auf. »Ich habe es mir überlegt«, sagte er. »Machen Sie die Strafanzeige fertig, Herr Schlüter. Es reicht.«

Schlüter hatte überrascht zugesagt, und ohne ein weiteres Wort zu verlieren, verabschiedete sich Döpner mit einem festen Händedruck und war fort.

Schlüter ging nachdenklich in seinem Büro auf und ab und stellte wieder einmal fest, dass ihm die Leute und ihre Entschlüsse rätselhaft blieben. Morgen würde er die eidesstattlichen Versicherungen dieses rätselhaften Mannes der Staatsanwaltschaft übergeben.

Wenig später machte auch er sich auf den Weg. Er beschloss, heute den Hamsun weiterzulesen; da war er neulich stecken geblieben. Doch kurz vor dem Gerbergang schwenkte er ab zu Karstadt und kaufte sich eine Karte. Später am Abend beugte er mit Christa den Kopf über die Karte. Dort, am nördlichen Rand der Karpaten, nicht weit von der tschechoslowakischen Grenze, fanden sie Bielsko-Biała. Aber Lomnitz, die Heimat der beiden Erschossenen, das fanden sie nicht.

XXVIII.

Sie standen im Eingang zur Friedhofskapelle, der Friedhofsgärtner und der Pastor; dreihundert einträchtige Pfund unter wallenden Talaren, von denen zweihundert dem Friedhofsgärtner gehörten, der ein breites Gesicht und einen kahlen Kopf hatte, und nur hundert dem Pastor, der neben ihm klein und wendig wie ein Wiesel wirkte. Das Bäffchen um den Hals des Kirchenmannes unterschied ihren Stand. Der Pastor hatte einen gewaltigen Haarschopf, der ihn größer erscheinen lassen sollte, aber nur die Zartheit seines vergänglichen Leibes hervorhob. Die Familie der Verblichenen war schon in der Kapelle, man konnte sich wieder entspannen und den weiteren Trauergästen, die in loser Folge eintrafen, eine weltlichere Miene zeigen; ernst zwar, aber nicht ganz dem Alltag entrückt, was mehr als das Nicken, nämlich ein kleines Begrüßungslächeln erlaubte, wie jetzt gerade: Der Friedhofsgärtner wies den beiden alten Herrschaften mit einer jovialen Bewegung den Weg zum Stehpult, damit sie sich in die Kondolenzliste eintragen konnten; was mit Ernst und Sorgfalt vollzogen wurde.

Die Leute betraten barhäuptig die Kapelle, die beiden Kirchenleute waren wieder allein.

»Mir fehlen ein paar dies Jahr«, erklärte der Pastor mit einem Feierabendblick in den leichten Nieselregen, der niederging. Es hörte sich fast an wie ein Selbstgespräch. Nach der Zeremonie und dem Trauerkaffee würde er zu Hause die Füße hochlegen.

»Was paar?«

»Leichen. Ein paar Leichen. Wir sind mit mindestens zehn, zwölf Stück im Rückstand, finden Sie nicht?«

»Aha«, machte der Gärtner und drückte den Rücken durch. Er wunderte sich immer, wie dieser Pastor aus so einem kleinen Brustkorb eine so tiefe Stimme klingen lassen konnte. Das Kreuz tat ihm weh vom Ausheben des Grabes und außerdem hatte er Jank auf eine Zigarette. Gleich, wenn die Zeremonie begann, würde er ungestört eine rauchen können. Er sah verstohlen auf die Uhr. Kurz nach halb vier.

»Sonst hatten wir um diese Zeit jedenfalls mehr. Das kann man hochrechnen. Jedes Jahr so sechzig, fünfundsechzig Stück, und da sind wir jetzt deutlich hinterher.«

»Und wie kommt das?«, fragte der Gärtner ohne Interesse.

»Weiß ich auch nicht so genau. Wir haben in den letzten Jahren schon etliche Zehner weggemacht, vielleicht kommen deshalb nicht mehr so viele nach.«

Der Gärtner kannte Einer, Zweier und Vierer, die gebräuchlichen Größen für Grabstellen. Achter hatte es früher gegeben, als es noch große Familien gab. Aber die Zeiten hatten sich geändert. Im Leben war man allein und im Tode blieb man es für immer. »Zehner? Was sind Zehner, Herr Paster?«, fragte er.

»Na ja, die Leute Jahrgang zehn folgende. Die im Ersten Weltkrieg geboren sind, um die Zeit rum. Vielleicht halten die nicht so lange durch, sind schon früher weg. Mangelernährung oder so. Der Meyerburg wird das auch merken, wenn ihm plötzlich welche im Plan fehlen und die Kosten laufen weiter.«

Der Nieselregen verstärkte sich und sie hielten eine Schweigeminute zugunsten des dörflichen Beerdigungsunternehmers ab, der vor einigen Jahren im Gewerbegebiet neu gebaut hatte und auf regelmäßiges Sterben angewiesen war. Gegen Süden riss der Himmel auf, eine Mütze voll Blau war über der Kirchturmspitze zu sehen. Es kamen wieder zwei Trauergäste, eine alte bekümmerte Frau und ein mächtiger Mann mit Gaumenspalte, der ihre Hand hielt; die Männer wiesen sie zur Kondolenzliste wie die andern und warteten, bis die Tür hinter ihnen zugefallen war.

»Jetzt haben sie ja auch noch das Krematorium in Hemmstedt«, nahm der Friedhofsgärtner das Gespräch wieder auf.

»Ja, ja«, nickte der Pastor vergnügt. Ihm konnte es nichts anhaben, wenn die Leute weniger starben und sich dann auch noch verbrennen ließen, anstatt sich althergebracht dem hohen Grundwasser der Marsch zur letzten Ruhe anzuvertrauen. Im Gegenteil. *Wat de een siin Uhl is, is de andern siin Nachtigall.* »Das Verbrennen wird regelrecht Mode. Ich frag mich, warum das so ist.«

»Vielleicht wegen der Anonymität.« Der Gärtner war jetzt voll dabei.

»Ach, Sie meinen, weil man eine Urne besser anonym bestatten kann?«, fragte der Pastor.

»Ja«, stimmte der Friedhofsgärtner zu. »Nimmt weniger Platz weg. Und kostet keine Grabpflege.« Schnell überlegte er, ob dieser Trend seinem Beruf zusetzen würde. Er war jetzt neunundvierzig, sechzehn Jahre noch. Vielleicht würde es noch so lange gut gehen. Vielleicht würde er aber auch schon mit sechzig aufhören, dann waren es nur noch elf Jahre.

»Könnte aber auch noch einen anderen Grund haben«, überlegte der Pastor. »Die Leute wollen nicht mehr hundert Jahre an der Grabpflege hängen. Deshalb machen sie aus der Leiche Asche, die man in eine Urne stopfen kann.«

»Oder die Leute mögen nicht schon wieder in die Siedlung.«

»Siedlung?«, fragte der Pastor.

»Ja, Siedlung. Einfamilienhaus-Siedlung. Man baut sein Haus in der Siedlung, lebt eine Zeit lang darin, dann stirbt man, und dann zieht man wieder in eine Siedlung ein. Gucken Sie sich das doch mal an. Nur dass die Grundstücke kleiner sind. Aber sonst ist doch alles gleich: Zäune, Straßen, Vorschriften, was man bauen darf und was nicht. Alles geregelt. Hauptsächlich aber Zäune.«

»Finden Sie das etwa schlecht?«, wollte der Pastor wissen. »Hört sich beinahe so an.«

»Na ja. Aber irgendwie ...«, sinnierte der Friedhofsgärtner. »Da wo ich wohn, in unserer Siedlung, da kommt es mir manchmal schon ein bisschen komisch vor. Irgendwas sollte anders sein. Und danach hierhin. Wo ich hier sowieso überall rumgrabe, nee, Herr Paster, hier möchte ich nicht liegen, wenn ich tot bin. Werd mich wohl auch verbrennen lassen.« Und wenn es noch so berufsschädigend ist, dachte er.

»Tja, jeder, wie er will«, meinte der Pastor und zuckte ohne Leidenschaft die Schulter. »Im Leben wie im Sterben. Übrigens haben wir auch weniger Selbstmörder dies Jahr. Vielleicht kann man den Rückstand auch damit erklären, jedenfalls zum Teil. Waren erst drei.«

»Wie erfreulich«, erklärte der Friedhofsgärtner unsicher.

»Na, was heißt erfreulich. Ist ja nicht immer so, dass man das verurteilen muss.« Der Pastor machte eine weite Handbewegung wie Moses, als er den Juden das Gesetz gab. »Wir haben sowieso nichts dazu zu sagen«, fügte er hinzu, mit einem Blick in den verhangenen Himmel und die Ewigkeit, die dort wohnte. »Aber neulich hatte ich doch Hochachtung. Dreiundneunzig war der Knabe, aber trotzdem hat er es noch vom Bett zur

Fensterbank geschafft. Hat sich rausgewälzt. War gar nicht so tief. Hatte Schwein, dass er tot war. Alle Achtung. Hab ich den Verwandten auch gesagt. Hut ab!«

»Dann war das 'n Neunziger«, stellte der Friedhofsgärtner fest.

»Wie?« Der Pastor sah dem Totengräber irritiert von unten gegen das Doppelkinn.

»Ein Neunziger. Geboren 1890 folgende«, erklärte der Friedhofsgärtner.

»Ja richtig, natürlich! Die letzten sind jetzt dran. Und dann machen wir uns endgültig aus dem letzten Jahrhundert raus.«

Hier auf dem Friedhof ging der Gang der Geschichte mit der Verzögerung eines Menschenalters. Hier dachten sie noch an das letzte Jahrhundert, wo sie doch vom jetzigen auch schon das meiste hinter sich hatten; elf Jahre noch. Sie begruben die Leute dort, wo alte Gräber geräumt worden waren, Gebein auf Gebein. So wie man neue Kirchen auf den Ruinen der alten erbaute. Grab auf Grab. Nur hier neben der Kapelle hatten sie eine Ecke ohne Gräber, wo auch noch nie welche gewesen waren.

Der Friedhofsgärtner folgte dem Blick des Pastors.

»Noch zwei Jahre. Dann müssen wir ein neues Feld aufmachen«, überlegte der Pastor.

»Da drüben, bei den Tannen können wir aber nicht so ohne weiteres weitermachen«, widersprach der Gärtner plötzlich.

»Und wieso nicht?«, fragte der Pastor. »Das sieht man doch: Ein, zwei Jahre noch, dann ist drüben alles voll und wir haben keine alten Felder mehr, die wir komplett wegmachen und neu einrichten können. Da hilft nichts. Wir müssen 'n neues Feld aufmachen und dann müssen wir da drüben ran.«

»Ohne mich«, wehrte der Totengräber ab und zog den schwarzen Talar enger um sich, als würde es ihn frösteln. Düster blickte er in die Tannenecke.

Der Pastor ließ einen prüfenden Blick über seinen Mitarbeiter gehen. »Ist da was mit?«

»Und wie«, sagte der Totengräber.

»Und was, wenn ich bitten darf?«

»Von früher.«

»Wann früher?«

»Als Krieg war ...«, murmelte der Gärtner und streifte erneut den blaugrünen Schatten unter den Tannen mit einem ängstlichen Blick.

»Und – was war damit?«, fragte der Pastor mit Ungeduld in der Stimme.

»Da hab ich noch nie über gesprochen, Herr Paster.«

»Dann tun Sie's eben jetzt«, verlangte der Pastor.

Er wartete, der Totengräber schwieg.

»Nun sein Sie nicht so zäh, Mann.«

»Ich selber weiß das doch gar nicht«, begann der Gärtner endlich. »Eigentlich – damals war ich doch nur ein kleiner Junge. Ich hab da ja noch nichts verstanden, und ...« Er kam ins Stocken.

»Jetzt reicht's aber, Hinrichsen, nu sagen Sie endlich, was los ist!« Der Pastor hatte einen roten Kopf bekommen.

Hinrichsen trat von einem Fuß auf den andern. Er sah dem Pastor kurz von oben ins Gesicht und stellte fest, dass er hier nicht wegkam, ohne geredet zu haben. Wenn er bloß nicht damit angefangen hätte!

»Da drüben, in der Ecke, da liegen ... die Tannen sind jetzt größer, die waren damals noch gar nicht gepflanzt, das ist jetzt wohl sogar unter den Tannen. Da liegen ...« Er verstummte wieder.

Der Pastor stellte sich vor den Totengräber, packte ihn mit erstaunlich hartem Griff an beiden Unterarmen und verlangte mit tiefer Stimme: »Hören Sie, Hinrichsen, wenn hier irgendwas mit meinem Friedhof ist, was ich nicht weiß, dann befehle ich Ihnen hiermit, dass Sie's mir endlich sagen, klar?«

Hinrichsen schluckte. Dann atmete er ein paarmal tief durch. »Da liegen – die Kinder«, flüsterte er. »Die Kinder liegen da, Herr Paster!«

»Was für Kinder, Hinrichsen, was für Kinder, Herrgott, reden Sie doch, zum Teufel nochmal!«

»Die Kinder von den Frauen, Herr Paster. Die Frauen aus Polen und Russland damals, Herr Paster. Die Kinder, die damals im Lager in Dornbrügge geboren sind. Wo die Hütten waren, die Ziegelei und das alles. Da mussten die Frauen hin und da haben sie ihre Kinder gekriegt. Die meisten sind gestorben, Herr Paster. Sie – man hat schlecht für sie gesorgt. Sie sind gestorben, weil man sie nicht haben wollte, Herr Paster. Man wollte die Kinder nicht haben! Die Frauen mussten sich die wegmachen lassen, und wo es nicht klappte, da mussten sie ins Heim und da ließ man die Kinder verhungern und erfrieren. Mein Vater hat mir das alles erzählt. Der war doch auch schon Totengräber, damals, Herr Paster, und er musste sie begraben, mein Vater. Und ich war bloß ein Jung und ich hab doch gesehen, wie sie sie eingebuddelt haben, da drüben, Herr Paster, genau da!« Mit ausgestrecktem Arm wies er auf die düstre Tannenecke.

»Und Sie haben ihn gefragt, Ihren Vater?«, flüsterte der Pastor.

»Ja. Er wollte es mir nicht sagen. Wer will da schon über reden. Und ich war doch erst drei oder vier, aber ich konnt's nicht vergessen, Herr Paster, und denn, nach dem Krieg, da war ich zehn oder so, als ich ihn gefragt hab, als wir hier mal über den Friedhof gegangen sind und da hinten vorbeikamen. Da hat er mir alles erzählt, Herr Paster, alles. Und dann haben wir die Tannen gepflanzt, er und ich, damit es die Kinder ...« Hinrichsen wischte sich die Augen aus. Er hatte vorhin noch seinen ersten Enkel im Arm gehalten, der war gerade ein paar Wochen alt, und er stellte sich vor ...

»Mein Gott, Hinrichsen, was erzählen Sie da. Und das weiß keiner außer Ihnen?« Der Pastor ging mit geballten Fäusten auf und ab.

Hinrichsen schüttelte den Kopf. »Das wissen alle«, sagte er rau. »Alle, die damals Augen und Ohren hatten. Das hat mein Vater gesagt. Aufzuchtstätten für Bastarde, haben sie früher gesagt. Aber heute sagt keiner mehr was. Keiner will da was von wissen, Herr Paster. Aber wir können doch deshalb nicht einfach da hinten Gräber machen, als wenn nichts gewesen wäre, oder, Herr Paster?«

»Nee, Hinrichsen. Nee, das können wir nicht.«

Sie schwiegen.

Der Pastor ging weiter hin und her und endlich sagte er: »Mensch, Hinrichsen, wieso weiß ich nicht, was auf meinem Friedhof passiert ist?!«

»Weil Sie zu jung sind, Herr Paster, und weil die, die was wissen, nichts mehr sagen. Ich weiß auch nur, was mein Vater mir gesagt hat.«

»Und – wie viele Kinder …?«

»Sechsundzwanzig, Herr Paster, und keins war ein Jahr alt.«

»Mein Gott, Hinrichsen, das ist ja fürchterlich! Aber – hat man denn die Verantwortlichen nicht … Wer war denn eigentlich verantwortlich?«

»Das weiß ich nicht, Herr Paster, mein Vater sagt, die Kreisleitung damals und die Frau, die das damals geleitet hat, die hieß Schmidt, eine Hebamme aus Hollenfleth. Aber mehr weiß ich nicht, Herr Paster …«

Ein Sonnenstrahl erhellte die Tannenecke.

Der Totengräber streifte den Ärmel hoch und sah auf die Uhr. »Gleich Schlach vier, Herr Paster, wi mööt.«

»Bis nachher«, sagte der Pastor. Er nahm sich vor, seinen Kirchenvorstand zu fragen, vielleicht wussten die mehr.

Als er sich umdrehte, stand er vor Fietje, diesem merkwürdigen Gelbkopf aus dem Altenheim, der mit niedergeschlagenem Blick vor dem Pult mit der Kondolenzliste stand.

»Wir wollen anfangen«, flüsterte der Pastor. Er zog die schwarze Tür auf und ließ Fietje vorgehen. Langsam schlurfte der in die Kapelle. Man hörte Hüsteln und Räuspern. Der Pastor hielt für zwei tiefe Atemzüge inne, zog die Tür wieder auf und betrat den hohen Raum mit gemessenem Schritt.

Hinrichsen, der Totengräber, schüttelte bedächtig den Kopf. Dann ging er zum Pult, auf dem die Kondolenzliste lag. Fietje hatte ein Haus gemalt, ein kleines Bauernhaus mit einem Schornstein, aus dem Rauch quoll. Der Totengräber schüttelte nochmal den Kopf, griff nach seinen Zigaretten und entfernte sich pietätvoll vom Ort der Trauer, bevor er sich eine ansteckte.

XXIX.

Von der Empore her begann die Orgel unter den Händen des pensionierten Lehrers zu quäken und der fadendünne Gesang der Trauergemeinde setzte zögernd ein, als hätte sie Angst, dass der schwarze Schnitter noch einen der ihren mähte. *So nimm denn meine Hände.* Zittrige Altweiberstimmen. *Und führe mich.* Von den paar Männern hörte man nichts. *Bis an mein selig Ende.* Allein der volltönende Bariton des Pastors drang bis in die Ecken und unters Dach, das über ihm und dem Sarg steil in die Höhe strebte, sie drang bis nach draußen, wo der dicke Friedhofsgärtner sich die Pause bis zum Abfahren des Sarges mit einer Zigarette vertrieb. Was hatte dieser kleine Pastor für eine Stimme heute! Die Trauergemeinde saß auf den Stuhlreihen in der Kapelle des Hollenflether Friedhofes wie eine Versammlung schwarzer Krähen vor der Herbstreise, schütter und nass auf den Ästen eines Baumes. Wenn die anderen sangen, konnte man aufblicken zwischendurch. Oben in der Ecke war die Wand stockig. Kabelkanäle führten den Strom zur Orgel und zu den Lautsprechern.

Johann Döpner sang nicht mit, denn von seinen Stimmbändern funktionierte nur noch die Hälfte. Aber er hielt das Gesangbuch in der guten Hand vor sich und versteckte seinen Blick darin, folgte den Zeilen jeder Strophe und bewegte die Lippen, als sänge er. Männer trauen sich nicht zu singen, wenn sie falsch singen, aber sie trauen sich auch nicht zu zeigen, dass sie nicht singen. Verstohlen sah er sich um. Gebeugte Köpfe. Mantelkragen. Das Gesangbuch in Lesehaltung, wie er selbst. Er hörte die alten Weiber, die dem Bariton des Pastors einen Vierteltakt nachwimmerten. Beim Beginn der zweiten Strophe versuchte Döpner, einen leichten Ton auf die Stimmbänder zu legen, denn es gehörte sich nicht, eine Bekannte zur letzten Ruhestätte zu bringen ohne zu singen, auch wenn man den Menschen nicht geliebt und sogar, wenn man ihn nicht gemocht hatte, denn der Tod macht uns alle gleich und begräbt

Hass und Feindschaft für alle Tage. Sein Krächzen fuhr in den Gesang hinein wie eine Elster in eine Gesellschaft tschilpender Spatzen, er erschrak, zog den Kopf zwischen die Schultern und vergaß, sein Singen vorzutäuschen. Gustav Grabert saß drei Stühle weiter, zwinkerte und grinste hinter seinem Mantelkragen hervor. Döpner spürte, wie er rot wurde.

Erst am Ende der dritten Strophe hatte er sich so weit erholt, dass er die türkisene Frau heraushörte, ja, sie musste es sein, denn ihr Rollstuhl stand links drei Reihen vor ihm am Gang und von dort hörte man ein helles hingegebenes Singen, eine junge Stimme klang zusammen mit dem tiefen Gesang des Pastors. Döpners Gesicht verzerrte sich, denn seine Augen füllten sich mit Wasser und er konnte die Zeilen des Liedes nicht mehr lesen. Aber er traute sich nicht es wegzuwischen, weil er Angst hatte, es würde jemand bemerken.

Nach dem Ausklang der Orgel eine kleine Ruhe. Man hatte die vier Strophen mit Ehre hinter sich gebracht und atmete auf, konnte endlich husten, schnäuzen und sich räuspern und die Tränen aus den Augen wischen.

Der Pastor begann seine Trauerrede, beide Arme lang gestreckt und auf sein Pult gestützt, als wenn er Zügel in den Händen hielte. »Wir sind zusammengekommen, um Abschied zu nehmen von Erna Rathjens, die zum letzten Mal in unserer Mitte ist.«

Er ließ seinen Blick in die Runde schweifen wie ein Schäfer über seine Herde. »Erna Rathjens braucht uns nicht mehr.« Seine volle Stimme füllte den Raum. So schlecht konnte er nicht sein, wie die alte Rathjens ihn gemacht hatte, mit der Stimme nicht. Und was hatte es ihr genützt? Nun beerdigte er sie doch.

»Herr, lehre uns die Tage zu zählen, damit wir weise werden im Herzen.«

Johann Döpner saß in der vorletzten Reihe, vor ihm die alten Leute aus dem Heim, die, die gehen konnten und die Beerdigung als willkommene Abwechslung vom tristen Alltag betrachteten. Ein arbeitsreiches Leben habe die Verstorbene hinter sich, auf dem Hof in Engelsmoor, den sie verlassen musste, vom Sohn vertrieben. Er sparte es nicht aus, der Pastor, und sagte es, wie es war, aber es war leicht, weil der Sohn nicht zugegen war. Hans-Herrmann Rathjens hatte geschworen, er würde nicht kommen, und der Tag, an dem seine Mutter sterben würde, solle ein Freudentag für ihn sein, wenn er die alte Hexe endlich vom Halse habe, und deswegen hatte er auch den Pastor ohne jede Pietät des Hofes verwiesen, als dieser trotz der Warnungen der restlichen Verwandtschaft den Trauerbesuch machen wollte.

In der ersten Reihe saßen die engsten Angehörigen, die guten Töchter der Toten, zwei beleibte Frauen mit frisch ondulierten Frisuren, ihre zwei spindeldürren Männer und ihre erwachsenen Kinder, die Enkel.

Gottes Hand habe Erna Rathjens den Mann genommen in frühen Jahren schon, allein habe sie den Hof durchbringen müssen. Gottes Hand, von wegen, dachte Döpner. Die Vorfahrt und die Sturheit hatten ihr den Mann genommen; Anfang der Sechzigerjahre hatten sie die Vorfahrt an der Moorstraße in Engelsmoor geändert und der alte Rathjens hatte erklärt, danach werde er sich nicht richten, sein Leben lang nicht, er wäre immer mit Vorfahrt zu seinen Weiden jenseits der Kreuzung gefahren und das würde er auch weiterhin tun. Aber er tat es nur einmal, denn mittags war er schon tot, weil ein Auto in sein Pferdegespann gerast war. Allerdings war er nicht kampflos gestorben, denn auch der Autofahrer war tot gewesen und für die weltliche Gerechtigkeit gab es nichts mehr zu regeln. Von da ab war der Kampf zwischen Mutter und Sohn offen geführt worden und es gab Spötter und lachende Dritte in Engelsmoor. Aber keine Verbündeten, denn man wusste, dass es gut war, wenn man einen Graben zwischen sich und Rathjens hatte.

»Wir wollen beten für die Seele unserer Schwester in Christo.«

Die Trauergemeinde senkte die Köpfe und legte die Hände ineinander. Auch Döpner senkte seinen Blick, damit man nicht sah, dass er nicht betete.

»Lieber Gott, wir bitten dich, nimm Erna Rathjens, die ein letztes Mal unter uns ist, in deine Gnade auf.«

Wie schnell das geht, dachte Döpner. Zuletzt geht es immer

schnell, auch wenn man mit über achtzig jeden Tag damit rechnen muss, dass man abtritt. Zuletzt hatte sie eine Magen- und Darmgrippe gehabt, so aus heiterem Himmel.

»Lieber Gott, wir bitten dich, lass uns anders wieder nach Hause kommen, als wir hierher gekommen sind.«

So eine harmlose Krankheit, an der dieses starke alte, gefräßige Weib zu Grunde gegangen war.

»Unsern Eingang segne Gott, unsern Ausgang gleichermaßen, segne unser täglich Brot, segne unser Tun und Lassen, segne uns mit sel'gem Sterben und mache uns zu Himmelserben.«

Der Pastor schwieg. Die große Seitentür zum Friedhof öffnete sich wie von Geisterhand. Der Tag stürzte herein und blitzte unbekümmert in alle Ecken, leuchtete in den Blumen und machte die Gesichter hell, die Trauerandacht war zu Ende und die Sonne schien wieder. Zögernd standen die Ersten auf, unsicher sich umsehend, ob sie womöglich die Ersten wären, und dann standen auch die andern auf, nachdem sie gesehen hatten, dass sie nicht die Ersten waren, und die Orgel setzte zum Abschied wieder ein.

Die Engelsmoorer hatten ihre überkommene Ordnung. Wenn ein Engelsmoorer starb, trugen Engelsmoorer ihn zu Grabe, die Männer aus der Nachbarschaft; sie brauchten die schwarz befrackten alten Träger unter Zylindern nicht, die die Kirche stellte. Gustav Grabert, Egon Bösch, Klaus Hamann, Werner und Willi Tams, Männer mit harten Wettergesichtern und knotigen Arbeitsfäusten, deren dunkle Jacketts sich unter Muskeln spannten. Sogar dem Hamburger hatten sie Bescheid gesagt, der, obwohl schwarz gekleidet und den Kopf gesenkt wie alle andern, mit seinen blond gelockten Haaren und dem solariumfarbenen Gesicht wie ein bunter Gockel zwischen schwarzfiedrigen Hühnern wirkte.

Die Gestecke, Kränze und Blumen waren im Weg. Wie sollte man da bloß den Sarg zwischen rauskriegen? Klaus Hamann handelte kurz entschlossen und stellte zuerst die Kerzenleuchter beiseite, besudelte sich mit Wachs, aber das machte nichts. Als die anderen das sahen, lösten sie sich aus dem Klumpen der Aufgestandenen und griffen sich Kränze und Vasen wie Heuballen in der Scheune, um sie beiseite zu räumen. Das war die praktische Seite, mit der man sich auskannte. Inzwischen hatte sich auch der Friedhofsgärtner einen Weg gebahnt und wies die Engelsmoorer an, wo sie die Blumen lassen konnten. Unter seinem Zylinder sah er aus wie ein Zirkusdirektor.

Die Nachbarn ordneten sich um den Sarg, nach kurzer Unsicherheit, wer welchen Platz einnehmen sollte. Der Hamburger bekam einen Mittelplatz, an dem es nichts zu bestimmen gab, und Gustav Grabert, der der Zeremonienmeister war wie immer, und Klaus Hamann, der seine weißen Brauen heruntergelassen hatte, führten an, unter den letzten Jammertönen der Orgel. Langsam kamen sie in Tritt, rechts-links-rechts-links, und marschierten, den Sarg auf dem Rollwagen schiebend, den langen Weg zum Gräberfeld hinter dem Pastor her, der mit langsamen, gemessenen Schritten die Prozession anführte, sein schwarzes Merkheftchen mit den Gebeten unter dem Arm; seine Kutte blähte sich im Wind und die Zipfel seines Bäffchens flatterten. Über allen zogen unbekümmert die Wolken unter einem blauen Himmel dahin. Im Gras zwischen den Gräbern funkelten noch die Regentropfen.

Sie kamen nebeneinander.

»Dabei war sie doch gar nicht krank«, sagte die türkisene Frau.

»Magen- und Darmgrippe, heißt es«, sagte Döpner.

»Da stimmt was nicht«, sagte sie.

Döpner blickte erstaunt zu ihr herab. »Was soll da nicht gestimmt haben?«

»Schwester Monika sagt, sie hatte auch Nasenbluten«, erwiderte sie und warf ihm einen Vogelblick zu.

»Na und?«

»Nasenbluten gehört nicht zur Magen- und Darmgrippe!«

»Hab ich auch schon gehabt.« Sie waren die Letzten, weil sie so langsam gingen. »Früher hatte ich oft Nasenbluten.«

»Mit Magen- und Darmgrippe?«, fragte sie.

»Nee, das nun wieder auch nicht ...«, antwortete Döpner.

»Sag ich doch – da stimmt was nicht«, beharrte die Kalde und rollte weiter. »Wenn das zusammenkommt, stimmt was nicht!«

Die Prozession stockte, weil man vorn an dem ausgehobenen Grab angekommen war, ein tiefes schwarzes Loch, daneben der Aushub, der mit einer Plastikmatte, die Gras imitieren sollte, abgedeckt war. Es kam der Augenblick, der immer so schlecht mit der Pietät vereinbar war: das Herablassen des Sarges. Dieser Vorgang forderte höchste Konzentration, er vertrieb die schläfrige Jenseitigkeit, die die Pietät erzeugte. Die sechs Träger hatten den Sarg vom Rollwagen gehoben, den der Friedhofsgärtner eilig wegschob wie etwas Obszönes. Mit den freien Armen rudernd, um das Gleichgewicht zu halten, stiegen die Träger an beiden Seiten des Grabes übers Unebene und ließen den Sarg auf die Bretter sinken, die über die Grube gelegt waren. Verpusten. Kurze Orientierung. Dann griffen sich die vier äußeren die Enden der bereitgelegten Seile und lupften den Sarg, vorsichtig, denn es war überhaupt nicht gesagt, ob man das Kunststück fertig bringen würde, einen Sarg auf zwei Seilen im Gleichgewicht zu halten. Nun mussten die Bretter entfernt werden. Dafür waren die in der Mitte zuständig, der Hamburger und der dicke Bösch. Das hatte Gustav nicht bedacht, dass Bösch sich nicht bücken konnte, weil ihm sein Bauchgeschwulst im Weg war, und dass ein ungeschickter Mensch wie der Hamburger zu keiner glatten Arbeit fähig und Gustavs eigener Rücken mürbe war. Aber nun war es zu spät. Bösch bückte sich schnaufend und der Hamburger ging in die Hocke. Natürlich zogen sie beide am selben Brett, und bis sie sich geeinigt hatten, fuhr Grabert der Rückenteufel ins Mark, er stöhnte und biss die Zähne zusammen. Endlich. Und wohin mit den langen Dingern? Der Friedhofsgärtner kam ihnen zu Hilfe und ließ die Bretter hinter dem Plastikgrashügel verschwinden wie zuvor den Sargwagen. Dann begann das Abseilen. Die Engelsmoorer Crew war nicht geübt. Jede Seite musste das Seil gleichmäßig schnell durch die Finger gleiten lassen. Grabert stand der Schweiß auf der Stirn, sein Bandscheibenvorfall ließ ihn erbleichen vor Schmerz. »Hol fass!«, flüsterte Hamann dem schwachen Hamburger zu, der neben Grabert das Seil hielt und die volle Verantwortung haben würde, falls Grabert die Kräfte verließen. Aber Grabert stand es durch.

Nach diesem profanen Vorgang aus der niederen Welt der Arbeit war der Pastor wieder für das Höhere zuständig. Der Wind riss ihm die Worte in Fetzen. »Asche zu Asche, Staub zu Staub. Im Namen des Vaters, des Sohnes und des Heiligen Geistes.«

Den Heiligen Geist hatte Döpner noch nie verstanden. Den Vater und den Sohn ja, aber der Heilige Geist? Beim Heiligen Geist fing die Kirchenwissenschaft an, die einen nichts anging und von dem Maria schwanger geworden war. Das Vaterunser. Man senkte die Häupter, faltete die Hände und murmelte mit.

Erde zu Erde. Am Grab stand ein irdener Topf wie eine übergroße Sanduhr, aus der der Pastor mit einem Gartenschaufelchen Sand auf den Sarg warf, dreimal. Sand war praktischer für das Hinabwerfen als Erde. Alle machten es dem Pastor nach, nachdem sie sich ihrer Blumen entledigt hatten. Zuerst die engsten Angehörigen, die sich am Weg versammelten, um die Kondolenzen in Empfang zu nehmen. Meist ein stummer Händedruck, manchmal mit beiden Händen, selten ein Wort.

»Müssen wir bis vorne hin?«, fragte Agathe Kalde.

»Müssen wir wohl nicht.«

Döpner sah sich um. Eben waren sie noch die Letzten gewesen, aber jetzt stand Fietje hinter ihnen, krumm und mit gesenktem Kopf, sein Gesicht war trauergrau – was hatte er mit der alten Rathjens zu tun?

Vorn am Grab stand der Pastor, jetzt abseits, auch er das Gesicht in Andacht gesenkt, der Wind zauste seinen riesigen Haarschopf und wedelte die Kutte um seinen schmalen Leib, als wolle er den kleinen Kirchenmann fortreißen und in den Himmel ziehen, wo die Engel wohnten.

Langsam machten sich Agathe Kalde und Johann Döpner auf den Rückweg, während die Zeremonie fortging.

Am Ende des Weges stand ein untersetzter Mann mit rotem Gesicht. »Jetzt ist sie endlich weg, die Russenhure!«, riss er sein Maul auf.

Agathe Kalde bremste und drehte den Stuhl weg. »Hilf mir!«, keuchte sie heftig.

»Was denn, was soll ich …?«, fragte Döpner irritiert.

In ihrem Gesicht standen Angst und Grauen, es war klein geworden und sie sah aus wie ein kleiner Singvogel, der Todesangst vor dem Habicht hat.

»Wir gehen vorne raus«, sagte er bestimmt.

Sie machten kehrt. Sie fuhr so schnell, dass er nicht mitkam, aber als sie es merkte, wartete sie, bis er zu ihr aufgeschlossen hatte. Unter dem schmiedeeisernen Tor sagte sie: »Danke.«

»Wer war das?«, fragte er.

»Der Höllenhund, der Sohn, dessen Mutter wir eben beerdigt haben, der sie vom Hof vertrieben und der geschworen hat, zur Beerdigung kommt er nicht.« Ihre Stimme zitterte.

»Aber nun war er doch da«, stellte Döpner fest.

»Ja, um sich zu freuen, dass sie tot ist. Und an ihrem Tod, da stimmt was nicht!« Ihre dunklen Augen glühten zu ihm auf und es fröstelte ihn. Wovor mochte sie Angst haben?

»Ich habe keine Angst«, zürnte sie und griff in die Speichen ihres Rollstuhles. Sie befanden sich jetzt in der kleinen Sackgasse, die von der Dorfstraße her zum Friedhofstor führte. Neben ihnen klangen Hammerschläge aus der Schmiede und sie hörten kehlige Kommandorufe.

»Was jetzt?«, fragte Döpner.

»Was hat das zu bedeuten? Magen- und Darmgrippe! Und ein gelbes Gesicht. Wie bei Babys mit Gelbsucht. Und Nasenbluten. Das müssen wir rauskriegen!«

»Und wie?«, fragte Döpner.

XXX.

Nun war es Emma Deede, die auf der Bank vor dem Altenheim saß. Erna Rathjens war nicht mehr, seit drei Tagen lag sie unter der Erde. Sie saß nicht mehr auf ihrer Bank und kommentierte das Geschehen nicht mehr. Man kann sich nicht vorstellen, wie es ist, wenn ein Mensch, der immer da war, nie mehr da sein wird. Aber Emma Deede hatte ihren Job übernommen.

Draußen fuhr ein Taxi vor. Johann Döpner stand neben der Bank, die er seit seiner ersten Begegnung mit Zygmunt nicht mehr angerührt hatte, neben ihm Agathe Kalde im Rollstuhl. Beide setzten sich in Bewegung.

»De sünd scha woll reinwech dörchdreiht!«, murmelte Emma Deede, als sie sah, wen das Taxi abholen sollte, gerade so laut, dass die Kalde es noch hören konnte, und gerade so leise, dass sie zur Not abstreiten konnte, es gesagt zu haben. Herbert freute sich, wie immer, und hielt ihre Hand mit seiner schwabbeligen.

»Was hast du gesagt?«, fragte Martha Hammann und folgte Emma Deedes bösem Blick.

Muss man alles zweimal sagen, nur weil die Flüchtlinge kein Platt können? dachte Emma Deede. Gespannt beobachtete sie, wie der Taxifahrer ausstieg, seinen Wagen umrundete und die Türen öffnete.

»De kann meis wedder loupen!«, rief Emma Deede und sah zu, wie Madame Kaldé sich am Schlag des Wagens festhielt und aus dem Rollstuhl zog, zwei kleine Schrittchen machte und sich auf den Beifahrersitz sinken ließ.

»Die kann ja wieder gehn!«, rief Martha Hammann und freute sich. Wo Emma Deedes Glas halb leer war, war Martha Hammanns halb voll. Sie genoss die positiven Seiten des Lebens, trotz allem.

»Hebb ick jo aal secht!«, grummelte Emma Deede.

»Wie bitte?«, fragte Martha Hammann.

Aber Emma Deede winkte nur ab. Mit Flüchtlingen zu reden war eben schwer. Nun fuhren die beiden weg. Als hätten sie wichtige Geschäfte zu erledigen.

Es war Kaldes Idee gewesen, zur Ärztin ins Moor zu fahren, sie hatte es verlangt, bei ihrer Kaffeestunde in ihrem Zimmer schon am Tag nach der Beerdigung.

»Wir müssen herausbekommen, was mit der alten Rathjens war. Wir müssen wissen, ob sie umgebracht worden ist!«

»Wieso sollte jemand sie umgebracht haben?«, zweifelte Döpner und grinste belustigt. Für sie war er Lancelot und Lancelot durfte grinsen, auch wenn sein Gesicht dabei überhaupt nicht witzig aussah.

»Das ist im Moment noch egal«, antwortete sie bestimmt.

»Meinst du nicht, dass das übertrieben ist?«, hatte er gefragt.

Ihre Entschlossenheit, ihr selbstgewisser klarer Blick aus den dunklen Augen hatten ihn zuletzt überzeugt. Döpner misstraute Ärzten, seit er den Schlaganfall gehabt hatte. In den Tagen, die er im Krankenhaus hatte zubringen müssen, waren sie seine Feinde geworden, er ließ keinen mehr an sich heran. Er hatte seine rechte Hand. Er konnte gehen. Und er hatte Fahrradfahren gelernt. Mehr brauchte er nicht. Sollten sie ihm gestohlen bleiben. Außerdem hatte er andere Probleme. Jener 7. Oktober 1943 ging ihm nicht mehr aus dem Kopf, seit Schlüter ihm davon erzählt hatte.

»Nein, das ist es nicht!«, weckte die Kalde Döpner aus seinen Gedanken.

»Warum interessierst du dich eigentlich so für den Tod der alten Rathjens?«, wollte Döpner wissen. »Du mochtest sie nicht leiden. Kann dir doch eigentlich recht sein, wenn sie umgebracht worden ist.«

Ihre Augen blitzten zornig. »Was hat denn das miteinander zu tun?«

So eine Frage! Döpner machte eine breite Geste mit seinem gesunden Arm. Er wollte etwas entgegnen, merkte aber, dass sie Recht hatte.

»Na also! Und außerdem: Vielleicht bist du ja der Nächste?!«

»Ich, wieso?«

Darauf hatte sie nicht geantwortet. Ob die Frau nicht etwas überdreht war?

Agathe Kalde hatte vorgeschlagen, mit dem Taxi zu fahren. Taxi! Entweder man hatte ein Auto, oder wenigstens ein Fahrrad, oder man ging zu Fuß. Und wenn man nicht mehr ordentlich gehen konnte, blieb man, wo man war. Taxi – das war was für Neureiche oder Angeber. Die Kalde hatte vor nichts Angst, sie hatte eins am Telefon bestellt, wie ein Generaldirektor, der Geschäfte macht und sich fahren lässt von Termin zu Termin.

»Altenmoor 7. Kanal 5!«, befahl die Kalde, nachdem der Taxifahrer den Rollstuhl verstaut hatte und wieder im Wagen saß. »Wissen Sie, wo das ist?«

»Bin ich ’n Taxifahrer oder bin ich keiner?«, fragte der Mann beleidigt zurück und fuhr los. »Das kennt doch jeder.«

Die Kalde überhörte die Bemerkung. »Das erste Mal seit ziemlich langer Zeit, dass ich eine Reise mache, ohne in meinem verdammten Stuhl zu sitzen«, grinste sie vor sich hin. Dann wandte sie sich nach hinten: »Guck dir die Deede an, die hält uns für bekloppt. Dabei fahren wir nur Taxi!«

Döpner saß auf der Rückbank und ließ sich kutschieren. Vor der Schmiede standen Leute in grünen Hosen und Jacken um eine Heupresse herum, Kordel Breuer kniete hinter der Ackerschiene und versuchte, die Zapfwelle anzustecken, sein Vater schimpfte, den Schraubenschlüssel wie eine Waffe in der Faust. Es war Erntezeit.

Nach ein paar hundert Metern, an der Tankstelle, bogen sie ab und schon bald fing der Wagen an zu schaukeln. Sie waren im Moor angekommen, wo die Straßen versackten und im Herbst der Nebel in jeder Senke saß. Die Straße wurde schmal und es gab keine Linden- und Eschenbäume mehr, sondern nur noch Birken und Ebereschen.

Altenmoor war ein abgeschiedenes Dorf zwischen Marsch und Geest, wo die Entwässerungsfleths den einsamen Straßen die Namen gegeben hatten; ein unzugänglicher Moorstrich, in dem sich die Inzucht noch bis weit in die Sechzigerjahre gehalten hatte, als schon die ersten Hamburger kamen und für billiges Geld halb verfallene Katen kauften, Leute mit Geld, das sie in der Metropole verdienten mit den merkwürdigsten Berufen. Die wohnten jetzt nebenan und feierten ihre Feste, während die Eingesessenen altem Tagewerk nachgingen im Trott der Generationen und den Kopf schüttelten über die Verrückten aus der Stadt.

Sie fuhren nun auf einem der buckligen Pfade, die tief ins Moor führten und auf dem sich zwei Autos nicht hätten begegnen können. Der Fahrer kurvte zwischen den Schlaglöchern hin und her. Er schwitzte, der Wagen begann nach seinen Ausdünstungen zu riechen. Hinter Faulbeerbüschen und Birkenbäumen leuchtete das weiß getünchte Gebälk kleiner Backsteinkaten geheimnisvoll hervor. Nach einigen hundert Metern schließlich schaltete der Fahrer in den ersten Gang herunter und lenkte den Wagen auf einen birkenbesäumten Schotterweg.

Ein kleiner gepflasterter Hofplatz öffnete sich, das Taxi zog einen Bogen vor der Grootdör, über der in den Giebelbalken mit schnörkellosen Buchstaben geschnitzt stand: *Ein Wissender redet nicht – ein Redender weiß nicht*. Laotse im Moor.

»Da wären wir«, sagte der Fahrer. »Soll ich warten?«

Die Kalde zögerte, rümpfte die Nase und nickte schließlich. »Helfen Sie mir aussteigen. Und lüften Sie den Wagen. Es riecht hier drin ziemlich stark.«

Döpner öffnete die kleine Tür neben der gläsernen Grootdör, die in die Arztpraxis führte. Sie waren nicht angemeldet, erhielten von der Sprechstundenhilfe aber die Erlaubnis zu warten, bis die regulären Patienten behandelt waren.

Nach zwei Stunden stand die Ärztin vor ihnen, eine Frau mit dunklem Teint und kurzen Haaren, die Ende dreißig sein mochte.

»Kann mein Freund mit reinkommen?«, fragte Agathe Kalde.

Alte Leute haben keine Freunde, schon gar keine vom anderen Geschlecht. Mit siebzig gibt es solche Worte nicht mehr, dachte Döpner.

Die Ärztin prüfte ihn mit einem kurzen Blick: »Sind Sie auch krank?«

»Sind wir beide nicht«, grinste Agathe Kalde von unten her.

Die Ärztin reagierte nicht, sondern ging voraus in ihr Behandlungszimmer, in dem es eine Couch und einen Schreibtisch gab, auf jeder Seite einen Stuhl. Keine Geräte, nur ein Regal mit Büchern. Und ein Waschbecken. Vor dem Sprossenfenster nickten die welken Blüten einer mannshohen Nachtkerze. Die Ärztin setzte sich hinter ihren Schreibtisch und wartete ruhig auf Erklärungen.

Döpner spürte, dass dies eine ungewöhnliche Frau war, der Kalde ebenbürtig.

»Wir möchten Sie etwas fragen. Wegen einer Frau, die gestorben ist.«

»Bitte«, antwortete die Ärztin trocken.

Agathe Kalde begann ihren Bericht. Erna Rathjens war gestorben, nachdem sie drei Tage lang Durchfall hatte und brechen musste. Ihr Gesicht war gelb und offenbar hatte sie auch

Nasenbluten gehabt. »Und sie war vorher gar nicht krank!«, schloss sie ihre Erzählung.

»Dann ist sie den Tod gestorben, den sich jeder wünscht«, entgegnete die Ärztin kühl. »Was soll ich dazu sagen?«

»Ich wünsche mir keinen schnellen Tod, wenn Sie das meinen«, erwiderte Agathe Kalde.

»Nein? Was denn?« Die Stimme der Ärztin ließ keinen Spott erkennen und ihr Gesicht war ernst geblieben.

»Ich wünsche mir den Tod als Freund, den ich kennen lernen kann, bevor wir gemeinsam auf die Reise gehen.«

»Man kann den Tod auch schnell kennen lernen. Sehr schnell sogar. Und trotzdem gut.«

»Ich weiß. Die Zeit ist nicht von Bedeutung in diesen Dingen. Aber ich wünsche mir den Tod nicht wie eine Keule, die mich aus dem Hinterhalt trifft. Ich will ihn vorher sehen.«

Die Ärztin nickte nachdenklich. Döpner spürte, wie zwischen den beiden etwas entstanden war, an dem er keinen Anteil hatte. Er saß wie ein Stück Möbel da, das sie nicht beachteten.

»Den Tod zu sehen: Das lernt man lange, bevor er kommt. Man muss früh damit anfangen.« Die Ärztin sprach dunkel, mit einer tiefen Stimme, die zu den eichenen Kopfbändern passte, die die Deckenbalken stützten.

»Ich weiß«, sagte die Kalde wieder. »Aber kann man sich sicher sein, seine Zeit zu kennen?«

»Man kann.«

»Aber man weiß nicht, ob man es kann.«

»So ist es.«

»Also muss man ständig üben.«

»Ja, immer.«

Es war, als sängen die beiden Frauen ein gemeinsames Lied, jede abwechselnd eine Zeile der Strophe, ihre Stimmen schmolzen ineinander und füllten den Raum mit dem geheimnisvollen Raunen eines Orakels. Döpner starrte auf die Fliesen zwischen seinen Füßen und hörte das Flügelrauschen des Jenseits. Den Tod kennen lernen? Er traute sich nicht, zu den Frauen aufzusehen.

»Was willst du wissen?«, hörte er die Ärztin fragen.

»Ob es mit ihrem Sterben mit rechten Dingen zugegangen ist.«

Sie sprachen wieder mit ihren eigenen Stimmen, aber sie beachteten Döpner immer noch nicht.

»Das Nasenbluten kommt mir komisch vor«, erklärte die Kalde. »Dass sie gelb war, hat mir Schwester Martina gesagt. In dem Punkt ist sie sich nicht ganz sicher. Es dämmerte nämlich, als sie das Zimmer der Rathjens betrat. Der Tod war noch im Zimmer ...«

»... und dann macht man kein Licht an«, ergänzte die Ärztin. »Wenn ...«

»Ja«, bestätigte die Kalde. »Martina machte kein Licht an, und deshalb weiß sie es eben nicht genau, aber sie sagt, sie kam ihr irgendwie dunkel vor wie ein Säugling, der Gelbsucht hat.«

»Sie hatte Magen- und Darmgrippe?«

»Ja, das haben wir mitgekriegt.« Die Kalde streckte ihren linken Arm aus und berührte Döpner, der hochschreckte. »Nicht, sie hatte die Flitzeritis, hat sich doch die Deede noch lustig drüber gemacht, das war – zwei oder drei Tage, bevor sie starb, oder?«

Döpner nickte langsam.

»Also: Durchfall und Spucken«, überlegte die Ärztin. »Nasenbluten und gelb im Gesicht? Die Leber – hat sie gesoffen?«

»Gesoffen?« Die Kalde lachte hart auf. »Nee, weiß Gott. Ich erkenn jede, die säuft, auf hundert Meter. Das kann jeder, der mal selbst gesoffen hat. Die nicht, bestimmt nicht. Die hat höchstens Hass gesoffen wie andere Schnaps.«

Döpner bemerkte den aufmerksamen Blick und das verstehende Nicken der Ärztin nicht, die, die Faust unterm Kinn, sinnend saß und ein langes Schweigen in den Raum sinken ließ. Bis sie das Telefon auf dem Schreibtisch heranzog und, nachdem sie in einem kleinen Büchlein, das daneben lag, geblättert hatte, eine Nummer wählte.

»Susanne, hallo! – Ja, du hörst richtig, Wilma hier. – Ja, gut.« Sie schilderte das Problem und fragte zuletzt: »Welches Gift kann das sein?«

Die Ärztin hörte der Frau am anderen Ende der Leitung lange zu, brummelte, beantwortete Fragen und nickte dazu.

»Danke. Tschüs. Ich melde mich, mach's gut.«

Sie legte den Hörer auf und schob das Büchlein an seinen Platz. Setzte sich zurecht, rückte an den Schreibtisch heran, stützte die Ellbogen auf und legte ihr Kinn auf die gefalteten Hände.

»Knollenblätterpilz«, sagte sie schließlich. »Sie ist sehr wahrscheinlich mit Knollenblätterpilz vergiftet worden.«

Die Worte lagen schwer im Raum. Döpner sah eine trockene Blüte von der Nachtkerze fallen.

Die Augen von Agathe Kalde wurden schmal, wie vor einem Schlag ins Gesicht. »Wir haben einen Mörder im Haus, Johann.« Sie wandte sich wieder der Ärztin zu: »Wie viel braucht man, um ...«

»Wenig. Sehr wenig. Ein Pilz reicht für zehn Leute. Ein Teelöffel reicht für einen. Höchstens das.«

Sie schwiegen.

»Wir müssen nachdenken, Johann«, sagte Agathe Kalde endlich.

Döpner nickte.

Auf dem Rückweg sprachen sie nicht.

XXXI.

Agathe Kalde strickte. Als wäre weiter nichts passiert.

Es gibt Tage, da passiert mehr als an anderen, das Geschehen passt nicht in einen Tag hinein, wie das Wasser nach starkem Regen nicht in die Fleths passte und bis dicht unter die Brücken stand, obwohl alle Pumpen liefen. Döpner war zu Besuch, weil er mit jemandem sprechen musste, aber sie machte die gewöhnliche Zeremonie des Kaffeetrinkens daraus, als wäre es ein gewöhnlicher Nachmittag, es war wie beim ersten Mal, nur dass sie strickte und keinen Knopf annähte. Draußen blitzte die Sonne durch die Blätter der Bäume, aber sie mochten nicht draußen sitzen, vor dem Eingang; dort stauten sich Rollstühle und Rollatoren, die Alten murmelten von ihren Krankheiten oder schwiegen und achteten nicht darauf, ob Sonne oder Regen war.

Sie waren gestern von der Ärztin direkt nach Hemmstedt zu Schlüter gefahren. Er hatte wenig Zeit, »nur eine Viertelstunde«, hatte er gesagt, aber als sie dann herausgebracht hatten, weshalb sie gekommen waren, ließ er Angela die anderen Termine wegbügeln und nahm sich zwei Stunden Zeit.

»Was sollen wir tun?«, hatten sie ihn gefragt.

Der Anwalt hatte sich in seinem Eichenstuhl zurechtgesetzt und zurückgelehnt eine Weile geschwiegen.

»Strafanzeige erstatten«, hatte er schließlich geantwortet. »Sofort.«

Sie überlegten gemeinsam, ob Döpner und Kalde selbst zur Polizei gehen sollten, und entschieden schließlich, dass Schlüter den Sachverhalt der Staatsanwaltschaft mitteilen würde, heute noch und ohne jedes Zögern, denn wenn eine Vergiftung mit Knollenblätterpilz in Frage kam, dann war Gefahr im Verzug, und zwar allerhöchste. Schlüter rief im Altenheim in Hollenfleth an, ließ sich mit Frau Dabel-Wiegersen verbinden und schilderte ihr das Problem, woraufhin diese aus dem Stand verfügte hatte, dass das Essen künftig von einem Partyservice bezogen wurde bis zur Klärung der Angelegenheit. Sie verpflichtete Döpner und Kalde, absolutes Stillschweigen zu bewahren, um die Bewohner des Altenheims nicht unnötig zu beunruhigen, was beide zusagten.

Und nun also wurde ermittelt. Als Erstes würden sie Schwester Martina und Dr. Dewald verhören und anschließend, sofern sich der Verdacht erhärten würde, das Grab öffnen, um die Leiche auf Spuren des tückischen Gifts zu untersuchen. Doch bis das in Gang gesetzt war, so hatte Schlüter vermutet, würde es einige Tage dauern.

»Was strickst du?«, fragte Döpner. Ihm fiel ein, dass Schlüter Agathe begrüßt hatte wie eine alte Bekannte.

»Socken.«

»So dicke? Ziehst du so was an?«

»Die sind nicht für mich.«

»Für wen denn?«, fragte Döpner. Woher mochte der Anwalt die Frau kennen?

»Für Nagel. Er sagt, er hat keine Socken.«

»Der – das alte Schwein?«, entfuhr es Döpner.

»Du meinst, weil er neulich nachts bei der Rathjens und der Hammann rein ist und ins Zimmer gepinkelt hat? Da hättest du mal hören sollen, was da los war! Die Rathjens hat ihn vielleicht fertig gemacht!« Sie kicherte. Ihre Hände standen still und sie nahm einen Schluck aus der Tasse. »Das war ihre letzte große Tat.«

»Das meine ich nicht …«, zögerte Döpner.

»Nee? Was denn?«

Döpner knurrte.

»Wieso knurrst du so? Hast du neuerdings was gegen Nagel?«, fragte sie aufmerksam.

»Er ist ein krummer alter Hund!«

»Nein. Er ist ein armer alter Mann. Sein Kopf verlässt ihn. Und ich stricke ihm Socken, weil ich was arbeiten muss.«

»Er ist ein altes Schwein und hat es nicht besser verdient!«

»Wie du plötzlich redest!« Sie nahm ihr Strickzeug wieder auf und nestelte weiter. »So kenn ich dich ja gar nicht. Was hat er dir denn getan?«

»Mir? Nichts!« Plötzlich konnte Döpner dem Drang, sein Geheimnis mit jemandem zu teilen, nicht mehr widerstehen. Es war zu viel geschehen in den letzten Tagen. »Er hat – damals, als ich noch in der Ziegelei gearbeitet habe, damals im Krieg, kurz bevor es zu Ende war – er hat zwei Polen umgebracht …« Nun war es gesagt.

Agathe Kalde richtete sich in ihrem Stuhl auf und ließ das Strickzeug sinken: »Woher weißt du das?«

»Ich habe es gesehen!«, rief er.

»Und das sagst du mir erst jetzt?!« Eine plötzliche lauernde Schärfe stand in ihrem Gesicht.

»Ich wusste es nicht früher, dass er dabei war. Ich habe es letztens erst erfahren. Und …«

»Erzähl, Mann, erzähl!«, unterbrach sie ihn. Sie ließ ihn nicht aus den Augen.

Döpner begann: »Das war damals, im April 45. Im Krieg, als er fast zu Ende war und wir alle wussten, dass es nicht mehr lange dauert. In der Zeit, wo wir uns nicht vorstellen konnten, wie es nach dem Krieg sein wird. Die Flüchtlinge in den RAD-Baracken am Sportplatz montierten die Holzlokomotive auseinander und zersägten sie, um sie zu verheizen, anstatt Flugabwehr damit zu üben. Das hätte sich vorher keiner getraut. Und ich – hatte mich vorher auch nicht getraut, vorher hatte ich immer – irgendwie Angst. Ich war kein – Held. Es war ein harter Wind an jenem Tag, die Ziegel auf den Trockenschuppen klapperten wie verrückt, und an einer Stelle waren sie auch schon runtergeflogen. Die Polen haben natürlich so getan, als hätten sie es nicht gemerkt. Draußen konnte man nicht viel machen, der Feldhöber war nicht da, dachte ich, und deshalb habe ich mich hingeschlichen, in die Scheune, und bin heimlich auf den Kornboden, um für die Polen etwas abzuzweigen, weil die hatten doch immer Hunger …«

Und dann erzählte er, was er vom Dachboden aus beobachtet hatte und wie es auf der Ziegelei war, er erzählte lange von Stanisław und Marek und den anderen, wie sie arbeiten mussten, im Frühling und Sommer auf der Ziegelei und im Herbst und Winter in den Gräben und zwischendurch noch im Stall, sechzehn Stunden am Tag und länger, und dass der Feldhöber ihnen nicht genug zu essen gegeben hatte. Dass einige immer wieder weggelaufen waren, Arbeitsvertragsbruch war das – und besonders Marek, der war drei- oder viermal weg, immer wieder hatten sie ihn verhaftet und verprügelt, weil er nie weit gekommen war, weil die Polen nicht Fahrrad fahren durften, ein Mann zu Fuß am Wegesrand, das konnte nur ein weggelaufener Pole sein, und Döpner erzählte, dass er immer hin- und hergerissen war, weil er ihnen hatte helfen wollen und das nicht konnte, denn mit den Volksfeinden aus Polen durfte man keine Brüderschaft machen. Und von Döpner, dem echten Baltendeutschen und Nachfahren von Rittern, erwarteten sie, dass er besonders stramm wäre und das Deutschtum in den Ostgebieten hochbrachte. Aber dann, zuletzt, war er Korn klauen gegangen.

»Verstehst du? Dass der Nagel dabei war, habe ich erst vor

kurzem erfahren. Der Polizist hat es mir gesagt. Nagel war der Kleine, der zuletzt ging, und beide hielten die Polen fest, als sie erschossen wurden«, schloss er.

»Aber – dass der Polizist dabei war, wusstest du die ganze Zeit?«, fragte Agathe Kalde scharf.

»Nein. Das habe ich kombiniert.«

»Aber die Tat? Du hast nie was gesagt?«

»Nein.«

»Und warum nicht?!«

»Warum? Muss man das begründen? Alle, die wir damals mitgemacht haben: Wir haben geschwiegen. Wir haben doch alle irgendwie mitgemacht. Man hatte doch auch mitgemacht, wenn man keinen umgebracht hat. Das haben wir doch alle bei der Entnazifizierung gemerkt. War doch Zufall, in welche Kategorie man kam. Die einen wurden oben einsortiert und waren interniert und die andern konnten nach drei Wochen wieder nach Hause gehen, wie ich. Kategorie fünf, einfacher PG. Wo war denn die Grenze? Jeder hatte doch seine Verantwortung damals, oder? Ich habe nichts gesagt, weil ich meine Ruhe haben wollte, weil ich mich nirgendwo einmischen wollte, weil ich …« Döpner stockte. »Sei du bloß froh, dass du eine Frau bist!«, fügte er bissig hinzu.

»Warum denn das?«, fragte die Kalde lauernd.

»Weil die Frauen nicht verantwortlich waren. Ihr wart keine Soldaten, keine Aufseher, keine Vorarbeiter, keine Parteibonzen und keine Polizisten. Ihr wart nur die Frauen von denen, ihr hattet nichts zu sagen. Wenn du ein Mann gewesen wärst – du hättest auch nichts gesagt!«

»Was weißt du schon von mir – von damals, Mann? Nichts! Und was weißt du von Frauen?« Die Kalde warf ihr Strickzeug zu Boden. »Du hast keine Ahnung, was ich erlebt habe! Überhaupt keine!!«

»Was hast du denn erlebt?«

»Nichts. Nichts für dich«, antwortete sie knapp und starrte aus dem Fenster, Jahrzehnte zurück.

Döpner rührte stumm im Kaffee, der Löffel klapperte kalt in der Tasse. Er wagte nicht, mehr Fragen zu stellen.

»Ach«, sagte sie endlich, »du verstehst nichts. Und du kannst es auch nicht verstehen.« Sie holte tief Luft: »Was meinst du denn, warum ich bin, wie ich bin?!«

»Ja«, sagte er leise. »Genauso ist es. Man denkt, man erträgt das Leben nicht, wenn das aus der Zeit damals wieder Gegenwart wird. Man denkt, was man selbst erlebt hat, das kann man keinem andern klar machen. Also muss man allein damit fertig werden. Aber man kann es nicht. Und deshalb denkt man, man muss es vergessen, um weiterleben zu können. Weil jedes Wort die Vergangenheit wieder lebendig macht. So war das jedenfalls bei mir. Aber wahrscheinlich ist das falsch. Wenn man nicht redet, wird die Vergangenheit zum Gespenst.« Er redete leise und wie zu sich selbst und bemerkte nicht, wie sie langsam ihre Fassung wiedergewann.

»Und jetzt?«, fragte sie. »Was willst du damit machen? Mit der Geschichte mit dem Nagel?«

»Ich war bei Schlüter letzte Woche. Und habe ihm alles erzählt.«

»Ach deswegen kannte er dich?«, fragte sie.

»Ja, deswegen, und woher kannte er dich?«

»Nichts weiter«, seufzte sie. »Eine Geschichte, die ist jetzt ziemlich genau fünf Jahre her. Wir hatten miteinander zu tun. Eine tote Frau ...«

Döpner wagte nicht zu sprechen, weil sie so abwesend wirkte.

»Ich erzähl's dir ein andermal«, fuhr sie schließlich fort. »Wenn alles vorbei ist. Jetzt spielt das keine Rolle. Übrigens hat Schlüter mir damals die Ärztin empfohlen. Wo wir gestern waren. Aber – was machen wir mit Nagel?«

»Ich habe Schlüter beauftragt, Strafanzeige zu erstatten«, seufzte Döpner. »Wegen des Doppelmordes. Aber es ist zu spät. Man kann nichts mehr machen. Vielleicht wird man ermitteln. Wahrscheinlich sogar. Was man so Ermittlung nennt. Wen sollen sie noch fragen? Sie werden eine Akte anlegen. Sie wird dünn bleiben. Auf jeden Fall ist er nicht mehr richtig zurechnungsfähig. Guck ihn dir doch an: ein kleiner lächerlicher Mann, der nicht mehr weiß, wo die Bank ist, in der er sein Geld gehortet hat, harmlos und verblödet, dazu noch mickrig von

Gestalt. Gestern ist er mit zwei linken Schuhen losgelaufen, er sah aus wie Charlie Chaplin. Der und ein Verbrecher? Wie soll man sich vorstellen, dass der zwei Polen umgebracht hat? Ich glaube es ja selbst kaum. Man wird das Verfahren einstellen. Es ist zu spät.« Döpner zuckte die Schulter.

Agathe Kalde dachte nach. »Nein«, widersprach sie. »Es ist nicht zu spät.« Es klang wie ein Beschluss.

»Wie meinst du das? Stimmt das etwa nicht, was ich gesagt habe?«

»Doch, es stimmt. Der Strafrichter kommt zu spät. Aber büßen muss er doch!«

»Und wie? Was willst du tun?«, fragte er müde.

»Das sag ich dir nicht, Lancelot.« Sie sah ihn kalt an. »Nicht, solange du schweigst, wenn ich dich frage, was du mit dem Feldhöber vorhast und warum du dauernd mit dem Fahrrad herumfährst. Oder hörst du jetzt etwa damit auf?«

Döpner antwortete nicht. Es war noch nicht fertig. Er musste herausfinden, ob der Feldhöber auch an dem Tod von Marek schuld war. Davon wollte er nicht erzählen. Und was würde es helfen? Er musste das allein schaffen.

»Sag mal«, sagte sie schließlich mit wieder mild gewordener Stimme. »Warum wolltest du den Polen eigentlich helfen? Ich meine – wirklich?«

»Warum? Sie brauchten Hilfe. Sie hatten Hunger. Wie sollten die bei der schweren Arbeit leben mit den Rationen, die sie kriegten?«

»War das alles?«, fragte sie, beugte sich vor und legte wieder eine Hand auf seine lahme Linke. Die Hand lag warm auf seiner.

Sie weiß es, dachte Döpner. Sie weiß von Lenka. Man kann nichts verbergen vor ihr. Sein Mund fing an zu zucken.

»Und deswegen hast du Fahrradfahren gelernt?«, fragte sie weiter.

Döpners Gesicht verzerrte sich zu einer Fratze und er musste schluchzen. Sie ließ ihn, hielt seine Hand und sah aus dem Fenster. Schließlich zog er seine Hand weg, wischte sich die Augen und Agathe Kalde beugte sich zu ihrem Strickzeug herunter, um es aufzuheben. Sie begann wieder zu arbeiten.

Es wurde still, und jeder hing seinen Gedanken nach.

»Übrigens«, sagte sie. »Findest du nicht, dass Fietje in der letzten Zeit irgendwie merkwürdig ist? Neulich auf der Beerdigung – so habe ich ihn noch nie gesehen. Vorher hing er dir dauernd an der Pelle. Und jetzt auf einmal nicht mehr.«

Döpner zuckte mit der Schulter. »Den versteht sowieso keiner.«

»Seit Erna Rathjens tot ist, nicht mehr, genauer gesagt«, fügte sie hinzu.

»Sag ich doch.« Er trank den Kaffee aus. »Du strickst weiter?«

»Ja, ich stricke weiter.«

»Für ihn?«

»Für ihn.« Sie sah von ihrer Arbeit auf, lächelte schalkhaft und fügte hinzu: »Jetzt erst recht!«

Was sollte man dazu sagen?

XXXII.

Döpner war von dem weiten Weg von Hollenfleth nach Großenborstel erschöpft; der kleine Flecken lag fast zwanzig Kilometer elbabwärts und wirkte wie ein Städtchen wegen seiner eng gedrängten Häuser, obwohl dort gerade mal zweitausend Menschen wohnten. Er fand das Haus inmitten einer Siedlung zwischen Dorfrand und Apfelhof, nur ein paar hundert Meter fort von Kirche, Bank und Bäckerladen. Döpner stellte das Ungetüm, wie auch er sein Dreirad für sich jetzt nannte, auf der gepflasterten Einfahrt ab.

Noch bevor er abgestiegen war, kam die Frau aus dem Garten hinter dem Haus. Offenbar machte er Lärm, ohne es zu merken. Sie blieb in fünf Meter Abstand stehen.

»Tach.« Sie wischte sich die erdigen Hände an der Hose ab und sah den schiefen Besucher abwartend an.

»Moment«, ächzte Döpner. »Bin gleich so weit.« Als er endlich neben seinem Gefährt stand, sagte er: »Guten Tag. Johann Döpner mein Name. Ich wollte zu – Karin Kaminski.«

Das kleine Mädchen von damals stand vor ihm, heute eine schlanke, hoch gewachsene Frau, durchtrainiert und in engen Jeans, mit einer fast männlichen Figur. Sie hatte keinen Zopfkranz mehr, sondern kurze blonde Haare, aber noch dieselben blauen wachen Augen, in einem strengen Gesicht, das zuerst abweisend wirkte und wenig Sympathie zuließ.

»Das bin ich. Und?«

»Ich möchte mit Ihnen sprechen. Über Ihren – Vater.«

Ihr Gesicht blieb verschlossen. »Da gibt's nichts zu reden«, sagte sie kalt.

»Nein. Ich ...« Döpner knüllte seine Mütze, die er der Höflichkeit wegen abgenommen hatte, in der Hand. »Ich möchte nur ...«

»Wissen Sie, Herr Döpner – um es kurz zu machen: Ich kenne Sie nicht und es geht Sie deshalb auch nichts an. Aber – ich habe keinen Vater. Verstehen Sie?«

Döpner dachte daran, dass sein eigener Sohn auch so sprechen würde, wenn ihn jemand nach seinem Vater fragen würde.

»Sie haben – keinen Kontakt?«, fragte er leise.

»Nein.« Sie hatte die Hände in die Hüften gestemmt und wartete, dass Döpner endlich verschwand, damit sie weiter im Garten schaffen konnte.

Döpner holte tief Luft. »Ich – bitte! Ich möchte trotzdem mit Ihnen reden, es gibt da eine alte Sache. Noch aus dem Krieg. Aus der Zeit mit der Ziegelei. Da waren Sie noch ein Kind und ich war der Vorarbeiter in der Ziegelei, Sie kennen mich nicht mehr, aber ...«

»Onkel Döpner?« Ihr Gesicht öffnete sich und wurde freundlicher. »Ich habe Sie gar nicht erkannt. Kommen Sie rein!«

Sie kochte Kaffee und trug das Geschirr auf, während Döpner schon hinter dem Haus auf der Terrasse saß. Sie ging hin und her, und sie redeten über das Haus und den Garten und das Wetter und über alte Zeiten, wie sie mit ihren Geschwistern auf dem Heuboden Verstecken gespielt hatte.

Schließlich setzte sie sich zu ihm: »Und?«

»Ich weiß nicht, wie ich anfangen soll«, sagte Döpner. »Sie waren damals so sieben oder acht Jahre alt. 1943 meine ich.«

»Da war ich acht, stimmt«, bestätigte sie.

»Sie erinnern sich? An die Ziegelei Ihres Vaters? An die Polen, die da gearbeitet haben? Zwangsarbeiter nennt man das heute ...«

»Ich weiß«, sagte sie und fügte in plötzlicher Offenheit hinzu: »Ich kenn das alles. Mein Schwiegervater war – so ein Zivil-Zwangsarbeiter.«

»Ihr Schwiegervater?«

»Ich habe den Sohn eines Zwangsarbeiters geheiratet.«

»Gibt's das auch?«, fragte Döpner.

»Ja. Ihnen sag ich das. Mein Schwiegervater kommt aus Schlesien. Er ist Pole. Er wurde 1942 deportiert und dem Horeis hier in Großenborstel zugeteilt. Bauernhof. Kennen Sie vielleicht. Und Sie, woher stammen Sie?«

»Ich bin aus Litauen. Baltendeutscher«, antwortete Döpner. Er hoffte immer, er würde einmal jemanden treffen, mit dem er sich über die alte Heimat unterhalten könnte.

»Mein Schwiegervater ist nach dem Krieg wieder hergekommen und hat seine Familie mitgebracht, Kind und Kegel. Sie haben bei Horeis im Tagelöhnerhaus gewohnt. Konrad – mein Mann – war damals gerade fünfzehn ...« Sie lächelte. »Horeis ist einer von denen, die keine Vorurteile haben, wissen Sie? Er hat ihn anständig behandelt.«

»Es waren nicht alle so«, sagte Döpner.

»Wie mein Vater, der Feldhöber? Nein.«

»Spricht er darüber?«

»Mein Schwiegervater? Ja. Tut er. Man kann ihn regelrecht ausfragen. Aber erstens ist er ein Besonderer, muss ich schon sagen. Und zweitens – er hat eben Glück gehabt. Er hat nicht so viel erlebt, über das man nachher nicht reden kann.«

»Aber um so eine Sache geht's mir ...«

»Über eine Sache, über die man nicht reden kann? Und mit der mein Vater zu tun hat?«

Döpner nickte. Dann gab er sich einen Stoß und sagte: »Am 7. Oktober 1943 ist in Hemmstedt auf dem Schießplatz ein Pole erhängt worden.«

Sie schwieg, sah ihn mit weit geöffneten Augen an und wartete. Ihre verschränkten Hände lagen wie tot auf dem Tisch.

»Es wurde ein so genanntes Urteil vollstreckt. Das Aufhängen – mussten – Polen – vornehmen …« Döpner versagte die Stimme und Tränen stiegen ihm in die Augen. Er schüttelte heftig den Kopf, schloss die Augen. Wie damals. Nicht sehen, nicht sehen. Den Galgen, den Tritt darunter, mit zwei Stufen. Der schwarze P4 mit Hakenkreuz, in dem die Leute von der Kreisleitung ankamen, scharfe Falten in den Hosen, schneidige Leute, sie trugen das Zeichen, das Kleine groß machte in jener Zeit. Die langen Mäntel der Leute vom Reichssicherheitshauptamt. Am anderen Ende des Schießplatzes, vor den schweigenden Erlen, die dunklen Reihen strammstehender Männer. Alles wie ein Atem, den man anhält. Dann führten sie Marek vor den Galgen. Marek den Lustigen, der seine Verlobte zu Hause und das Leben vor sich hatte. Drei Polen wurden herbeigewunken. Graue magere Gesichter, zum Grund gerichtet. Zwei fassten ihn, der dritte wartete dahinter. Ein Uniformierter trat zwei zackige Schritte vor und verlas etwas. Nicht sehen, nicht sehen. Aber irgendwann musste er die Augen wieder öffnen. Man konnte nicht ewig mit geschlossenen Augen stehen. Das fiel auf, außerdem wurde ihm schwindlig. Er sah den leblosen Körper mit dem verzerrten Gesicht baumeln. Marek war nicht mehr, er war es und doch war er es nicht mehr.

Wie oft hatte Döpner für sich geübt, über diese Sache zu sprechen, mit nüchternen sachlichen Worten? Das musste man doch können, nach mehr als fünfundvierzig Jahren! Aber es war eine Sache, sich zu erinnern, eine andere, davon zu hören, und eine ganz andere, selbst zu berichten. Er konnte es nicht, ohne alles noch einmal zu erleben. Den Befehl des Feldhöbers, dass Stani morgen die Tagschicht zu übernehmen hatte. Gleich im Anschluss an die Nachtschicht. Denn der Ofen musste brennen, nichts war wichtiger als der Ofen, der brennen musste. Dass sie morgen nach Hemmstedt fahren würden. Und dass die anderen Polen morgen auch nach Hemmstedt fahren würden. Dienstliche Anordnung. Sie würden die Arbeit abends nachholen. Kein Wort darüber, warum sie fahren sollten. Am nächsten Tag die schweigende Fahrt neben dem grimmigen Mann in schwarzen Stiefeln, die Mütze mit dem Totenkopf. Ein Lkw der

Wehrmacht hatte die Polen abgeholt, ein paar hundert aus der Umgebung hatten sie zusammengekarrt, wie es Vorschrift war. Dann die düstre Zusammenkunft auf dem Schießplatz. Nagel, der Ortsgruppenleiter von Hemmstedt. Die Exekution. Die drei Polen, die ihren Landsmann gehängt hatten, drehten schweigend ab, die drei Zigaretten Belohnung verborgen in der Hand. Und dann, links-rechts-links-rechts, der müde Marsch der Polen, einzeln am grausigen Galgen vorbei, Blick rechts, und die schneidende Litanei des Kreisleiters: Seht was euch blüht, wenn ihr euch an deutschem Blut vergeht!

»Er soll ein Mädchen, ein deutsches Mädchen angefasst haben, der Marek«, fügte Döpner hinzu und wischte sich die Tränen aus dem Gesicht. »Entschuldigen Sie, diese blöde Heulerei ... Ich heul immer, seit ...«

Frau Kaminski fegte seine Worte mit der Hand beiseite. »Und warum erzählen Sie das ausgerechnet mir, Herr Döpner?«

Döpner holte tief Luft: »Weil Sie das deutsche Mädchen gewesen sein sollen, an dem Marek sich vergangen hat ...«

Sie fuhr zurück, die Hand vor dem Mund: »Ich?!« Sie sprang auf und ging auf der Terrasse hin und her und blieb zuletzt vor Döpner stehen. »Wer sagt das?!«

»Es steht im Urteil drin. In dem Urteil gegen den Kreisleiter der Partei. Dass der Pole gehängt wurde, weil er sich an der Tochter des Bauern Friedrich von Rönn vergangen hatte.«

»So wahr mir Gott helfe: Das stimmt nicht!«, rief sie, beide Hände vor dem Gesicht.

»Sie – kannten Marek, nicht wahr?«

»Ja doch, ja! Ich kannte ihn!« Sie umkreiste den Tisch und schlug den Takt zu ihren Worten. »Er machte die schönsten Holzschuhe für uns. Wir Kinder haben mit den Polen doch gehandelt! Meine Mutter hatte mich sogar geschickt! Wir haben Polenholz hingebracht, so haben wir das genannt, wenn wir ein großes Stück Holz hatten, aus dem man Schuhe machen konnte, manchmal auch mit alten Stiefelschäften, die sie drangemacht haben. Es gab keine Stiefel, die fürs Torfstechen so gut waren wie die Holzschuhe von den Polen mit Lederschäften dran. Man kriegte keine kalten Füße drin. Und die besten hat

Marek gemacht. Und … aber warum??« Sie blieb vor Döpner stehen.

»Weiß nicht. Vielleicht, weil Marek so ein lustiger Kerl war. Und sich nicht unterkriegen ließ. Und manchmal auch Widerworte gab. Und außerdem dauernd weglief.« Döpner erzählte von dem Fehlbrand, als Stani den Stein an den Kopf bekommen hatte und Marek der Einzige gewesen war, der sich einen Schritt nach vorn getraut und Stani geholfen hatte. Der geschimpft hatte, dass die Polen sich auch für Deutschland verheizen lassen würden, wenn der Koks nichts tauge, vielleicht würde es dann ja einen ordentlichen Brand geben. Typisch, dass er auch da noch Witze gemacht hatte.

»Er hat die besten Holzschuhe gemacht«, wiederholte Karin Kaminski und setzte sich endlich wieder. »Mit einem scharf geschliffenen Esslöffel hat er sie ausgehöhlt. Wir sind hingegangen und haben zugeguckt. Er war so lustig. Für ein paar Holzschuhe gab es ein Stück Leberwurst. Die wollten die Polen am liebsten, weil sie damit länger hinkamen, Mettwurst konnte man nicht so dünn schneiden, aber Leberwurst so schön dünn streichen … Und wir waren doch nur Kinder, wir wussten doch nicht …«

»… dass die Leute Hunger hatten. Nein, das wusstet ihr nicht. Aber Ihr Vater, der wusste das.«

»Und schickte uns zum Handeln hin! Verdiente daran auch noch was. Aber dann hat er es uns verboten.«

»Weil das Untermenschen waren …«

»Nein. Weil sie Läuse hätten, hat er gesagt. Und weil sie primitiv seien.«

»Ihr durftet nicht mehr hin, weil Marek gehängt war und weil die anderen Polen euch das erzählt hätten. Ihr Vater hat dafür gesorgt, dass Marek an den Strick kam.«

»Hat er das? Woher wissen Sie das?«

»Es muss so gewesen sein. Die Polen unterlagen nicht der normalen Gerichtsbarkeit. Für die war das Reichssicherheitshauptamt zuständig. Die fällten die Urteile und die Gestapo hat sie vollstreckt. Vorher gab es natürlich kein ordentliches Verfahren.« Schlüter hatte ihm das alles beigebracht und Döpner referierte. »Es reichte eine Denunziation.« Vorsichtig brachte er das schwierige Wort über die Lippen. »Und Sie, wenn Sie in dem Urteil als angebliches Opfer genannt worden sind – wer kann dahinter stecken, wenn nicht Ihr Vater?«

»Aber Marek hat mir nichts getan! Das würde ich jederzeit schwören!«

»Würden Sie das?«

»Ja. Er hat mir nichts getan!«, stampfte sie. »Im Gegenteil. Er hat mir den Kopf gestreichelt, einmal, als er sonntags vor dem Lippscher-Haus saß und am Schnitzen war. Er hat mir Liedchen beigebracht, polnische Liedchen, die für mich ganz allein waren.«

Das strenge Gesicht der Frau wurde weich, sie hatte Tränen in den Augen. Sie begann zu singen: »*Szła dzieweczka do laseczka, do zielonego, ha ha ha, do zielonego, ha ha ha, do zielonego.* Sehen Sie – ich kann's noch! *Napotkała myśliweczka bardzo szwarnego, ha ha ha, bardzo szwarnego, ha ha ha, bardzo szwarnego.* Hören Sie?«

Döpner hörte. Das Liedchen von dem Burschen, der im Wald ein Mädchen sieht, sich verliebt; doch plötzlich ist sie verschwunden. Er sucht sie überall und findet sie niemals.

»*Gdzie jest ta ulica, gdzie jest ten dom* – wo ist die Straße, wo ist das Haus?«

Er stellte sich vor, wie Marek vor der Tür saß, am Sonntag, und schnitzte, weil er nicht zur Messe gehen durfte, denn es war zu weit und Polen durften nicht mit dem Fahrrad fahren, und weil er Hunger hatte und schnitzen musste, wie er dem Töchterchen seines Peinigers mit ungelenker Stimme das unschuldige polnische Liedchen vorsang und dabei an einem Holzschuh für sie schnitzte, den sie mit Leberwurst bezahlte, die ihre Mutter zurechtgeschnitten hatte, ein kleines Stück von der dicken fetten Leberwurst, geizig bemessen, eine von denen aus der Räucherkammer, die voll war von fettem Speck und Fleisch und Würsten, ein kleines Fitzelchen Leberwurst, und das stopplige, schmale, hungrige Gesicht des Polen, vielleicht schien die Sonne, und neben ihm das kleine satte lustige Mädchen, das die Wurst in einer Tüte hinterm Rücken hielt, sie duftete, aber der Schuh war noch nicht fertig und er sang, der hungrige Pole, singen konnte er immer, und er hatte lustige Augen.

»*Gdzie jest ta dziewczyna co kocham ją*? – Wo ist das Mädchen, das ich so liebe?«

»Jetzt weiß ich«, sagte die Frau. »Dieser Marek hat gemacht, dass ich anders geworden bin, als mein Vater war. Ach, ich weiß nicht – ich war ja nur ein Kind, und heute …«

Döpner wischte sich das Gesicht trocken. Wenn es so wäre, dachte er. »Entschuldigen Sie«, murmelte er.

»Hören Sie auf. Ich meine, mit den Entschuldigungen.«

Heute ist alles anders, dachte Döpner. Und weil alles anders ist, weiß man nicht mehr, wie man geworden wäre, wenn es so geblieben wäre, wie es früher war. Deshalb würden die Jungen auch nicht verstehen, warum er damals, nachdem sie Marek gehängt hatten, nicht aus der Ziegelei fortgelaufen oder wenigstens aus der Partei ausgetreten war. Er hatte nichts gesagt, hatte aufgehört zu reden, über das alles, lange Jahre. Er war in den Wagen des Feldhöbers eingestiegen und mit ihm nach Ruthensand zurückgefahren. Und hatte sich unterwegs angehört, was der zu sagen hatte.

»Na, Döpner, Sie sehen etwas mitgenommen aus, wie?«, hatte der Feldhöber gesagt, beide Fäuste ums Lenkrad. Und, als Döpner weiter geschwiegen hatte: »Wir müssen das Leben nehmen, wie es ist, Döpner. Das zwingt uns auf, so zu handeln. Wir haben uns das nicht selbst ausgesucht. Wir müssen hart sein, gegen uns selbst und gegen andere. Sonst gehen wir unter. Sonst wird der Bolschewismus uns eines Tages ersäufen, Döpner. Sie haben Ihre Heimat schon verloren. Dort regieren jetzt die Bolschewisten. Wir müssen unsere Kultur und unser Land verteidigen. Und das können wir nur, wenn wir mit aller Härte und Rücksichtslosigkeit gegen lichtscheue Elemente vorgehen. Hart, aber gerecht, das ist es, was wir sein müssen! Man muss das von höherer Warte sehen. Wir verteidigen unsere Kultur. Dafür werden uns die Völker Europas nach dem Krieg dankbar sein! Natürlich nur die Kulturnationen. Nicht wahr, Döpner, nicht wahr?«

»Ja, Herr von Rönn.«

»Besonders begeistert hören Sie sich ja nicht gerade an.«

»Nein. Ich mag so etwas nicht sehen.«

»Meinen Sie, mir macht das Spaß, beim Galgen zu stehen, wenn ein dreckiger, verlauster Polacke aufgehängt werden muss und sein Genick knackt und er die Augen verdreht? Wenn ihm der letzte Dreck abgeht? Nein, das macht mir keinen Spaß! Das wird schon, Döpner, das wird schon! Wir müssen daran arbeiten, dass wir anständig bleiben, hart, aber anständig! Das nenne ich deutsch!!«

Döpner hatte nicht anders gekonnt. Er war ein feiger Mitläufer gewesen.

Als ein neuer Transport in Hemmstedt angekommen war, fuhr der Feldhöber mit seinem Wagen hin und besorgte sich als Ersatz für den erhängten Polen zwei neue; einen zur Reserve. Und Döpner war wieder zur Arbeit gegangen, die er gemeinsam machte mit denen, die an ihrem erhängten Kollegen hatten vorbeidefilieren müssen, während er, Döpner, als Vertreter der Macht am Galgen gestanden hatte.

»Die Toten sind lebendig«, sagte Döpner leise. »Je toter sie sind, desto lebendiger werden sie. Ich war beim Rechtsanwalt. Ich will wieder hin und ihm berichten, dass Marek Sie nicht ...«

»Tun Sie dass, Herr Döpner, unbedingt!«

XXXIII.

Das Gericht hatte endlich einen Termin anberaumt, aber die Kontrahenten nicht geladen, und es würde auch keiner kommen, denn der eine lebte hinter dem Eisernen Zaun und der andere war der Feldhöber, der im Vollbesitz der Gerechtigkeit auf seinem Hof auf Ruthensand residierte und schon den bloßen Gang zum Gericht als einen nach Canossa ansah. Aber die Öffentlichkeit würde teilnehmen in Gestalt der Presse, und diese wurde verkörpert von Frau Rosskothen-Hüberlin, der schrillen roten Journalistin, die sonst über Strafsachen schrieb und Schlüter schon früher Gesellschaft im Gerichtssaal geleistet hatte. Die Presseleute vom *Hemmstedter Tageblatt* lasen die Terminrollen sorgfältig.

Frau Rosskothen-Hüberlin war am Telefon.

»Ich unterliege der Verschwiegenheitspflicht«, blockte er ab. Er würde ihr nicht vom Besuch Döpners erzählen, der von seinem Gespräch mit der Tochter des Feldhöbers berichtet und eine zweite eidesstattliche Versicherung hinterlassen hatte. Und er würde auch nicht preisgeben, dass er, je näher der Termin rückte, immer größere Angst hatte, alles falsch gemacht zu haben.

»Aber Ihr Kollege, der Meier-Mertes, war eigentlich ganz auskunftsfreudig.«

Natürlich. Dieser Mistkerl. Aalte sich in Publizität. Pflegte seine grenzenlose Eitelkeit, dieser lackierte Affe. »So, so«, sagte Schlüter beherrscht. Meier-Mertes nutzte jede Gelegenheit der Selbstpräsentation. Und sah seine späte Chance auf bundesweite Berühmtheit gekommen, auch wenn er, wie immer, auf der falschen Seite der Front stand. Meier-Mertes und der Feldhöber. Es trafen sich immer die Richtigen; Gleich und Gleich gesellt sich gern. Schlüter hatte mittlerweile eine Trefferquote von mindestens achtzig Prozent, wenn er riet, zu welchem Advokaten die Leute gehen würden. »Hat er also«, setzte er müde hinzu, hart am Rand der Höflichkeit.

»Da können Sie doch eigentlich auch Auskünfte geben. Sonst bleiben meine Informationen so einseitig.«

Blöde Ziege, dachte Schlüter. Das war eine nackte Drohung mit öffentlichem Verriss. Aber er sagte nichts, sondern atmete nur wütend ins Rohr.

»Ich frage einfach mal. Sie können ja sehn, ob Sie antworten. Sie vertreten einen ehemaligen polnischen Zwangsarbeiter, der in einer früheren Ziegelei in Hollenfleth bei dem Beklagten gearbeitet hat?«

»Sie wissen's ja eh schon«, brummte Schlüter.

»Ja. Da verraten Sie nichts. Ich habe recherchiert. Sieht so aus, als wäre das der erste Rechtsstreit in der Bundesrepublik Deutschland, in dem ein direkt Betroffener versucht, Ansprüche gegen seinen ehemaligen Arbeitgeber durchzusetzen. Stimmt das?«

»Nicht ganz«, stellte Schlüter richtig. »Es hat 1965 schon mal ein Verfahren gegeben.«

»Ach?«, wunderte sich die Journalistin. »Und – wie ist das ausgegangen?«

»Dem Mann wurde geholfen«, erklärte Schlüter zynisch. »Das Landgericht Braunschweig verurteilte die Firma Büssing – den Nutzfahrzeughersteller, wissen Sie – zu einer Zahlung von 178,80 DM. Gut, nicht?«

»Ja, ich weiß nicht«, meinte die Frau unsicher. »Die Gerichte ... Aber das ist doch jetzt – äh – vierundzwanzig Jahre her. Sie meinen, die ehemaligen Arbeitgeber müssten mehr zahlen?«

»Arbeitgeber?«, zankte Schlüter. Jetzt benutzte die Dame dieses zivilisierte Wort schon das zweite Mal. »Das nennen Sie Arbeitgeber? Mit dem Begriff assoziiert man was ganz anderes, das wissen Sie, oder?«

»Wie würden Sie die denn nennen?«

»Sklavenhalter«, schnaubte Schlüter. »Das war Sklaverei, nichts anderes!«

»Mir wurde gesagt, Ihr Mandant – also der Pole – habe Tariflohn bekommen. Beinahe wie deutsche Arbeiter seinerzeit auch. Ist das Sklaverei?«

Hatte sie ›Pole‹ geringschätzig ausgesprochen? Oder hörte nur Schlüter das so?

»Das haben die Deutschen nach dem Krieg alle gesagt. Dass das ein normales Arbeitsverhältnis war. Und alle Zwangsarbeiter sind ordentlich behandelt worden, natürlich. Sie kamen ausgehungert und heruntergekommen nach Deutschland, alle ganz freiwillig natürlich, und sind aufgefüttert wieder zurückgekehrt. Haben sogar Urlaub gehabt!«

»Ja, ich ... Ihr Kollege, der Herr Meier-Mertes ...«

»... hat das so erklärt, klar«, schnitt Schlüter Frau Rosskothen-Hüberlin das Wort ab. »Haben Sie sich über diesen Komplex informiert? Was wissen Sie überhaupt davon? Wie alt sind Sie?«, fragte Schlüter und achtete nicht mehr darauf, ob er wie ein Oberlehrer sprach oder nicht.

»Ich weiß zwar nicht, was das zur Sache tut«, antwortete sie. »Aber gut: achtunddreißig.«

»Also Jahrgang 1951. Sechs Jahre nach dem Krieg sind Sie geboren. Und da sagen Sie, die Zwangsarbeit ... Egal. Haben Sie Kinder?«

»Entschuldigen Sie, Herr Schlüter – was hat das damit zu tun? Warum fragen Sie mich so was?«

Sind Kinder ›so was‹? Natürlich hatte sie keine. »*Sag mal, was habt ihr eigentlich gegen die Atomkraftwerke getan?*«, hatte Schlüters Jüngster vor zwei Jahren gefragt, nach einer der letzten Großdemos gegen Brokdorf.

Schlüter holte tief Luft, um eine lange und gerechte Rede vom Stapel zu lassen, aber dann klappte er seinen Mund wieder zu. »Das verstehen Sie nicht«, sagte er nur. Sollte er etwa theatralisch werden und Vorträge halten von Vätern, denen so viel Unrecht geschehen war, dass noch die Söhne den Ausgleich einforderten? Sollte er onkelhafte Sprüche machen, die jeder kannte, von einem Land, dessen Bewohner nach dem Krieg angeblich nichts gewusst, nichts gehört und vor allem auch nichts gesehen hatten, deren Mund fortan für Jahrzehnte versiegelt war und deren Kinder nicht den Mut aufbrachten, das Siegel zu brechen?

»Das muss ich vielleicht auch nicht verstehen«, sagte die Frau am anderen Ende.

»Nein, das müssen Sie wohl nicht«, setzte Schlüter seufzend nach. Die Attacke ließ nach, er beruhigte sich und fand zu alltagstauglichem Gerechtigkeitsdenken zurück.

»Vorhin haben Sie mich unterbrochen, ich wollte wissen, ob das der erste Prozess dieser Art in der Bundesrepublik Deutschland ist, mit Ausnahme dieses Urteils aus Braunschweig natürlich.«

Ja, in der Tat. »Mag sein«, sagte Schlüter. Der Kleinstadtadvokat Schlüter sollte den ersten Rechtsstreit dieser Art führen und das raubte ihm den Schlaf. Verkehrsunfälle und platt gefahrene Hühner waren nicht so aufregend. Und Meier-Mertes war natürlich stolz darauf, endlich was Großes an die Glocke hängen zu können. Vielleicht würde ihm das helfen, seine sechs Kinder und zwei Exfrauen zu ernähren. Ganz zu schweigen von der aktuellen Frau und dem Prozesskind, dessen Unterhaltsvater er wegen Nichtaufklärung über die Vaterschaftsanfechtungsfrist geworden war.

»Und wie schätzen Sie Ihre Erfolgsaussichten ein?«

»Dazu sage ich nichts.«

»Allzu siegesgewiss scheinen Sie ja nicht zu sein!«

»Ich sage nie etwas darüber, wie das Gericht meine Prozesse entscheiden wird. Bin kein Wahrsager.«

»Na, ich bitte Sie, Herr Schlüter. Sie sind Jurist. Rechtswissenschaftler. Das ist eine exakte Wissenschaft. Sie müssen doch Aussagen treffen können. Das ist doch keine Wahrsagerei! Was sagen Sie denn Ihren Mandanten, bevor Sie eine Klage erheben?«

Da saß er fest. Natürlich musste er Prognosen machen, bevor es losging. »Ich sage den Leuten, wie nach meiner Auffassung die Rechtslage ist. Das heißt nicht, dass das Gericht meine Auffassung teilen muss.« Bei den Juristen war es wie bei den Bauern. Wenn man drei unter einen Hut bringen wollte, musste man zwei ... Rechtswissenschaft! Seit wann konnte man Wortklauberei Wissenschaft nennen? Man betrieb ein wenig Linguistik und war stolz auf sich.

»Also Sie halten es für möglich, dass das Gericht anderer Meinung ist als Sie?«

»Natürlich. Was meinen Sie denn, warum es bei Zivilsachen drei Instanzen gibt? Weil die Juristen verschiedene Auffassungen haben.« Und ganz oben sitzen die Klügsten. Die waren selbstzufrieden und frei von Zweifeln wie in alter Zeit, die Hüter des Heiligen Grals; je höher man auf der Justizleiter stieg, desto dichter wurde das Gewölk und vernebelte die Sicht auf die Dinge des Alltags weit unten.

»Haben Sie das Ihrem Mandanten auch so gesagt?«, blieb die Journalistin hartnäckig.

»Verehrte Frau Rosskothen-Hüberlin! Nächste Woche ist Verhandlung. Sie wollen hin, wenn ich richtig verstehe. Warten Sie einfach bis dahin ab. Übrigens – haben Sie Ihren Vater mal gefragt, was er im Krieg gemacht hat?«

»Was hat – mein Vater damit zu tun, Herr Schlüter?«

»Sehr viel. Das ist der Grund für diesen ganzen verdammten Prozess, dass wir ihn überhaupt und erst jetzt führen. Recht ist nur eine Krücke. Man braucht sie bei moralischem Bandscheibenvorfall!«

Den Rest seiner moralischen Attacke unterdrückte Schlüter. Trotzdem hatte er die Journalistin niedergeschrieen. Sie schwieg eingeschüchtert. Schlüter nutzte die Stille für einen Abschiedsgruß und legte auf. Vielleicht würde sie jetzt am Stift knabbern und nachdenken. Schlüter war empfindlich geworden. Früher war ich nicht so arrogant, dachte er.

Plötzlich fühlte er, dass sein Gesicht warm wurde. Er musste blinzeln. Die Sonne schien durchs Fenster, leuchtete lustig zwischen den Papieren auf seinem Schreibtisch und kümmerte sich nicht um seinen Ärger. Es hatte eine Woche lang geregnet und gestürmt, die Leute hatten ihre Wege mit kurzem Hals und gebeugtem Kopf gemacht.

Schlüter lachte auf und hieb die Faust auf die Akten. Meine Güte, dachte er, ich bin lebendig und ärgere mich – was will ich mehr? Und außerdem wusste ich bis vor ein paar Monaten auch nichts über das Thema. Man ist immer gerade so klug, wie man ist, und alle anderen sind blöd.

XXXIV.

Der Tag der Wahrheit war gekommen. Heute, am 19. Oktober um 10.15 Uhr sollte der Prozess Kaczek gegen von Rönn vor dem Landgericht stattfinden. Schlüter hatte schlecht geschlafen und morgens Durchfall gehabt, wie immer, wenn ihm schwierige Gerichtsverhandlungen bevorstanden, an denen die Öffentlichkeit teilnahm. Frau Rosskothen-Hüberlin würde ihm allein durch ihre Anwesenheit die Laune verderben. Schlüter hasste Publizität; sein Ideal war die graue Maus, die nicht auffällt und still ihre Pflicht tut. Ein Rechtsanwalt ist immer froh, wenn er seine Termine im trauten Fachkreise von Juristen abhalten kann, besonders wenn er ein schlechtes Gewissen hat und befürchten muss, den Prozess zu verlieren. Nichts degradierte mehr, als sich in Gegenwart des Mandanten oder gar der Presse vom Hohen Gericht die Leviten lesen zu lassen.

Die alte Tasche unterm Arm legte Schlüter die wenigen Schritte zum Gericht zurück, durch die Fußgängerzone, am Fotoladen an der Ecke vorbei. Heute war er blind für das Schaufenster seines Buchladens und die Grußhand der Buchhändlerin durch die stets offene Tür. Schlüter war Autist und steuerte durch die schmale Gasse, die – leicht abschüssig – genau auf die St.-Wulfhardi-Kirche zuführte, und an ihr vorbei zum Justizgebäude, einem mächtigen Sandsteinbau aus Bismarck'scher Zeit, als man dem Volke die Gerechtigkeit mit Teelöffeln gab wie eine zu teure Arznei, mit Gesetzen, nach deren Regeln Schlüter heute verhandeln würde. Entsprechend eng und piefig war das Hauptportal, fast wie für Dienstboten, und die Straße so schmal, dass man den Kopf weit in den Nacken biegen musste, um die Fensterbilder im Verhandlungssaal im zweiten Stock sehen zu können. Wenige Meter weiter lag der Eingang zur Justizvollzugsanstalt, friedlich überschattet von einer großen Linde, und jenseits davon, in Sichtweite der Kirche, das Selbsthilfezentrum für psychisch Kranke.

Bluhm und Olpe wachten nicht mehr vor der Toreinfahrt zum Innenhof, denn die Gerichtspost war um diese Zeit bereits eingetroffen und vereinnahmt. Die beiden hatten sie auf ihren Handkarren geladen, um damit in der Toreinfahrt zu verschwinden und sie, mithilfe des schwindsüchtigen Fahrstuhls, in die Justizwachtmeisterei zu bringen, wie jeden Tag. Schlüter betrat deshalb unbehelligt von Gesprächsversuchen das Gebäude. Die eichene Außentür schlug hinter ihm zu. Drinnen war es eng, dunkel und muffig und aus einem eieruhrförmigen Ascher drang der Gestank im Sand erstickter Zigaretten. Schlüter stieß die doppelten Schwingtüren auf, die quietschend hinter ihm zufielen, und stieg die düstre Treppe ins hohe Erdgeschoss hinauf, in dem in gläsernen Schaukästen die Zwangsversteigerungstermine aushingen und ein kaputter Colaautomat vor sich hin lärmte.

Schlüter hörte das nicht, sondern er grübelte im Kreise, wie immer, wenn er zu einer schwierigen Verhandlung unterwegs war. Langsam und gesenkten Gesichtes folgte er der Treppe in den ersten Stock des Gerichtsgebäudes. Die Zweite Kammer des Landgerichts residierte in Saal 230. Zwei dunkel gezargte Türen führten hinein; die linke diente den Rechtsanwälten, die rechte, dicht daneben, dem gemeinen Publikum. Die Terminrolle im Flur – ein einfacher maschinengeschriebener Zettel in einem Steckkasten – war lang, fünfzehn Prozesse sollten heute zwischen 9.00 Uhr und 13.00 Uhr abgehandelt werden. Zehn nach zehn. Noch fünf Minuten. Sonst kam Schlüter zu seinen Terminen entweder pünktlich oder, öfter noch, zwei oder drei Minuten zu spät, mit künstlich gepuschtem Blutdruck, aber heute war ihm einfach nur schlecht. Er fühlte sich wie ein kleiner Junge mit schmutziger Hose, Löchern in den Knien und zerbissenen Fingernägeln. »Gott sei Dank geht es nur um Geld«, pflegte Schlüter normalerweise zu sagen, wenn er einen Prozess verloren hatte. Geld war unwichtig, sofern man einigermaßen davon hatte. Aber heute ging es nicht um Geld, sondern um Gerechtigkeit.

Wie oft hatte Schlüter diesen Leitsatz kleiner Leute schon gehört: »Es geht mir nicht ums Geld, es geht mir um Gerechtigkeit.« Sie wollten »durch alle Distanzen« gegen ihre Erniedrigung fechten. Heute war alles anders und fundamental. Schlüter sollte spätes Recht schaffen, wo Barbarei und ›Blutrunst‹ geherrscht hatten.

Habe ich alles richtig gemacht? prüfte sich Schlüter. Habe ich alles richtig vorgetragen? Denn ein Zivilverfahren ist ein schriftliches Verfahren: Entscheidungsgrundlage ist nur, was dem Gericht schriftlich vorgetragen ist. Alle Tatsachen, die den Anspruch begründeten, musste man zu Papier bringen. Beim Schreiben gerinnt die Lava der Wut zu kalten aktenmäßigen Sätzen. Was einer schreit, das kann man entschuldigen, nicht aber, wenn er das schreibt. Und Schlüter war ein zivilisierter Mensch, wollte ein sachgerechter Interessenwalter seiner Mandantschaft sein, anerkannt und von gediegenem Benehmen. Also schrieb er gesittet, nüchtern, gebremst. Der Zwang zur Schriftlichkeit im Zivilverfahren ist eine bessere Waffe, Juristen zu disziplinieren, als ein vorgehaltenes Gewehr.

Schlüter öffnete seine Tasche, zerrte seine Robe heraus und begann in dem Knäuel nach den Ärmellöchern zu suchen. Der

Bezirksrevisor kreuzte grüßend den Flur, die Augen hinter dicken Gläsern versteckt. Seine Aufgabe war es, Notare zu richtiger Anwendung des Kostenrechts zu führen: ein mächtiger Mann. Auf der Treppe nach unten begegnete er Schlüters Kontrahenten, Rechtsanwalt Meier-Mertes, der in jugendlichem Drang emporstürmte und zielstrebig Schlüter ansteuerte.

»Tach«, sagte Schlüter lustlos.

»Guten Tag«, antwortete Meier-Mertes förmlich und streckte die gute Hand zu einem wohl dosiert kräftigen Händedruck aus. Er war hoch gewachsen und breit und brachte es fertig, mit Ende dreißig noch jugendlich zu wirken, obwohl er ein hochmütiges Gesicht hatte mit müden Falten um den Mund, die ihm nicht das Leben beigebracht hatte, sondern er sich selbst mit seiner Hochfahrenheit. Er gehörte zu den Kollegen, mit denen Schlüter Unterhaltungen vermied, obwohl es für die Prozesse, die man gegeneinander führte, besser war, sie zu pflegen.

»Wie geht's?«, fragte Schlüter uninteressiert.

»Sehr gut! Und selbst?« Meier-Mertes antwortete prompt, er spuckte die Silben wie Gift aus. Er ließ noch nicht einmal Zeit zum Luftholen, schon war man wieder dran.

»Ganz ordentlich.« Das war gelogen. Ganz ordentlich würde es Schlüter gehen, wenn er diesen Termin hinter sich gebracht haben würde. Mehr noch: wenn er ihn wieder vergessen haben würde. Vielleicht. Schlüter überlegte, ob er sich später mit einer Tasse Tee im Gerbergang belohnen sollte. Dann könnte er endlich das andere Buch von Hamsun anfangen, *Auf überwachsenen Pfaden* vor dem Alltag fliehen.

Schon war der Zustand erreicht, dass sie sich nichts mehr mitzuteilen wussten. Meier-Mertes drehte höchst wichtige Kreise im Flur, mit seinem anmaßenden Gang, studierte die Terminrolle fachmännisch, verschränkte die Hände hinterm Rücken weltmännisch, wippte ein wenig auf und ab, um sich noch größer zu machen und vielleicht der Größte zu werden. Tatsächlich nannten ihn die Kollegen auch so. Er war ›der Größte‹.

Meier-Mertes und Schlüter verwandelten sich von Menschen zu Advokaten und Kontrahenten. Schlüter ließ seine zerknüllte

Robe herunterhängen – er nannte sie ›Zaubermantel‹, weil sie ihn mitunter in einen Werwolf verwandelte – und warf sie über seine Schultern. Seit Jahren fehlten zwei Knöpfe, aber schließlich handelte es sich nicht um ein Kleidungsstück, das man gegen Kälte anzog, sondern um der Kleiderordnung Genüge zu tun, die der Würde des Gerichts diente. Meier-Mertes bewahrte seine Robe in einem besonderen Fach seiner Gerichtstasche auf, die, einem Schrankkoffer ähnlich, schwarz und geheimnisvoll glänzte, Metallbeschläge an den Ecken hatte und nur wichtige Dokumente zu enthalten schien. Er zupfte das Tuch spitzfingrig hervor, faltete die Robe sorgfältig auseinander, ließ sie gestreckten Armes eine Sekunde hängen, damit sie sich beruhigen konnte, und bekleidete sich damit. Dann strich er sich mit beiden Händen über die Frisur und sah sich unwillkürlich nach einem Spiegel um, den er aber nicht fand, denn Justitia ist blind und Spiegel interessieren sie nicht.

Schlüter fürchtete sich vor einem Juristengespräch über Fälle und Prozesse, denn Meier-Mertes würde den Zwang zu einem höflichen Gespräch nicht länger wortlos ertragen. Es wurde zu eng für zwei auf dem Flur und Schlüter entzog sich, indem er den Gerichtssaal durch die rechte Tür betrat, die dem niederen Publikum diente. Sofort sah er die grelle Frau vom *Hemmstedter Tageblatt,* die, mit gespitzter Feder und einem Block auf den Knien, ganz außen gleich neben der Tür in einer der mittleren Stuhlreihen saß. Sie blickte auf und nickte ihm unbestimmt zu wie einem Menschen, von dem man nicht wusste, ob er einen kannte oder nicht. Verstreut wie die letzten Herbstäpfel am Baum hockte ein halbes Dutzend Zuschauer auf den Stühlen; man achtete auf Abstand. Das *Hemmstedter Tageblatt* hatte den Prozess angekündigt und ihre Neugier geweckt.

Schlüter ignorierte die Versammlung und ließ sich in der vordersten Reihe nieder, in der niemand saß. Vorn stritten sich die Kollegen Bernwart und Albers um Baumängel. Die drei schwarz bekutteten Richter saßen hinter dem zum Fünftelkreis gebogenen Richtertresen auf dem Podest. Links hantierte die Protokollantin mit Stift und Stempel und rechts konnte, bei Bedarf in Strafsachen, der Staatsanwalt Platz nehmen. Davor standen die Kindertischchen für den Kläger und den Beklagten, gegebenenfalls auch für Angeklagte und Sachverständige. Gegenüber der Tür ein Fenster mit bleigefassten bunten Scheiben; eine weise Eule hockte griesgrämig auf einem Buch, ihre langen Krallen in eine Pergamentrolle geschlagen wie in ein totes Kaninchen. Tageslicht gab es nicht, man hatte die wirkliche Welt hier nicht nötig, sie störte das Geschäft der Rechtsprechung. Das deckenhohe Schnitz- und Täfelwerk verdüsterte den Raum zusätzlich. Die Luft hätte man schneiden können; keiner wusste, wie die Lüftung funktionierte oder wie man die Heizung regulieren konnte, und niemand interessierte sich dafür, denn Juristen brauchen keine frische Luft zum Denken, sie atmen lieber die alte noch einmal durch.

Vorsitzender der Zweiten Kammer war Richter Hohlmeier, genannt Vulgo der Schamhaarspalter, ein spezieller Freund aus Schlüters vergangenen Tagen als Strafverteidiger. Hohlmeier war vor zwei Jahren in das zivile Fach gewechselt, offenbar um sich von den nervlichen Belastungen umfangreicher Strafsachen zu erholen – und vielleicht, weil seine Frau gestorben und ihm der alte Ehrgeiz abhanden gekommen war, die Welt durch harte Urteile von Verbrechen zu befreien. Aber welcher Mensch kann schon aus seiner Haut fahren und ein anderer werden, als er ist – Vulgo war der Alte geblieben: misstrauisch, eigenbrötlerisch, und, was das Schlimmste war, er traute anderen nichts zu. So kam es, dass er fast stets sein eigener Berichterstatter war und seine beiden Beisitzer zu Beischläfern werden ließ, einen grauhaarigen Mann zu Linken mit gefrästem Scheitel, der ein müdes Gesicht hatte, und eine hoch gewachsene Frau mit großer Brille zur Rechten, die nicht still sitzen konnte.

Mit vorstehenden Schulterknochen und langen Zähnen in einem bleichen und fast kahlen Schädel präsidierte Hohlmeier jetzt der Zweiten Zivilkammer des Landgerichts und kommandierte über seine beiden Beisitzer. Er hatte dunkle Ringe unter den Augen, von der Einsamkeit oder von übertriebenem Aktenstudium? Die Kollegen Albers und Bernwart wiederholten ihre Anträge, waren fertig und packten ihre Papiere zusammen. Albers machte Schlüter Zeichen; er wollte mit Schlüter einen

Kaffee trinken, bevor er sich auf die weite Heimreise nach Großenborstel machte, wo sein geiziger Seniorchef ein kleines Büro unterhielt. Aber Schlüter reagierte nicht, weil gerade der letzte Rest der Hoffnung in ihm starb. Enttäuscht zog Albers ab.

»In der Sache Kaczek gegen von Rönn, alle Beteiligten bitte eintreten«, sprach Hohlmeier mit staubiger Stimme, das Saalmikrofon fast küssend, und streifte Schlüter mit einem kalten Blick.

Es rührte sich nichts. Schlüter hatte an seinem Tischchen unter der Fenstereule Platz genommen, rechts vor dem des Richtertresens, denn der Kläger musste immer – aus Sicht des Gerichts – links und der Beklagte rechts sitzen, damit das Gericht die Parteien nicht durcheinander brachte.

»Wissen Sie, warum der Beklagtenvertreter nicht erscheint?«, fragte Hohlmeier.

»Nein«, antwortete Schlüter und klappte seine Akte auf. »Jedenfalls ist er draußen.«

Hohlmeier beugte sich wieder weit zu seinem Mikrofon vor, die Schultern stachen nach oben, er sah aus wie ein großer schwarzer Geier, der sich auf die Atzung freut. »In der Sache Kaczek gegen von Rönn und Hinsch, alle Beteiligten bitte eintreten«, wiederholte er und warf einen nachdenklichen Blick auf die Fenstereule, die ihre Beute schon umgebracht hatte.

Es passierte nichts. Totenstille. Sogar die elektrische Uhr an der Wand hinter den Zuschauern schien stillzustehen. Der graue Beisitzer unterdrückte ein Gähnen, sein Unterkiefer zitterte altmännerhaft, obwohl er in den besten Jahren war. Die Beisitzerin strich sich die Haare hinter die Ohren.

Leicht irritiert beugte sich Hohlmeier ein drittes Mal über das Mikro: »In der Sache Kaczek gegen von Rönn, alle Beteiligten bitte eintreten!«

Nichts.

Schlüter erhob sich müde, durchquerte den Raum und öffnete die Anwaltstür. Draußen stand Meier-Mertes vor der Glastür zum Seitenflügel, die ihm als Spiegelersatz diente, und strich sich die Haare glatt.

»Geht los, Herr Kollege«, sagte Schlüter. »Wir warten auf Sie.«

Meier-Mertes sah ihn erstaunt und eine Spur beleidigt an. Wie ein König, den man zur Suppe bittet. Er hatte nichts gehört. Die Anlage war wieder einmal defekt.

Schlüter ließ die Tür auf und nahm seinen Platz wieder ein, verfolgt von den aufmerksamen Augen des Vorsitzenden, während Meier-Mertes die Tür hinter sich schloss, mit zwei mächtigen Schritten die Arena betrat und seine Tresortasche auf dem Beklagtentischchen zur Besichtigung freigab. Nach prüfendem Tiefenblick entwand er ihr das Geheimnis der Prozessakte, legte sie feierlich auf seinen Tisch und deponierte die Tasche neben seinem Stuhl, schlug die Akte bei seinem letzten Schriftsatz auf und war – nach einem letzten flüchtigen Strich über die Frisur – gefechtsfertig. Er schaute um sich und wartete auf die Bewertung seiner Performance. Aber niemand zückte ein Zahlenschildchen.

Hohlmeier räusperte sich. »Bevor wir beginnen, Herr Rechtsanwalt Schlüter, möchte ich Sie darauf hinweisen, dass Sie nicht ordnungsgemäß gekleidet sind!«

»Wie das?«, fragte Schlüter irritiert.

»Sie wissen, dass nach der Kleiderordnung ein Rechtsanwalt vor Gericht nicht nur die Robe, sondern auch einen weißen Langbinder zu tragen hat«, knarrte Hohlmeier. »Ich könnte Sie als nicht postulationsfähig betrachten und von der Verhandlung ausschließen!«

Schlüter schluckte. Von seinem Hoffnungsfeuerchen war nur noch ein kleiner Aschekegel übrig, aus dem es dünn qualmte. Sollte Hohlmeier ihm auch noch ein Stück Ehre aus dem Rückgrat reißen und darauf verkohlen lassen? Hast du deine Hände gewaschen, Junge? Wie siehst du aus, schämst du dich nicht? Das alte Spiel begann von neuem: ein Kampf um nichts. Hohlmeier war für seine Verbissenheit berühmt, mit der er die Würde seiner Kammer verteidigte. Schlüter hasste Schlipse und hatte sich heute eine Kompromissfliege um den Hals geknotet. Sie baumelte schief vor seinem Adamsapfel. Schlüter goss Wut und Eitelkeit auf sein Feuer, das zu knistern begann.

»Ich bitte um Nachsicht, Herr Vorsitzender, aber …«, ondulierte Schlüter übertrieben höflich, deutete einen Kotau an und stieß seine Zeigefinger zwischen Hals und Hemdkragen, den Kopf zu den Seiten reckend. »Haben Sie berücksichtigt, dass es sich hierbei um einen zur Fliege gebundenen Langbinder handelt?«

Meier-Mertes saß mit offenem Mund, der graue Beisitzer grinste und seine Kollegin zu Hohlmeiers Rechten hatte Spiegeleieraugen hinter ihren Brillengläsern.

»Ich bin gern bereit, Ihnen das zu demonstrieren«, bot Schlüter Vulgo an. »Ich muss nur …« Er erhob sich umständlich und näherte sich dem Tresen, während er mit schiefem Gesicht und gespitzten Lippen am Gummiband seiner Fliege zerrte.

Vulgo streckte die Arme, spreizte beide Hände und wedelte hektisch. »Nein, nein, lassen Sie nur! Es war nur …«

»Meine Fliege ist ein Langbinder im Sinne der Kleiderordnung, Herr Vorsitzender!«, verkündete Schlüter lauter als nötig und beugte sich grimmig vor, bis über die Notizen des Richters. »Ich werde es Ihnen beweisen, indem ich …« Er ächzte, als hätte Vulgo ihn im Schwitzkasten.

Das Grinsen war im Gesicht des grauen Beisitzers festgeklemmt und seine Kollegin starrte Schlüter erschrocken an.

»Ich sagte: Nein!!«, rief Vulgo und wich an die hohe Lehne seines Stuhles zurück. »Ich bitte Sie – setzen Sie sich doch endlich!«

Mit beiden Fäusten am Hals hielt Schlüter inne, bohrte seine Augen in die des Vorsitzenden, zog das Gummiband ein letztes Mal vor, drehte ab und nahm wieder Platz, hüstelnd und umständlich den vermaledeiten Fliegenbinder drückend. Der Beisitzer hatte sein Gesicht wieder in Ordnung gebracht, das der Beisitzerin war hinter langen Haaren, einer Brille und zwei beringten Händen verschwunden. Langsam wich der Wahnsinn vom Richtertisch und versteckte sich in den Ritzen der düstren Holzvertäfelung, um auf die nächste Gelegenheit zu lauern.

Schlüter atmete erschöpft durch.

Endlich wurde festgestellt und protokollarisch notiert, dass Rechtsanwalt Schlüter für den Kläger und Rechtsanwalt Meier-Mertes für den Beklagten erschienen waren.

Hohlmeier wollte gleich die Anträge aufnehmen. »Der Klägervertreter stellt den Antrag aus dem Klageschriftsatz vom …«

»Augenblick!«, unterbrach Schlüter die Routine. »Ich möchte, bevor ich die Anträge stelle, die Sache erörtern.«

»Wieso denn das?«, fragte Vulgo.

Die Beisitzerin hatte inzwischen ihr Aktenstudium wieder aufgenommen und warf einen unsicheren Blick auf Schlüter.

»Ich möchte zunächst die Rechtsauffassung des Gerichts kennen lernen, bevor ich einen Antrag stelle, den ich anschließend weder ändern noch zurücknehmen kann.« Das waren die Regeln des Zivilprozesses: Einmal Gesagtes war nicht rücknehmbar.

»Wir haben – ähh – «, Vulgo schwenkte seinen federlosen Hals nach rechts und links, um Berichterstatter und Beisitzer in seine Rede einzuschließen. Wer welche Rolle spielte, konnte Schlüter nicht feststellen. »Wir haben die Sache noch nicht abschließend beraten.«

Schlüter suchte nach Kraft und straffte sich. Sie wollten sich billig aus der Affäre ziehen, vor allem auch aus der Öffentlichkeit; es war ihnen nicht entgangen, dass der Große Bruder in Gestalt einer rothaarigen Frau die Verhandlung überwachte. Die Anträge sollten gestellt und ein Verkündungstermin bekannt gegeben werden, und schon wäre man fertig. Mit mir nicht, dachte Schlüter. Ich verliere, aber nicht ohne Kampf.

»Soll das heißen, Herr Vorsitzender, dass mein Anspruch auf rechtliche Aufklärung durch das Gericht nicht erfüllt werden soll? Ich denke, dass in dieser nicht alltäglichen Angelegenheit die Verhandlung nicht auf das Stellen der Prozessanträge beschränkt werden kann und nicht nur ich, sondern auch der Kläger das Recht hat zu erfahren, wo wir rechtlich stehen – bei Ihnen.«

Meier-Mertes fühlte sich verpflichtet, der langen Rede seines Kontrahenten etwas entgegenzusetzen. Ein Anwalt galt nur etwas, wenn er sich vor Gericht ordentlich ins Zeug gelegt hatte. Er holte Luft: »Ich stelle auf jeden Fall den Antrag, die Klage abzuweisen!«

Hohlmeier sah zwischen beiden hin und her und hüstelte. »Ja, also wie ich schon sagte, haben wir die Angelegenheit noch nicht endgültig beraten, aber Herr Berichterstatter« – wiederholtes Halsschwenken zu beiden Seiten – »wenn ich Ihr Votum – ähem – richtig gelesen habe, dann ...« – Hohlmeier blickte auf das Volk unter ihm, seine Stimme festigte sich – »dann sind wir der Auffassung, dass das Londoner Schuldenabkommen von 1953 Einzelansprüche von Betroffenen zunächst jedenfalls ausschließt und die Klage daher abzuweisen sein würde – vorbehaltlich einer endgültigen Beratung natürlich, nicht wahr.«

Hohlmeier lehnte sich zurück und leckte sich die Lippen. Nun war es also raus. Meier-Mertes lächelte stolz und suchte den Blickkontakt zur Journalistin.

Schlüter erhob sich, was sonst nicht Sitte war in Zivilprozessen, und sagte: »Gestatten Sie mir einige Ausführungen beziehungsweise auch Fragen, Herr Vorsitzender?«

»Bitte ...« Hohlmeier nahm demonstrativ die Zeit vom Handgelenk, obwohl er sehr gut die Uhr an der gegenüberliegenden Gerichtswand lesen konnte. Schlüter erinnerte sich an die einzige private Begegnung, die er mit diesem Richter gehabt hatte, vor dem Krankenhaus, als er, Schlüter, seinen Freund Havelack, den Psychiater, besuchen wollte, um ihn über eine gewisse Frau Kalde zu befragen, und Hohlmeier vom Besuch bei seiner todkranken Frau gekommen war. Inzwischen war sie gestorben und der morgendliche Kaffee des Richters mochte wohl jeden Tag sauer und lauwarm sein, oder zu dünn oder zu stark. Damals war Schlüter der Mensch Hohlmeier erschienen, einen kurzen Moment lang, und nun saß er als Richter zu richten über einen Streit, dem man eigentlich mit rechtlichen Mitteln nicht beikommen konnte – eine Gelegenheit, abermals Mensch zu sein. Eigentlich hätten sie sich verstehen können, nachdem sie beide die Strafsachen nicht länger ertrugen.

Schlüter schob seinen Stuhl beiseite und trat neben den Tisch, womit er den psychologischen Vorteil des Gerichts zunichte machte: Schlüter war größer, er war der Größte im Saal, größer sogar als Meier-Mertes, der unsicher herüberäugte, während er hochwichtig, mit gehobenen Brauen und gerunzelter Stirn, den Zeigefinger anfeuchtete, um in seiner Akte zu blättern.

»Wissen Sie, unter welchen Maßgaben das Londonder Schuldenabkommen zu Stande gekommen ist?«, fragte Schlüter mit leiser höflicher Stimme und nahm den grauen Beisitzer mit ins Visier, von dem er nun wusste, dass er Berichterstatter war.

»Es ist nicht – ach, Herr Schlüter, wollen Sie weiter vortragen? Sollen wir das zu Protokoll nehmen?«

»Ich würde einen weiteren Vortrag als verspätet zurückweisen!«, quakte Meier-Mertes rechthaberisch.

»Nein, Herr Vorsitzender, ich habe eine Frage gestellt und wünsche ihre Beantwortung.« Schlüter nahm sich vor, Meier-Mertes zu ignorieren.

»Nun – dazu sind wir selbstredend nicht verpflichtet«, antwortete der Vorsitzende. »Zumal – es ist ständige Rechtsprechung, dass das Londoner Schuldenabkommen …«

»Mir bekannt, Herr Vorsitzender. Ich kenne die Rechtsprechung. Ich bitte Sie deshalb, meine Frage zu beantworten.«

»Ich sehe dazu keinen Anlass.«

»Das dachte ich mir, Herr Vorsitzender. Ich wünsche mir ein Gericht, das die ständige Rechtsprechung in Frage zu stellen wagt!«

»Wir sind gehalten, die Rechtsprechung der Obergerichte zu berücksichtigen, Herr Rechtsanwalt.«

»Natürlich, Herr Vorsitzender. Ich gebe zu bedenken: Sie müssen bei der Anwendung von Gesetzen den Willen des Gesetzgebers berücksichtigen. Darüber sind wir uns doch einig. Dazu gibt es sonst die Materialien des Bundestags und so weiter. Die gibt's beim Londoner Schuldenabkommen nicht, das ist bekannt. Aber es gibt Grundlagen und Voraussetzungen, die zu diesem Abkommen geführt haben und die heute nicht mehr vorliegen. Ich wollte Sie fragen, ob Sie sich hierüber Kenntnis verschafft haben. Haben Sie das?«

»Ich möchte …«

»Sie haben es nicht, Herr Vorsitzender!« Schlüter war in Fahrt gekommen. Er merkte nicht, wie die Tür sich öffnete und Dr. Spindelhirn in den Saal hinkte. Sie überzogen die Zeit. »Ich weise darauf hin, dass die Anwendung von legalem Recht, wozu auch die Rechtsprechung der Obergerichte gehört, im Einzelfall zu unerträglichem Unrecht führen kann. Auch die Rassengesetze waren ›legal‹, wenn man so will. Die deutschen Richter haben sie angewandt, ohne sich um das Naturrecht zu kümmern, das sie mit Füßen getreten haben. Sie haben gesagt, es ist Recht, also wenden wir es an, egal was drinsteht. Sie laufen Gefahr, das Gleiche zu tun!«

Vulgo hatte sich in seinem Stuhl steif gemacht. »Sie wollen doch wohl nicht unsere Kammer hier mit einer solchen des Dritten Reiches vergleichen, Herr Rechtsanwalt?!«

»Nein, Herr Vorsitzender. Sie haben ja auch noch nicht geurteilt.« Schlüter lächelte kalt und warf einen Seitenblick auf die rote Frau vom Tageblatt. Sie schrieb fleißig mit. Ihn erfasste eine Welle der Eitelkeit und er fuhr mit größerem Schwung fort: »Das Londoner Schuldenabkommen wollte zwei Dinge. Lassen Sie mich das kurz ausführen. Es wollte einerseits die vom Krieg heruntergewirtschaftete Republik und ihre Menschen nicht durch hohe Reparationsforderungen am Hochkommen hindern. Und es wollte die Sache bis zu einer endgültigen Regelung vertagen, von der man seinerzeit glaubte, sie in überschaubarer Zeit getroffen zu haben. Inzwischen ist Deutschland hinter Schweden das zweitreichste Land der Welt! Uns geht es blendend. Und niemand, Herr Vorsitzender, niemand in diesem Land denkt mehr über endgültige Reparationsregelungen nach. Damit sind die Grundlagen des Abkommens entfallen. Es ist nur noch ein Stück Papier. Es kann nicht mehr angewandt werden. Es kann nicht mehr als Vorwand für die Verletzung der Menschenrechte und für eine kalte Enteignung von berechtigten Ansprüchen dienen!« Schlüter machte eine Pause, damit die Journalistin alles mitschreiben konnte. Die Beisitzerin versteckte ihr Gesicht in ihren Papieren und ließ ihre Haare hängen. Ihr Kollege auf der anderen Seite des Richtertresens faltete die Hände wie zum Gebet und untersuchte den Stuck an der Saaldecke.

»Sie haben das bereits schriftsätzlich vorgebracht, Herr Rechtsanwalt«, sagte Hohlmeier.

»Mit anderen Worten, ja. Umso mehr wundert es mich, Herr Vorsitzender, dass Sie es unterlassen haben, diese allgemein zugänglichen Fakten selbst zu prüfen. Sie gehen offenbar nach wie vor stumpf vom Londoner Schuldenabkommen aus. Ich frage mich, wie es bei dieser Auffassung je zu Korrekturen in der Rechtsprechung kommen soll? Wenn unten nachgebetet wird, was von oben kommt? Ich hätte mir mehr Courage von einem unabhängigen Gericht erhofft!«

»Ich verbitte mir derartige Ausführungen!« Hohlmeier hatte sich halb aus dem Stuhl gestemmt und bleckte die Zähne.

»Der Kläger hat ein Recht darauf, dass Sie die Grundlagen Ihrer Rechtsprechung penibel prüfen«, rief Schlüter. »Das haben Sie nicht getan! Damit schreiben Sie sich in das lange Sündenregister der deutschen Justiz ein!!!«

»Schluss!!«, schrie Vulgo und holte seine Siegeswaffe vor: »Stellen Sie jetzt Ihren Antrag – ja oder nein?!«

»Sobald Sie mir Ihre vorläufige Rechtsauffassung mitgeteilt haben, entscheide ich mich«, antwortete Schlüter ruhig. Wenn andere sich aufregten, beruhigte ihn das.

»Dazu sind wir nicht verpflichtet!«, mauerte Vulgo.

»Das sind Sie doch!«

»Wo steht das?«, bellte Vulgo.

»In hundertsechsunddreißig drei ZPO«, spuckte Schlüter aus. Sollte er Befangenheitsanträge stellen? Nein, schließlich war man nicht im Strafprozess. Es würde nichts bringen.

Hohlmeier ließ sich langsam zurücksinken. Seine Augen verhakten sich hinten im Publikum und Schlüter drehte sich unsicher um. Ein mittelgroßer Mann in plustriger Jacke mit dunklen langen Locken hatte sich in der hintersten Stuhlreihe erhoben. Warum hatte Schlüter ihn übersehen? Jetzt blickten alle zu ihm hin.

»Das ist mein Vater, der hier Kläger ist«, sagte der Mann. »Er hat zwanzig Jahre geschwiegen. Als er wieder sprechen konnte, hat er Anträge gestellt. Alles hat er versucht, über zehn Jahre lang. Alles ist abgewiesen worden. Jetzt ist er alt. Er ist krank. Sein Auge ist blind. Der *grafa* von Rönn ist gesund. Ich habe ihn oft gesehen. Ich bin gekommen aus Polen, das Recht zu holen. Denn es ist nicht gut, wenn Unrecht Unrecht bleibt. Das macht neues Unrecht. Nur Gerechtigkeit kann Unrecht wieder gutmachen und deshalb ...«

»Ihr Name?«, fuhr Hohlmeier dazwischen.

»Zygmunt Kaczek heiße«, antwortete der Mann und blieb stehen. Seine Augen leuchteten.

»Sind Sie Prozessbeteiligter?«

»Ich sagte, wer ich bin. Ich bin Sohn von Kläger.«

»Also kein Prozessbeteiligter. Kommen Sie als Zeuge in Betracht?«, fragte Hohlmeier scharf, zu Schlüter gewandt. Schlüter antwortete nicht. »Offenbar nicht. Dann können Sie hier bleiben. Die Sitzung ist öffentlich. Aber ich entziehe Ihnen das Wort – hundertsechsunddreißig zwei, Herr Schlüter, falls Sie das prüfen wollen.«

»Meinem Vater wurde das Wort oft entzogen, Herr Richter«, sagte Zygmunt. »Das war noch bei den Nazis.«

»Schweigen Sie! Ich entziehe Ihnen das Wort, Herr – Kaczek, haben Sie nicht gehört? Ich werde weitere Zuwiderhandlungen mit Ordnungsstrafen ahnden!«

Zygmunt öffnete den Mund zu einem Widerwort und Schlüter wusste, es würde zur Eskalation kommen, wenn er nicht eingriff. »Herr Vorsitzender, ich mache mir die Worte des Herrn Kaczek zu eigen und möchte hinzusetzen, dass Sie die Verantwortung für neues Unrecht in der Tat in Händen halten.«

»Wir brauchen Ihre Belehrungen nicht, Herr Rechtsanwalt. Teilen Sie uns jetzt endlich mit, welchen Antrag Sie stellen?«

»Sobald Sie mir Ihre Rechtsauffassung mitgeteilt haben, werde ich eine Entscheidung treffen.«

Hohlmeier wuchs aus seinem Stuhl empor. Er hieb die Ellbogen auf den Tisch und seine Schultern wurden spitz wie der Widerrist eines alten hungrigen Ochsen. »Nach vorläufiger Beratung, die das Ergebnis einer endgültigen selbstverständlich nicht vorwegnimmt«, säuselte er, »werden wir die Klage – abweisen.«

»Aus Rechts- oder Tatsachengründen?«, fragte Schlüter nach.

»Aus Rechtsgründen, Herr Rechtsanwalt. Das Londoner Schuldenab...«

»Ist bekannt. Ich stelle den Antrag aus der Klageschrift!«, erklärte Schlüter, stand auf und packte seine Akte ein, ohne das ordnungsgemäße Ende der mündlichen Verhandlung abzuwarten.

»Und ich beantrage, die Klage abzuweisen!«, krähte Meier-Mertes und sah sich nach Beifall um. Aber er bekam keinen und keiner beachtete ihn. Der Vorsitzende gab die Anträge zu Protokoll, und noch während er das tat, verließ Zygmunt Kaczek seinen Platz, trat nach vorne, stellte sich vor die Stuhlreihen und betrachtete ernst jeden einzelnen Richter, als wolle er sich ihre Gesichter einprägen.

Hohlmeier erhob sein kahles Haupt und sprach: »Beschlossen und verkündet: Termin zur Verkündung einer Entscheidung wird anberaumt auf den 9. November 1989 um 9 Uhr, Saal 230.«

Das Publikum ging, aber Zygmunt Kaczek blieb stehen. Er wartete, bis die drei Richter den Gerichtssaal durch die Hintertür zum Beratungszimmer verlassen hatten.

Dritter Teil

Morgen

Jeder, auch der primitive Mensch hat ein feines Empfinden für die Gerechtigkeit. Daher muss sich jede ungerechte Behandlung verheerend auswirken.

Aus dem Merkblatt über die allgemeinen Grundsätze für die Behandlung der im Reich tätigen ausländischen Arbeitskräfte, Partei-Kanzlei Rundschreiben Nr. 70/43 vom 5.5.1943.

XXXV.

Das Fenster stand offen, draußen dröhnte ein Kompressor der Marke ›extra leise‹ über das Schweigen hin, das in Schlüters Arbeitszimmer lastete, und das Rattern eines Presslufthammers setzte ein. Die Stadt wurde renoviert, die Fußgängerzonen im Zentrum waren längst fertig, aber in den Seitengassen gab es noch marode Häuser. Das eine Deutschland arbeitete laut und eifrig an seiner Verschönerung, das andere hatte seinen Zaun abgebaut. Wiedervereinigung. Dieses komische Wort aus dem Grundgesetz – plötzlich spielte es eine Rolle und im Radio hörte man Leute aus Leipzig und Dresden reden, dass einem vom Zuhören das Gesicht schmerzte. Letzte Woche hatte Schlüter mit Christa den ganzen Abend vor dem Radio verbracht, sie wären am liebsten sofort nach Berlin gefahren. Die Vergangenheit war tot, ein neues Zeitalter begann, voller Hoffnungen und Möglichkeiten. Das Mädchen Freiheit tanzte vergnügt und jauchzte. *In allem Anfang liegt ein Zauber …*

Aber Schlüter jauchzte nicht, denn es fing nichts an, sondern es war etwas zu Ende gegangen. Endgültig. Er griff sich die Akte Köhlmann gegen Rathjens. Jetzt gab es Ärger wegen der Beerdigungskosten von Erna Rathjens. Ihre Töchter wollten von dem Bruder, dem missratenen Hoferben, eine Kostenbeteiligung. Hans-Herrmann Rathjens würde nicht Hans-Herrmann Rathjens heißen, wenn er nicht auch noch nach dem Tode seiner Mutter eine Gelegenheit finden würde, sich mit ihr zu streiten. Der Grabstein sei zu teuer, meinte er. Viel zu teuer. Ach, Scheiße, dachte Schlüter.

Er atmete tief durch, legte den Vorgang zur Seite und schlug endlich die Akte Kaczek gegen von Rönn auf. Manchmal, wenn er einen Prozess verloren hatte, ignorierte er die Akte und das Urteil, das drinlag, bis kurz vor Ablauf der Berufungsfrist. Bis er dann den Mut hatte, alles zu lesen.

Nun musste er es hinter sich bringen. Den Tenor kannte er. Den hatte Angela telefonisch bei der Geschäftsstelle des Landgerichts abgefragt, am Tage der Wiedervereinigung, wie sich herausstellte. Ein kurzer Tenor. *Die Klage wird abgewiesen. Der Kläger trägt die Kosten des Verfahrens. Das Urteil ist wegen der Kosten gegen Sicherheitsleistung von 3.500,– DM vorläufig vollstreckbar.* Nun würde sich Schlüter die Gründe ansehen müssen. Denn Döpner und Kaczek standen auf seinem Terminzettel, in zwei Stunden würden sie kommen.

Schlüter klammerte Ausfertigung und Abschrift auseinander, lehnte sich zurück und begann zu lesen. Was man so lesen nennen konnte: Er überflog den Text und prüfte ihn auf Reizworte. Das reichte. Es war die Rede vom *Personenkreis des Art. 5 LondSchAbk.*, vom *Prinzip der lockeren Kausalität,* das auch bei vorsätzlichen Körperverletzungen erfüllt sei, da *alle während des Zweiten Weltkriegs erworbenen Forderungen erfasst* seien. Schlüters Augen flogen zurück, und unter dem Kapitel *Entscheidungsgründe* las er:

> *Weder die Behauptung, dass der Beklagte eigene wirtschaftliche Interessen verfolgt habe, noch die behaupteten Misshandlungen sind geeignet, ein Handeln des Beklagten »im Auftrage des Reiches« auszuschließen. Damit aber unterfällt der geltend gemachte Anspruch dem LondSchAbk.*

»Verfluchte Scheiße!!!«, brüllte Schlüter, warf die Akte an die Wand und trommelte mit beiden Fäusten auf den Schreibtisch. Er stemmte den Kopf in die Fäuste und starrte auf die Platte. Wie kann einer im Auftrag des Reiches handeln, wenn er einem Zwangsarbeiter aus Wut einen Stein an den Kopf wirft? Diese Juristen! Sie drehen alles um! Wissenschaftler, Herren der Demokratie!

»Mistkerle!!«

»Alles in Ordnung, Herr Schlüter?« Angela steckte den Kopf durch die Tür.

»Herrgott im Himmel! Angela, ich höre auf. Ich will nicht mehr! Lesen Sie sich diese Scheiße mal durch! Nein, tun Sie das nicht. Halten Sie sich bloß fern! Ach, lassen Sie mich.«

»Ich mach Ihnen einen Tee, Herr Schlüter.«

Aber Schlüter reagierte nicht mehr. Müde stand er auf, klaubte die Papiere vom Teppich und las im Stehen weiter:

Dass der Kläger polnischer Staatsbürger ist, steht der Anwendung des LondSchAbk nicht entgegen. Der BGH hat in ständiger Rechtsprechung dieses Abkommen auch auf solche Gläubiger angewandt, deren Heimatstaat dem Abkommen nicht beigetreten ist. Allein diese Auffassung entspricht der völkerrechtlichen Verpflichtung Deutschlands im Interesse einer reibungslosen und gesicherten Abwicklung und Durchführung des Abkommens und zur Verhinderung einer Diskriminierung der Vertragsstaaten die Anerkennung und Bedienung von Reparationsforderungen auch solcher Staaten, die nicht Mitglied des Londoner Schuldenabkommens geworden sind und damit nicht schon ihrerseits den in diesem Abkommen vereinbarten Beschränkungen unterliegen, bis zu der vorgesehenen endgültigen Regelung abzulehnen.

Schlüter las den Absatz noch einmal. Konnte ein normaler Mensch solche Sätze verstehen? Da fehlte doch was? Er las den Absatz ein drittes Mal. Nein, er hatte nichts übersehen. Das gab keinen richtigen Sinn. Aber es stand so da. Die Richter hatten sich an der entscheidenden Stelle im eigenen Wortgestrüpp verfangen. Wenn Juristen sich hinter einem Getürm von Substantiven verstecken, fühlen sie sich unwohl. Stand da das schöne Wort *zur Verhinderung einer Diskriminierung*? Ja, wer wäre nicht gegen Diskriminierung? Gerechte, vereinigt euch! Steht auf gegen Diskriminierung!

Schlüter stöhnte. Das Gericht hatte also die Diskriminierung des Stanisław Kaczek verhindern wollen? Oder wessen sonst? Wie das?

Und dann erst *völkerrechtliche Verpflichtung*? Was hatte die Verantwortlichkeit des Friedrich von Rönn für die Leiden des Stanisław Kaczek mit *völkerrechtlicher Verpflichtung* zu tun? Ein hehrer Grundsatz, auch dieser. Ein Staat, der gegen seine *völkerrechtlichen Verpflichtungen* verstieß, stellte sich außerhalb der zivilisierten Völkergemeinschaft. Er machte sich zum Aussätzigen. Und das konnte ja wohl keiner verlangen. Deshalb musste Stanisław Kaczek leider leer ausgehen, denn er konnte schlechterdings nicht verlangen, dass die Bundesrepublik Deutschland wegen seiner bedauerlichen Probleme gegen das Völkerrecht verstieß!

Es folgte eine lange Liste von Chiffren – *BGHZ sowieso, NJW 1973, Seite 1551, JR sowieso, BT-Drucks.* – zum Nachweis der *ständigen Rechtsprechung.* Der Begriff der ständigen Rechtsprechung war den Juristen so heilig wie der Kirche die Dreifaltigkeit, Widersprüche, gar Verstöße kamen nicht in Betracht. Die vielen Zitate waren der herbeigeschleppte und schnell gegen das schiefe Gedankengebäude gestemmte Fichtenstamm. War das zu fassen?

... vielmehr ist die Klage als zurzeit unbegründet abzuweisen. Daraus folgt, dass zurzeit die Klageforderung sachlich nicht geprüft werden kann. Somit kommt es auch nicht auf die Frage an, ob die vom Beklagten erhobene Verjährungseinrede durchgreifen würde.

Am Ende ging das Urteil tatsächlich noch auf die Frage ein, ob die ständige Verweigerung von Ansprüchen ehemaliger Zwangsarbeiter nicht als kalte Enteignung verfassungswidrig sei.

Jedenfalls überschreitet die Rückstellung der Reparationsforderungen die der gesetzgeberischen Gestaltungsfreiheit gezogenen verfassungsrechtlichen Schranken nicht. Insbesondere verstößt sie nicht gegen das aus Art. 3 Grundgesetz herzuleitende Willkürverbot.

Man habe das Ziel verfolgt,

geordnete und normale Wirtschaftsbeziehungen zum Ausland herzustellen und eine Überforderung der deutschen Wirtschaft zu verhindern. Dazu war es unumgänglich, einen Teil dieser Schulden bis auf weiteres zurückzustellen oder gänzlich zu streichen.

Bis auf weiteres! Sind vierundvierzig Jahre immer noch *bis auf weiteres?* Schluss, Ende. Aus. Schlüter warf die Akte auf den Schreibtisch und stellte sich vor das Fenster, ohne etwas zu sehen. Wozu mache ich das alles? dachte er. Ich habe es doch vorher gewusst. Warum habe ich Rechtsanwalt Bronisław Stelzer nicht geschrieben, dass ich seinen Auftrag ablehne, weil ohne Aussicht auf Erfolg? Jetzt habe ich einen sinnlosen Prozess geführt. Er muss auch noch die Kosten bezahlen. Und daran – bin ich schuld.

Schlüter nahm sich die anderen Akten her. Dafür musste er sich wieder hinsetzen. Strafanzeige wegen des Todes der Erna Rathjens. Strafanzeige wegen der Ermordung zweier Polen. Strafanzeige wegen der Erhängung eines dritten Polen. Alles eingestellt. Wie es der Teufel wollte, waren alle Bescheide in den letzten Tagen eingetrudelt. Als Zeuge solcher Verbrechen hatte man kein Beschwerderecht. Strafanzeige wegen schwerer Körperverletzung des Stanisław Kaczek, wegen Sklavenhalterei. Eingestellt. Der Staatsanwalt hatte sich damit begnügt, den Beschuldigten Friedrich von Rönn anzuhören. Dieser hatte durch seinen Verteidiger, den Rechtsanwalt Meier-Mertes, kurz und bündig die Vorwürfe sämtlich als Erfindungen des Anzeigeerstatters zurückweisen lassen. Dumm war er nicht, der Meier-Mertes. Jedes Wort konnte eines zu viel sein. Also sagte er lieber nichts. Weitere Ermittlungen waren nicht angestellt worden.

Einzig in der Todesermittlungssache Erna Rathjens hatte man die Leiche geöffnet und in der Tat festgestellt, dass sie jämmerlich am Knollenblätterpilz zu Grunde gegangen war: Aber ein Täter habe sich nicht ermitteln lassen. Fest stehe nur, dass Erna Rathjens das Gift mit dem Essen im Altenheim zu sich genommen haben müsse. Da keine anderen Personen zu Schaden gekommen seien, müsse man davon ausgehen, dass ihr Essen gezielt vergiftet worden sei. Das Personal des Altenheims sei vernommen worden; Anhaltspunkte für eine Täterschaft oder Beihilfe hätten sich nicht ergeben. Auch lasse sich kein Verdacht gegen den Sohn der Verstorbenen, Herrn Hans-Herrmann Rathjens, begründen. Aus den beigezogenen Prozessakten ergebe sich zwar, dass er seine Mutter abgelehnt habe und nicht vor Verunglimpfungen zurückgeschreckt sei. Damit allein könne aber ein Tatverdacht nicht begründet werden. Man habe das Verfahren vorläufig eingestellt mangels weiterer Ansätze für weiterführende Ermittlungen. Und so weiter. Gezeichnet Kasulke. Ausgerechnet Kasulke musste für diese Sache zuständig sein! Niederlage auf allen Ebenen.

Schlüter packte die Akten auf einen Stapel. Wenn man nichts machen konnte, dann konnte man nur noch Tee trinken. Immerhin war morgen Feiertag: Buß- und Bettag, ein Tag für Beter und Büßer.

XXXVI.

Schlüter hatte seinen Vortrag beendet, schloss das Fenster und verschanzte sich wieder hinter seinem Schreibtisch. Er hasste solche Gespräche.

»Und jetzt war alles umsonst«, murmelte Döpner abschließend.

Kaczek saß neben ihm, hager und zusammengesunken, die lockigen Haare verbargen sein bleiches Gesicht, das über die weißen Knöchel seiner verknoteten Hände gebeugt war.

»Ganz noch nicht – vielleicht«, widersprach Schlüter schlapp. Er merkte, wie niedergeschlagen seine Stimme klang. Damit würde er den Leuten keinen Mut einflößen. Ihm war mal wieder der nötige objektive Abstand zur Sache verloren gegangen, den ein guter Anwalt stets haben sollte. Und außerdem der professionelle Optimismus des Kämpfers, der niemals aufgibt und hofft, dass der Mandant die Ampel selbst auf Rot stellt.

»Wie meinen Sie das?«, fragte der Alte mit seiner brüchigen Stimme.

»Wir könnten noch Beschwerde einlegen, gegen die Einstellung der Ermittlungen, jedenfalls was die Körperverletzung betrifft. Beim Generalstaatsanwalt in Celle. Das ist sozusagen der Dienstvorgesetzte. Er überprüft die Ermittlungen der Staatsanwaltschaft in Hemmstedt. Wenn er was daran auszusetzen hat, und das muss er ja eigentlich, dann weist er die Staatsanwaltschaft an, die Ermittlungen wieder aufzunehmen.« Was würden Juristen sagen, wenn ihnen das Wort *eigentlich* fehlen würde? Schlüter plapperte seine Auskünfte pflichtgemäß herunter wie ein Berufsberater beim Arbeitsamt.

»Aha«, sagte der Alte leise.

Schlüter wusste, wie sinnlos sein Vorschlag war. Wenn Beamte Beamte überprüfen – was sollte schon groß dabei herauskommen? Nach zwei oder drei Monaten ein langes Schreiben, in dem umständlich erläutert wurde, warum die Einstellung des Verfahrens *nicht zu beanstanden* sei und dass man keine Gründe für die Wiederaufnahme der Ermittlungen erkennen könne. Pflichtbewusste Juristen spielten ihr geheimes Glasperlenspiel, in filigraner Kunst, aber fern von der Welt. Von mir aus können sie den Laden dichtmachen, dachte Schlüter, oder zumindest den Besuchereingang zumauern.

Hier saß er nun mit diesen beiden Leuten. Irgendwie mussten sie den Fall beerdigen. Die Knöchel von Zygmunt Kaczek knackten. Er war dabei, seine Hände zu ruinieren.

»Mein Vater ist krank«, sagte er, schüttelte seine Locken und zeigte sein Gesicht endlich wieder. Seine Augen glommen zornig. »Diese Jahre beim Feldhöber waren sehr schlimm. Er hat immer daran gedacht und gehofft auf Gerechtigkeit. Wie soll ich ihm sagen?«

»Am besten gar nicht«, schlug Döpner mit einem Seitenblick vor.

»Er wird fragen. Er wartet«, prophezeite Kaczek.

»Das wird ihn umbringen«, stimmte Döpner zu.

»Oder seine Tage totmachen. Seine letzten Tage«, murmelte Kaczek.

Dann schwiegen sie wieder und warteten auf einen Vorschlag des Rechtsanwalts, der ihnen einen Ausweg zeigen würde. Schlüter, der Führer; die Wildnis ruft. Aber es gab keinen.

»Vielleicht sollten wir wenigstens Berufung einlegen gegen das Urteil des Landgerichts …«, begann Schlüter, der das Schweigen nicht länger ertrug.

Döpner richtete sich auf und wischte den Rest des Satzes mit seinem gesunden Arm beiseite. »Nee, nee. Wird nicht gemacht,

Herr Rechtsanwalt. Ich habe den Glauben an die Gerechtigkeit sowieso verloren.«

Wie oft hatte Schlüter den Satz schon gehört. Er hätte jetzt antworten können: dass Unrecht im Einzelfall nicht bedeutete, dass es keine Gerechtigkeit gab. Dass keine Gerechtigkeit ohne Rechtssicherheit lebte und Rechtssicherheit den Sieg über die Willkür bedeutete. Dass Rechtssicherheit im Ganzen manchmal Unrecht im Einzelfall hieß. Und dass nicht jeder Recht bekommen konnte, der es hatte. Und so weiter. Aber weise Sprüche konnten hier nicht helfen.

Das Telefon bimmelte. Schlüter hob den Hörer ab und raunzte: »Lasst uns hier zufrieden, bis ich Bescheid sage. Ich beurkunde!«

Er setzte noch einmal an: »Also, eine Berufung wäre doch die …«

»Nein, Herr Schlüter, lassen Sie das«, wehrte der Alte entschlossen ab und machte Anstalten aufzustehen. Aber dann ließ er sich wieder sinken. »Dürfen wir das dulden, Herr Schlüter?«, fragte er. »Was meinen Sie: Darf man das dulden?«

»Wir müssen es dulden«, antwortete Schlüter. Wir. Das kam gut an. Mit dem Wort *Wir* breitete man die wärmende Robe über sich und den Mandanten. Haha.

»*Müssen?*«, fragte Döpner. »Nein. Von müssen will ich nicht reden. Ob wir es dulden *dürfen*, will ich wissen. Dieser Mann! Er hat mindestens drei Menschen auf dem Gewissen. Er hat gemordet! Er hat Menschen gequält. Und er wird für nichts zur Rechenschaft gezogen!«

Der alte Mann stand langsam auf und blieb gebeugt vor dem Schreibtisch stehen. Mit seiner gesunden Hand stemmte er sich auf die Platte, den Daumen wie einen alten Hammer auf dem abgewetzten Amboss. Seine weißen Augenbrauen zitterten.

»Ich sag Ihnen was, Herr Rechtsanwalt: Es muss Gerechtigkeit geben. Ohne Gerechtigkeit können wir nicht leben. Und wenn die Gerichte uns die nicht geben, dann müssen wir das selbst in die Hand nehmen!!« Er ballte die Faust und machte sich steif im Rücken.

Auf diesen Satz hatte Schlüter gewartet. Auch den hatte er

schon oft gehört. Das war der übliche Kommentar nach verlorenen Prozessen. *Ja, wenn das so ist, dann mach ich das selbst. Sack drüber und Knüppel drauf. Den knall ich ab. Wenn der mal nachts allein ist.* Und so weiter. Schlüter lehnte sich in seinem alten Eichenstuhl zurück, um den Abstand wiederherzustellen, den er brauchte.

»Wie meinen Sie das, Herr Döpner?«, fragte er mit belegter Stimme.

Der alte Mann schüttelte den Kopf. »Ich frage Sie was. Man kommt ja ins Nachdenken. Wissen Sie noch, wie ich am 20. Juli hier war und was ich da gesagt habe? Die Leute vom 20. Juli, die lobt man heute. Sie wissen, was ich meine, ja?«

Schlüter nickte.

»Es wird gesagt, die Attentäter vom 20. Juli – sie hätten richtig gehandelt, dass sie Hitler mit einer Bombe hochjagen wollten. Man sagt, sie sind Vorbilder für die deutsche Jugend. Daran sollten sich die Jungen heute ein Beispiel nehmen. Ich versuche, mir klar zu machen, was das für mich bedeutet! Ich bin ein alter Mann und ich bin von der Generation, die Schuld hat an allem damals. Ich gehöre zu denen, an denen man sich kein Beispiel nehmen soll. Auch wenn ich nie nicht einen Schuss abgegeben habe. Aber ich war Mitwisser und Mitschweiger! Hitler ist auch von keinem Gericht verurteilt worden, genauso wenig wie der Feldhöber. Bei Hitler brauchten die Attentäter kein Gericht, um zu wissen, was zu tun war. Und ich brauche auch kein Gericht mehr und keine Beweise. Ich weiß, was ich gesehen habe. Das kann mir keiner wegnehmen. Ich hätte es damals schon tun sollen.« Döpner atmete rasselnd und beugte sich noch weiter über den Schreibtisch vor. Er wurde leise, seine Stimme krächzte. »Wenn ich ihn damals umgelegt hätte, würde ich dann heute auch zu den Vorbildern gehören? Was denken Sie?«

Schlüter zögerte. Jedes Wort ein Brandsatz. »Der Feldhöber ist nicht Hitler«, sagte er schließlich.

»Nein«, grunzte Döpner. »Das weiß ich. Weil er nur drei Leute umgebracht hat, ohne die in Polen. Erna Rathjens lasse ich außen vor; ihr Tod ist mir ein Rätsel. Aber das ist kein grundsätzlicher Unterschied. Sie haben meine Frage nicht beantwortet. Wenn ich den Mann damals umgelegt hätte? Wenn es geklappt hätte, unsere Aktion? Habe ich Ihnen eigentlich davon erzählt? Wir wollten ihn töten, Stani und die anderen und ich. Wenn wir es geschafft hätten, was dann? Und jetzt soll das anders sein, nur weil ein paar Jahrzehnte vergangen sind? Sagen Sie – wo ist der Unterschied?!«

Wenn Recht zu Unrecht wird, wird Widerstand zur Pflicht, kicherte eine hässliche Stimme in Schlüters Gedanken. An welcher Stelle eigentlich wird Recht zu Unrecht und welcher Widerstand ist das, der zur Pflicht wird? »Heute haben wir doch ganz andere Verhältnisse, Herr Döpner, wir haben ...«

»Haben wir nicht, Herr Schlüter! Unsere wunderschöne Justiz funktioniert nicht, wenn es um den Krieg und seine Verbrechen geht. Das haben Sie mir doch selbst gesagt! Die Herrenmenschen von damals sind immer noch die Sieger, bis heute! Wo ist der Unterschied?« Döpner richtete sich wieder auf und wischte sich den Speichel aus dem linken Mundwinkel.

Schlüter zuckte die Schultern. Ich bin feige, dachte er. Warum sage ich ihm nicht, dass er Recht hat? Ich muss Christa fragen, dachte er. Juristenlogik hilft hier nicht weiter, ich brauche Frauenverstand. »Was wollen Sie tun?«, fragte er.

Döpner drehte sich langsam zu seinem Gefährten herum, der immer noch mit seinen Händen arbeitete. Er wartete. Endlich sah Zygmunt auf, wie einer, der aus einem Traum aufwacht.

»Was meinst du, Siggi – was ist zu tun?«

»Er ist mein Vater«, sagte Zygmunt. Die Muskeln an seinen Armen zuckten.

»Natürlich. Und du bist sein Sohn. Das wissen wir. Aber dir gehört die Zukunft. Für mich gibt es keine mehr. Wiedersehen, Herr Schlüter. Alles Gute für Sie.«

»Machen Sie sich nicht unglücklich!«, rief Schlüter und sprang auf.

»Das tu ich nicht, Herr Schlüter. Das brauch ich nicht. Ich *bin* unglücklich! Ich habe mich unglücklich gemacht, als ich diese ganze Sache angefangen habe ... Nein, weil ich damals nicht gleich ... Egal: Jetzt muss ich das zu Ende bringen.«

»Bitte, Sie ...«

»Lassen Sie, Herr Schlüter. Ihre Arbeit ist getan. Ich mach allein weiter. Und vergessen Sie unser Gespräch. Verschwiegenheitspflicht!«

Das Gesicht des alten Mannes verzerrte sich zu einer Fratze, er streckte die Hand aus und wartete, bis Schlüter sie ergriff. Döpner ging.

Kaczek stand vorm Fenster. Die Hände in den Hosentaschen und mit hochgezogenen Schultern blickte er über die engen Dächer von Hemmstedt. Dann drehte er sich langsam um und sie standen einander gegenüber. Schlüter vermisste den Schutz seines Schreibtisches. Kaczek lächelte plötzlich mit tiefen Kerben in den Wangen, zog die Rechte aus der Tasche, holte langsam aus und hieb die flache Hand in die Luft. Senkrecht ließ er sie stehen. Er brummte und wartete, bis auch Schlüter seine hob – zögernd fanden ihre Hände zusammen, schmiegten sich ineinander, eine weiche bleiche und eine harte schwielige, im Dreieck mit den Ellbogen, und sie wiegten sie hin und her, wie zwei Männer im Wald über einer frisch gefällten Fichte.

»Döpner ist guter Mann. Und Sie sind guter Mann. Auch wenn wir verloren haben.«

Schlüter zuckte hilflos mit den Schultern. Die Kehle wurde ihm eng. Der Mann hatte seine Nerven freigelegt. »Und – was soll ich nun tun?«, brachte er heraus.

»Nichts. Ich bitt Sie – nichts.«

Kaczek drückte Schlüters Hand noch einmal kräftig. Er grinste, breit und so lange, bis Schlüter endlich zurückgrinsen musste, und ließ die Hand dann los wie die eines Kindes, das jetzt allein laufen kann.

»Leben ist so – manchmal.«

Dann war auch er weg und draußen ging die Tür zum Treppenhaus.

Schlüter hatte ein Problem. Was würde Döpner tun und unter welchen Umständen galt die Verschwiegenheitspflicht und unter welchen nicht mehr? Er spürte, dass die Niedergeschlagenheit von ihm gewichen war. Man musste sich nur entscheiden. Komisch.

Und wer hatte Erna Rathjens umgebracht?

XXXVII.

Erster Advent. Adventskonzert. Döpner saß in der Halle, dicht neben der Treppe und sah sich um. Die Halle war voller Menschen: Fast alle Bewohner des Altenheims hatten sich versammelt. Vorn, in die Nähe der Ausgangstür hatte man die Rollstühle gestellt. Eine Versammlung von Alten, Kranken, Krüppeln und Blöden, die husteten, schnieften und lallten. Abfall sind wir, überlegte Döpner, wir nützen niemandem mehr, wir sollten möglichst bald sterben, damit wir nicht zu viel kosten. Es regnete und rauschte auf das beschlagene Glasdach. Draußen senkte sich ein früher Dezemberabend nieder.

Wozu sitze ich hier? dachte Döpner. Agathe Kalde hatte ihn tags zuvor im Essraum angesprochen und zum Konzert eingeladen. Ein paar Schüler sollten kommen und den Alten vorspielen.

»Interessiert mich nicht«, hatte Döpner schroff abgelehnt.

Aber er brachte es nicht fertig, sie zu ignorieren. Obwohl er sie meiden wollte, seit sie dauernd mit Nagel unterwegs war. Sie strickte immer noch für ihn, Strümpfe hatte er endlich genug, und jetzt sollte es wohl sogar ein Pullover werden. Sie fuhren mit dem Taxi aus, Döpner wusste nicht, wie oft sie schon weggefahren waren, manchmal ganze Tage. Emma Deede zerriss sich das Maul darüber. »Madame Kaldé und ihr neuer Verehrer!«, ätzte sie und grinste Döpner herausfordernd an, denn sie hatte registriert, dass Döpner seine nachmittäglichen Besuche bei Agathe Kalde eingestellt hatte.

Nachdem sie die ersten Ausflüge mit Nagel gemacht hatte, hatte Döpner seinen Mut zusammengenommen und sie gefragt, wohin sie immer fahren würden.

»Kaffeetrinken«, antwortete die Kalde leichthin und sah aus dem Fenster. »Das Leben genießen!«

Fortan blieb Döpner allein. Was ging ihn diese Frau noch an? Jonnis Bilder gab er ihr nicht mehr. Er hortete sie nun unter seinem Bett und es gab schon Streit darüber mit Frau Dabel-

Wiegersen. Döpner blieb stur und stapelte sie; er konzentrierte sich auf seine Besuche bei Zygmunt in dessen Bauwagen. Sie schmiedeten Pläne.

Aber dieses Mal hatte Agathe Kalde nicht locker gelassen, sie bestand darauf, dass er zum Konzert kam.

»Wir sind Krüppel«, erklärte die Kalde. »Das ist nicht schlimm und nicht zu ändern, aber Krüppel sind wir auch an der Seele, wenn wir keine Musik mehr hören wollen.«

»Ist mir egal«, murrte Döpner.

»Musik macht einen anderen Menschen aus dir, Johann. Musik macht alles wahr, Falschheit und Musik – das gibt es nicht«, predigte sie.

Döpner glaubte ihr nicht. Wenn etwas falsch war, dann, dass sie mit Nagel ausging, als wäre nichts gewesen. Er schämte sich, dass er sie so tief in sein Leben hatte blicken lassen, dass er ihr vom Feldhöber und dessen Verbrechen erzählt hatte und von seinen eigenen Versäumnissen. Es gab Dinge, die konnte man nur allein mit sich ausmachen. Auf Frauen war sowieso kein Verlass.

Trotzdem konnte Döpner ihr schwer widerstehen, irgendetwas brachte ihn dazu, zu diesem überflüssigen Konzert zu gehen, und hier saß er nun und sah über die Leute hin. Zwei Reihen vor ihm hockten Emma Deede und Herbert nebeneinander, sogar Fietje war da. Nur der Käpt'n hatte nicht mitkommen wollen. »Was schert mich eure Musik«, hatte er gesagt. Er beobachtete den Regen vom Zimmer aus und war zufrieden mit seiner schlechten Laune.

Vielleicht wusste der Käpt'n, wie gefährlich es war, wenn ein paar Schüler alten Leuten vorspielen mussten. Nachdem Frau Dabel-Wiegersen die drei jungen Leute vorgestellt hatte und zögerlich geklatscht worden war, ging es los.

Während die Klarinette erklang, sah Döpner hinaus in den dunkelnden Dezembertag und ihn überschwemmte Wehmut über sein vertanes Leben. Auf dem Hügel vor dem Eingang schwankte die schlanke Birke, wiegte sich selbstvergessen im Winterwind. Im Frühling würde sie ihre Sprossen treiben. Und Döpner? Das Cello riss Döpner die Rippen aus der Brust, es gab ein paar verfluchte Töne, die er nicht hören konnte, ohne zu heulen. Die Geige quetschte sein Herz. Er hatte nur eine Hand die Tränen wegzuwischen, aber zwei Augen zum Weinen.

Sein Leben stand, während er die Musik hörte, klar vor ihm. Er war alt, er konnte sich weder belügen noch vor sich fortlaufen und wurde zu seinem eigenen Richter.

Döpner erkannte, dass er ein Mann ohne Entschlüsse gewesen war, denn er hatte andere über sein Leben bestimmen lassen – und den Zufall. Durch Zufall war er nach seiner Verletzung in diese Gegend gekommen, in der verschlossene Menschen wohnten, die wenig sprachen, dazu in einer Sprache, die er nach Jahren zwar verstand, aber niemals sprechen lernte. Als es mit den Ziegeleien bergab ging und der Feldhöber seine hatte schließen müssen, fing er bei der Hauptgenossenschaft an, aber nicht, weil er sich selbst dazu entschlossen hatte, sondern weil der Chef, Mohrmann, einen neuen Mann brauchte, nachdem der alte zu viel soff und Mohrmann mit dem Feldhöber gesprochen hatte. Der Zufall hatte Döpner eine Frau heiraten lassen, die er wenig geliebt hatte. Der Zufall hatte sie früh sterben lassen und ihm den Sohn genommen, den sie geboren hatte.

Alles Zufall. Mit einer Ausnahme: als er mit Stani und den anderen die *Aktion* startete, die schief gegangen war. Zwar hatte er Fahrrad fahren gelernt, etwas, von dem er vorher geglaubt hatte, dass es unmöglich sei. Aber es bedeutete nichts, denn alles, was er damit hatte erreichen wollen, war fehlgeschlagen.

Plötzlich wurde Döpner klar, dass er noch nicht fertig war mit seinen Ermittlungen. Es gab noch ein versiegeltes Kapitel in seinem Leben und er beschloss, das Siegel endlich zu zerbrechen: das Kapitel mit Lenka. Vergessen kannst du nur, womit du zufrieden warst, dachte er. Oder womit du wenigstens deinen Frieden gemacht hast. Erst dann war der Feldhöber dran, denn wer weiß, was passieren würde. Döpner wollte keine Zufälle mehr.

Dornbrügge, hatte Emma Deede gesagt. Das Gebärhaus in Dornbrügge. Danach war sie zu Rathjens auf den Hof gekommen, nach Engelsmoor.

Nicht an Lenka zu denken hatte Döpner viel Kraft gekostet, noch mehr, seit er das erfahren hatte. Er hatte so gehofft, dass der Feldhöber zur Rechenschaft gezogen werden würde. Damit wollte Döpner auch das Schicksal von Lenka rächen. Aber der Feldhöber hatte gesiegt und Döpner keine Kraft mehr – er musste die Bilder zulassen, die er so lange vor sich selbst versteckt hatte.

Während die Musik fortging und die Leute klatschten, dachte Döpner an die Zeit mit Lenka.

Wie sie bloß dagelegen hatte, die Augen zu und die Arme nach ihm ausgestreckt, ihr Leib lockte und schimmerte im dämmrigen Licht, das durch die Ritzen der Bretter drang. *Ich soll sie nicht sehen, so soll ich sie nicht sehen, es gehört sich nicht,* aber er hatte die Augen nicht von ihr wenden können, und seine zitternden Hände hatten den Rock fortschieben und über ihre Schenkel streicheln müssen, bis sie ihre Arme um ihn wand, um seine schweißigen Schultern, und ihn niederzog auf ihre Brüste, ins Paradies, das letzte, das die Menschen immer noch hatten, auch wenn es ein Heuboden war und die Halme stachen; das merkten sie nicht, im Staub und Dunst des Stalls, das Blut war lauter als das Kettenrasseln unten, *mein Gott, ihr Atem in meinem, wir wiegen uns.*

Er wachte über ihren Schlaf, die Arme noch geflochten, in den harten Halmen des Heus, aber er fühlte nur ihre Scham, die sich weich hob und senkte gegen seinen Schenkel, ihr Geheimnis, das er nun kannte; sie schlief und er sah sie an und wollte alles für ewig erinnern.

Das war das erste Mal. Auf dem Heuboden in der Scheune. Sie hatten sich schon oft gesehen, aber kaum miteinander gesprochen, denn mit den Polacken durfte man nicht reden, und dass sie füreinander waren, hätte er nie gewollt und sie sich nie getraut; doch als er ihr helfen wollte, Heu für die Kälber loszumachen, die sie füttern musste, hinten unterm Dach, wo manchmal Ratten und Kobolde waren, strauchelte er über ein Loch, das die Kinder des Bauern ins Heu gebohrt hatten, und das warf sie plötzlich aneinander, trieb sie zusammen wie ein Gewitter die Schafe, so dicht, dass sie sich in die Augen sehen mussten und sich im andern erkannten. Und sie waren einsam und hungrig.

Danach kam die Angst, aber sie jagten sie gemeinsam fort, wenn sie sich heimlich trafen. Sie wollten zusammen sein, und das war mächtiger als alle Verbote, die Angst. Sie rissen die Ketten auseinander und hatten ihre eigene Welt.

Nie verriet er ihr, dass er sie heimlich ansah, wenn sie sich liebten, denn sie öffnete ihre Lider nur vor der höchsten Lust, kurz und wie erschrocken; sie verdrehte die Augen und hielt den Atem an, und dann keuchte sie fort und nahm nichts wahr und ihn mit. Ihr Gesicht zerfloss und wurde ewig. *Ihre Arme, ach.*

Immer wieder, bis zu jenem Tag, als sie sich im Trockenschuppen liebten, zwischen den endlosen Regalen, die mit Rohlingen voll gestapelt waren. Bin ich das gewesen? dachte Döpner. Der Krüppel mit dem halben Körper? Derselbe Mensch? Nein. Es muss ein anderer gewesen sein. Die Scham soll fort aus meinem Leben, für immer fort, dachte Döpner, wie oft soll ich es mir noch vornehmen?

»Was ist denn hier los?«, schrie es. »Döpner, du? Meine Polackin fickst du, Döpner?« Diese Fistelstimme, er hörte sie immer noch ...

Der Feldhöber stand über ihnen, die Fäuste in den Hüften, tückisch glänzten die schwarz gewichsten Stiefel. Lenka kreuzte hastig die Arme vor ihren Brüsten, schlug die Hände vors Gesicht, als könne sie sich unsichtbar machen. Aber das konnte sie nicht. Der Feldhöber packte sie am Arm und zog sie unter Döpner hervor. Sie floh hinter das nächste Regal.

»Pack dich«, schrie der Feldhöber, während Döpner ihr Rock und Bluse hinterherwarf, was hätte er sonst tun sollen? »Wir sehen uns nachher!«

Das verzweifelte Gesicht, Tränen und Wimmern, dann lief sie fort. Für immer.

»Sag mal! Wie kannst du dich so weit sinken lassen, du – du? Hä?!«, hatte der Feldhöber gebrüllt, als Lenka fort war.

Döpner hatte geschwiegen, auch dieses Mal, sogar als es um *sie* ging.

»Antworte mir, du Hund. Weißt du eigentlich, was du da gemacht hast?«

Es gab nichts zu antworten. Döpner hatte im Sitzen seine Sachen zusammengekramt und sich davongeschlichen, das Bündel vor der Scham, um sich anzuziehen. Und war fortan ein anderer.

Der Feldhöber hatte ihn am nächsten Tag auf dem Ofen besucht, nachmittags, als Döpner wie ein Gefangener in schweren Ketten seine Arbeit tat.

»Pass auf, Döpner. Ich habe nachgedacht. Du weißt, was auf Geschlechtsverkehr mit polnischen Zivilarbeitern steht. Das muss ich dir nicht erklären. Auch nicht, warum. Heiraten kannst du sie nicht, sie ist nicht eindeutschungsfähig. Ich kann sie dem Rasse- und Siedlungsamt nicht vorführen. Ein rassebiologisches Gutachten werden die nicht zulassen, denn sie hat eine polnische Fresse. Ein wertvolles Kind kommt aus der nicht raus, das ist dir wohl klar. Auch wenn du einigermaßen anständig aussiehst. Die würden mich auslachen. In meinem Betrieb! Du wirst verstehen, dass ich mir das nicht leisten kann, Döpner. Eigentlich muss ich euch anzeigen, alle beide natürlich. Sie gehört ins Frauen-KZ und dich müsste ich ins Arbeitslager schaffen lassen. Aber ich will noch einmal Gnade vor Recht gehen lassen. Ich sage nichts. Aber ich muss sie fortgeben, heute noch, weit fort. Ich kriege genug andere. Das ist in deinem Sinn, hoffe ich. Das beste Heilmittel ist, dass die Hure dich nicht wiedersieht. Übrigens – sie hat dich verführt?«

Eine lange Rede. Döpner hatte zugehört, mit gesenktem Kopf weitergearbeitet, war von Loch zu Loch gegangen, mit der Kohlenschippe in der Linken und dem Feuerhaken in der Rechten. Immer dieser gesenkte Kopf. Den er schließlich schüttelte, wenigstens das. Es gibt immer zwei Möglichkeiten.

»Also ging das von dir aus, Döpner? Das hätt ich von dir nicht gedacht. Wie man sich täuschen kann!«

Döpner wollte etwas sagen. Er wollte sagen, dass er Lenka liebte und dass er sie heiraten wollte und dass er mit ihr irgendwohin gehen würde, wenn … Aber er sagte nichts, der Hals war zu trocken, und wer weiß, ob es dann nicht noch viel schlimmer geworden wäre.

»Hör zu, Döpner«, hatte der Feldhöber weitergeredet, leiser und mit noch höherer Stimme. »Ein Wort von dir über diese

Sache und du bist nicht mehr der Brenner hier. Dass dir das klar ist! Dies ist ein kriegswichtiger Betrieb. Aber du bist nicht unbedingt ein kriegswichtiger Brenner. Ich kann mir auch einen andern besorgen. Ich mache, dass du an die Ostfront kommst, wenn das rauskommt! Du weißt, was dir da blüht. Wenn du die Klappe hältst, kannst du weiter auf dem Ofen arbeiten und sie kommt auf einen anderen Hof, statt ins Lager. Falls doch was hochkommt, werde ich sagen, die Hure hat dich verführt. Sabotage. Was das für sie bedeutet, kannst du dir denken. Also: Schweigen. Schnauze halten. Ab jetzt stehst du unter Bewährung, klar?«

Und als Döpner immer noch schwieg, war der Feldhöber einen Schritt auf ihn zugetreten und hatte ihm unters Kinn gefasst: »Ich frage dich: Klar?«

»Klar, Herr von Rönn«, hatte er schließlich gemurmelt.

Klar, Herr von Rönn.

»Eins noch, Döpner: Untersteh dich, nach ihr zu forschen, verlass dich drauf, dass du sie nicht finden würdest. Ich habe Beziehungen, wie du weißt …«

Klar, Herr von Rönn.

Er hatte sie nicht wiedergesehen. Und er forschte nicht nach ihr, denn damit hätte er ihr Leben aufs Spiel gesetzt, Denunzianten gab es genug.

Er zweifelte nicht an den Worten seines Herrn. Natürlich wusste er, dass Geschlechtsverkehr mit Polen streng verboten war. Jeder wusste das. Das Merkblatt hatte wochenlang im Stürmerkasten gehangen. Darin stand auch, dass die Gestapo für Verstöße zuständig war. Und was das bedeutete, wusste auch jeder. Für polnische Männer Sonderbehandlung und für polnische Frauen Arbeitslager, was im Ergebnis aufs Gleiche rauskam. Nur wenn sie gutes Blut hatten, konnten sie eingedeutscht werden. Und für Betriebsleiter, die Blutschande deckten, konnte es alles Mögliche bedeuten, *Strenge Strafen auch für Betriebsleiter,* hatte Döpner gelesen. Ihm war klar, dass der Feldhöber Angst davor hatte, dass ihn einer verpfeifen könnte: dass er keine Ordnung in seinem Betrieb halte. Keine Sekunde zweifelte Döpner, dass der Feldhöber wahr machen würde, was er angedroht hatte: sie ins KZ und er an die Ostfront, denn wer Angst hat, ist gefährlich …

Tage später. Der Ewer war wieder beladen, trieb auf in der Flut, Hinsch war nicht da und die Polen ruhten sich von der Schinderei im Schatten der langen Trockenschuppen aus. Döpner stand allein vor dem Hundeloch, das er zugestapelt hatte, und strich es mit schwarzem Schlick aus dem Hafen zu, dahinter warteten zwölftausend Rohlinge darauf, dass sie zu Steinen glühten. Für ihn gab es keine Pause mehr, seit er unter Bewährung stand. Eben hatte er die Kelle in die Karre gelegt und den Haken von der Lore genommen, um auf der Stiege wieder auf den Ofen zu gehen und nach dem Feuer zu sehen. Vielleicht hatte er einen niedergeschlagenen Eindruck gemacht? Jedenfalls stand der Feldhöber plötzlich neben ihm, war hergeschlichen, nachdem der Ewer mit der Flut fort war nach Norderney. Wie der mit den Stiefeln so leise schleichen konnte …

»Na, wird schon, Döpner. Vergucken kann sich jeder mal.« Der Feldhöber grinste breit mit seinen schmalen geizigen Lippen und sprach leise weiter. »Ich muss mit dir reden, Döpner. Sie hat ja alles, was 'n Mann so braucht, und das nicht schlecht. Das muss ich ja zugeben. Kann ich sogar verstehen, dass du sie vorgehabt hast, hab sie ja gesehen, wie sie da, was sie da hat …« Er leckte sich mit einer bläulichen Zunge schnell über die Lippen; wie eine Schlange, dachte Döpner. Ich müsste ihn totschlagen, ich hab doch den Feuerhaken in der Hand, ein Schlag mit dem Feuerhaken und dann einen Stein von der Lore greifen, auf den Schädel damit und ihm den Rest geben …

Stattdessen schlug der Feldhöber Döpner auf die hängende Schulter, wie jemandem, mit dem man ein schlüpfriges Geheimnis teilt, mit dem man im Puff war.

»Haha, mein Lieber! Immer noch Kummer?«

Döpner hatte nicht geantwortet.

»Na ja! Alles, was recht ist! Aber Donner und Doria – für dich ist die nichts, Döpner! Du bist doch 'n ordentlicher deutscher Mann! Für dich gibt's genug deutsche Frauen, gerade jetzt!«

Wohin sollte man gucken bei solchen Reden? Aber er hörte nicht auf, der Feldhöber zog sich an so was hoch, an dem, was er sagte. Doch das wusste Döpner damals noch nicht. Später, Jahre nach dem Krieg, da hatte einer von den Knechten den Feldhöber auf dem Kornboden gesehen, er hatte die Magd vor sich auf den Weizensäcken liegen: Leute, gleich hinter dem Schornstein, und die hatte die Beine so weit auf wie das Scheunentor, wenn Heuernte ist, Leute, und er fuhr mit seinem Fuder aus und ein, hähä, im Stehen machte er es ihr, Leute, und nicht schlecht, sie haben geschnauft und gequiekt wie Eber und Sau, wenn sie was in den Trog kriegen sollen, zum Glück auch, sonst hätten sie mich gehört, während seine Frau in der Küche stand und die Kartoffeln schälte und dachte, dass er zum Viehzählen auf der Weide draußen am Großen Priel wäre, hinten bei Fietje, Leute, so einer ist das, und denn ist sie auch noch über zwanzig Jahre jünger …

»Meinst du etwa, deutsche Frauen hätten solche Brüste nicht? Na! Deutsche Titten, Döpner, halt dich an die deutschen Titten, Kerl! Die Polacken haben einen starken Trieb, Mann, das stimmt, deswegen ist ein Deutscher hundertmal mehr Wert als hundert Polacken, Döpner, und deswegen ist ’ne polnische Frau nichts für einen deutschen Mann! Auf Dauer ist das ekelhaft, verstehst du? Die Lenka wär höchstens was für die da hinten, unsere Polacken in der Ziegelei.« Der Daumen zeigte über die Schulter. »Aber ich halte mich an die Erlasse! Klar?«

»Klar, Herr von Rönn.« Meine Stimme?

»Klar! Wird schon, Döpner!«

Dann war Döpner zum Ofen hoch, um seine Pflicht zu tun. Denk nicht nach, solange du eine Pflicht zu tun hast. Denk nicht nach. Später. Wann ist später?

XXXVIII.

Später ist jetzt, nach sechsundvierzig Jahren. Döpner fuhr den Weg zur Kirche. Er musste Klarheit gewinnen.

Döpner wartete vor der Kirche, das Ungetüm neben sich. Der Gottesdienst musste bald zu Ende sein, die letzten Lieder leierten aus den bunten Fenstern. Der Pastor war ein viel beschäftigter Mann, wie sollte einer wissen, wo man ihn treffen konnte, wenn nicht in der Kirche nach dem Gottesdienst am zweiten Advent? Döpner hatte lange nicht mehr am Gottesdienst teilgenommen. Er glaubte nicht mehr an den lieben Gott. Wenn es ihn gab, dann war er ein schlechter Gott, der keine Gerechtigkeit kannte, ein gleichgültiger, harter Herr, der die Menschen in Elend und Not verrecken und sogar den eigenen Sohn am Kreuz sterben ließ. Niemand opferte seinen Sohn, und wenn er noch so schlecht war, und wenn er so gut war, wie man sagte, schon gar nicht. Dieser Gott hatte es nicht verdient, dass man teure Häuser für ihn baute und ihn anbetete. Es scherte ihn nicht, dass Ungerechte alt und reich wurden, während die Gerechten darbten und starben. Er ließ den Feldhöber und seine üblen Taten ungestraft zu, belohnte ihn noch damit, dass die Menschen ihn achteten, zu ihm aufsahen. Er ließ es zu, dass Döpner Lenka nicht wiedergesehen hatte. Er ließ es zu, dass …

Darüber musste er Klarheit haben. Endlich fühlte sich Döpner der letzten Erkenntnis gewachsen, bereit, das Gespenst bei der Gurgel zu packen und ihm die kalten Knochen zu schütteln. Er wartete unter den Linden. Gleich am letzten Montag hatte er Schlüter angerufen und ihn gefragt, wie er etwas über Lenka herausbekommen könnte. Der hatte ihm geraten, es in der Kirche zu versuchen.

Die Orgel ließ ihren letzten Atem ausstreichen und unter dem Glockengeläut traten die Leute ins Freie, eine Traube dunkel gekleideter alter Frauen und krummer Männer, zusammen ein paar tausend Jahre alt, die, zunächst kurz geblendet vom Tageslicht, Döpner und sein Ungetüm aus kleinen Augen neugierig anstarrten und sich langsam zerstreuten, mehrere Männer geradewegs zur Gaststätte gegenüber, auf einen Frühschoppen, mit dem sie die Predigt wegspülen würden.

Die Tür blieb offen, ein düstres Loch, aus dem es modrig nach alten Jahrhunderten roch.

Nachdem auch der letzte Klang gestorben war, tappte Döpner hinein und blieb stehen, von der Dämmerung gefangen. Es war nur noch ein kleines Klappern zu hören, das ein Mensch macht, wenn er ungeschickt von der harten Bank aufsteht.

Döpners Augen gewöhnten sich. Olivgrüne Reihen steiler Bänke. An den Wänden die Tafeln mit den Liedernummern wie riesige Preisschilder. Döpner entschloss sich, nach links zu gehen, den langen Gang zum Altar, weil er jetzt jemanden hinter der hohen Wand in der Sakristei wirtschaften hörte. Das konnte nur der Pastor sein, der sich nach der Arbeit umzog. Im Rücken knarrten die Dielen der Wendeltreppe unter den Schritten des Organisten, der die Kirche verließ, ohne Döpner zu bemerken. Die Tür schlug zu.

Döpner wartete vor dem Altar. Es roch nach dem Rauch ausgeblasener Kerzen. Dem gekreuzigten Jesus tropfte Blut aus den Wunden an Brust, Kopf, Händen und Füßen. Döpner wandte sich ab. Er ekelte sich immer noch vor dieser Skulptur der Folter, seit er sie als Kind das erste Mal gesehen und sie ihn in seinen Albträumen heimgesucht hatte. Damals hatte er nicht an der heiligen Kommunion teilnehmen wollen, denn sie verlangten von ihm, dass er Menschenfleisch essen und Menschenblut trinken sollte. Aber er musste. Das Fleisch hatte er ausgespuckt, als er hinterm Altar auf die andere Seite ging, und vom Blut wollte er nichts trinken, nur so tun, aber dann hatte er sich verschluckt und war hustend und würgend zurückgetorkelt zur Reihe feixender Kommunionskinder, sich mit der Faust vor die Brust schlagend und den rosa Schleim von Christi Blut im Gesicht. Das christliche Ritual der Kopfjäger …

Döpner wurde flau im Magen.

Endlich kam der Pastor, mit aufgeräumtem Gesicht und dem Talar über dem Arm. Ein zierlicher Mann mit tiefer Stimme und gewaltigem Haarschopf.

»Guten Tag«, sagte er, nur kurz überrascht. »Kann ich Ihnen helfen? Wollen Sie etwas sehen? Soll ich Ihnen die Bilder zeigen?«

»Nein«, sagte Döpner. Er war bleich. »Sehen nichts. Ich habe eine Frage, die Sie mir vielleicht beantworten können. Aber können wir nicht nach draußen …, diese Luft, ich kann die Luft nicht vertragen.«

Der Pastor nickte und ging voraus, wartete mit dem Schlüssel in der Hand auf Döpner und verschloss das Portal hinter ihm.

»Es ist wegen einer Sache aus dem Krieg ...«, erklärte Döpner und sog tief die frische Luft ein.

Der Pastor zog die Augenbrauen hoch: »Mhh. Natürlich, wenn ich Ihnen helfen kann. Am besten, Sie kommen mit rüber ins Büro. Da können wir in Ruhe sprechen.«

Sie standen vor dem Ungetüm.

Der Pastor musterte Döpner von der Seite, mit einem langen Blick. »Herr Döpner, nicht wahr? Das ist doch Ihres?«, fragte er und zeigte auf das Gefährt.

Döpner nickte. »Entschuldigen Sie. Ich hätte mich vorstellen sollen.«

»Macht nichts. Man sieht Sie oft damit fahren. Man hat mir erzählt, wer Sie sind. Soll ich es schieben, während wir hinübergehen? Oder möchten Sie lieber fahren?«

»Schieben Sie nur«, sagte Döpner und setzte sich in Bewegung.

»Alle Achtung!«, staunte der Pastor, als sie um die Kirche herumgingen. »Das Fahren mit so einem Gerät muss aber schwierig sein.«

»Ja, stimmt, zuerst ja.«

»Entschuldigen Sie, dass ich Sie das frage – aber: Wie lange haben Sie gebraucht?«

»Etliche Wochen ...«

»Nochmal alle Achtung! Wissen Sie, ich habe eine alte Mutter in Oldenburg. Sie hat vor drei Jahren einen Schlaganfall gehabt. Wenn man damit mal berührt ist, merkt man erst, wie viele Leute es gibt, die Schlaganfälle hatten. Der meiner Mutter war bestimmt nicht so schlimm wie Ihrer. Jedenfalls kann sie ihren linken Arm noch ganz gut gebrauchen, und – entschuldigen Sie bitte – sie läuft auch besser. Aber sie kann nirgendwo mehr hinkommen, und da hab ich ihr vorgeschlagen, sie könne mit einem Dreirad – wissen Sie, was sie gesagt hat?«

»Ja, das weiß ich«, antwortete Döpner. »Sie hat gesagt, sie setzt sich nicht auf so ein Behindertenfahrrad.«

»Genau!« Der Pastor wurde eifrig. »Genau das hat sie gesagt! Woher wissen Sie das?«

»Ging mir erst auch so.« Döpner sah sich um. »Man muss erst die Scham überwinden.«

»Und dann muss man es ja auch noch lernen«, sinnierte der Pastor. »Kostet bestimmt ganz schön Kraft.«

»Ja. Ziemlich viel«, bestätigte Döpner.

»Die hätte meine Mutter nicht, nee. Woher sollte sie die wohl nehmen. Ich glaube, ihre Persönlichkeit hat auch einen Schlag mitbekommen, irgendwie hat sie keinen Willen mehr ...«

Er hörte auf zu reden und sah Döpner wieder von der Seite an, wie er schwankend neben ihm ging, sein linker Fuß auf die Erde platschte und sein linker Arm vor dem Körper pendelte wie ein Stück hartes Gummi, den Blick aus einem steifen Gesicht in die Ferne gerichtet, vorbei an den Leuten, die gegenüber der Kirche vor der Kneipe standen und laut miteinander redeten, und über die Autos weg, die die Straße zum Sportplatz hinunterfuhren. Der lahme Mann dachte an etwas, was weit fort vom Adventssonntag in Hollenfleth des Jahres 1989 war.

Als sie angekommen waren, fragte Döpner, ob er die Bücher einsehen könne, in denen sie die Namen aller Menschen aufschrieben, die in der Gemeinde geboren und gestorben waren, die Jahrgänge von Mitte 43 bis zum Kriegsende. Der Pastor erklärte, die seien im Archiv auf dem Boden, und sie stiegen eine steile Treppe hinauf, auf der Döpner sich nur mit Mühe halten konnte. Döpner wurde durch eine Stahltür in einen zugigen Raum geführt. Rohre verliefen unter der Decke, metallene Regale voller schwarzer Bücher. Der Pastor orientierte sich und zog einen schwarzen Band in DIN-A3-Größe heraus, legte ihn auf ein kleines Tischchen neben der Tür und schlug ihn auf, um Döpner die Systematik der Eintragungen zu erläutern.

»Können Sie deutsche Schrift lesen?«, fragte der Pastor.

»Einigermaßen.«

»Soll ich Ihnen helfen?«, fragte der Pastor.

»Sie würden mir – Sie kennen mich nicht, Herr Pastor, aber: darf ich allein?«

»Selbstverständlich«, nickte der Kirchenmann. »Rufen Sie nur, wenn Sie mich brauchen. Ich bin unten.« Er ging.

Döpner war allein, mit sich und dem Gespenst. Sein Herz begann zu klopfen wie vor einem Sprung von der dunklen Klippe ins Nichts. Wenn du etwas tust, was du noch nie getan hast, von dem du immer wusstest, du würdest es eines Tages tun, aber weil du Angst hattest, hast du es weggeschoben Tag für Tag, Woche für Woche, Monat für Monat und Jahr für Jahr, jede Nacht rief es nach dir und das Gespenst ist gewachsen. Jetzt ist es so weit – du schiebst es nicht mehr auf, du packst es bei der Kehle, damit es dir seine toten Augen zeigt.

Döpner öffnete den ersten Band, suchte in der Datumspalte. Am 23. Juni war es gewesen, dass der Feldhöber sie getrennt hatte, also musste er von da ab suchen, wenn er sicher sein wollte. Er fuhr mit dem Finger die Namenspalte entlang. Joszef Maranski, Sergej Skontolow, Ernst Hammann hießen sie, die gestorben waren. Döpner las jeden Namen, er wollte genau sein von Anfang an, damit er nicht doppelt arbeiten musste. Sein Finger fuhr über die Spalten und hielt bei jedem Namen an. Margarethe Mantei, Wilhelm Zander, Amandus Büther, Adolf Nagel, Maxim Woroschin hießen sie, die geboren waren. Deutsche Namen, polnische und russische Namen.

Dann erstarrte Döpner. Am 25. Dezember 1943 war das Kind Tomas Drożd geboren worden in Dornbrügge, Hollenfleth, von seiner Mutter Lenka Drożd, ledig, Vater unbekannt. Döpners Finger blieb unter dem Namen auf dem Papier liegen und zitterte. Bis er es wegschob, das große Buch, damit es nicht nass wurde von seinen dämlichen Tränen. *Was gibt's zu heulen, Döpner, wenn du es doch die ganze Zeit gewusst hast?* Der erste Schlag.

Er fuhr weiter mit seinem Finger. Dann traf ihn der zweite Schlag. Am 23. Januar 1944 war das Kind Tomas Drożd gestorben. Todesursache: Lungenentzündung.

Döpner schob das Buch fort, lehnte sich zurück, heulte und knirschte mit den Zähnen. »O mein Gott«, sagte er. »Was hast du getan?«

Döpner hörte das leise Wimmern eines blau gefrorenen Säuglings, sah die dünnen Arme und Beine, sein knittriges greisenhaftes Gesicht, er sah die hölzerne Kiste, in der der Junge lag, vorm Sterben schon wie in Särgen, wie er still wurde, langsam verhungerte, die Haut wie Pergament, und die leeren Augen der Mutter, die ihr Kind nach sechs Tagen zurücklassen musste, es half kein Betteln und kein Schreien, kein Fluchen und kein Verwünschen, denn Vorschrift ist Vorschrift: zurück zur harten Arbeit beim deutschen Herrn, ohne das Kind, denn das Kind hinderte. Die Kinder waren nutzlose Bälger, man hätte sie auch gleich töten können, aber man ließ sie langsam verhungern, vom siebten Tag an gab es keine Muttermilch mehr, sondern nur noch die Ration für das langsame Sterben, einen halben Liter Milch für einen ganzen langen Tag. Nur wenige kamen durch. Die Mütter wussten das, aber sie konnten nichts tun. Zuerst hatten sie die schwangeren Frauen nach Polen zurückgeschickt, bis sie merkten, dass die Frauen absichtlich schwanger wurden, um fortzukommen; dann zwangen sie sie zur Abtreibung, und wo alles nicht wirkte, pflegten sie ihre Kinder zu Tode. Döpner sah das Lippscher-Haus neben der Dornbrügger Ziegelei, von der jetzt nur noch die verfallenen Hütten übrig waren, in denen wilde Katzen lebten und ahnungslose Kinder Verstecken spielten. Wir wussten alle, was dort geschah, dachte er, aber ich wusste nicht, dass Lenka dort war, bis Emma Deede … Und ich wusste nichts vom Kind. Wusste nichts? Wie viel durfte man wissen, damit man sagen konnte, man hätte nichts gewusst?

»Bist du bereit für den dritten Schlag, Döpner?«, murmelte er. »Du musst«, antwortete er sich, öffnete die Augen, wischte sie und zog das Buch wieder heran. Zwang sich, wieder mit dem Finger die Spalten entlangzutasten, Namen für Namen, Seite für Seite, Monat für Monat. Namen, Daten, Schicksale. Weiter.

Der Name, nach dem er suchte, stand nicht mehr in dem Buch. Im nächsten auch nicht. Und im letzten ebenso wenig. Bis zum 15. Mai 1945 nicht.

Hier würde er nicht erfahren, was aus Lenka geworden war, nachdem sie vom Rathjenshof in Engelsmoor verschwunden war, im letzten Kriegswinter.

Jetzt ist es so weit, dachte Döpner. Jetzt geh ich zu ihm hin. Endlich werde ich ihn fragen, ein einziges Mal werde ich ihn fragen, bevor –

XXXIX.

Emma Deede hatte die Nachfolge der Rathjens angetreten und war die Chronistin des Altenheims geworden. Jede Gemeinschaft braucht solche Menschen, auch wenn mancher sich über sie aufregt, sie Schludertasche, Schandmaul oder Klatschweib nennt; aber wenn die Herrin des Klatsches tot ist, dann zeigt sich schnell, dass die Welt ohne sie nicht funktioniert. Nun war es die Deede, die die Nachrichten der untersten Ebene aufsog und über alle wieder auswrang.

Von ihr erfuhren die anderen nach und nach, wie ein Mann jenseits der siebzig die Ordnung im Altenheim durcheinander brachte.

Der Verursacher der Umwälzungen war Anton Urbigkeit, wohnhaft im fernen Heidelberg. Allerdings konnte man streiten über den Begriff der Ursache, denn jede Ursache hat ihrerseits eine Ursache. Aber der Brief, der alles auslöste, das war sicher, der war nur möglich geworden, weil Erna Rathjens der alten Hammann einen Floh ins Ohr gesetzt hatte, wenige Wochen, bevor sie starb, zwar aus einer gehässigen Laune heraus und wohl nur, um Martha Hammann zu reizen, sie zu ärgern, weil sie mit einem Mann, der jetzt tot war, vier Kinder großgezogen hatte und doch den anderen nie hatte vergessen können: zu forschen nach Anton Urbigkeit. Aber Erna Rathjens verschaffte Martha Hammann keinen Verdruss, sondern eine letzte große Liebe.

Anton Urbigkeit lebte am Stadtrand von Heidelberg in einer Eigentumswohnung und war ein unbedeutender Pensionär, der ein stilles Leben gelebt hatte, mittelgroß von Gestalt und leicht dicklich, aber volles silbergraues Haar trug, was seiner sonst gewöhnlichen Erscheinung etwas Vornehmes gab. Er erwartete nichts mehr vom Leben, das seinen Gang weitergehen würde, bis es zu Ende war. Alles war eingerichtet.

Anton Urbigkeit stürzte aus seinem gewohnten Leben, kurz nachdem er an einem kalten Dezemberdienstag 1989 die Post unten aus dem Briefkasten holte und den besagten Brief in Händen hielt. Er öffnete ihn noch im Flur.

Anton Urbigkeit ließ ihn in der Hand sinken. Ein Brief von Martha Matulat, verheiratete Hammann. Sie schrieb, dass sie ihn nicht vergessen habe, seine Anschrift habe das Rote Kreuz ermittelt und gern würde sie ihn einmal wiedersehen – sehr gern. Viel mehr schrieb sie nicht. Jedenfalls nahm er den Rest nicht mehr wahr. Anton Urbigkeit zitterte, ihm wurde heiß, der Schweiß stand ihm in den Haarwurzeln und sein Herz raste. Er schluckte trocken und hielt sich an der Garderobe fest. Ich werde ohnmächtig, dachte er, und wirklich wurde ihm schwarz vor den Augen. Als sein Blick sich lichtete, sah alles anders aus. Er ließ die Garderobe los, sie war fremd und hässlich: Was hatte er mit dieser Garderobe zu schaffen, an der seine muffige Jacke und die Mütze einer Frau hing, mit der ihn plötzlich nichts mehr verband?

Dann handelte Urbigkeit, unerschrocken wie ein General, der mit seinen Soldaten an die Front geht, bereit, zu sterben und alles ohne Zögern zu opfern. Er stopfte den Brief in die Jacke, nahm das Portmonee aus der Garderobe und verließ seine Wohnung am Stadtrand von Heidelberg, um so schnell wie er konnte zur Telefonzelle an der nächsten Ecke zu gehen, denn zu Hause konnte er nicht telefonieren, ohne dass ihm seine Frau zuhörte, die wortlos und mit großen Augen im Wohnzimmer lag, auf ihrem Krankenbett. Er hatte sogar die Geistesgegenwart, unten im Tabakladen genügend Kleingeld zu tauschen. Mit zitternden Händen holte er den knittrigen Brief heraus und wählte die Telefonnummer, die oben auf der ersten Seite stand. Er landete im Büro bei Frau Dabel-Wiegersen, die versprach, sie werde Frau Hammann an das Telefon holen lassen, ob er warten oder noch einmal anrufen wolle? Anton Urbigkeit wollte warten, es war ihm, als könnte die Verbindung, die er endlich hergestellt hatte, wieder reißen, diesmal für den letzten kurzen Rest seines Lebens. Also wartete er, presste den Hörer an das eine und die flache Hand an das andere Ohr und verfluchte die Busse, Autos und Motorräder, die vorbeibrausten.

Schließlich knisterte es am andern Ende.

»Ja?« Eine kleine Stimme war das. Aber sie war es. Er erkannte sie an diesem einen Wort.

»Martha?«, rief er.

»Ja ...«

»Bist du's, Martha?« Anton Urbigkeit wusste nicht, ob das Dröhnen in seinem Kopf der Lärm von draußen oder sein Herz von drinnen war.

»Ja, Anton ...« Sie verstummte und es knisterte wieder in der verfluchten Leitung.

»Majellche –«, brachte Anton Urbigkeit heraus.

»Du«, sagte sie. »Komm her – bald.«

Er sah auf die Uhr. »Ich bin jetzt in Heidelberg«, sagte er, als wäre er gerade dort angekommen. Die Jahrzehnte, die er an diesem Ort verbracht hatte, schrumpften fort. »Ich geh gleich zum Bahnhof. Ich komm!«

»Das ist gut«, seufzte sie.

»Wo bist du? Die Adresse auf dem Brief, wo ist das?«

»Im Altenheim in Hollenfleth. Da bin ich. Das kennt hier jeder. Du musst mit dem Zug nach Hemmstedt fahren, das ist nicht weit von Hamburg, über Hamburg fährt der Zug, ja ...«

»Gut«, sagte er. Ihre Auskunft war präzise genug. »Ich komme. Warte auf mich.«

»Ich warte«, hauchte sie.

Urbigkeit legte auf.

Martha Hammann, geborene Matulat, blieb neben dem Telefon sitzen, auch sie wie erstarrt. Sie hatte zwar gewusst, dass Anton noch lebte, aber wenn einer gesagt hätte, dass er zu ihr kommen wolle, das hätte sie nicht geglaubt. Nun war es so, und so plötzlich seine Stimme so dicht.

Sie saß, den Hörer am Ohr, aus dem es nur noch tutete, bis Schwester Monika sie aufschreckte – was denn sei? Gleich bekam sie rote Backen und erzählte, dass Anton Urbigkeit, den sie in Wigrinnen das erste Mal geküsst hatte, auf dem Feld bei der Ernte im Jahre 39 und hinter einer Getreidehocke versteckt, soeben angerufen und versprochen hatte, er werde gleich kommen. Von wo?

»Ja, von Heidelberg, mit dem Zug, vielleicht kommt er noch

heute, heute Nacht?« Sie erzählte alles, weil es so frisch war und ihr Herz offen.

Und bald wussten alle im Altenheim von Hollenfleth, dass Martha Hammann Besuch bekommen würde von einem gewissen Anton Urbigkeit, ihrer Jugendliebe. Emma Deede hatte viel zu tun an diesem Tag.

Anton Urbigkeit hatte zwei Mark ausgegeben für das wichtigste Telefongespräch seines Lebens. Zwei ganze Mark.

Es klackerte und er vergaß das Kleingeld, das er oben auf dem Automaten bereitgelegt hatte, nur sein Portmonee steckte er in die Hosentasche, weil sein Ausweis darin war, den er noch brauchte. Er öffnete die Tür der Telefonzelle und trat heraus als neuer Mann in eine neue Welt, voller Entschluss und Tat. Er musste schwere Dinge tun. Zuerst musste er seine Frau verlassen, die seine Gefährtin gewesen war die vielen Jahre. Keine Minute mehr konnte er unter einem Dach sein mit ihr. Die Macht, die ihn ergriffen hatte, war stärker.

Er holte den Koffer aus dem Keller und nahm ihn mit hoch in die Wohnung.

Die Frau rief nach ihm, als sie die Tür ins Schloss fallen hörte. Aber Anton Urbigkeit antwortete nicht, sondern ging in das Schlafzimmer, legte den Koffer aufgeklappt auf das Bett, öffnete den Kleiderschrank und warf hinein, was ihm in die Hände kam: Unterwäsche, Socken, ein paar Hemden, eine Hose. Aus der Kommode im Flur nahm er Geld. Fünfhundert Mark würden reichen. Den Rentenbescheid zog er aus der Mappe in der zweiten Schublade. Alles war gerichtet für einen schnellen Aufbruch, als wenn er es immer gewusst hätte.

Er stellte den Koffer neben die Eingangstür, nahm seinen Mantel über den Arm und ging zu der Frau, mit der er seit über vierzig Jahren verheiratet war.

»Wohin?«, fragte sie.

»Fort«, antwortete er.

»Wohin gehst du?«

»Ich gehe fort und komme nicht wieder«, sagte er. Seine Stimme war fremd.

Er sah die Panik in ihren Augen. Er senkte den Kopf, denn er war schuldig und konnte nichts zu seiner Verteidigung anbringen. Er verstand ja selbst nicht, was geschehen war.

»Warum?«, rief sie. »Warum machst du das, Anton?«

»Ich kann nicht anders«, sagte er leise. Das war die Wahrheit. Er schlug hilflos die Arme auseinander und ließ sie zurückfallen. »Ich gehe jetzt zum Bahnhof. Ich rufe von dort Kurt an. Er wird sich um dich kümmern. Leb wohl.«

Was sie erwiderte, hörte er nicht mehr, weil er schon die Tür hinter sich und seinem alten Leben geschlossen hatte und seine eigenen Schritte im Treppenhaus um ihn her hallten. Er verließ das Haus als Fremder und dachte an Martha und ihre Stimme am Telefon.

XL.

Döpner stand auf dem kleinen Halteplatz im Schatten des alten Deiches und wartete. An der Straße nach Ruthensand hatten sie sich verabredet; das war nicht weit vom Altenheim, eine Strecke, die Döpner zu Fuß gerade noch schaffte. Er hatte das Altenheim vor einer halben Stunde verlassen. Daran würde niemand etwas Besonderes finden, denn er ging oft zur Unzeit aus, wenn der Kapitän schnarchte und ihn vom Schlaf abhielt. Wenn er auch sonst nicht mit Stock ging und schon gar nicht mit diesem Zwei-Meter-Knüppel, den er auf einer seiner Fahrten im Feld gefunden hatte. Aber ob man bemerken würde, dass auch Fietje fortging?

Wann kam Fietje endlich? Würde er überhaupt kommen? Es war so schwierig, mit Fietje Sachen zu verabreden, weil Fietje nur nickte oder den Kopf schüttelte und nie ein Wort sagte. Konnte er überhaupt sprechen? Was bekam er mit? Fietjes Mongolengesicht blieb unbeweglich wie faltiges Leder. Nur manchmal, hatte Agathe Kalde gesagt, konnte man ein gelbes Glitzern und Glimmen im Grund seiner Augen sehen, das schwach aufleuchtete und schnell wieder erlosch; die Kalde sah so etwas. Fietje konnte nicht schnell laufen; er konnte überhaupt nichts schnell machen. Er tat alles mit der gleichen schläfrigen Langsamkeit, die einen ungeduldigen Menschen aus der Haut fahren lassen konnte, und er ließ sich durch nichts aus der Zeitlupe zwingen, weder durch gute noch durch harte Worte. Wenn man schimpfte, versteinerte Fietje und rührte sich nicht mehr.

Lange hatte Döpner darüber nachgedacht, wie er an den Feldhöber herankommen könnte, bis er sich mit der alten Deede über Fietje unterhalten hatte. Es gab niemanden im Dorf und im Außendeich, der Fietje nicht von früher kannte, aus der Ziegeleizeit, als er noch das Wasser vom Feldhof holte.

»Du, Fietje, du kennst doch den Feldhöber?«, hatte Döpner gefragt, vor ein paar Wochen, als er ihn draußen allein für sich hatte.

Fietje hielt inne, sein großer Kopf zeigte ein schwaches Nicken.

»Das ist ein übler Kerl, der Feldhöber, weißt du?«

Fietje nickte wieder und Döpner war, als wenn er kräftiger genickt hätte als sonst. Was verband die beiden?

»Er hat früher schlimme Sachen gemacht, Fietje, damals, als es die Ziegelei noch gab, im Krieg, als du noch ein Junge warst, kannst du dich an die Zeit erinnern? Da war ich der Brenner und du hast jeden Tag Wasser vom Hof geholt.«

Fietje starrte mit stumpfem Blick ins Leere. Hatte Fietje so etwas wie Erinnerung? An die Zeit, als seine Eltern ihn versteckten?

»Und die hat er nie zugegeben, Fietje. Ich will ihn – fragen, aber das kann ich nicht.«

Döpner wartete, Fietje rührte sich nicht. Er blieb stumm.

»Ich kann das nicht, weil der Feldhöber zwei scharfe Hunde hat und immer auf seinem Hof sitzt und niemanden an sich ranlässt.«

Fietje rührte sich immer noch nicht. Aber hatten sich seine Augen geweitet?

»Willst du mir helfen, dass ich mit dem Feldhöber reden kann, dass ich an ihn rankomme? Er ist böse, Fietje.«

Fietje nickte endlich. Sogar zwei Mal hob und senkte er seinen Kopf, ganz deutlich. Mehr war aus ihm nicht herauszubringen.

Tage später beriet Döpner die Aktion mit Zygmunt in dessen Bauwagen, sie setzten den Tag und die Uhrzeit fest, und beides hatte er Fietje mitgeteilt.

Nun war es so weit und die halbe Stunde war um, aber Fietje kam nicht. Bald musste Zygmunt hier sein. Ohne Fietje machte es keinen Sinn, nach Ruthensand zu fahren.

Döpner tat ein paar Schritte, winzige Schritte, damit er nicht stürzte, denn das sollte ihm nicht passieren an diesem allerletzten Tag, an dem seine Vergangenheit endlich aufhören sollte. Langes Stehen auf der Stelle schmerzte ihn. Dass er neuerdings Daumen und Zeigefinger seiner linken Hand bewegen konnte, nützte ihm nicht viel. Er konnte gerade ein Blatt Papier damit halten, wozu sollte das gut sein? Man hörte das Rauschen der Pappeln hinter dem Apfelhof, obwohl kein Wind zu spüren war, und aus den Häusern auf der anderen Seite des Deiches drang kein Laut, als würde die Dunkelheit die Geräusche dämpfen. Ein halber Mond hing überm Moor jenseits des Dorfes und die Sterne leuchteten so klar am Himmel, wie das nur im Dezember möglich war. Hier an der Deichlücke hatten sie innegehalten damals, bei der *Aktion,* als sie das erste Mal versucht hatten, Gerechtigkeit zu schaffen; an dieser Stelle hatte ihn der Feldhöber immer abgeholt bei Hochwasser und von hier aus musste auch das Letzte getan werden. Döpner drückte sich den Daumenballen links gegen die Brusttasche seiner Windjacke und fühlte den harten Lauf der Pistole.

Döpner atmete tief durch. Was, wenn Fietje jetzt nicht kam?

Plötzlich packte etwas Hartes, Dürres Döpner am gesunden Arm; er wollte sich losreißen – strauchelte –, aber er wurde gehalten von einer Faust. Ein Gesicht schob sich vor seins, so dicht, dass Döpner das Grinsen am ausströmenden Tabakatem roch. Sie wanden sich umeinander, Döpner wollte rufen, aber da sah er in Fietjes Augen, die tückisch widerglänzten im Sternenlicht.

»Mensch, Fietje, du bist das!«, stieß Döpner hervor. Ihn schauderte es im Rücken.

Fietjes Gesicht grinste, breit war der Spalt in dem gelben Kürbis. Der hatte richtig Eisen in der Faust, wer hätte das gedacht?

»Du tust mir weh, Fietje«, flüsterte Döpner. »Ich hatte schon Angst, du kommst nicht!«

Natürlich antwortete Fietje nicht, aber seine Faust schloss sich noch einmal fest um Döpners Arm, bevor er losließ.

»Hat dich einer gesehen?«, fragte Döpner.

Fietje schüttelte den Kopf.

»Gut. Wir warten noch auf Zygmunt. Der holt uns ab. Zygmunt ist ein Freund.«

Hundegebell drüben aus der Siedlung hinter der Deichlücke, das sich mischte mit dem Aufbrausen eines Motorrades. Das konnte Siggi nicht sein. Zwei streitende Kater kreischten in den Gärten der Siedlung.

»Frreeuund!«

Döpner drehte sich um. War das Fietje gewesen, dieser heisere Ton? Fietje hatte seinen schweren Kopf zum Himmel gehoben, die Sterne streuten dünnes Licht auf seine krumme Gestalt und warfen einen flüchtigen Gespensterschatten auf den Schotter des Parkplatzes.

Fietjes Mund öffnete sich: »Frreeuund!«

Dann tastete der Lichtkegel eines Pkws die Straße zur Deichlücke hinauf, wurde langsam, erfasste den Lahmen und den Blöden und stoppte: Siggi war gekommen. Mit einem Renault mit deutschem Kennzeichen. Das hatte also geklappt. Sie stiegen ein. Siggi rauchte.

»Kannst du Fietje eine Zigarette geben, Siggi?«, fragte Döpner, bevor der Wagen wieder in Fahrt kam. »Fietje raucht so gern.«

Siggi grinste mit einem Mundwinkel, zog die Packung aus dem Hemd und reichte sie wortlos nach hinten. Sie hörten ein Grunzen, kurz darauf blitzte ein Streichholz auf und dicker Rauch breitete sich auf der Rückbank aus.

»Okay?«, fragte Siggi.

»Okay«, bestätigte Döpner.

Siggi setzte den Wagen in Bewegung. Sie fuhren auf der alten Straße nach Ruthensand und Döpner dachte an die Zeit, als man die Klinker noch sehen konnte, aus der sie gebaut worden war: Ruthensander Klinker, Doppelbrand. Irgendwann in den Sechzigerjahren hatte man die Steine übergeteert.

Wie verabredet, fuhr Zygmunt an der Einfahrt zum Feldhof vorbei. Sie würden von hinten über die Weide kommen. Vorn war das große Tor, da hatten sie keine Chance; zuerst galt es, die Hunde außer Gefecht zu setzen. Zygmunt stoppte den Renault an einer Weideneinfahrt und ließ sie aussteigen: Den Rest würden Döpner und Fietje zu Fuß gehen, währenddessen würde Zygmunt den Wagen in Sicherheit bringen, damit er nicht entdeckt wurde.

Sie warteten, bis das Auto nicht mehr zu hören war.

»Wir müssen die Straße ein Stück Richtung Feldhof zurücklaufen«, flüsterte Döpner hastig. »Bis zum nächsten Damm.« Er hatte sich die Verhältnisse genau eingeprägt. »Wir müssen uns beeilen. Niemand darf uns hier sehen.«

So schnell er konnte, ging er voran. Das war langsam genug. Döpner hörte die Striche, die Fietjes lahme Füße auf dem Asphalt der schmalen Straße machten. Schlirf, schlurf – schlirf, schlurf. Döpners Augen gewöhnten sich an die Dunkelheit, auf beiden Seiten konnte er die Gräben und das hohe Schilf ahnen, vor ihren Füßen glitzerten die Pfützen am Rand des Wegs schwach im Widerschein ferner Sterne.

»Hier ist es, glaube ich«, wisperte Döpner. »Hier muss ein Damm sein. Da kommt man zur Weide.«

Die Schwärze des Schilfs war unterbrochen. Döpner tastete sich vor, schlug Halbkreise mit dem Stock, bis es klapperte. »Da, das Heck.«

Döpner verfluchte seinen linken Fuß. Wie weit zwei Meter sein können. Endlich hielt er sich am Heck fest, einem hölzernen Gatter, vier Latten hoch.

»Das müssen wir aufkriegen, Fietje. Rüber können wir nicht.«

Döpner wollte den Draht suchen, mit dem das Gatter befestigt war, aber Fietje drängte ihn beiseite und begann die senkrechten Streben des Gatters erst auf der einen, dann auf der anderen Seite abzutasten. Döpner hörte das Kratzen von Draht auf Holz, es knarrte, Fietje knurrte und schnaufte, er schob das Gatter einen Spalt breit auf. Sie konnten durch.

»Prima, Fietje. Die erste Hürde haben wir geschafft. Jetzt

müssen wir Richtung Hof weiter, wir kommen von hinten, bis an die Börm. Die Hunde ...«

Döpner wollte sich in Bewegung setzen, aber sein linker Fuß blieb in einem Grasbulten hängen und er schwankte.

»Kannst du mir helfen, Fietje? Schnell – ich fall sonst«, bat er leise. »Nimm den schlechten, dann kann ich den Stock besser halten.«

Fietje hielt ihn schon am lahmen Arm gepackt, Döpner spürte die hasskalte Kraft des harten Griffs durch den Stoff seiner Joppe. Vor ihnen ragte der schweigende Eichenwald auf, der die Wurt des Feldhofs beschützte mit seiner dunklen Wand. Gemeinsam kämpften sie sich Meter für Meter voran, machten kleine Schritte, schnappten nach Luft, der blöde Fietje und der lahme Döpner, zuerst um das Gatter herum durch die vom Vieh im Herbst ausgetretenen Löcher, über Grasbulten und Maulwurfshügel und durch die Grabenlunken zum übernächsten Stück, damit die Scheinwerfer sie nicht mehr fassen konnten, wenn einer auf dem Weg fahren würde. Aber es blieb dunkel. Wie zwei Wracks, dachte Döpner, zwei Wracks geben noch kein Schiff ab, auch wenn man sie aneinander bindet. Die gehen unter, gemeinsam. Und schneller noch als eins allein.

»Die Hunde werden uns hören, Fietje. Sie werden kommen, zwei Schäferhunde hat er ...« Döpner blieb stehen, um sicherzugehen, dass Fietje ihn verstand; er konnte das Gesicht des Blöden nicht erkennen, aber er hörte Fietjes knisternde Bronchien, als der in sich hineinlachte. »Die werden keinen Spaß mit uns machen, Fietje ...«

Es war zu spät zum Umkehren. Döpner hatte alles auf eine Karte gesetzt: Fietje. Der blöde Fietje. Ob der ein Ass oder eine Sieben war, das stellte sich gleich heraus. Gnade ihnen, wenn er eine Sieben war!

Meter um Meter.

Fietje blieb stehen. Er presste Döpners Arm und ließ ihn los, entfernte sich. Döpner hörte seine schlurfenden Füße noch ein paar Schritte weit, dann hatte ihn die schwarze Nacht verschluckt. Was soll ich jetzt machen? dachte Döpner, wir haben nichts verabredet. Er blieb stehen, denn beim ersten Schritt allein würde er stürzen. Döpner rammte den Stock in die feuchte Erde und hielt sich daran fest. Die Nacht stand still, wie es nur die kalten Nächte im Dezember tun, wenn der Himmel klar ist und das Jahr bald stirbt. Der Mond war fort; er hatte merkwürdige Wege.

Döpner hörte ein Hecheln. Das sind sie, dachte er, sie kommen. Das Hecheln wurde lauter, es kam näher, ihre Pfoten raschelten im Gras, sie jagten her, es rauschte, winselte und keuchte in der Düsternis, die Höllenhunde springen mich an, mir an die Kehle – aber das war der Wald, der seinen angehaltenen Atem aushauchte, die kleinen Äste, die die Blätter trugen, rührten sich und knisterten miteinander. Der Wald atmete einmal tief ein, es wurde wieder still. Nichts zu hören. Döpner zitterte beim Luftholen. Es war nichts passiert und es passierte nichts. Aber jetzt: Was jaulte und kläffte da? Döpner strengte seine Ohren an. Oder waren es die quietschenden Schaufeln des Baggerschiffs auf der Elbe? Wieder nichts, Stille. Döpner kam es vor, als würde er hier ewig stehen, festgeklammert an seinem langen Knüppel.

Als ihn die Faust diesmal im Rücken packte und seine Joppe hinten zusammendrehte, erschrak er nicht mehr, weil der Schrecken, den er hatte, schon verbraucht war. Er grinste zurück, als er Fietjes lautloses Lachen roch.

»Wo sind die Hunde, Fietje?«

Keine Antwort. Nur die Faust, die ihn am linken Arm packte und ihn vorwärts zog. Er hatte was gemacht mit den Hunden, sonst würden sie jetzt kommen. Er musste irgendwas mit ihnen gemacht haben. Oder waren sie gar nicht da? Hatte der Feldhöber einen Zwinger? Sperrte er die Hunde nachts ein? Sie wussten so wenig.

Jedenfalls gingen sie weiter, schlurften und wankten nebeneinander her, tasteten sich die bucklige Weide entlang, Schritt für Schritt auf den Wald zu, immer dunkler, sie stießen vor bis an den Saum des Waldes und hinein in die dichte Finsternis seines Schattens. Döpner konnte nichts mehr erkennen, weder vor den Füßen noch überhaupt irgendwas. Hier musste die Stelle sein, wo der Feldhöber Tadeusz und Josef erschossen hatte, am Waldsaum, unter den Erlen auf dieser Seite der Börm. Die Knochen der Toten waren fort und verstreut.

»Da muss ein Damm über die Börm sein«, flüsterte Döpner und stieß seine Stange in die Nacht. »Irgendwo hier ...« Wo früher die Brücke war. Aber Fietje ging weiter und Döpner war blind und ließ sich führen, Blindekuh. Liefen sie einen Bogen?

»Schschschsch ...«, machte Fietje.

Weiter. Döpner streifte Äste mit seinem Stock. Sie mussten über den Damm in den Wald gelangt sein. Und jetzt konnte er ein schwankendes Licht sehen, nein, doch nicht. Ein schwankendes Licht zwischen den Ästen ... Das war das Licht, es warf einen rötlichen Schein über die fachwerkene Wand, mittendrin die Haustür, als warte er auf sie, der Feldhöber, als wolle er ihnen leuchten in der Nacht.

Als sie am Fuße der Wurt angekommen waren, hielt Döpner an. Wo waren die Hunde? Was hatte Fietje mit ihnen gemacht?

»Warte auf mich hier, Fietje, ich ...«

Fietje knurrte. Wollte er mit?

»Du musst auf die Hunde achten, dass sie nicht ...«

Fietje knurrte, lauter. Dann ließ er Döpner los und Döpner fühlte etwas an seiner gesunden Hand. Als er danach fasste, war es ein daumendicker Strick – eine Schlinge, die Fietje über Döpners Hand stülpte und zuzog, das Blut abschnürte. Döpner spürte Fietjes Atem und drehte sich um. Im dünnen Licht der Lampe am Haus erschien Fietjes dürre Gestalt, seine gelben Augen glimmten verschlagen und sein schweißiges Gesicht zuckte epileptisch auf – der Henker nach der Arbeit.

»Du hast sie ...?«

Fietje knurrte wieder, lachte leise und streichelte Döpner die Hand.

Er hat sie gehängt, dachte Döpner, wir sind sicher. Fietje war ein Ass. Der Feldhöber hatte keine Wache mehr.

XLI.

Döpner erklärte seinem Begleiter, dass er an Ort und Stelle warten sollte, bis er zurückkam.

Er bezwang den Weg die Wurt hinauf und bis zur Haustür allein; er atmete schwer von der harten Arbeit. Als er endlich vor der Tür stand, holte er ein letztes Mal tief Luft und stieß mit dem Stab dreimal hart an wie ein Vollstrecker, der mit dem Gesetz kommt. Döpner trat drei Schritte zurück. Er fühlte den Herzschlag in der Schläfe. Es rumorte im Haus. Der Feldhöber kam. Es war so weit.

Die Tür ging auf und der große hagere Mann äugelte ins Dunkle, die Lampe leuchtete ihm von hinten auf den Kopf und sein Gesicht warf scharfe Schatten. Er hielt eine Flinte in der Hand.

»Tag, Feldhöber«, begann Döpner.

»Du, Döpner?«, sagte der Mann auf der Schwelle überrascht. Dann rief er: »Was willst du hier? Verschwinde!« Er packte die Flinte mit beiden Händen, den Doppellauf auf Döpners Knie gerichtet.

»Heute verschwinde ich nicht, Feldhöber«, sagte Döpner langsam. »Nicht bevor du meine Fragen beantwortet hast!«

»Was hast du mich zu fragen, Kerl, wieso kommst du eigentlich mitten in der Nacht – wo sind die Hunde?« Der Feldhöber duckte sich und trat unter der niedrigen Tür durch ins Freie, ließ Döpner hinter sich. Er pfiff. Keine Antwort.

»Remulus – Romus – wo seid ihr?« Seine Fistelstimme überschlug sich. Hatte er Angst, der starke Feldhöber? Mit einem Gewehr in den Händen?

Kein Bellen, kein Jaulen, kein Winseln. Auch nicht, als er bis zum Ende des Hauses ging, um die Ecke lugte und ins Dunkle rief. Döpner sah ihm nach. Fietje blieb unsichtbar. Döpner nutzte die Gelegenheit und trat ins Haus. Er stand im Flur. Es roch nach Moder. Das kranke Licht einer nackten Glühbirne, ein fleckiger Teppich mit Löchern, ein schiefer Schrank, unten an den Fußleisten wellte sich die Tapete auf. Es sah armselig aus in diesem herrschaftlichen Haus. Der Feldhöber suchte draußen herum und Döpner hatte Zeit, sich wieder der Haustür zuzuwenden, um den Hausherrn zu empfangen, als wäre er selbst einer.

»Was hast du mit meinen Hunden gemacht, Döpner?!«, rief der Feldhöber und warf die Haustür hinter sich zu. Eine komische Fistelstimme hatte der Kerl. Ja, er hatte Angst, ohne seine Hunde war er nichts. War er gefährlich, wenn er Angst hatte?

»Nichts, Feldhöber. Du wirst mir meine Fragen beantworten.« Döpner stand jetzt mitten im Flur.

Der Feldhöber richtete sich auf und kam auf Döpner zu. »Jetzt sind wir zwei allein, Döpner«, drohte er. Er war groß. Er ragte fast bis unter die Deckenbalken. Die Flinte hielt er quer vor dem Bauch.

»Hier ja«, entgegnete Döpner kalt. »Aber hast du schon mal gehört, dass es Jagdunfälle im Hausflur gibt und der Tote war gelähmt und konnte sich kaum rühren? Es ist Schluss mit solchen Sachen, Feldhöber!« *Du darfst ihm keine Macht über dich geben,* hatte die Kalde ihm geraten. *Das hängt nur von dir allein ab, ob er Macht über dich bekommt ...*

»Wer weiß, dass du hier bist?«, fragte von Rönn. Diese schmalen Lippen.

»Spielt keine Rolle, Feldhöber. Ich bin hier und ich hätte schon längst kommen sollen. Leg das Gewehr weg, du hast mir nichts mehr zu sagen. Die Zeiten sind vorbei. Es ist mir egal, ob ich sterbe, verstehst du? Wo können wir reden?«

»Geh in die Küche«, sagte der Feldhöber.

Döpner drehte sich um und tappte zur Küchentür, die dem Eingang gegenüberlag, am Schornstein vorbei. Besondere Vorsicht würde ihm nichts einbringen. Bis er die Pistole heraushaben würde! Er war ein Krüppel und dem Mann physisch weit unterlegen; er konnte ihm getrost den Rücken bieten. *Vielleicht nehme ich ihm sogar die Macht, wenn ich ihm den Rücken zukehre, mit meiner Hilflosigkeit.* Trotzdem ließ er den Stock nicht aus der Hand. Er öffnete die Küchentür und trat ein. Es war warm hier. Ein grelles Licht brannte über dem Tisch, der mit

Zeitungen, Reklame und Geschirr voll gestapelt war; auf einem Teller ein angebissenes Brot. An der Breitseite des Tisches ein Sessel, mit Decken und Kissen darauf. Auf dem Küchenofen bollerte ein Kessel. Hier lebte ein einsamer Greis, im dunkelsten Teil des Hauses, hier machte er seine kleinen Wege von der Spüle zum Herd, vom Herd zum Tisch, vom Tisch zur Spüle. Nur schlafen musste er woanders, in einer klammen Kammer.

Döpner setzte sich auf den einzigen Stuhl auf der anderen Seite des Tisches. Der Feldhöber war ihm gefolgt und schob die Tür zu. Er gehorcht mir, dachte Döpner.

»Warum hast du Tadeusz und Josef erschossen?«, fragte Döpner, den Stock zwischen den Knien. Wozu sollte er noch drum herum reden?

»Was sind das für Leute?«, fragte der Feldhöber. Er drehte sich um und legte Holz auf das Feuer.

»Am 25. April, unten an der Börm, mit Nagel und Grünberg. Du weißt, wovon ich rede.«

»Weiß ich das?«, fragte der Feldhöber höhnisch und seine Mundwinkel zuckten. Die Mündung zeigte auf Döpners Füße. »Das hat mich der Staatsanwalt auch gefragt. Das Verfahren ist eingestellt.«

»Du hast sie ermordet, Feldhöber, und du sollst mir sagen, warum du das getan hast!«

»Für so blöde Fragen kommst du her?« Von Rönn lachte auf. Aber es klang nicht nach Macht und Überlegenheit, dieses Lachen.

»Ich war schon einmal hier deswegen. Am 1. Juni 1945«, erklärte Döpner trocken.

»Du?!«, staunte der Feldhöber.

»Ja, ich, mit Stanislaus und den andern. Wir wollten dich umbringen, Feldhöber. Aber wir haben dich nicht erwischt.«

»Ihr wart das?«, rief der hagere Alte, der immer noch vor dem heißen Herd stand, die Flinte in der hängenden Hand. »Weißt du eigentlich, wen ihr damals umgebracht habt?«

»Ja«, sagte Döpner. »Du hattest Besuch von einem Gestapo-Mann aus Berlin und wahrscheinlich habt ihr überlegt, ob ihr abhauen sollt. Es hat nicht den Falschen getroffen!« Trotzdem waren sie getürmt, Hals über Kopf zum Ruthensander Hafen gelaufen, wo sie ein Boot losgemacht und auf der Elbe bei Flut in der Nacht nach Hemmstedt getrieben waren. Und danach hatte ihnen der Mut gefehlt für einen zweiten Versuch. Man muss es sofort tun, sonst ist es zu spät.

»Weißt du eigentlich, dass ich dich dafür anzeigen kann, Döpner?« Der Feldhöber kam langsam auf Döpner zu, eine bläuliche Zunge zuckte ihm aus den Mundwinkeln.

»Ja, Feldhöber, das weiß ich. Aber es ist mir egal. Jetzt bist du erst mal dran. Eins wirst du mir sagen, denn dafür wirst du nicht zu feige sein: Was ist aus Lenka geworden?« Nun war es raus.

Von Rönn stieß die Flinte ärgerlich auf den Boden, ging zu seinem Sessel und setzte sich auf seine Decken und Kissen.

»Hast du Angst vor mir, Feldhöber?«, fragte Döpner und verzog sein Gesicht zu einem Grinsen, so hässlich er konnte. »Dass du da mit 'ner Flinte auf dem Schoß sitzen musst? Bist du feige geworden in der letzten Zeit?«

»Wie redest du eigentlich …?«, murmelte der Feldhöber unsicher. »Warum hat er dich nicht …« Seine kleinen Augen waren rot unterlaufen, sie glänzten tückisch wie die eines hungrigen Ebers. In der Spüle tropfte der Wasserhahn und auf dem Herd begann der Kessel zu simmern.

»Was ist aus Lenka geworden?«, wiederholte Döpner.

Der Feldhöber lachte endlich trocken auf. »Ha, Döpner! Die Polackin, die du gevögelt hast in meinem Trockenschuppen? Die ist ins Moor gekommen, zu Rathjens habe ich sie bringen lassen, haben sie dir das nicht erzählt?«

»Das weiß ich, Feldhöber. Aber sie ist verschwunden von dort – im Winter 45 –, wohin?« Döpner fühlte, wie seine brüchige Stimme schwach wurde.

»Sie ist in die Elbe gegangen, Döpner, in die Elbe!«, meckerte der Feldhöber hämisch und spielte mit dem Gewehr, fummelte an dem braunen Kolben.

Döpner sprangen die Tränen ins Gesicht und er stemmte sich am Tisch hoch. Der Stuhl kippte um und schlug zu Boden. »Du hast sie umgebracht, Feldhöber, du hast …«

»Nee, Döpner, das habe ich nicht, das nun wirklich und wahrhaftig nicht. Du bist selber schuld an allem, Döpner, denn du hast was mit ihr angefangen, obwohl du wusstest, dass es verboten war. Ich war gnädig mit euch, damals, ja gnädig! Ich hätte euch beide bei der Gestapo melden können! Das hab ich aber nicht getan, sondern ich hab deine Lenka nur ins Moor schaffen lassen, gerade mal zehn Kilometer von hier, weiter nicht. Sie würde heute noch leben, wenn du mit ihr nicht ...«

»Das Kind hast du auch auf dem Gewissen!«, schrie Döpner und seine Stimme brach auseinander. *Ich darf nicht schreien, das gibt ihm Macht, ich darf nicht weinen ...*

»Nein, nein, mein Lieber, das ist deine Sache gewesen, auch das war deine Sache. Wer hat ihr denn das Kind gemacht, Döpner, du oder ich? Du bist schuld! Was machst du der ein Kind, wenn jeder weiß, was kommt – wie die Tiere habt ihr euch benommen. Dass die Polen triebhaft sind, das wussten wir damals schon, aber du hast dich wie ein geiler Gaul benommen, Döpner, hast sie besprungen wie ein Hengst die Stute auf der Deckstation, wenn sie ihm vorgeführt wird und rossig ist, und ihr ein Kind gemacht, und jetzt kommst du her zu mir und willst mich verantwortlich machen! Nein, nein, mein Lieber, das lass ich nicht gelten!«

Der Feldhöber hatte seine Flinte neben den Sessel gelegt, streckte herrisch sein kümmerliches Kinn, um seine Fistelstimme lauter zu machen. Er stand auf. Nun standen sie voreinander, der Tisch zwischen ihnen, zwei alte Männer beim letzten Gefecht, mit weißen Stoppeln im Gesicht und zu viel Speichel im Maul, der eine krumm und schief mit einem langen Stab, der andere groß und noch gerade und hochmütig, aber sein hagerer Schädel zeigte schon die Konturen des Todes.

Döpner ließ seinen Knüppel los, der krachend auf die Fliesen fiel. Während er Friedrich von Rönn in die roten Schweinsaugen starrte, fuhr er mit der Rechten in seine Windjacke und packte die Waffe.

»Polacken – triebhaft? Wen meinst du damit, *grafa* von Rönn?« Zygmunt Kaczek hatte die Tür aufgestoßen und stand auf der Schwelle. Blut tropfte von seinen zum Gruß erhobenen

Händen. Langsam ging er auf den Feldhöber zu, dessen herrisches Gesicht plötzlich zerfiel und nur noch Angst und Verschlagenheit zeigte.

Döpner schob Stanis Pistole zurück.

»Du hast einen guten Zaun, *grafa* von Rönn«, sagte Zygmunt grimmig und hielt dem Greis die blutenden Hände vors Gesicht. »Sieh mal ...« Der Pole legte dem Feldhöber beide Hände auf die Schultern, schob ihn zurück und drückte ihn in den Sessel nieder. »Jetzt wollen wir sprechen!« Er ballte die Fäuste.

»Ihr wollt mich doch wohl nicht ...?« Der Feldhöber blickte ängstlich von einem zum andern und schielte nach seiner Flinte.

Zygmunt schob sie mit dem Fuß unter den Tisch. »Schlagen, *grafa?* Nein, Polen schlagen keine alten Männer. Machen nur Leute ohne Kopf, die nur Trieb haben, verstehst du? Sprechen wollen wir. Zuerst.«

Zygmunt zog den Hauklotz vom Ofen heran und setzte sich neben den Sessel des Feldhöbers. »Warum willst du nicht zahlen für das, was du getan hast, *grafa?*«

Der alte Mann drückte seinen Rücken an die Lehne seines Sessels. »Ich habe nichts getan, für das ich ...«

»Warum lügst du?«, fragte Zygmunt. Er lächelte und legte von Rönn eine Hand aufs Knie. »Wie sagt man – Lügen haben kurze Beine? Nun sind wir hier, weil du gelogen hast. Ist das gut?«

»Nein, ich ...«

»Du hast gequält meinen Vater, Feldhöber. Du hast ihn fünf Jahre lang wie Sklave arbeiten lassen. Und nichts gegeben, nur genommen hast du. Wenig Essen. Keine Freiheit. Keine Freude. Viel Angst, *grafa.* Und Stein an Kopf, das war das Schlimmste. Mein Vater ist halb blind, er sitzt ganze Tag auf Sessel. Er kann nicht kommen, deswegen bin ich gekommen an seiner Stelle. Weil deine Lüge war, nur deshalb.«

»Au, Sie tun mir weh, Sie ...« Der Feldhöber versuchte, sein Bein aus dem harten Griff von Zygmunts Hand zu befreien.

»Erst Wahrheit, Feldhöber. Erst Wahrheit!« Zygmunt schüttelte seine Lockenhaare.

»Und – gesetzt den Fall, ich rede ...«

Er verhandelt, dachte Döpner.

»Reden sollst du, Feldhöber. Und versprechen, dass du bezahlen willst!«

»Und dann …«

»Sehen wir«, sagte Zygmunt vage und warf Döpner einen schnellen Blick zu.

Die kleinen Augen des Feldhöbers flitzten hin und her, seine Mundwinkel zitterten und die Falten auf seiner fliehenden Stirn zuckten auf und ab. »Gut«, sagte er. »Ja, Ihr Vater war hier, das gebe ich zu, mit den andern …«

»Weiter!«

»Sie haben gearbeitet, in der Ziegelei und auf dem Hof, aber das war damals so üblich, das war …«

»Feldhöber, du sollst nicht lügen!!« Zygmunt hob seine rechte Hand und tätschelte das Gesicht des Mannes im Sessel, strich eine rote Spur in die Stoppeln, tropfte Blut auf das fleckige Hemd. Der alte Mann begann zu zittern, er atmete heftig, sein Brustkorb hob und senkte sich hektisch und er schielte unter den Tisch, wo die Flinte lag.

»Hast doch schon Polenblut gerochen, Feldhöber. Kennst du Geruch noch?«, fragte Zygmunt mit weicher Stimme. »Hier kannst du riechen, bitte! Hast du doch so gern gerochen damals. Sieh mal deine Hose, Feldhöber – alles Polenblut! Jetzt sollst uns alles erzählen, Feldhöber. Das mit meinem Vater. Das mit Tadeusz Gorczinsky und Josef Kulzcyk, die du erschossen hast. Und weshalb du getan hast! Du sollst erzählen, was du in Bielsko-Biała getan hast, im Dorf Lomnitz – was du hast verbergen wollen, als du erschossen hast die zwei! Das mit Marek sollst du erzählen, den du hast hängen lassen. Und was du mit Lenka Drożd getan hast, alles sollst du uns berichten, *grafa* von Rönn! Alles, *grafa,* alles!!«

»Ich … mir ist schlecht … ich …«

Zygmunt stand auf, nahm eine Tasse vom Tisch und füllte sie an der Spüle mit Wasser.

»Hier – trink! Und dann: Erzähl!«

Gehorsam nahm der Feldhöber die Tasse, das Blut des Polen war jetzt auch an seinen Händen, er zitterte, das Wasser tropfte auf seine Brust. Er trank und sabberte, seine Augen wackelten irre vom einen zum anderen und zur Tür, als würde Hilfe von dort kommen.

Die Tasse fiel herunter und zerschellte auf den graufleckigen Fliesen vor dem Ofen. Sein Atem rasselte.

»Ich …« Der Feldhöber griff sich mit beiden Händen an die Brust. »Ich will …« Weiter kam er nicht. Er sank zusammen. Sein Atem ging wie ein Blasebalg. Der Mund stand offen, eine blaue Zunge leckte den gelben Schleim, der blasig aus dem Winkel troff.

Zygmunt wandte sich angewidert ab. Plötzlich horchte er auf, wischte sich die Hände an der Hose ab, während er zwei Schritte zur rückwärtigen Tür nach draußen tat, und legte sie um sein Gesicht an die Scheibe, um besser in die Nacht sehen zu können. Dann fasste er die Türklinke, drehte den Schlüssel um und stieß die Tür auf. Sah hinaus. Nach zwei Atemzügen drehte er sich langsam wieder um.

»Ich dachte …«, sagte er unbestimmt und schloss die Tür.

Der Feldhöber saß immer noch zusammengesunken auf seinem Sessel, röchelte schwer, verschraubte die Fäuste spastisch vor seiner Brust, hustete, schluckte an seinem Schleim.

Siggi stand hinter ihm. »Es ist zu spät für Wahrheit«, stellte er fest. »Ich sollte ihn …«

Mit beiden Händen näherte er sich von hinten dem zitternden Greis. Plötzlich aber wendete Zygmunt seine Hände und besah sich abwechselnd seine blutenden Wunden und den sehnigen Hals des alten Mörders, der zu weinen begonnen hatte, seine Schultern zuckten. Zygmunts Gesicht verzog sich. »Er ist ekliger alter Mann, Döpner. Er stinkt. Er ist schon fast tot. Ich mag ihn nicht mehr berühren. Er kann nicht mehr bezahlen. Er hat nichts mehr, was er geben kann! Wie soll man Gerechtigkeit machen, wenn er nicht mehr büßen kann?«

»Und – was tun wir?«, fragte Döpner.

Zygmunt ging vor dem Ofen ein paarmal auf und ab. Ballte die Fäuste. Er stellte sich vor den Feldhöber und spuckte ihm ins Gesicht. Der Rotz traf die Backe und blieb in den Stoppeln hängen. Der Feldhöber reagierte nicht. Er murmelte vor sich hin.

»Idź do diabła«, schimpfte Zygmunt leise.

»Was sagst du?«

»Er soll zum Teufel fahren. Allein. Wir gehen«, bestimmte Zygmunt trocken.

Döpner erhob sich. Wie Zygmunt es getan hatte, stellte er sich vor den Feldhöber und wollte ihm seinen Speichel ins Gesicht spucken – aber der Bann war gebrochen, der alte Verbrecher hatte seine Macht verloren. Es war unwichtig geworden, ihn zu besiegen.

»Fahr zum Teufel!«, sagte er nur.

Erst jetzt entdeckte Döpner die schwarze Mütze mit dem Totenschädel auf dem Tisch. Er griff sich eine Zeitung, warf sie darüber und knüllte die Mütze damit zusammen, um sie nicht berühren zu müssen.

»Verbrenn das, Siggi!«

Zygmunt schob den Kessel vom Feuerloch und warf das Knäuel hinein. Als er den Kessel wieder überzog, begann es sofort zu röhren. Die Mütze brannte gut. Der Pole hob den Knüppel auf und drückte ihn Döpner in die Hand.

Wenig später standen Döpner und Kaczek wieder auf der Weide, in Höhe des Hecks, durch das Döpner mit Fietje gekommen war. Sie warteten auf Fietje; unten an der Wurt war er nicht aufgetaucht, er war verschwunden. Aber sie konnten nicht wegfahren, ohne ihn mitzunehmen, denn weit würde Fietje mit seinen hängenden Füßen nicht kommen.

»Ist egal jetzt«, sagte Zygmunt. »Wir gehen raus und ich hole Auto. Dann vielleicht kommt Fietje.«

Die Dunkelheit war so undurchdringlich wie zuvor und es war noch stiller geworden.

»Was ist das?«, fragte Döpner und wankte vor Erschöpfung.

»Was soll sein?«, fragte Siggi zurück.

»Hörst du das nicht?« Döpner zitterte.

»Hunde hört man.« Zygmunt nahm Döpner an der Schulter und wollte ihn fortschieben. »Ich höre Hunde jaulen.«

»Aber Fietje – ich dachte, er hat die Hunde …«

Sie standen nebeneinander. Zygmunt legte seine Hände hinter die Ohren, um besser hören zu können.

»Es klingt irgendwie gedämpft«, sagte Döpner.

»Wie wenn weit weg, ja«, sagte Zygmunt.

»Es kommt aus dem Haus …«

Dann hörten sie den Schrei, das lang gezogene letzte Heulen eines alten reuelosen Mörders, der zum Teufel fuhr, und das Blut in ihren Adern stand still. Döpner war todesmüde und ihm war kalt.

Sie erschraken nicht, als sie plötzlich von zwei Fäusten gepackt wurden, von hinten. Fietje ließ sein lautloses Lachen ausstreichen.

»Was hast du gemacht?«, fragte Döpner.

»Schschsch!«, machte Siggi.

Fietje antwortete nicht.

»Hast du die Hunde nicht umgebracht? Wo sind die Hunde, Fietje?«

Fietje sagte nichts, an seiner Stelle antwortete das ferne Knurren, Kläffen und Geifern wilder Tiere, die sich um eine Beute stritten.

»Polenblut!«, flüsterte Zygmunt. »Sie wollen Polenblut! Fietje war vor Fenster, als wir mit *grafa* von Rönn gesprochen haben. Ich habe gefühlt, aber nicht gesehen. Wir müssen fort, schnell!«

Döpner warf Stanis Pistole in das dichte Schilf im Graben.

XLII.

In der gleichen Nacht wartete Martha Hammann unten im Flur auf Anton Urbigkeit, auf und ab gehend im grünlichen Dämmerlicht der Notbeleuchtung, in ihrem schönsten Kleid; sie hatte es sogar noch zum Friseur geschafft. Ein Stockwerk höher stand Emma Deede hinter der Gardine, hin und wieder kontrollierende Blicke zu Herbert werfend, der, wie immer, den glücklichen Schlaf der Einfältigen schlief. Jeden Tag und jede Nacht war Emma Deede in Sorge um ihren Sohn gewesen, die arme hilflose Seele. Sogar im Alter lastete die Pflicht auf ihr, dass er ohne sie nicht sein konnte. Was würde aus ihm werden, wenn sie einmal nicht mehr war? Wer würde sich um ihn kümmern? Wer würde auf ihn Acht geben und aufpassen, dass sein Trieb ihn nicht ins Verderben riss? Noch hatte sie es verhindern können, dass er Frauen gegenüber unzüchtig wurde – wie lange noch? Diese Gedanken ließen sie in der letzten Zeit nicht mehr in Ruhe. Eines Tages frei zu sein von dieser Bürde – das konnte Emma Deede sich nicht denken; und deswegen war sie auch nicht neidisch auf Martha Hammann. Ein freies Leben, das war für andere, die keinen Herbert hatten.

Am frühen Morgen um sechs war es so weit: Der Kegel eines Scheinwerfers streifte über das Gelände des Altenheims. Und Emma Deede lugte durch den Gardinenspalt: Ein Mann stieg aus einem Taxi, ein Mann, der kein Hüne und schon lange kein Märchenprinz war, sondern ein gewöhnlicher alter Mann mit Bauchansatz, der immerhin volles silbernes Haar hatte und einen Koffer trug, den er nun am Wegesrand niedersetzte, um zu warten. Martha Hammann trat aus der Tür des Haupteingangs. Sie gingen aufeinander zu und gaben sich beide Hände. So blieben sie stehen, bis es Emma Deede fast peinlich war. Sie konnte nicht sehen, ob sie sich etwas sagten, und hören konnte sie sowieso nichts. Dann drehte sich das Paar um und ging davon, Hand in Hand. Sie passten zusammen, das sah man.

Der Koffer blieb einsam am Weg zurück. Es nieselte.

Weil nichts mehr passierte, drehte Emma Deede vom Fenster ab, legte sich auf ihr Bett und hoffte, dass es ein schöner Traum werden würde, den sie heute träumte, denn außer Herbert waren die Träume das Einzige, was sie noch hatte.

So kam es, dass sie nicht mitbekam, wie der blöde Fietje und der lahme Döpner sich müde auf dem Schotterweg dem Altenheim näherten.

Den Koffer sahen sie nicht, Fietje nicht, weil er dumpfe Augen hatte, und Döpner nicht, weil er an die Hunde denken musste. Ob sie schon fertig waren mit ihrer Schreckensmahlzeit?

Ein neuer Tag erwachte. Am Horizont glühten die Wolken im ersten Licht der Sonne; Platten und Schichten von Dunst, hängende Landschaften des Lichts, Eisberge, die weiß und gleißend am Himmel schwebten.

XLIII.

Manchmal kam man erst am Abend dazu, die Zeitung zu lesen, und dann waren die Nachrichten schon zwei Tage alt und lohnten sich eigentlich nicht mehr.

»Mensch, Christa, hör dir mal das an«, sagte Schlüter aufgeregt. Er war ihr in die Küche gefolgt, wo sie einen Tee aufsetzte, denn es war noch vor acht.

RUTHENSANDER LANDWIRT VON EIGENEN HUNDEN ZERFLEISCHT

Wie das Polizeikommissariat Hemmstedt mitteilte, ist der Ruthensander Landwirt Friedrich von Rönn von seinen eigenen Hunden zerfleischt worden. Nachbarn fanden seine bis zur Unkenntlichkeit entstellte Leiche am Donnerstagmorgen in der Küche seines Hauses. Der Mann galt als Sonderling; die Hunde waren, wie berichtet wurde, scharf. Sie wurden sofort eingeschläfert. Fremdverschulden gilt als ausgeschlossen.

»Ist das der …?«, fragte Christa.

»Genau der«, nickte Schlüter. »Genau der!! Lass den Tee sein, Herzblatt. Ich hol uns einen Roten vom Languedoc, okay?«

»Man los, lieber Mann, man los!«

Sie prosteten sich zu und dachten darüber nach, ob es ein gerechter Tod war, den dieser Mann erlitten hatte.

»Ob es sicher ist, dass Fremdverschulden ausgeschlossen ist?«, fragte Christa.

»Ich weiß es nicht«, antwortete Schlüter. Genau darüber dachte er auch gerade nach. Sollte er seine Verschwiegenheitspflicht brechen und ihr von seinem letzten Gespräch mit Kaczek und Döpner erzählen? Heute nicht. So konnte er die Geschichte besser vergessen und brauchte sich die Frage, ob es ein gerechtes Faustrecht gibt, wenn die Justiz versagt, nicht zu beantworten. Er legte die Frage weg wie eine unerledigte Akte, wenn der Mandant gestorben war. Bei manchen Fragen vertrug man die Antwort nicht.

»Ich hab 'ne Überraschung für dich«, erklärte Christa, als das erste Glas geleert war, und schenkte nach.

Schlüter hob fragend die Augenbrauen.

»Wir fahren nach Kristiania. Am 27. geht's los. Am 2. Januar kommen wir zurück. Habe ich schon gebucht. Wir fahren mit der Fähre von Kiel. Außenkabine. Na – was sagst du jetzt?«

Schlüter schloss die Augen.

»Prost«, sagte Christa.

»Prost«, murmelte Schlüter.

XLIV.

Am späten Nachmittag des nächsten Tages, am Samstag vor dem dritten Advent, griff Agathe Kalde endlich ein. Martha Hammann und Anton Urbigkeit waren mittags von einem Spaziergang zurückgekehrt. Sie hatten zusammen gegessen, mit den anderen im Speisesaal. Die ganze Zeit hielten sich die beiden an der Hand, nur zum Essen ließen sie sich los. Agathe Kalde verfügte, dass Martha Hammann und ihr Herr aus Heidelberg vorübergehend Döpners Zimmer bewohnen würden. Denn der Kapitän war vor ein paar Tagen gestürzt und hatte sich den Katheter herausgerissen; er lag im Krankenhaus zur Beobachtung, sein Bett war frei. Und Döpner könne, bis Abhilfe geschaffen sei, so lange zu ihr kommen auf die Pflegestation, wo sie immer noch wohnte, sie würde, flüsterte sie Döpner zu, sodass es niemand hörte, ihm später erklären, was es mit ihren Ausflügen mit Nagel auf sich gehabt habe.

Die Sache wurde im engsten Kreise abgemacht. Die Kalde legte den Beteiligten Stillschweigen gegenüber der Heimleitung auf, sie habe alles mit Schwester Monika geregelt. Man müsse, wenn Not am Mann sei, zusammenhalten. Keiner dachte sich etwas dabei, denn es waren ungewöhnliche Zeiten, die ungewöhnliches Handeln gewöhnlich machten.

So war Döpner, bevor er wusste, wie ihm geschah, seines Zimmers verwiesen, in dem ein Liebespaar Quartier nehmen würde, und machte sich auf mit einem Bündel in der Hand, in dem sich Schlafanzug und Zahnbürste befanden, zur Pflegestation, draußen um das Gebäude herum. Er dachte an das erste Mal, als er diesen Weg gegangen war, da hatte sie ihm den Knopf an sein Jackett genäht. Wie lange war das her? Er lief durch den dunklen Flur vorbei an den Sitzecken, in denen die Seelenlosen hockten. Aber Döpner achtete nicht auf sie, denn er ging zu einer Frau, um die Nacht mit ihr zu verbringen.

Sie saß auf der Bettkante. Es brannte nur eine Kerze auf dem Nachtschrank. Die Silberfäden in ihrem Gürtel glitzerten.

»Helles Licht können wir hier nicht gebrauchen«, sagte sie trocken. »Das würde nur die Unordnung beleuchten.«

Er blieb in der Tür stehen und schwieg. Ihm fiel nichts ein, was er hätte sagen können. Diese Frau verstand er nicht.

»Komm schon«, bat sie. »Aber vorsichtig, dass du nicht stolperst. Wir mussten etwas umräumen.«

Er machte die Tür hinter sich zu und tat einen Schritt hinein.

»Ein zweites Bett passt ja nicht rein«, erklärte sie. »Schwester Monika hat mir eine Matratze organisiert.«

Er machte noch einen Schritt, blieb stehen und hielt sich am Bettgestänge fest.

»Auf der werd ich schlafen.« Sie nahm ihre Gehstützen. »Das Bett ist für dich. Nein, lass schon, das ist in Ordnung. Du kannst doch von so weit unten nicht ... Also: Ich geh jetzt und komm in zehn Minuten wieder.«

Mühsam bahnte sie sich den Weg zur Tür. Sie konnte wieder gehen, immerhin.

Döpner gehorchte und zog sich aus. Wo das enden würde! Er konnte seine Sachen nicht ordnen und wusste nicht wohin damit. Er schob sie unter das Bett und freute sich, dass es dunkel war.

Da lag er im Bett dieser merkwürdigen Frau und während der Vanilleduft aufblühte, fragte er sich, warum er diesem dummen Plan nicht gleich widersprochen hatte. Was gingen ihn die Hammann und ihr neuer Freund an, sollten die doch sehen, wie sie fertig wurden; er, Döpner, wollte nachdenken über das, was geschehen war, und eine Nacht der Besinnung ohne den schnarchenden Kapitän, eine Nacht Ruhe, wäre genau das Richtige dafür gewesen. Aber er hatte die Kalde entscheiden lassen. Und so lag er hier, in diesem fremden Bett, und machte sich lächerlich vor allen anderen, und nun duftete es so stark nach Vanille, dass ihm fast schwindlig wurde, die Kerze flackerte, die Bettdecke bis zum Hals, unmöglich. Völlig unmöglich.

Es klopfte an der Tür. Sollte er »Herein« sagen? Es war doch nicht sein Zimmer, er hatte hier keine Rechte. Aber natürlich war sie es, mit ihren Krücken kehrte sie zurück.

»Da bin ich«, verkündete sie munter. Sie löschte die Kerze und es war stockdunkle Nacht, man konnte nichts sehen.

»Es ist stockdunkel«, sagte sie.

»Ja«, sagte er. »Man sieht nichts.«

Aber man konnte hören. Wie sie wirtschaftete. Leise murmelte, unverständliche Sachen. Führte sie auch sonst Selbstgespräche, wenn sie zu Bett ging? Ihre Stöcke klapperten, sie legte sie wohl beiseite. Dann raschelte es, wahrscheinlich von ihren Sachen, von der Bettdecke oder so.

Es war still. Sie atmeten. Die Konturen wuchsen aus dem Dunkel: das Fenster, der Vorhang, der Schrank, der groß und schwarz in der Ecke stand. Hier lag er, Johann Döpner, geboren am 15. Februar 1918 in Rossin in Litauen, im Bett einer Frau, die ihm einen Knopf an sein Jackett genäht und ihm Strümpfe gestrickt hatte und die mehr über ihn wusste als alle anderen, die sogar seine Gedanken lesen konnte. Die mit einem Mann, der ein Mörder war, ausging und sich vergnügte. War das zu verstehen?

»Erzähl du mir doch was«, sagte er schnell.

»Kann ich nicht«, sagte sie.

»Warum nicht?«, fragte er.

»Weil ich Angst im Dunkeln habe«, sagte sie.

»Wovor hast du Angst?« Seine Stimme war sanft, denn er dachte an die Beerdigung der alten Rathjens, als er das erste Mal Agathe Kaldes Angst gesehen hatte, und daran, dass sein Widersacher tot war.

»Ich hab Angst, dass du nicht du bist, dass du plötzlich ein ganz anderer bist, einer von denen ... Wovor ich eben Angst habe ...«, flüsterte sie mit dünner Stimme.

»Dann komm zu mir«, schlug er plötzlich vor, wie es ein kleiner Junge sagt, dem ein kleines Mädchen noch was erzählen soll, damit sie keine Furcht mehr hat vor dem schwarzen Mann.

Es raschelte wieder, er spürte ihre Nähe, sie sagte: »Rück mal«, und er rückte ganz an die Wand, was gar nicht so leicht war, aber es ging, und dann lag sie neben ihm und ächzte und schob zögernd ein Knie über seine Beine und legte einen Arm über seine Brust, weil so wenig Platz war. Er legte seinen guten Arm um ihre nackte Schulter und hielt sie fest, damit sie nicht aus dem Bett fiel, und sie atmeten zusammen, eine Minute lang oder zwei.

»Das ist gut«, seufzte sie endlich.

»Ja«, murmelte er in ihr Haar, das ihn kitzelte. Ihm fiel auf, dass er es noch nie gesehen hatte. Wie sie nach Vanille roch!

»Es ist schön warm«, schnurrte sie.

»Ja«, murmelte er wieder. So schön warm war es schon lange nicht mehr gewesen.

Und dann begannen sie zu erzählen. Alles, was gewesen war. Agathe fing mit Nagel an. Wie sie ihm eingetrichtert hatte, dass sein Geld auf der Bank in Hollenfleth nicht mehr sicher sei und er es dort wegnehmen müsse. Er war mit ihr über Land gefahren, um überall neue Konten zu eröffnen, und dann hatte er das Geld von Hollenfleth in Portionen an die neuen Banken überwiesen. Und von dort hatte er es wieder abgehoben, in bar.

»Es war einfacher, als ich dachte«, kicherte sie. »Ich musste nur aufpassen, dass er einen lichten Tag hatte, dann merkten die Leute nichts.«

»Und wo ist das Geld jetzt?«, fragte Döpner.

»Drüben im Schrank, im Koffer, unter Jonnis Bildern.«

Döpner pustete langsam die Luft aus. »Und die beiden Mäuse, seine Neffen?«, wollte er wissen und wartete mit offenem Mund.

»Die? Gehen leer aus. Schicksal. Ist manchmal so.«

»Aber, wenn die dahinter kommen ...!«

»Kommen sie nicht. Mach dir keine Sorgen! Ich bin nie mit reingegangen in die Banken. Ich hab ihm gesagt, dass seine Neffen dann rausfinden, wer das Geld hat, und das stimmt ja auch.«

Sie kicherten zusammen, Döpner liefen ein paar Freudentränen herunter, aber zum Glück war es dunkel. Dann erzählte er von seinen Fahrten mit dem Ungetüm, von der Tochter des Feldhöbers, von der *Aktion* damals, nach dem Krieg mit Stani und den anderen und von der zweiten *Aktion* mit Fietje und Zygmunt.

»Eigentlich wollte ich ihn umbringen«, gestand er. »Aber dann kam Siggi dazwischen, und danach hatte ich keine Lust mehr dazu.«

»Siggi hat dich gerettet«, stellte sie fest.

»Ja«, sagte Döpner erstaunt. »Siggi! Und der Feldhöber ist trotzdem tot und hat bekommen, was er verdient hat. Stell dir vor, von den eigenen Hunden!«

Und sie stellten sich vor, wie die beiden gierigen Hunde sich auf ihren Herrn gestürzt hatten, der nach fremdem Blut dünstete, wie sie an dem alten Fleisch und den Sehnen gezerrt und gerissen und in dem Gekröse geschmatzt hatten.

»Das hat Fietje gemacht«, murmelte Döpner. Er zitterte, weil er den Todesschrei noch einmal hörte. »Und ich dachte, er hätte die Hunde umgebracht. Er muss uns in der Küche zugeguckt haben, wie wir mit dem Feldhöber gesprochen haben. Siggi hatte was gehört. Dabei sind die Fenster so hoch, dass man sich bestimmt am Sims hochziehen muss, wenn man reinsehen will.«

»Fietje«, flüsterte Agathe. »Dieser Fietje …« Und nach einer kleinen Pause fügte sie hinzu: »Jetzt fängt das Leben an!«

Döpner hielt seinen Arm fest um die Frau und er spürte, wie ihre Hand ihn auf seiner Brust zu streicheln begann. Es war alles so, wie es normal war und sich gehörte. Endlich begann er, von Lenka zu erzählen, von ihrem und seinem Kind, das gestorben war, und von Elke, die er nach dem Krieg geheiratet hatte, und von seinem Sohn. Sie wischte ihm die Tränen ab.

»Wer ist eigentlich Lancelot?«, fragte Döpner.

»Oh«, sagte sie. »Das war ein edler Ritter, vor tausend Jahren, einer der stärksten und ehrsamsten seiner Zeit, der an der Tafelrunde des Königs Artus saß, der hässlich war und schön zugleich, denn er hatte zwei ungleiche Gesichtshälften, die gar nicht zueinander passten. Er liebte eine stolze Edelfrau, die schön war wie eine Orchidee. Sie hieß Ginevra und eines Nachts ...«

»Ginevra«, murmelte Döpner und schlief ein.

Der Krieg war endlich zu Ende; in einer Woche war Weihnachten.

XLV.

»Pause!!«, sang Agathe Kalde. »Kaffee!!«

Döpner ließ die Axt fallen, stemmte sich mit der rechten Faust auf dem Schenkel ab und bog sich ächzend hoch, streckte allmählich seinen herrlich schmerzenden Rücken und ließ mit Wohlgefallen sein Auge über den Haufen Holz gehen, das er heute gespalten hatte. Langsam richtete er sich ganz auf. Seine Linke hatte wieder Griff, nicht viel, aber er konnte, wenn er sie mit der anderen Hand am Stiel der Axt führte, wieder ganz gut Holz hacken. Es wurde tatsächlich besser jeden Tag. Und die Kloben, die er nicht schaffte, ließ er für Zygmunt liegen.

Es war Juni, die Zeit der Mittsommernacht, und die Natur gab, was sie konnte. Die Sonne heizte das Moor auf, die Luft flimmerte. Döpner wischte sich den Schweiß aus der Stirn und verscheuchte mit der gleichen Bewegung eine Bremse. Richtiger Arbeitsschweiß war das, über den jeder Wind angenehm kühl dahinstrich und Linderung verschaffte. Die Bremse setzte sich auf den Rücken seiner linken Hand und suchte in der ledrigen Haut nach einer passenden Einstichstelle. Diesmal sah er ihr zu und ließ sie machen; es erinnerte ihn an die alten Zeiten, als die Bremsen sich noch in dichten Schwärmen auf die Arbeitsleute im Feld gestürzt hatten. Agathon war aufgestanden und rieb sich an seinem Hosenbein.

»Na, dann woll'n wir mal«, sagte Döpner zu dem Kater, warf

einen Blick auf seine Gemüsebeete und setzte sich in Bewegung. Er würde schlafen wie ein Stein heute Nacht. Die Knochen waren mürbe und man wusste, was man getan hatte.

Der Kaffeetisch stand vor dem Haus im Engelsmoor, unter einem Sonnenschirm auf dem backsteinernen Weg ein paar Meter vor der niedrigen Eingangstür, durch die jetzt Siggi heraustrat und sich die Hände an der Hose abwischte. Hinter ihm kam Fietje angetöffelt.

»Na, wie weit seid ihr?«, fragte die Kalde fröhlich und schenkte ein. »Agathon, mein Liebling, bist du mitgekommen?« Sie bückte sich und streichelte den ovalen Kopf des mächtigen Katers, der sich genussvoll in ihre Hand stemmte.

»Wen meinst du?«, fragte Döpner.

»Na, euch alle!« Sie stellte dem Kater ein Schüsselchen Milch hin.

»Was mich angeht«, antwortete Döpner, »das Holz langt vielleicht bis Weihnachten, je nachdem wie kalt es wird. Nachher mach ich mit dem nächsten Jahr weiter.« Er knetete die Linke mit der Rechten; er hatte sich das so angewöhnt.

»Und ihr?«, fragte die Kalde die beiden anderen.

»Der Beton kann nun hart werden«, lachte Siggi. Er lachte neuerdings noch öfter als sonst. »Gleich noch nacharbeiten, damit so gut wie möglich ist. Morgen fangen wir mit Wände an.«

Fietje strahlte und wackelte begeistert mit seinem Kopf. Er schwitzte nicht, obwohl er Hemd und Weste anbehalten hatte; er schwitzte nie, höchstens wenn er scharfe Hunde abführte. Er streckte seine beiden Hände aus und zeigte ihnen verwundert und stolz die wunden Stellen, die er von der ungewohnten Arbeit bekommen hatte. Nie hatte ihn jemand arbeiten lassen, seit damals, seit er kein Wasser mehr holen durfte. Er entdeckte die Zigaretten auf dem Tisch, noch bevor die anderen richtig auf den Plastikstühlen saßen, und nahm die Packung an sich. Er zog eine makellos glatte, weiße, unberührte, tabakduftende, köstliche Zigarette heraus, die verheißungsvoll zwischen seinen Fingern knisterte, und steckte sie mit einem breiten Grinsen in den Mund. Die Zeremonie des Anzündens: Er langte umständlich unter der Weste durch in seine Brusttasche, holte Streichhölzer heraus, schob die Schachtel langsam auf, als enthielte sie eine Überraschung, entnahm ihr ein Hölzchen und strich es in der gewölbten Hand an der Zündfläche, bis es aufleuchtete und sich gierig in den Tabak fraß. Das erste Aromawölkchen kräuselte empor; Fietje schloss die Augen und inhalierte tief. Bevor der Rauch seinen Lungen wieder entweichen konnte, zog er erneut und atmete noch einmal tief ein. Er öffnete die Augen, ließ ein kehliges »Aaahhh …« ausstreichen und sah in drei lachende Gesichter. Jetzt endlich kam der Rauch zurück, dünn, ohne Nikotin und aus allen Poren.

»Alles in Ordnung, Fietje?«, fragte die Kalde.

Fietje nickte, zog an der Zigarette und stöhnte: »Aaaah!«

»Wir sind gut davor, Leute! Bald hat es ein Ende mit der engen Wirtschaft und jeder kriegt sein Zimmer! Und ich fall nie wieder vom Giebel runter und brech mir die Knochen!«

Sie tranken Kaffee, während die Katzen ihre glänzenden Felle putzten und ein lauer Wind rauschend durch die Erlen strich.

»Martha und Anton rufen jeden Tag an, wie weit wir sind«, erzählte Agathe Kalde. »Ich hab sie für morgen eingeladen, damit sie sich das mal selbst angucken können. Vielleicht können sie dann ja auch noch gleich ein paar Sonderwünsche loswerden.«

»Wird Zeit, dass die da rauskommen«, nickte Döpner. »Sonst gehen die auch noch ein.«

»Übrigens: Heute Abend kriegen wir auch Besuch. Es kommen zwei Freunde von mir, die wollen noch mehr Bilder von Jonni sehen. Sie sagen, die Bilder sind 'ne Wucht, sie wollen eine Ausstellung machen. Und Jonni kommt und ich habe den Bankmenschen dazu eingeladen, damit er sich unsere Wirtschaft ansehen kann. Er hat mir schon gesagt, dass er einverstanden ist, wenn Fietje bei uns wohnt. Der war ziemlich verdattert, sage ich euch!«, lachte die Kalde.

»Passt mir gar nicht«, brummte Döpner und ignorierte die Neuigkeiten. »Ich muss erst noch Holz machen und die Bohnen hacken und die Tomaten gießen und die Kartoffeln anhäufeln und frischen Salat pflanzen und …«

»Und, und, und! Zu tun ist immer genug. Die kommen auch

erst gegen Abend. Ich hab gedacht, wir könnten zusammen was grillen und am Feuer sitzen, während wir ein bisschen erzählen, was sagt ihr?«

Zygmunt und Döpner nickten, Fietje sagte nur: »Feuer!!« Seine Augen strahlten, während er nach der Schachtel griff und sich eine neue, herrlich schlanke, köstliche Zigarette nahm.

Zygmunt stand auf. Er machte nie länger als höchstens fünfzehn Minuten Pause, weil man sonst nichts schaffte im Leben. »Beton wird hart bei warmes Wetter«, sagte er.

Fietje folgte ihm, seine Füße schlurften, die Zigarette im Mundwinkel.

Sie sahen den beiden nach.

»Gut, dass er nicht reden kann«, sinnierte Agathe.

»Wie meinst du das?«, fragte Döpner.

»Wer weiß, was er sonst erzählen würde.« Agathe Kalde ließ ihren Blick über Haus und Hof schweifen. Im Reetdach gab es zwei neue Gauben. In der einen saß Danäa und putzte sich in der Sonne.

»Was sollte er erzählen?«, fragte Döpner. Manchmal war sie ja zäh, das musste man schon sagen. Diese Frau sprach stets in Rätseln.

»Von Erna Rathjens vielleicht«, sagte Agathe und senkte ihre Stimme. »Und davon, warum sie hat sterben müssen. Vielleicht davon, dass ein anderer hat sterben sollen, der aber nicht gestorben ist, weil er Glück gehabt hat, und er hatte Glück, weil er noch was fertig machen sollte, was er angefangen hatte.«

»Häh?«

»Ein gewisser Johann Döpner«, fuhr sie fort, Agathon kraulend, der auf ihren Schoß gesprungen war. »Aber der mochte keinen Pilz, was ein gewisser Mensch nicht wissen konnte. Erna Rathjens fiel ihrer eigenen Gier zum Opfer, weil sie Johann Döpner vom Teller stiebitzte, was dieser gewisse Mensch erst recht nicht hatte wissen können …«

Döpner hörte ihr mit offenem Mund zu. »Was redest du da?«, fragte er entgeistert.

»Ich rede von Fietje. Von Fietje, der alles für einen Freund tut, wenn er endlich einen gefunden hat …«

»Fietje soll mir, soll mich …?«

Agathe zuckte mit den Schultern. »So muss es gewesen sein.«

»Und wie hast du das rausgekriegt?«

»Mit meinen persönlichen Methoden«, erklärte sie, schloss ihre streichelnden Hände um den dicken Kopf des Katers und sah ihm in die grünen Augenschlitze. »Mit meinen ganz persönlichen Methoden.«

»Aber das würde ja heißen, dass Fietje, Fietje …«, stockte Döpner.

»Er wusste sicher nicht, was der Feldhöber ihm da gegeben hatte«, stellte sie fest. »Wir müssen uns um ihn kümmern.«

»Er ist doch glücklich jetzt«, sagte Döpner. Und dabei merkte er, dass er selbst glücklich war. Ihm stiegen die Tränen hoch; mit der verdammten Heulerei war es keinen Millimeter besser geworden. »Da können wir nicht …«

»Nee, nee, das werden wir auch nicht. Wir vergeben ihm ganz einfach. Das mache ich schon, bei Gelegenheit. Er ist unser Freund. Aber ihm fehlt noch was. Er braucht 'ne Frau. Ab und zu wenigstens.«

Döpner machte ein komisches Gesicht.

»Ja, guck du nur komisch«, sagte sie. »Das Problem hast du nicht.«

»Nee«, sagte er. Das hatte er nicht. Neuerdings nicht mehr. Über diese Dinge war er nicht gewohnt zu sprechen, und er wollte damit in seinem Alter auch nicht mehr anfangen. Das andere, was er angefangen hatte, reichte.

»Also, ich hab ihm eine besorgt. Du kennst doch den Hermann aus Bassel, den, der immer mit dem Fahrrad unterwegs ist? Dem bist du doch bestimmt öfter begegnet.«

»Was hat der damit zu tun?«, brachte Döpner heraus.

»Nichts. Aber jeder weiß, dass er durch die Gegend fährt und Hausfrauen besucht, die sich nebenbei was dazuverdienen wollen.«

»Was, der alte Sack?«

»Was heißt hier alter Sack. Wie alt bist du denn?«

»Na ja, aber – die jungen Frauen …«

»Das hab ich mir auch gedacht. Aber die nehmen's nicht so

genau. Und eine von denen hab ich gefragt. Die ist sogar halbwegs normal, immerhin, dafür, dass sie den rüberlässt. Und schlechter ist Fietje auch nicht. Sie kommt Donnerstag, vormittags. Wenn ihre Kinder zur Schule sind. Ging nicht anders. Ich sag's, damit du dich nicht wunderst.«

Döpner wurde rot und wusste nicht, was er erwidern sollte. »Aber …«

»Nix aber«, schnitt sie ihm das Wort ab. »Fietje hat's verdient. Und wer weiß, was noch alles in dem steckt. Außerdem haben wir Geld genug.«

Diese Frau war unglaublich. Irgendwie regelte sie alles und bekam alles hin. Döpner nahm einen Schluck aus seiner Tasse. Sie schwiegen ein Weilchen in die Sonne hinein.

»Ich kann es immer noch nicht glauben«, sagte Döpner schließlich.

»Dass wir hier sind?«

Er nickte.

»Und dass alles so gekommen ist?«

»Ja. Das mit – uns. Und dass wir – das mit dem Geld.«

»Dem Nagel sei Dank«, grinste sie schelmisch.

»Im März ist er gestorben, der krumme Hund!«

»Und seine Neffen müssen ohne Erbe zurechtkommen. Schicksal!«

»Wie viel hast du Siggi eigentlich gegeben?«

»Oh«, lachte sie. »Zu Weihnachten erst mal fünfzigtausend. Das war eine erste Rate. Für seinen Vater. Und dann nochmal im März dieselbe Summe. Damit seine Kinder was werden. Ich wollte ihm natürlich noch mehr geben. Aber er hat gesagt, ich soll's aufbewahren. Er will forschen, ob noch andere von der Ziegelei leben, die was brauchen. Einen hat er schon gefunden.«

»Was?! Wen?«

»Einen Leon aus Łódź.«

»Leon aus Łódź! Endlich kann er sich Hosen kaufen, so viel er will!«, rief Döpner aus.

»Wir machen was draus. Das Beste, was man aus Geld machen kann. Aber, mein Lieber: Auch wenn wir das Glück nicht gehabt hätten – es wäre egal gewesen.«

Dann stand sie auf. »Komm«, schlug sie vor. »Wir gehen zum alten Bombenkrater auf der Weide. Da will ich eine rauchen. Eine *Sweet Afton.* Wie in alten Zeiten. Und das Holz und die Bohnen und das alles machst du später. Wir sind alte Leute, die machen können, was sie wollen, und nicht, was sie müssen.«

»Aber ich muss es, weil ich will!«

»Das ist was anderes, stimmt. Aber trotzdem. Komm, Lancelot. Bitte! Ich nehm uns einen Schluck in der Thermoskanne mit.«

Döpner erhob sich ächzend, die Faust in der Hüfte.

»Ja, Ginevra«, sagte er und sein Gesicht verzog sich.

Wenig später sah man sie zwischen den Brennnesseln unter den Erlen hindurch verschwinden.

Wilfried Eggers

Die Tote, der Bauer, sein Anwalt und andere

ISBN 3-89425-233-2
349 Seiten, 9,90

»Die Eigenarten der Menschen und ihre familiären Beziehungen stehen im Mittelpunkt dieses Romans. Sie werden realistisch und teilweise liebevoll, teilweise ironisch geschildert. Und genau diese Beschreibungen machen den ›Bauernkrimi‹ spannend und versetzen den Leser in ein für Krimis nicht alltägliches Milieu.«
(Kirche und Leben)

»Mann tötet Frau – der ›Bauernkrimi‹ handelt von einem ganz normalen Fall mit einem nicht ganz so normalen Ende. Er erzählt von dem Leben auf dem Land, den angeblich Normalen und den herrlich Verrückten, die es überall gibt. Und er vermittelt einen Einblick ins Intimleben der blinden Justitia.« (Land & Forst)

»Das Buch ist ein echter Geheimtipp. Ein bodenständiger Roman von kraftvoller Sprache, ein Gerichtsroman, der die Justiz bei aller Distanz in einfachen Gedanken näher bringt, ein psychologischer Roman über Schuld und Sühne. Und ganz versteckt sitzt auch das Volk im Gericht in der Person des Schöffen, der noch ›plattütsch snackt‹.« (Richter ohne Robe)

»Ohne je an Fahrt zu verlieren, gewürzt mit bissigen Schilderungen aus dem Innenleben der Justiz, lockt der Roman mit prallen Bildern in die Tiefe von Landschaft, Geschichte und Schicksal. … Was als klobige Dorfgeschichte begonnen hatte, entpuppt sich als tiefgründiges Drama um Schuld und Sühne.« (Robert Hültner, Münchener Abendzeitung)

grafit

Krimis von Jan Zweyer

Glück auf, Glück ab

ISBN 3-89425-212-X

Der erste Krimi mit Rainer Esch

Der Fahrsteiger Klaus Westhoff wird tot aufgefunden. Selbstmord, sagt die Polizei. Doch warum? Stefanie, Rainer Esch und Cengiz Kaya stoßen auf eine dubiose Investmentfirma.

Alte Genossen

ISBN 3-89425-221-9

Der zweite Krimi mit Rainer Esch

Die lukrative Tour für Taxifahrer Rainer Esch ist die letzte Fahrt von Jürgen Grohlers: Er wird erschossen. Und Esch wird fortan bedroht.

Siebte Sohle, Querschlag West

ISBN 3-89425-230-8

Der dritte Krimi mit Rainer Esch

Mord auf der siebten Sohle! Ein Bergmann wird tot aufgefunden. Schnell findet die Polizei einen Verdächtigen mit Gelegenheit und Motiv.

Tödliches Abseits

ISBN 3-89425-234-0

Der vierte Krimi mit Rainer Esch

Ein toter BVB-Anhänger, ein toter Bayern-Fan, ein toter HSF-Freund: Meuchelt ein fanatischer Schalke-Fan die Anhänger der Konkurrenz?

Georgs Geheimnis

ISBN 3-89425-242-1

Der fünfte Krimi mit Rainer Esch

Rentner Pawlitsch will wissen, ob sich Esch im Presserecht auskennt – und am nächsten Tag hat der Anwalt das Mandat eines Toten.

Tatort Töwerland

ISBN 3-89425-253-7

Der sechste Krimi mit Rainer Esch

Insel Juist, Weihnachten. Spekulanten streiten mit Ökos um einen Golfplatzbau. Und Rainer Esch gerät in einen Interessenkonflikt.

Glänzender Tod

ISBN 3-89425-263-4

Versicherungsdetektiv Jean Büsing sucht einen für tot erklärten Kunsthändler und gerät zwischen die Fronten von Kunstmafia und Geheimdiensten.

Krimis aus den Niederlanden

Henk Apotheker: ***Ayse ist weg***
Deutsche Erstausgabe ISBN 3-89425-511-0
»Apothekers Schreibkunst, die auch eine Heilkunst ist, hat einen lebenswarmen Kern: Es ist das Mitgefühl mit ihren Figuren.« (Die Zeit)

Felix Thijssen: ***Cleopatra***
Deutsche Erstausgabe ISBN 3-89425-504-8
»Felix Thijssen ist ein guter Erzähler, er nimmt sich Zeit für seine Figuren und für die Motivationen der Bösen wie der Guten; nichts gerät ihm aus den Fugen und nichts gibt er zu früh preis. Dafür hat man ihm völlig zu Recht den holländischen Krimipreis gegeben.« (Heilbronner Stimme)

Felix Thijssen: ***Isabelle***
Deutsche Erstausgabe ISBN 3-89425-513-7
»Max Winter und CyberNel sind ein tolles Gespann, und was die beiden im Falle von Isabelle und Ben herausbekommen, ist verdammt spannend ... Ein Roman voller Sympathie für seine Figuren und ein Krimi mit einer packenden Handlung, die bis zum Schluss Überraschungen bereithält.« (WDR)

Felix Thijssen: ***Tiffany***
Deutsche Erstausgabe ISBN 3-89425-520-X
»Erfrischend natürliche Dialoge, erfrischend glaubwürdige und witzige Charaktere, eine erfrischend packende Handlung mit erfrischend unerwarteten Wendungen – mehr davon!« (Rhein-Zeitung)

Jac. Toes: ***Auf der Strecke geblieben***
Deutsche Erstausgabe ISBN 3-89425-506-4
»Subtil die Morde, subtil aber auch die Personen, die letztlich für Aufklärung sorgen. Toes baut dabei Spannung auf, die den Leser fesselt, ihn nicht mehr loslässt.« (Emsdettener Volkszeitung)

Jac. Toes: ***Tief gesunken***
Deutsche Erstausgabe ISBN 3-89425-516-1
»Der Leser – schnell mittendrin im Zentrum der Ereignisse – wird durch eine hervorragend konstruierte und entwickelte Handlung geführt, die fast atemlos geschilderte Einsatzszenen ebenso enthält wie absolut glaubwürdige Psychologisierungen der handelnden Personen.« (Bergsträßer Anzeiger)

Jac. Toes: ***Verrat***
Deutsche Erstausgabe ISBN 3-89425-528-5
Arnheim: Die Polizistin Yvon Matiber glaubt, den Mörder der jungen Prostituierten gefunden zu haben, da wird sie vom Dienst suspendiert. Ihr Freund, der Rechtsanwalt Fred Benter, und der Journalist Donald de Wacht ermitteln auf eigene Faust ...

grafit

Krimis aus Skandinavien

Kirsten Holst: **Du sollst nicht töten!**
Deutsche Erstausgabe ISBN 3-89425-501-3
»Die dänische Queen of Crime: Kirsten Holst sorgt mit ihrem Krimi für Hochspannung.« (Neues Deutschland)
»Ironische Dialoge und die für skandinavische Schreibweise typische Schnörkellosigkeit lassen die grausamen Taten zeitweilig vergessen. Lesegenuss pur.« (ekz-Informationsdienst)

Kirsten Holst: **Wege des Todes**
Deutsche Erstausgabe ISBN 3-89425-510-2
»Die Charaktere sind sorgfältig gezeichnet, ihre Sprache ist authentisch und klar und die Atmosphäre sachlich und lebendig – zugleich ein bisschen wie ein Wallander-Krimi und doch mit ganz eigener Note. Bitte mehr davon!« (Lit4you.de)

Kirsten Holst: **In den Sand gesetzt**
Deutsche Erstausgabe ISBN 3-89425-517-X
Der Tote am Strand war ein Ekel – das ermitteln die Kommissare. Aber wer hat das Ekel wirklich umgebracht?

Harri Nykänen: **Schwärzer als ein schwarzes Schaf**
Deutsche Erstausgabe ISBN 3-89425-515-3
Der finnische Unterweltkönig Nygren und der berühmt-berüchtigte Raid sind in einem alten Mercedes unterwegs durch Finnland und hinterlassen deutliche Spuren. Doch bevor Kommissar Jansson die beiden stoppen kann, wird Nygren im tiefsten Lappland erschossen aufgefunden …

Outi Pakkanen: **Macbeth ist tot**
Deutsche Erstausgabe ISBN 3-89425-509-9
»Outi Pakkanen erzählt äußerst fesselnd und temporeich. Stilistisch sicher baut die Autorin den Spannungsbogen und bevölkert die psychologisch dichte Handlung mit lebendigen Charakteren. Spannend und stimmig bis zum Schluss.« (marktplatz.dortmund.de/buchtipps)

Outi Pakkanen: **Party-Killer**
Deutsche Erstausgabe ISBN 3-89425-519-6
Auf dem Gipfel ihres Erfolgs feiert Bestsellerautorin Laura Halonen ihren 40. Geburtstag. Einen 41. wird es nicht mehr geben.